CHV

William Boyd

Armadillo

Roman

Aus dem Englischen
von Chris Hirte

Carl Hanser Verlag

Die Originalausgabe erschien erstmals 1998
unter dem Titel *Armadillo*
bei Hamish Hamilton in London.

1 2 3 4 5 03 02 01 00 99

ISBN 3-446-19644-7

Satz: Satz für Satz. Barbara Reischmann, Leutkirch
Druck und Bindung: Franz Spiegel Buch GmbH, Ulm
Printed in Germany

Für Susan

Armadillo (ˌarmaˈdiljo:): Armadill, Gürteltier (1577) [span. *armadillo*, Diminutiv von *armado* – Bewaffneter, Geharnischter, lat. *armatus*, Part. Prät. von *armare* – bewaffnen, rüsten].

Wir und andere Tiere bemerken,
was um uns herum passiert.
Das hilft uns, denn es gibt uns
Hinweise darauf, was wir zu
erwarten haben und wie wir es
womöglich verhindern können,
hilft uns also beim Überleben.
Doch es funktioniert nur
unvollkommen. Es gibt Überraschungen,
und sie sind störend:
Wie können wir wissen, wann wir
recht haben?
Wir werden mit dem Problem
des Irrens konfrontiert.

W. V. Quine *From Stimulus to Science*

1. Kapitel

Irgendwann in unserer Zeit – auf das genaue Datum kommt es nicht an; jedenfalls war es noch sehr früh im Jahr – begab sich ein junger Mann knapp über Dreißig, um die Eins fünfundachtzig groß, mit pechschwarzem Haar und ernsten, feinen, aber bleichen Zügen, zu einem Geschäftstermin und fand einen Erhängten.

Lorimer Black starrte Mr. Dupree entgeistert an, von jähem Entsetzen gepackt, zugleich jedoch merkwürdig teilnahmslos – offenbar die widerstreitenden Symptome einer inneren Panik, dachte er. Mr. Dupree hatte sich an einem dünn isolierten Wasserrohr erhängt, das an der Decke des kleinen Raums hinter dem Foyer verlief. Ein Aluminiumtreppchen lag umgekippt unter seinen etwas gespreizten Füßen (die hellbraunen Schuhe brauchten dringend Pflege, bemerkte Lorimer). Mr. Dupree war der erste Tote in seinem Leben, zugleich der erste Selbstmord und der erste Erhängte; Lorimer fand diese Häufung von Erstmaligkeiten zutiefst beunruhigend.

Sein Blick wanderte zögernd von Mr. Duprees abgeschabten Schuhspitzen aufwärts, verweilte kurz am Hosenschlitz, wo er keine Anzeichen einer Spontanerektion entdeckte, wie sie für Erhängte angeblich typisch ist, und erfaßte dann das Gesicht des Toten. Mr. Duprees Kopf war ein bißchen zu weit vorgebeugt, seine Züge wirkten schlaff und schläfrig – genau wie bei den erschöpften Pendlern, die auf unbequemen Sitzbänken in überheizten Bahnabteilen einnicken. Hätte man Mr. Dupree mit dieser verrenkten Kopfhaltung im Achtzehnuhrzwölfzug ab Liverpool Street sitzen und dösen sehen, hätte man vorahnend Mitleid mit ihm haben können, denn er würde mit einem steifen Hals erwachen.

Steifer Hals. Geknickter Hals. Gebrochener Hals. Meine Güte! Lorimer stellte behutsam den Aktenkoffer ab, ging lautlos an Mr. Dupree vorbei und öffnete die Tür am anderen Ende des Vorraums. Ein Bild der Verwüstung bot sich ihm. Durch die geschwärzten und verkohlten Dachbalken der Fabrikhalle sah er den bleiernen Regenhimmel, der Boden war noch immer mit den verschmorten und geschmolzenen Leibern der etwa tausend nackten Schaufensterpuppen bedeckt (976 Stück laut Lieferschein, für eine amerikanische Ladenkette). All das verbrannte und verklumpte »Fleisch« jagte ihm einen künstlichen Schauder ein (künstlich deshalb, weil es schließlich nur Kunststoff war und weil niemand wirklich gelitten hatte, wie er sich sagte). Hier und da war der Kopf eines stereotypen Schönlings erhalten, oder ein gebräuntes Model warf ihm einen grotesk verführerischen Blick zu. Die unbeirrte Heiterkeit der Mienen verlieh der Szenerie eine anrührend stoische Note. Hinter der Halle befanden sich, wie Lorimer aus dem Bericht wußte, die niedergebrannten Werkstätten, die Ateliers, der Speicher für die Formen aus Ton und Gips, die Plastikgießerei. Das Feuer, außergewöhnlich bösartig, hatte ganze Arbeit geleistet. Offensichtlich hatte Mr. Dupree angeordnet, daß alles unverändert blieb und keine der zerflossenen Schaufensterpuppen angerührt wurde, bevor er sein Geld erhalten hatte. Und Lorimer sah, daß Mr. Duprees Anweisungen befolgt worden waren.

Lorimer machte leise ploppende Geräusche mit den Lippen. »Hmmm«, sagte er, dann: »Herr im Himmel!« Dann wieder: »Hmmmm.« Er merkte, daß seine Hände etwas zitterten, und schob sie in die Taschen. Üble Geschichte, dachte er, und immer wieder: Üble Geschichte. Die Redewendung kreiste sinnlos in seinem Kopf wie ein Mantra. Vage und mit Widerstreben stellte er sich vor, wie Hogg auf den Selbstmord Duprees reagieren würde: Hogg hatte ihm schon von anderen

»Abgängern« erzählt, und Lorimer fragte sich, wie man in solchen Fällen verfuhr …

Er schloß die Tür und machte sich einen Moment lang Sorgen wegen der Fingerabdrücke. Aber warum sollten sie bei einem Selbstmord Spuren sichern? Erst als er im Foyer nach dem Telefon griff, kam ihm der Gedanke, daß es vielleicht, nur mal angenommen, gar kein Selbstmord war.

Der Kommissar, der auf seinen Anruf hin erschien, Detective Sergeant Rappaport, wirkte nicht viel älter als Lorimer, redete ihn aber ohne erkennbaren Grund durchgängig mit »Sir« an. »Dennis P. Rappaport« war auf seinem Ausweis zu lesen.

»Sie sagen, Sie hatten eine Verabredung mit Mr. Dupree, Sir.«

»Ja. Vor über einer Woche hab ich den Termin gemacht.« Lorimer zückte seine Visitenkarte. »Ich war pünktlich um zehn Uhr dreißig hier.«

Sie standen jetzt draußen unter dem roten Plastikschild mit dem Schriftzug »Osmond Dupree Schaufensterpuppen, gegr. 1957«. Drinnen befaßten sich die Polizei und andere Zuständige mit den sterblichen Überresten von Mr. Dupree. Ein eifriger Beamter spannte flatternde Absperrbänder und befestigte sie an Laternenpfosten und Geländern, um den Zugang zur Fabrik pro forma zu blockieren und ein halbes Dutzend Gaffer, die frierend und ausdruckslos herumstanden, auf Distanz zu halten. Die warten auf die Leiche, dachte Lorimer. Wie reizend.

Detective Rappaport studierte sorgfältig die Visitenkarte und deutete dann mit einer theatralischen Geste an, daß er sie gern einstecken wollte. »Darf ich, Sir?«

»Aber sicher doch.«

Rappaport zog eine dicke Brieftasche aus seiner Lederjacke und schob Lorimers Karte hinein. »Ist nicht gerade Ihre gewohnte Art, den Tag zu beginnen, würde ich denken, Sir.«

»Nein … sehr bedrückend«, formulierte Lorimer vorsichtig. Rappaport war ein stämmiger Typ, muskulös und blond, mit kornblumenblauen Augen – eigentlich untypisch für einen

Kommissar, dachte Lorimer aus irgendwelchen Gründen, eher würde man auf einen Surfer oder Tennisprofi tippen oder auf einen Kellner in Los Angeles. Außerdem wußte Lorimer nicht, ob Rappaports übertriebene Höflichkeit ihn irritieren oder in Sicherheit wiegen sollte – oder ob sie auf hinterhältige Art ironisch gemeint war. Wahrscheinlich letzteres, entschied Lorimer. Rappaport würde sich später über ihn lustig machen, in der Kantine oder in der Kneipe oder wo immer sich die Kommissare trafen, um zu quatschen und ihren Frust loszuwerden.

»Jetzt wissen wir ja, wo Sie zu finden sind, Sir, und werden Sie nicht länger belästigen. Danke für Ihre Hilfe, Sir.«

Dieses penetrante »Sir«, das ist schon mehr als Ironie, dachte Lorimer. Das war herablassend, ganz ohne Frage, zugleich eine Art Stachel, ein versteckter Hohn, gegen den man sich nicht wehren konnte.

»Dürfen wir Sie irgendwohin zurückbringen, Sir?«

»Nein, vielen Dank, Mr. Rappaport. Mein Wagen steht gleich um die Ecke.«

»Das *T* ist stumm, Sir: *Rappapor.* Ein alter normannischer Name.«

Altes normannisches Arschloch, dachte Lorimer, als er zu seinem Toyota auf dem Bolton Place ging. Wenn du wüßtest, was ich in meinem Aktenkoffer habe, würde dir deine Selbstgefälligkeit vergehen. Der Gedanke besserte seine Laune ein wenig, doch nur vorübergehend. Als er den Wagen aufschloß, legte sich die Bedrückung wie ein schwerer Umhang auf seine Schultern. Was trieb einen Mr. Dupree dazu, auf so klägliche Weise abzutreten? Eine Wäscheleine ans Wasserrohr zu binden, sich die Schlinge um den Hals zu legen und die Trittleiter unter den Füßen wegzustoßen? Was Lorimer vor sich sah, war nicht der grotesk verrenkte Kopf, sondern es waren eher diese abgeschabten Schuhe knapp einen Meter über dem Boden. Und dazu dieser elende Januartag, düster und trist, genau wie der Bolton Place. Die nackten Platanen mit ihrem Tarnmuster wie aus dem Golfkrieg, das trübe Tageslicht, die Kälte des schärfer gewordenen Winds und der Regen ließen die rußigen Backsteinfassaden der an sich völlig akzeptablen Jahrhundertwendehäuser fast kohlschwarz erscheinen. Ein Kind in moosgrüner Steppjacke tappte auf dem Rasenviereck in der Mitte des Platzes umher und suchte vergeblich nach Ablenkung, indem es über die matschigen Beete lief, einer kecken Amsel nachrannte, schließlich totes Laub zusammenscharrte und ziellos damit warf. In einer Ecke saß die Kinderfrau oder Aufpasserin oder Mutter auf der Bank, rauchte eine Zigarette und nippte an einer grellfarbenen Getränkedose. Eine Grünfläche in der Stadt, umgeben von ehrwürdigen Gebäuden, ein sorglos spielendes Kleinkind auf gepflegtem Rasen, beaufsichtigt von einer treusorgenden Pflegeperson – unter anderen Umständen hätten diese Einzelheiten zu einem eher heiteren Gesamtbild beigetragen, aber nicht heute, dachte Lorimer. Heute nicht.

Er bog gerade vom Platz in die Hauptstraße ein, als ein Taxi so dicht vor ihm vorbeifuhr, daß er mit einem Ruck anhalten mußte. Das Diorama des Bolton Place geisterte über das glänzende Heck des Taxis, und der Fluch blieb Lorimer im Halse stecken, als er das von der Heckscheibe umrahmte Gesicht sah. Das passierte ihm von Zeit zu Zeit, gelegentlich mehrmals in der Woche – er sah ein Gesicht in der Menge, durch ein Schaufenster oder auf der gegenläufigen Rolltreppe, das von so strahlender, überirdischer Schönheit war, daß er am liebsten vor Glück aufgeschrien und zugleich vor Enttäuschung geweint hätte. Wer hatte gesagt, ein Gesicht in der U-Bahn könne einem den ganzen Tag verderben? Alles lag in diesem einen Blick, in der flüchtigen Wahrnehmung, in der vorschnellen Analyse der verfügbaren optischen Erscheinung. Seine Augen drängten zum Urteil, sie waren zu gierig nach Schönheit. War ihm ein zweiter Blick vergönnt, führte der fast immer zur Enttäuschung; die gründliche Betrachtung war stets der strengere Richter. Und nun war es ihm wieder passiert – doch dieses Gesicht, dachte er, würde jeder nüchternen Überprüfung standhalten. Er schluckte und stellte die untrüglichen Anzeichen fest: leichte Kurzatmigkeit, gesteigerter Puls und Beklommenheit in der Brust. Das bleiche, makellose ovale Mädchengesicht – Frauengesicht? – war neugierig und hoffnungsvoll dem Fenster zugewandt, mit großen Augen, der Hals gereckt wie in freudiger Erwartung. Es kam und verschwand so schnell, daß der Eindruck – um ihm nicht den ganzen Tag zu verderben, so sagte er sich – einfach idealisiert gewesen sein mußte. Er schauderte. Dennoch, es war auch eine Art wohltuender Zufallsausgleich, der ihn für ein Weilchen vom Anblick der baumelnden ungeputzten Schuhe des Mr. Dupree erlöste.

Er bog rechts ab in Richtung Archway. Im Rückspiegel sah er, daß die Menschenansammlung vor Duprees Schaufensterpuppenfabrik noch immer lüstern lauerte. Das Taxi mit dem Mädchen war hinter dem Krankenwagen steckengeblieben, ein Polizist gab dem Fahrer Zeichen, die hintere Tür öffnete sich – und das war's, er war abgebogen und fuhr nach Archway und zur Holloway Road, die Upper Street hinunter bis Angel, dann die City Road bis Finsbury Square, wo er kurz darauf die regengepeitschten Zackentürme und triefnassen Gehwege des Barbican Centre vor sich sah.

Er fand eine freie Parkuhr in der Nähe des Smithfield Market und eilte mit großen Schritten durch die Golden Lane zum Büro. Ein stechender Eisregen fiel so schräg, daß er ihn in Wangen und Kinn pikste, obwohl er den Kopf gesenkt hielt. Ein kalter, lausiger Tag. Die Lichter in den Geschäften glommen orange, Fußgänger hasteten vorbei, wie er mit eingezogenem Kopf, leidend, zusammengekrümmt und nur bemüht, so schnell wie möglich an ihr Ziel zu kommen.

An der Tür tippte er seine Kombination ein, dann stapfte er die Kiefernholztreppe zum ersten Stock hinauf. Rajiv sah ihn durch das Sicherheitsglas, der Summer ertönte, und Lorimer stieß die Tür auf.

»Regnet mal wieder Schusterjungen, Raj.«

Rajiv drückte seine Zigarette aus. »Was willst du denn hier?«

»Ist Hogg da?«

»Denkst du etwa, hier ist ein Ferienlager?«

»Sehr witzig, Raj. Echt satirisch.«

»Verdammte Faulenzer.«

Lorimer wuchtete den Aktenkoffer auf die Theke und ließ die Schlösser aufschnappen. Die schmucken Stapel neuer Scheine versetzten ihm immer einen kleinen Schock – ihr unwirklicher, befremdender Anblick, druckfrisch, unbefingert, ungeknickt und ungeknüllt, erst noch im Begriff, gegen Waren oder Leistungen eingetauscht zu werden, überhaupt als Geld in Dienst zu treten. Er begann die strammen Bündel auf den Tisch zu stapeln.

»Au Scheiße«, sagte Rajiv und schlurfte in die hintere Ecke seines Büros, um den großen Tresor zu öffnen. »Die Polizei hat angerufen und sich nach dir erkundigt. Dachte mir schon, daß es Ärger gibt.«

»Die Woche fängt jedenfalls gut an.«

»Hat einer gesungen?« Rajiv griff das Geld mit beiden Händen.

»Schön wär's. 'n Abgänger.«

»Autsch. Da werd ich wohl lieber den Geldtransport zurückrufen. Das freut uns aber gar nicht.«

»Ich kann's auch mit nach Hause nehmen, wenn du willst.«

»Hier unterschreiben.«

Lorimer unterschrieb das Übergabeprotokoll. 500 000 Pfund. Zwanzig Bündel zu je fünfhundert Fünfzigpfundnoten, taufrisch mit ihrem strengen chemischen Geruch. Rajiv zog sich die Hose hoch und zündete sich eine neue Zigarette an. Als er sich vorbeugte, um das Protokoll zu prüfen, spiegelte sich der helle Streifen der Neonröhre genau in der Mitte seines glänzenden, vollkommen kahlen Schädels. Ein leuchtender Irokese, dachte Lorimer.

»Soll ich Hogg anrufen?« fragte Rajiv, ohne aufzublicken.

»Nein, mach ich selbst.« Hogg meinte immer, Rajiv sei der

beste Buchhalter des Landes – und sogar noch wertvoller für die Firma, weil er es nicht wisse.

»So ein Mist«, sagte Rajiv und schob das Papier in eine Mappe. »Hogg wollte, daß du das auf die Reihe bringst, wo doch jetzt der Neue kommt.«

»Welcher Neue?«

»Der neue Chef. Meine Güte, Lorimer, wie lange warst du weg?«

»Ach richtig.« Jetzt erinnerte er sich.

Er winkte Rajiv lässig zu und ging durch den Korridor zu seinem Büro. Die Lage der Räume erinnerte ihn an sein College: Vom grellbeleuchteten Korridor zweigten verschlagähnliche Kammern ab, jede Tür war mit einer rechteckigen Scheibe aus Sicherheitsglas versehen, so daß man nie wirklich Ruhe hatte. Vor seinem Verschlag blieb er stehen; und er sah Dymphna in ihrem Büro gegenüber sitzen, ihre Tür stand halb offen. Sie wirkte mitgenommen, die Augen waren müde, die große Nase wundgeschnaubt. Sie lächelte ihn lethargisch an und schniefte.

»Wo warst du denn?« fragte er. »Im sonnigen Argentinien?«

»Im sonnigen Peru«, sagte sie. »Ein Alptraum. Was gibt's?«

»Ich hab mir einen Abgänger eingehandelt.«

»Na, das bringt Ärger. Was sagt denn unser lieber Hogg dazu?«

»Hab's ihm noch nicht gemeldet. Ich hatte ja keine Ahnung, daß so was vorkommt. Hätt ich nie gedacht. Hogg hat das nie erwähnt.«

»Nein, das macht er nie.«

»Er mag eben Überraschungen.«

»Doch nicht unser Mister Hogg.«

Sie zog eine abgeklärt resignierte Miene, wuchtete ihre schwere Tasche hoch – eine mit eckigen Kanten und vielen Innenfächern, wie sie angeblich von Piloten bevorzugt werden – und ging an ihm vorbei durch den Korridor, heimwärts. Sie war groß und kräftig gebaut – strammer Hintern, stramme

Schenkel –, und die schwere Tasche machte ihr nichts aus. Dabei trug sie überraschend zierliche Schuhe mit hohen Absätzen, bei dem Wetter genau das falsche. Ohne sich noch einmal umzudrehen, sagte sie: »Armer Lorimer. Wir sehn uns auf der Party. Ich würd's Hoggy nicht sofort sagen. Der könnte ganz schön stinkig sein, wo doch jetzt der neue Chef kommt.« Dem stimmte Rajiv mit einem lauten Lacher zu. »Tschüs, Raji, alter Rabauke.« Und weg war sie.

Lorimer setzte sich untätig für zehn Minuten an den Schreibtisch und schob die Schreibunterlage hin und her, kramte in seinen Stiften, suchte welche aus und verwarf andere, bis er sich entschied, daß eine Aktennotiz an Hogg doch keine gute Idee war. Hogg konnte Aktennotizen nicht ausstehen. Auge in Auge, war seine Devise. Besser noch: Nase an Nase. Hogg mußte in diesem Fall einfach Verständnis zeigen: Jedem konnte mal ein Abgänger unterlaufen. Das gehörte zu den Risiken in diesem Job. Die Leute waren an ihrem schwächsten Punkt, hoch anfällig und unberechenbar – Hogg erzählte einem das ständig –, und ging mal einer über Bord, war das eben Berufsrisiko.

Seine Wohnung lag in Pimlico; er bog von der Lupus Street in den Lupus Crescent und fand schließlich einen Parkplatz nur hundert Meter vom Haus entfernt. Es war entschieden kälter geworden, der Regen sah inzwischen aus wie Spucke, die schräg durch die Orangekegel der Straßenlampen segelte.

Lupus Crescent beschrieb keinen exakten Bogen, allerdings war die Straße mit den üblichen Reihenhäusern – Kellergeschoß und drei Etagen, Fassaden aus braunem Backstein und cremefarbenem Stuck – leicht geknickt, als hätte sie zur vollen Bogenform angesetzt, aber nicht genug Energie aufgebracht, sie zu Ende zu führen. Beim Kauf der Wohnung in der Nummer 11 war ihm der Straßenname unangenehm aufgestoßen. Er hatte sich gefragt, warum eine Straße ausgerechnet nach einem besonders unschönen Leiden benannt wurde: Seinem Lexikon zufolge war Lupus »eine für gewöhnlich schwärende tuberkulöse Erkrankung der Haut, die sich ins Gewebe frißt und tiefe Narben hinterläßt«. Er war erleichtert, als ihm seine unten wohnende Nachbarin, Lady Haigh – eine zierliche, lebhafte und in vornehmer Manier verarmte Endachtzigerin –, erklärte, daß Lupus der Familienname eines Earl of Chester war, der irgendwie mit der Sippe der Grosvenors zu tun hatte und dem einmal ganz Pimlico gehörte. Dennoch, fand Lorimer, war der Name Lupus mit seinem medizinischen Beiklang ein Unglücksname, und er hätte ernstlich erwogen, ihn zu ändern, wäre er an der Stelle des Earl of Chester gewesen. Namen waren wichtig, und das war Grund genug, sie zu ändern, wenn sie nicht paßten, in irgendeiner Weise störten oder unerfreuliche Assoziationen erweckten.

Hinter Lady Haighs Wohnungstür dröhnte der Fernseher, als Lorimer die Post im Hausflur durchsah. Rechnungen, ein Brief (er erkannte die Handschrift); *Country Life* für Lady H.; etwas von der Universität Frankfurt für »Herrn Doktor« Alan Kenbarry ganz oben. Er schob die Zeitschrift unter Lady Haighs Tür durch.

»Alan, sind Sie das, Sie Schlingel?« hörte er sie rufen. »Sie haben mich heute morgen geweckt.«

Er verstellte die Stimme. »Hier ist – äh – Lorimer, Lady Haigh. Ich glaube, Alan ist unterwegs.«

»Ich bin noch nicht tot, mein guter Lorimer. Kein Grund zur Sorge, Herzchen.«

»Das hör ich gern. Gute Nacht dann.«

Die Zeitschrift wurde energisch hineingezogen, als Lorimer die Stufen zu seiner Wohnung hinauftappte.

Kaum hatte er die Tür hinter sich geschlossen und das sanfte Schmatzen der neuen Abdichtung aus Aluminium und Gummi gehört, durchströmte ihn ein Gefühl der Erleichterung. Feierlich berührte er mit der Hand die drei antiken Helme auf dem Tisch im Flur und spürte die Kühle des Metalls auf der Haut. Er drückte auf Knöpfe, betätigte Schalter, gedämpftes Licht ging an, und ein Nocturno von Chopin schlich ihm nach, während er geräuschlos über den rußfarbenen Teppichbelag seiner Zimmer ging. In der Küche goß er sich zwei Fingerhoch eisgekühlten Wodka ein und öffnete den Brief. Er enthielt ein Polaroidfoto, auf dessen Rückseite mit Türkistinte gekritzelt war: »Griechischer Helm, ca. 800 v. Chr. Magna Graecae. Für Sie zum absoluten Sonderpreis – £ 29 500. Beste Grüße, Ivan.« Er betrachtete das Foto einen Moment lang – es war einwandfrei –, dann schob er es in den Umschlag zurück und versuchte, nicht daran zu denken, wo er 29 500 Pfund hernehmen sollte. Ein Blick auf die Uhr sagte ihm, daß er noch mindestens eine Stunde Zeit hatte, bis er sich für die Party fertigmachen und zum Fort losfahren mußte. Er zog das *Buch der Verklärung* aus der Schublade, schlug es auf dem Küchentresen auf, nahm einen winzigen, lippenbetäubenden Schluck aus dem Glas und ließ sich zum Schreiben nieder. Welches Pronomen sollte er wählen? Die mahnende, vorwurfsvolle zweite Person Singular oder die eher freimütig bekennende erste? Er wechselte je nach Stimmung zwischen dem Ich und dem Du, doch heute, so entschied er, hatte er nichts Unrechtes oder Kritikwürdiges getan, nichts, was eine strengere Objektivität erforderte – also war das Ich dran. »379«, schrieb er in seiner winzigen, sauberen Handschrift. »Der Fall Mr. Dupree.«

379. DER FALL MR. DUPREE. Ich habe mit Mr. Dupree nur ein einziges Mal gesprochen, und das war, als ich ihn anrief, um einen Termin mit ihm zu vereinbaren. »Warum kommt denn nicht Hogg?« fragte er sofort, neurotisch wie ein enttäuschter Liebhaber. »Der hat wohl seinen Spaß gehabt, was?« Ich erwähnte, daß Mr. Hogg sehr beschäftigt sei. »Richten Sie Hogg aus, er soll selbst kommen, oder die ganze Sache platzt«, sagte er und legte auf.

Ich erzählte das alles Hogg, der ein angewidertes Gesicht zog, voller Verachtung und Abscheu. »Ich weiß nicht, warum ich mich darauf eingelassen hab, warum ich mir das aufgehalst habe«, sagte Hogg. »Ich hab ihn hier in der Hand«, sagte er und streckte seine breite Hand aus, voller Schwielen wie bei einem Harfenspieler. »Hier hockt er, mit runtergelassenen Hosen. Machen Sie das fertig, Lorimer, alter Junge. Ich hab einen dickeren Fisch am Haken.«

Ich kannte Mr. Dupree nicht, daher hielt mein Schock nicht lange an, vermute ich – es ist zwar noch beunruhigend, daran zu denken, aber nicht sehr. Mr. Dupree war für mich nur eine Stimme am Telefon, er war Hoggs Fall, einer von seinen wenigen Ausflügen in den Markt, wie er das gern nannte, um die Ware und das Klima zu testen, um mal die Nase reinzustecken, dann hat er ihn routinemäßig an mich abgegeben. Deshalb habe ich selbst nichts empfunden, oder vielmehr war das, was ich als echten Schock deutete, so kurz. Der Mr. Dupree, dem ich begegnete, war schon zu einer Sache geworden, einer ziemlich unerfreulichen allerdings, aber wenn da ein gehäutetes Rind gehangen hätte, oder, sagen wir, wenn ich da auf einen Haufen toter Hunde gestoßen wäre, dann hätte mich das in ähnlicher Weise erschreckt, oder? Nein, vielleicht doch nicht. Aber Mr. Dupree als menschliches Wesen war mir nie über den Weg gelaufen, alles, was ich von ihm kannte, war diese quengelnde Stimme am Telefon; er war nur ein Name auf einer Akte, nur einer von vielen Terminen, was mich betraf.

Nein, ich glaube nicht, daß ich ein kaltherziger Mensch bin, im Gegenteil , ich bin zu warmherzig, und das könnte tatsächlich mein Problem sein. Aber warum hat mich das, was ich heute gesehen habe, nicht mehr erschüttert oder betroffen gemacht? An Einfühlungsvermögen mangelt es mir ja nicht, aber meine Unfähigkeit, etwas Bleibendes für Mr. Dupree zu empfinden, macht mich doch stutzig. Hat mir meine Arbeit, das Leben, das ich führe, die Gefühlstiefe eines überarbeiteten Sanitäters auf einem Schlachtfeld beschert, eines Mannes, der die Toten nur noch zählt und als potentielle Traglast wahrnimmt? Nein, da bin ich mir sicher. Aber so etwas wie der Fall Mr. Dupree wäre mir besser nicht begegnet, hätte nie in mein Leben treten dürfen. Hogg hat mich vorgeschickt, um seine Angelegenheiten zu erledigen. Wußte er etwa, daß so etwas passieren konnte? War es seine Absicherung, daß er mich geschickt hat, statt selbst hinzugehen?

Das Buch der Verklärung

Zum Fort nahm er ein Taxi. Er wußte schon, daß er wieder zuviel trinken würde, wie sie es alle immer taten bei diesen seltenen Zusammenkünften der gesamten Belegschaft. Manchmal konnte er nachts schlafen, wenn er eine Menge getrunken hatte, aber immer funktionierte das nicht, andernfalls hätte er sich dem Alkoholismus mit dem Eifer eines Konvertiten in die Arme geworfen. Manchmal hielt ihn der Alkohol nämlich wach, er blieb munter und aufgekratzt, und sein Verstand raste wie ein Schnellzug.

Als er aus dem Taxi stieg, sah er das Fort leuchten, es war heute abend hell angestrahlt, die Scheinwerfer erfaßten alle vierundzwanzig Stockwerke. Drei mit Schnüren und Lametta behangene Portiers standen an der *porte cochère* unter der aquamarinblauen Neonschrift aus kräftigen, imposanten Antiqualettern – FORTRESS SURE. Da muß etwas Großartiges im Konferenzsaal stattfinden, dachte er, das alles kann nicht für solche wie uns gedacht sein. Er wurde taxiert, begrüßt und durch die Lobby zu den Aufzügen gewiesen. Zweite Etage, Portcullis-Suite. Es gab eine richtige Catering-Küche im vierundzwanzigsten Stock, wie er vom Hörensagen wußte, mitsamt einem Gourmetkoch. Jemand hatte gemeint, die Küche könne ohne weiteres als Dreisternerestaurant durchgehen, und soweit er informiert war, stimmte das, aber er hatte sich nie bis in diese Regionen erhoben. Als erstes roch er den Zigarettenrauch, dann hörte er das an- und abschwellende Getöse überlauter Stimmen und dröhnendes Männerlachen, und er spürte auch gleich die elektrisierende Welle der Erregung, die stets durch die Aussicht auf Gratisgetränke ausgelöst wurde. Er hoffte, daß ein paar Kanapees den Weg nach unten zu den Proles gefunden hatten. Wegen Mr. Dupree hatte er das Mittagessen versäumt, wie ihm jetzt einfiel, und er hatte Hunger.

Dymphnas Brüste waren für einen Moment sichtbar, als sie sich vorbeugte und eine Zigarette ausdrückte. Klein, mit blassen, spitzen Brustwarzen, stellte er fest. Sie sollte wirklich nicht so einen tiefen …

»… Der ist ja so was von geladen«, sagte Adrian Bolt mit genüßlicher Häme zu Lorimer. Bolt war der älteste im Team, ein ehemaliger Polizeikommissar, Freimaurer und streberischer Leuteschinder. »Der schäumt vor Wut. Aber ein Hogg läßt sich das natürlich nicht anmerken. Diese Selbstbeherrschung, diese Disziplin …«

»Ist der Schaum nicht doch ein bißchen verräterisch?« meinte Dymphna.

Bolt ignorierte sie. »Er ist ungerührt. Wie ein Stein. Hogg – ein Mann, der nicht viele Worte macht, selbst wenn er verdammt wütend ist.«

Shane Ashgable wandte sich an Lorimer. »In deiner Haut möchte ich nicht stecken, *compadre*.« Sein kantiges Gesicht war abgesackt vor lauter falschem Mitleid.

Lorimer drehte sich weg, er hatte plötzlich den sauren Geschmack von Übelkeit in der Kehle und hielt im bevölkerten Raum Ausschau nach Hogg. Keine Spur. Er sah, daß vorn am dekorierten Kiefernholzpodium ein Mikrofon angebracht wurde, und meinte, inmitten einer Gruppe strahlender Gefolgsleute die geölte graublonde Frisur von Sir Simon Sherriffmuir auszumachen, seines Zeichens Präsident und Leitender Geschäftsführer von Fortress Sure.

»Noch einen Drink, Dymphna?« fragte Lorimer, damit er etwas zu tun bekam.

Dymphna reichte ihm ihr leeres Glas, lauwarm und verschmiert. »O danke, lieber Lorimer«, sagte sie.

Er schob und schlängelte sich durch das Gedränge der Trinkenden, alle schluckten gierig und hastig und hielten die Gläser an die Lippen, als könnte sie ihnen jemand entreißen, den ganzen Alkohol beschlagnahmen. Er kannte hier nur noch sehr wenige, höchstens ein paar aus der Zeit, als er selbst noch beim Fort war. Sie waren überwiegend jung, Anfang bis Mitte Zwanzig (noch in der Ausbildung?), mit neuen Anzügen, grellen

Krawatten, geröteten, angeheiterten Gesichtern. Freitagabend, morgen arbeitsfrei, bis Mitternacht total im Eimer, abgefüllt, sternhagelblau. Die Frauen, in der Minderheit befindlich, rauchten alle, lachten selbstgewiß und genossen es, daß die Männer sich um sie drängten. Lorimer bedauerte jetzt, daß er nicht netter gewesen war zu …

Jemand packte ihn eisenhart am Ellbogen. Er hatte kaum die Kraft, Dymphnas Glas in der Hand zu behalten, und fühlte sich zu einem kleinen Schmerzensschrei verpflichtet, als er wie auf dem Tanzparkett mühelos herumgewirbelt wurde, meisterhaft geführt.

»Wie geht's denn Mr. Dupree?« fragte Hogg. Sein breites, knolliges Gesicht war ohne Ausdruck und ganz nah. Sein Atem roch sehr seltsam, eine Mischung aus Wein und etwas Metallischem, was an Brasso oder einen anderen Kraftreiniger erinnerte, oder als wären ihm vor nur einer Stunde sämtliche Löcher in den Zähnen plombiert worden. Hogg hatte auch, was kaum zu glauben war, winzige rubinrote Blutperlen von Rasierverletzungen am linken Ohrläppchen, auf der Oberlippe und zwei Zentimeter unter dem linken Auge. Er mußte sehr in Eile gewesen sein.

»Ist Mr. Dupree wohlauf?« fragte Hogg weiter. »Springlebendig, gesund und munter, voller Saft und Kraft?«

»Aha«, hauchte Lorimer. »Sie haben es schon gehört.«

»Von der verdammten POLIZEI!« stieß Hogg mit raspelnder Flüsterstimme hervor, seine schlichte Physiognomie schob sich immer näher heran und begann schon zu verschwimmen. Lorimer hielt die Stellung; jetzt kam es darauf an, nicht vor Hoggs verbalen Sturmspitzen zurückzuzucken, obwohl sie sich ebensogut küssen konnten, wenn Hogg seinen Kopf nur noch ein wenig weiter vorschob. Hoggs erzener Atem wehte ihm über die Wangen und fächelte ihm sanft das Haar.

»Ich hatte keine Ahnung«, sagte Lorimer entschlossen. »Er war mit dem Besuch einverstanden. Ich dachte, ich könnte das ruck, zuck erledigen …«

»... Eine feine Wortwahl, Black!« Er stieß Lorimer heftig gegen die Brust und traf genau auf seine rechte Brustwarze, als wäre sie ein Klingelknopf. Lorimer jaulte erneut auf. Hogg zog sich zurück, sein Gesicht war eine Grimasse aus Abscheu und abgründigem, metaphysischem Ekel. »Sehen Sie zu, daß das in Ordnung kommt. Und daß mir alles quietschsauber bleibt!«

»Ja, Mr. Hogg.«

Lorimer schüttete an der Bar zwei Glas Wein hinunter und atmete ein paarmal tief durch, bevor er sich auf den Rückweg zu Dymphna und den Kollegen machte. Er sah, daß Hogg weiter drüben einen feist wirkenden Mann mit Nadelstreifen-Maßanzug und pinkfarbener Krawatte in seine Richtung wies. Der Mann setzte sich in Bewegung, steuerte auf ihn zu, und Lorimer spürte, daß sich seine Kehle zuschnürte. Was nun? Polizei? Nein, nicht im Maßanzug. Er senkte den Kopf, um an seinem nächsten Wein zu nippen, als der Kerl sich mit einem dünnen, heuchlerischen Lächeln an ihn heranschob. Sein Gesicht war gedunsen, merkwürdig wettergezeichnet mit den rosaroten, wie Glühfäden wirkenden geplatzten Äderchen auf Wangen und Nasenflügeln. Glänzende, unfreundliche kleine Augen. Aus der Nähe sah er, daß der Mann gar nicht mal so alt war, nicht viel älter als er selbst, er wirkte nur älter. Das Muster der pinkfarbenen Krawatte setzte sich aus winzigen gelben Teddybären zusammen.

»Lorimer Black?« fragte der Mann und hob die tiefe Stimme mit dem trägen, gedehnten Aristokratenakzent, um gegen das Geplapper im Umkreis anzukommen. Lorimer bemerkte, daß er kaum die Lippen bewegte und durch die Zähne sprach wie ein ungeschickter Bauchredner.

»Ja?«

»Dackel Willi schön.« Der Mund hatte sich einen Spaltbreit geöffnet und diese Laute hervorgebracht, zumindest waren das die Worte, die Lorimer akustisch zuordnen konnte. Der Mann streckte die Hand aus. Lorimer jonglierte mit den Gläsern, verschüttete Wein und lieferte ihm einen hastigen, feuchten Händedruck.

»Wie bitte?«

Der Mann schaute ihn unverwandt an, sein heuchlerisches Lächeln wurde einen Hauch breiter und heuchlerischer. Er sprach erneut.

»Dachte, lieber Gin.«

Lorimer zögerte einen winzigen Moment. »Entschuldigen Sie. Wovon reden Sie überhaupt?«

»Donnern, liebe Jane.«

»Hören Sie, ich weiß nicht, was Sie …«

»TORKEL LIEBER, JANE!«

»Welche Jane denn, um Gottes willen!«

Der Mann warf einen ungläubigen und verärgerten Blick in die Runde. »Herrgott im Himmel«, hörte Lorimer ihn sagen – diesmal klar und deutlich. Er wühlte in seiner Tasche, holte eine Visitenkarte hervor und hielt sie Lorimer entgegen. »Torquil Helvoir-Jayne, Geschäftsführer, Fortress Sure AG«, stand darauf gedruckt.

»Tor-quil-hell-voir-jayne«, las Lorimer laut wie ein Klippschüler und begriff. »Es tut mir wirklich leid. Dieser Lärm hier. Ich konnte einfach nicht …«

»Es wird ›Heever‹ ausgesprochen«, sagte der Mann verächtlich. Nicht ›Hell-voir‹. ›Heever!‹«

»Ah. Ich verstehe. Torquil Helvoir-Jayne. Sehr erfreut, Sie zu –«

»Ich bin Ihr neuer Chef.«

Lorimer überreichte Dymphna das Glas und hatte nur den einen Gedanken, daß er hier verschwinden mußte, und zwar *pronto*. Dymphna sah nicht betrunken aus, aber er wußte, daß sie es war. Er wußte nur zu gut, daß sie sturzbetrunken war.

»Wo hast du denn gesteckt, *mein Liebchen*?« sagte sie.

Shane Ashgable äugte zu ihm herüber. »Hogg hat dich gesucht.«

Man hörte den Auktionshammer laut und heftig pochen, und eine kurzatmige Stimme bellte: »Äh-Ladies, äh-Gentlemen, bitte eine Sekunde Gehör für Sir Simon Sherriffmuir!« Der Pulk, der das Podium umlagerte, brach in scheinbar ehrlich begeisterten Applaus aus. Lorimer sah, wie Sir Simon zum Podium schritt, sich die Halbbrille aus schwerem Schildpatt aufsetzte, über sie hinwegschaute und mit erhobener Hand um Ruhe bat. Mit der anderen Hand zog er einen kleinen Notizzettel aus der Brusttasche.

»Well ...«, begann er – und ließ eine Kunstpause folgen, lang und länger –, »ohne Torquil wird dieser Ort nicht mehr derselbe sein.« Seine bescheidene Pointe wurde mit energischem Gelächter belohnt, unter dessen Nachwehen sich Lorimer zur Flügeltür der Portcullis-Suite bewegte, doch nur, um sogleich zum zweiten Mal an diesem Abend am Ellbogen gepackt zu werden.

»Lorimer?«

»Dymphna, ich muß los. Hab's eilig.«

»Wollen wir nicht was essen gehen? Nur wir beide, du und ich?«

»Ich esse bei meiner Familie«, log er schnell und ging weiter. »Ein andermal.«

»Und ich fliege morgen nach Kairo.« Sie lächelte und zog die Augenbrauen hoch, als hätte sie soeben die Antwort auf eine lächerlich einfache Frage gegeben.

Sir Simon sprach über die Verdienste, die sich Torquil Helvoir-Jayne um Fortress Sure erworben hatte, über seine Jahre rastlosen Einsatzes. Lorimer versuchte es in seiner Verzweiflung mit einem hilflosen Tja-was-soll-man-machen-Lächeln und zuckte die Schultern. »Tut mir leid.«

»Na gut, ein andermal«, sagte Dymphna tonlos und wandte sich ab.

Lorimer bat den Taxifahrer, das lärmende Fußballspiel, das im Autoradio übertragen wurde, noch lauter zu drehen, und ließ sich so – bei Getöse und Gekreisch – durch die eisige, ausgestorbene City fahren, über die schwarzbrodelnde, rückflutende Themse nach Süden, im Kopf den heiseren Tenor des Reporters, der die Steilpässe, die samtige Geschmeidigkeit der Ausländer beschrie, die messerscharfen Attacken, den nachlassenden Zugriff aufs Spiel und die Jungs, die trotzdem mehr als ihr Bestes gaben. Lorimer fühlte sich aufgeschreckt, durcheinander, verlegen, überrascht und auf schmerzhafte Weise hungrig. Und er stellte fest, daß er nicht annähernd genug getrunken hatte. In einem solchen Zustand, das wußte er aus Erfahrung, war die bedrückend stille Kabine eines schwarzen Taxis kein idealer Aufenthaltsort für ihn. Dann beschlich ihn verstohlen eine neue und willkommene Empfindung – als der Sand in der Uhr zur Neige ging und der Schlußpfiff ertönte –: Schläfrigkeit, Mattigkeit, Erschlaffung. Vielleicht würde es heute gehen, vielleicht würde es wirklich klappen. Vielleicht würde er schlafen.

114. SCHLAF. Wie hieß er nur, der portugiesische Dichter, der so schlecht schlief? Er nannte seine Schlaflosigkeit, wenn ich mich recht erinnere, »Verdauungsstörung der Seele«. Vielleicht ist das mein Problem – Verdauungsstörung der Seele –, auch wenn ich nicht unter echter Schlaflosigkeit leide. Gérard de Nerval sagte: »Ein Drittel unseres Lebens verbringen wir im Schlaf. Er besänftigt die Kümmernisse unserer Tage und die Sorgen, die uns ihre Freuden bereiten; aber ich habe nie Ruhe im Schlaf gefunden. Für ein paar Sekunden bin ich benommen, dann fängt ein neues Leben an, befreit von den Bindungen an Raum und Zeit und ohne Zweifel ähnlich dem Zustand, der uns nach dem Tod erwartet. Wer weiß, ob es nicht ein Band zwischen den zwei Existenzen gibt und ob es der Seele dann nicht möglich ist, diese beiden zu vereinen?« Ich glaube, ich weiß, was er meint.

Das Buch der Verklärung

»Zu Doktor Kenbarry, bitte«, sagte Lorimer zu einem mißtrauischen Pförtner. Er sprach den Namen immer überdeutlich aus, da er nicht gewohnt war, Alan so zu nennen. »Doktor Alan Kenbarry. Er muß im Institut sein, er erwartet mich. Ich bin Mr. Black.«

Pedantisch sah der Pförtner zwei abgegriffene Listen durch und führte zwei Telefongespräche, bevor er Lorimer in die Fakultät für Soziologie der University of Greenwich vorließ. Lorimer fuhr mit dem klapprigen, verschandelten Fahrstuhl zu Alans Reich im fünften Stock hinauf, wo Alan ihn schon im Foyer erwartete. Zusammen gingen sie durch düstere Flure bis zu einer doppelten Schwingtür, die von der Inschrift (mit bauhausartigen Kleinbuchstaben) »institut für klarträume« geziert war, und weiter durch das abgedunkelte Labor zu den verhängten Kabinen.

»Sind wir heute allein, Doktor?« fragte Lorimer.

»Nein, das sind wir nicht. Patient F. ist schon vorbereitet.« Er öffnete die Tür zu Lorimers Kabine. »Nach Ihnen, Patient B.«

Sechs Kabinen befanden sich in zwei Dreierreihen Rücken an Rücken am Ende des Labors. Aus jeder Kabine führten Drähte zu einem Metallträger und verliefen, lose miteinander verschlungen, an der Decke entlang bis zum Kontrollzentrum mit einer Galerie von Tonbandgeräten, blinkenden Monitoren und EEG-Geräten. Lorimer bekam immer dieselbe Kabine zugewiesen und war nie einer anderen Laborratte begegnet. Alan wollte es so – kein Austausch über Symptome, keine Mogelei mit Placebos, keine Tricks. Und kein Gequatsche über den netten Doktor Kenbarry.

»Wie geht es uns?« fragte Alan. Eine einsame Neonröhre verwandelte seine Brillengläser, als er den Kopf bewegte, für einen Moment in zwei weiße Scheiben.

»Eigentlich sind wir ziemlich müde. Der Tag war die Hölle.«

»Armer Junge. Dein Schlafanzug liegt dort. Müssen wir noch mal aufs Klo?«

Lorimer zog sich aus, hängte seine Sachen sorgfältig auf und schlüpfte in die frische Baumwollpyjamahose. Alan kam einen Moment später zurück, schwenkte stolz eine Tube Kontaktgel und eine Rolle Transparentpflaster. Lorimer stand geduldig da, während sich Alan mit den Elektroden abmühte: eine auf jede Schläfe, eine unters Herz, eine auf den Puls am Handgelenk.

Alan klebte die Brustelektrode mit dem Pflaster fest. »Eine kleine Rasur könnte nicht schaden bis zum nächsten Mal. Es stachelt ein bißchen«, sagte er. »So, das wär's. Träume süß.«

»Hoffen wir das Beste.«

Alan zögerte noch. »Ich hab schon öfter gedacht, wir sollten auch eine am Schwanz des Patienten anbringen.«

»Haha! Lady Haigh sagte, du hättest sie heute morgen geweckt.«

»Ich hab nur den Müll rausgebracht.«

»Sie war sauer und hat Schlingel zu dir gesagt.«

»Diese Schlange. Das ist nur, weil sie in dich verknallt ist. Sonst alles in Ordnung?«

»Aber klar doch.«

Lorimer kroch in das schmale Bett, Alan stand mit verschränkten Armen am Fußende und lächelte liebevoll wie eine Mutter, nur der weiße Kittel widersprach diesem Eindruck. Alles geheuchelt, dachte Lorimer, und völlig überflüssig.

»Irgendwelche Wünsche?«

»Meeresrauschen bitte«, sagte Lorimer. »Einen Wecker brauche ich nicht. Gegen acht etwa bin ich weg.«

»Nacht, mein Junge. Schlaf süß. Ich bleibe noch ungefähr eine Stunde.«

Alan schaltete das Licht aus und ließ Lorimer in völliger Dunkelheit und fast absoluter Stille zurück.

Jede Kabine war sorgfältig isoliert, so daß die Geräusche, die von außen hereindrangen, bis zur Unkenntlichkeit gedämpft wurden. Lorimer lag in der betäubenden Finsternis und wartete, daß die Blitzlichter vor seinen Augen zur Ruhe kamen. Er hörte das Tonband mit den Ozeanwellen einsetzen, das einschläfernde Rauschen der Brandung, die auf Sand und

Steine klatschte, das Zischen und Rasseln der Kiesel im Rücksog, und er drückte den Kopf tiefer ins Kissen. Er war *wirklich* müde, was für ein katastrophaler Tag … Er verscheuchte die Bilder von Mr. Dupree aus dem Bewußtsein und stellte fest, daß an ihre Stelle das wenig liebenswürdige Gesicht von Torquil Helvoir-Jayne trat.

Das war wenigstens was. Chef, hatte er gesagt, sehr gespannt sei er, neue Herausforderungen, aufregende Entwicklungen und so weiter. Verläßt das Fort und kommt zu uns. Und er hatte immer gedacht, Hogg wäre der einzige Chef, der große Zampano – oder wenigstens der einzig sichtbare. Warum sollte Hogg da mitmachen? Das war doch seine Kiste, warum sollte der sich so einen wie Helvoir – o Verzeihung, »Heever« – Jayne gefallen lassen? Der war doch völlig daneben. Peinliche Begegnung, das. Maulfaul, der brauchte dringend Sprechunterricht, zumal bei diesem Namen. Torquilheeverjayne. Arrogantes Arschloch. So ein Fatzke. Aufgeblasenes Ego. Schon komisch, so einen im Büro zu haben. Gar nicht unser Typ. Totale Fehlbesetzung. Torquil. Hatten sie Hogg den vor die Nase gesetzt? Wie war das möglich? … Das mußte aufhören, entschied Lorimer, oder er würde nie einschlafen. Themawechsel angesagt. Deshalb war er ja hier. Woran denken? An Sex? Oder an Gérard de Nerval? Sex. Na dann: Dymphna, die stämmige, breitschultrige Dymphna mit den kleinen Brüsten und der offenen Aufforderung. Aus heiterem Himmel, einfach so. Nie hätte er sich das träumen lassen. Sich Dymphna nackt vorstellen, wie sie beide es trieben. Diese albernen Schuhe. Kräftige, eher kurze Beine … Während er absackte und wegtrieb, schob sich ein anderes Bild über das von Dymphna – ein Diorama, das über die glänzende Heckklappe eines Taxis huschte, und darüber ein Mädchengesicht, ein bleiches, ovales, makelloses Gesicht, hoffnungsvoll, mit großen Augen, der Hals gereckt …

Ein brutales Pochen; zwei harte Schläge mit eisernen Knöcheln gegen die Kabinentür rissen ihn jäh aus dem Schlaf. Er saß senkrecht, mit hämmerndem Herzen in der undurchdringlichen Dunkelheit, imaginäre Brandung rauschte an einem imaginären Meeresstrand.

Das Licht ging an, und Alan trat ein, im Gesicht ein resigniertes Lächeln, in der Hand einen Computerausdruck.

»Wow«, sagte er und zeigte Lorimer eine zerklüftete Gebirgskette. »Hätt mir fast 'ne Rippe gebrochen.«

»Wie lange war ich weg?«

»Vierzig Minuten. War es wieder das Klopfen?«

»Ja. Faustschläge gegen die Tür. Bum, bum. Aber laut.«

Lorimer legte sich wieder hin und dachte, daß es aus irgendeinem unerfindlichen Grund immer öfter so kam. Immer öfter in diesen Nächten riß ihn ein lautes Pochen, das Bimmeln oder Schrillen von Türklingeln aus dem Schlaf. Die Erfahrung sagte ihm, daß diese Art des Erwachens dem Nachtschlaf ein abruptes Ende bereitete. Nie gelang es ihm, wieder einzunicken, als hätte der Schock seine Nerven so sehr aufgeschreckt und zerrüttet, daß sie volle vierundzwanzig Stunden brauchten, um sich zu beruhigen.

»Absolut faszinierend«, sagte Alan. »Gewaltiges hypnopompes Traumgeschehen. Ich bin begeistert. Zwei Schläge, sagtest du?«

»Ja. Fein, daß ich dir was bieten kann.«

»Hast du geträumt?« Er zeigte auf das Traumtagebuch neben dem Bett. Alle Träume mußten aufgeschrieben werden, egal, wie fragmentarisch sie waren.

»Nein.«

»Wir zeichnen weiter auf. Versuch wieder einzuschlafen.«

»Wie Sie wünschen, Herr Doktor.«

Die Wellen rauschten. Die Dunkelheit kam zurück. Lorimer lag in der engen Kabine und dachte diesmal an Gérard de Nerval. Es klappte nicht.

2. Kapitel

Als er in den Lupus Crescent einbog, sah Lorimer Detective Sergeant Dennis Rappaport behende aus dem Auto springen und mit eingeübt lungernder Haltung an einem Laternenpfahl Aufstellung nehmen, als wollte er den Eindruck einer rein zufälligen und kaum dienstlich begründeten Begegnung erwekken. Der Tag war ausgesprochen grau und kalt, der Himmel hing tief, und das tote Licht ließ selbst das unglaublich nordische Naturell des Detective Rappaport trist und angegriffen erscheinen. Rappaport war froh, hereingebeten zu werden.

»Sie sind also in der Nacht nicht zu Hause gewesen«, bemerkte Rappaport aufgeräumt und nahm dankbar eine Tasse dampfenden, gut gesüßten Instantkaffee von Lorimer entgegen, der sich mit Mühe eine Bemerkung über die geradezu unheimliche Kombinationsgabe des Kommissars verkniff.

»Das ist korrekt«, sagte er. »Ich nehme an einem Forschungsprojekt zum Thema Schlafstörungen teil. Ich habe einen sehr leichten Schlaf«, fügte er hinzu, um dem Kommissar die nächste Bemerkung abzuschneiden. Vergebens.

»Sie leiden also unter Schlaflosigkeit«, sagte Rappaport. Lorimer fiel auf, daß er das servile »Sir« nicht mehr benutzte, und fragte sich, ob das ein gutes oder schlechtes Zeichen war. Rappaport lächelte ihn wohlwollend an. »Ich schlafe wie ein Bär. Ein Brummbär. Gar kein Problem. Bin sofort weg. Ich hau mich in die Kissen, und weg bin ich. Schlafe wie 'n Klotz.«

»Ich beneide Sie!« Lorimer meinte das aufrichtig, Rappaport hatte ja keine Ahnung, wie aufrichtig er war. Der fuhr fort, seine heroischen Schlafleistungen aufzuzählen, darunter war auch ein Sechzehnstundentriumph bei einer Wildwasserexpedition auf dem Floß. Er schlief regelmäßig acht Stunden, wie sich herausstellte, und er nahm es mit einer gewissen Genugtuung für sich in Anspruch. Lorimer hatte schon des öfteren registriert, daß das Eingeständnis von Schlafstörungen derlei harmlose Prahlereien provozierte. Nur wenige andere Leiden riefen ein vergleichbares Echo hervor. Wer eine Verstopfung beichtete, mußte kaum damit rechnen, daß die Gesprächspartner ihren regelmäßigen Stuhlgang priesen. Auch Klagen über Akne, Hämorrhoiden oder Rückenschmerzen lösten im allgemeinen Mitgefühl und keine großspurigen Verlautbarungen über stabile Gesundheit aus. Aber Schlafstörungen wirkten so auf die Leute, fand Lorimer. Sie hatten fast magischen Charakter, diese treuherzigen Protzereien, als wären es Beschwörungsformeln gegen die untergründige Angst vor der Schlaflosigkeit, die in jedem lauerte, auch in den gesündesten Schläfern, in den Rappaports der ganzen Welt. Der Kommissar erläuterte jetzt seine Fähigkeit, erholsame Nickerchen einzuschieben, sollten ihn die Pflichten seines Berufs jemals um den geruhsamen und ungetrübten Nachtschlaf bringen.

»Und was kann ich für Sie tun?« fragte Lorimer höflich.

Rappaport zog sein Notizbuch aus der Jackentasche und blätterte darin. »Eine sehr schöne Wohnung, die Sie hier haben, Sir.«

»Danke.« Komm zur Sache, dachte Lorimer. Rappaport runzelte die Stirn beim Lesen einer seiner Notizen.

»Wie viele Besuche haben Sie bei Mr. Dupree gemacht?«

»Nur den einen.«

»Er hatte zwei Stunden für Sie vorgemerkt.«

»Das ist ganz normal.«

»Warum so lange?«

»Das hing mit der Art unseres Geschäfts zusammen. Es ist zeitaufwendig.«

»Sie sind bei der Versicherung, nehme ich an.«

»Nein. Doch. Wenn man so will. Ich arbeite in einer Firma für Schadensregulierungen.«

»Dann sind Sie also Schadensregulierer.«

Und du bist die Zierde deines Berufs, dachte Lorimer, aber er sagte nur: »Ja, ich bin Schadensregulierer. Mr. Dupree hatte nach dem Brand eine Schadensforderung an die Versicherung gestellt. Seine Versicherungsgesellschaft ...«

»Welche ist das?«

»Fortress Sure.«

»Fortress Sure. Ich bin bei der Sun Alliance. Und bei Scottish Widows.«

»Beides erstklassige Unternehmen. Fortress Sure hatte den Eindruck – und das ist oft so, fast der Normalfall –, daß Mr. Duprees Forderung ein wenig hochgegriffen war. Sie beauftragen uns mit der Untersuchung, ob die Schäden tatsächlich so groß sind wie behauptet, und gegebenenfalls damit, die Entschädigungssumme nach unten zu regulieren.«

»Daher der Name ›Schadensregulierer‹.«

»Genau.«

»Und Ihre Firma, die GGH Ltd., ist unabhängig von Fortress Sure.«

»Nicht unabhängig, aber unparteiisch.« Dieser Satz war in Stein gemeißelt. »Fortress Sure bezahlt uns für unsere Dienste.«

»Eine faszinierende Verfahrensweise. Haben Sie vielen Dank, Mr. Black. Das war äußerst nützlich. Ich werde Sie nicht länger behelligen.«

Dieser Rappaport ist entweder äußerst clever oder äußerst beschränkt, dachte Lorimer, der sich unauffällig neben das Erkerfenster gestellt hatte und auf den blonden Kopf des Kommissars hinabblickte, aber ich weiß nicht, was von beidem. Lorimer beobachtete, daß Rappaport, nachdem er die Eingangstreppe hinabgestiegen war, auf der Straße stehenblieb und sich eine Zigarette anzündete. Dann starrte er mit gerunzelter Stirn das Haus an, als könnte es ihm irgendeinen Hinweis zum Fall Dupree liefern.

Lady Haigh kam die Außentreppe aus dem Keller hochgeklettert, in der Hand zwei funkelnde leere Milchflaschen, die sie auf der obersten Stufe neben dem Müllkübel absetzte, und Lorimer sah, daß Rappaport sie in ein Gespräch verwickelte. Aus dem eifrigen Kopfnicken der Lady Haigh schloß er, daß sie über ihn redeten. Und obwohl er wußte, daß sie sich zu seiner unbeugsamen Fürsprecherin machen würde, löste dieses Gespräch, das inzwischen weitergegangen war – Lady Haigh wies streng auf ein gigantisches Motorrad, das auf der anderen Seite geparkt war –, eine merkwürdige Unruhe in ihm aus. Er ging in die Küche und wusch Rappaports Kaffeetasse ab.

37. GÉRARD DE NERVAL. Bei meinem ersten Besuch im Institut für Klarträume fragte mich Alan nach meiner gegenwärtigen Lektüre, und ich sagte ihm, ich läse eine Biographie von Gérard de Nerval. Alan belehrte mich dann, ich solle mich zur gezielten Schlafförderung entweder auf das Leben de Nervals konzentrieren oder mich sexuellen Phantasien hingeben. Entweder – oder. Dies wäre meine Auswahl an »Schlafmitteln«, von der ich für die Dauer der Behandlung im Institut nicht abweichen sollte. Es mußte de Nerval sein oder Sex.

Gérard de Nerval, Guillaume Apollinaire oder Blaise Cendrars. Jeder von ihnen hätte sich geeignet. Ich habe ein widernatürliches Interesse an diesen drei französischen Schriftstellern, und das aus einem einfachen Grund – sie alle haben ihre Namen geändert und sich unter einem anderen Namen neu erfunden. Ihr Leben begonnen hatten sie als Gérard Labrunie, Wilhelm-Apollinaris de Kostrowitzky und Frédéric-Louis Sauser. Gérard de Nerval war mir jedoch der Nächste: Auch er hatte ernstliche Schwierigkeiten mit dem Schlaf.

Das Buch der Verklärung

Lorimer kaufte eine stattliche Lammkeule für seine Mutter und nahm noch zwei Dutzend Schweinswürstchen dazu. In seiner Familie wurden Fleischgeschenke höher geschätzt als alles andere. Als er aus der Metzgerei kam, zögerte er kurz an Marlobes Blumenstand – gerade lange genug, wie sich zeigte, um Marlobes Aufmerksamkeit zu erwecken. Marlobe redete mit zwei Kumpeln und rauchte seine gräßliche Pfeife mit dem Edelstahlrohr. Als er Lorimer entdeckte, brach er das Gespräch mitten im Satz ab, streckte ihm eine Blume entgegen und rief: »Im ganzen Land finden Sie keine Lilie, die süßer duftet!«

Lorimer schnupperte, nickte zustimmend und willigte resignierend in den Kauf von drei Stengeln ein, worauf Marlobe sich beeilte, sie einzuwickeln. Sein Blumenstand war eine komplizierte kleine Konstruktion auf Rädern, die aus Türen und Klappflügeln bestand und in geöffnetem Zustand mehrere abgestufte Regalreihen mit blumengefüllten Zinkeimern enthüllte. Marlobe pflegte lautstark zu verkünden, daß er auf Quantität *und* Qualität achte, doch er verstand darunter hohe Stückzahlen und begrenzte Auswahl, und folglich war sein Angebot sehr schmal, um nicht zu sagen enttäuschend banal. Nelken, Tulpen, Narzissen, Chrysanthemen, Gladiolen, Rosen und Dahlien, das war alles, was er seinen Kunden ungeachtet der Jahreszeit zu bieten hatte, doch dafür in unglaublichen Mengen (man konnte bei Marlobe sechs Dutzend Gladiolen erwerben, ohne seine Vorräte zu erschöpfen) und in jeder Farbe, die es gab. Sein einziges Zugeständnis an einen exotischen Geschmack waren Lilien, und auf die war er besonders stolz.

Lorimer hatte Freude an Blumen und kaufte regelmäßig welche für seine Wohnung, aber Marlobes Sortiment verabscheute er fast ohne Ausnahme. Auch bei den Farben bevorzugte Marlobe die Grundfarben oder möglichst grelle Töne (alle zarten Farben schmähte er lauthals), weil er der Meinung war, daß die Leuchtkraft das wichtigste Kriterium für eine »gute Blume« sei. Dasselbe Wertsystem bestimmte auch den Preis: Eine scharlachrote Tulpe war teurer als eine rosafarbene, Orange galt mehr als Gelb, gelbe Narzissen rangierten höher als weiße und so weiter.

»Wissen Sie was«, fuhr Marlobe fort, wühlte in der Hosentasche nach Kleingeld und hielt in der anderen Hand die Lilien. »Wenn ich 'ne MPi hätte, irgend'ne verdammte MPi, dann würde ich verdammt noch mal da reingehen und die ganze verfluchte Bande an die Wand stellen.«

Lorimer wußte, daß er die Politiker und das Parlament meinte. Die Litanei war ihm vertraut.

»Tacka-tacka-tacka-tack«, die imaginäre MPi ratterte und zuckte in seiner Hand, als Lorimer ihm die Lilien abgenommen hatte. »Die ganze verfluchte Bande würde ich abknallen, bis auf den letzten Mann.«

»Danke«, sagte Lorimer und nahm eine Handvoll warme Münzen entgegen.

Marlobe strahlte ihn an. »Schönen Tag noch.«

Aus irgendeinem bizarren Grund mochte Marlobe ihn und versorgte ihn stets mit seinen ätzenden Kommentaren zum Zeitgeschehen. Er war klein, untersetzt und, abgesehen von ein paar rötlich-sandfarbenen Fusseln um die Ohren und im Nakken, völlig kahl; er hatte ständig den leicht überraschten Unschuldsblick der Blondbewimperten. Lorimer kannte seinen Namen, weil er auf den fahrbaren Blumenkiosk aufgemalt war. Wenn er keine Blumen verkaufte, war er in lärmende Unterhaltungen mit einer seltsamen Mischung von Kumpeln verwickelt – jung und alt, vermögend und unvermögend –, die gelegentlich verschwanden, um geheimnisvolle Aufträge für ihn zu erledigen oder ihm Bier aus der Eckkneipe zu holen. Im Umkreis einer halben Meile hatte er keine Blumenkonkurrenz und verdiente, wie Lorimer wußte, eine hübsche Stange Geld. Seine Ferien verbrachte er an der australischen Ostküste und auf den Seychellen.

Lorimer fuhr mit dem Bus nach Fulham. Die Pimlico Road bis Royal Hospital Road, durch die King's Road, dann die Fulham Road zum Fulham Broadway. An den Wochenenden mied er die U-Bahn – sie kam ihm unpassend vor, mit ihr fuhr man zur Arbeit –, und für sein Auto hätte er keinen Parkplatz gefunden. An einer Ampel auf dem Broadway stieg er aus und schlenderte durch die Dawes Road, wobei er versuchte, sich Einzelheiten aus seiner Kindheit und Jugend in diesen engen und autoverstopften Straßen ins Gedächtnis zu rufen. Er machte sogar einen Umweg von ein paar hundert Metern, um seine alte Schule, St. Barnabus, in Augenschein zu nehmen, die beschmierten Backsteinmauern, den Schulhof mit dem löchrigen Asphalt. Es war eine wertvolle Übung in schmerzlicher Nostalgie und der eigentliche Grund, weshalb er den beharrlichen Einladungen seiner Mutter zum Essen (am Samstag, nie am Sonntag) hin und wieder Folge leistete. Es war wie das Abreißen des Schorfs von einer Wunde; er wünschte sich Narben, es wäre falsch, das Vergessen zu suchen, alles auslöschen zu wollen. Jede befrachtete Erinnerung, die hier lauerte, hatte ihre Bedeutung: Alles, was er heute darstellte, war indirekt das Resultat seines früheren Lebens und bestätigte ihm die Richtigkeit eines jeden seiner Schritte seit der Flucht nach Schottland ... Nein, das ist nun doch ein bißchen übertrieben, ein bißchen hochgegriffen, dachte er. Es war nicht fair, Fulham und der Familie die Verantwortung dafür aufzubürden, was er heute war – was ihm in Schottland passiert war, spielte in diesem Zusammenhang ebenfalls eine gewichtige Rolle.

Trotzdem spürte er, als er von der Filmer Road abbog, dieses vertraute Gefühl in der Speiseröhre – ein Magenproblem, das Sodbrennen. Er mußte sich nur auf hundert Meter dem Haus seiner Familie, seinem Geburtshaus, nähern, und schon ging es los, die Magensäure fing an zu schäumen und zu brodeln. Andere Leute – die meisten, wie er großzügig vermutete – wurden bei ihrer Rückkehr nach Hause von einem altvertrauten (in der Kindheit vielbekletterten) Baum begrüßt, vom Klang der Kirchenglocken hinterm Anger oder vom freundlichen Gruß eines älteren Nachbarn ... Doch nicht er: Er nuckelte eine Pfefferminzpastille und klopfte sich sacht gegen das Brustbein, als er um die Ecke bog und die schmale, keilförmige Häuserzeile vor sich sah. Die unansehnliche Reihe von Geschäften – mit der Post, dem Getränkeladen, dem pakistanischen Lebensmittelhändler, dem einstigen Fleischerladen mit den heruntergelassenen Jalousien, dem Immobilienbüro – lief in einer Spitze aus, der Nummer 36 mit den verstaubten, in doppelter Reihe geparkten ehemals stolzen Limousinen davor und den Milchglasscheiben der Firma »B. & B. Kleintaxis und internationale Kurierdienste« im Parterre.

Ein neues Plastiknamensschild, das er bei seinem letzten Besuch noch nicht gesehen hatte, war über dem Klingelknopf angebracht, schwarzkupferne Lettern auf bronziertem Gold: »FAMILIE BLOÇJ«. »Das J ist stumm«, hätte der Wahlspruch der Familie Bloçj lauten müssen, wenn man sich ein solches Ruhmeszeichen überhaupt vorstellen konnte, oder auch: »Unter dem C ist ein Punkt.« Aus ferner Zeit hörte er den geduldigen, tieftönenden Akzent seines Vaters an zahllosen Postschaltern, Ferienhotelrezeptionen und Mietwagenzentralen: »Das J ist stumm, und unter dem C ist ein Punkt: Familie Bloçj.« Und wie oft in seinem Leben hatte er selbst, verlegen murmelnd, diese Anweisung gegeben? Lieber nicht dran denken – all das lag nun hinter ihm.

Er drückte auf die Klingel, wartete, klingelte erneut und hörte schließlich kleine Füße im Rhythmus eines unregelmäßigen Anapäst die Stufen heruntertrappeln. Seine Nichte Mercy öffnete ihm. Sie war winzig, trug eine Brille wie alle weiblichen Mitglieder der Familie und wirkte wie ein vierjähriges Kind, obwohl sie schon acht war. Er sorgte sich ständig um sie wegen ihrer Winzigkeit, wegen ihres unglückseligen Namens (die Kurzform für Mercedes, was er immer französisch aussprach, um davon abzulenken, daß sie so hieß, weil ihr Vater, sein Schwager, Teilhaber der Taxifirma war) und wegen ihres ungewissen Schicksals. An die Tür geklammert, stand sie da und schaute neugierig-schüchtern zu ihm hoch.

»Hallo, Milo«, sagte sie.

»Hallo, Darling.« Sie war das einzige Wesen, das er »Darling« nannte, und auch das nur, wenn es keiner hörte. Er küßte sie zweimal auf jede Wange.

»Hast du mir was mitgebracht?«

»Feine Würstchen. Aus Schweinefleisch.«

»O fein.«

Sie stapfte die Treppe hinauf, und Lorimer folgte mit müdem Schritt. Der Geruch in der Wohnung war scharf und beißend von Küchendunst und Gewürzen. Offenbar liefen außer dem Fernseher noch irgendwo ein oder zwei Radios mit Werbung und Rockmusik. Mercedes ging ihm voraus in das große dreieckige Wohnzimmer, das voller Licht und Lärm war; es war der Raum an der Spitze der Häuserzeile und direkt über dem Büro und Einsatzstab von »B. & B. Kleintaxis und internationale Kurierdienste« gelegen. Die Musik (irgendeine Kreuzung aus Country und Rock) kam hier aus einem dunklen, blinkernden Hi-Fi-Turm. Das Radio (Werbegebrüll) drang aus der Küche zur Linken herüber, begleitet vom Klappern und Scheppern energisch betriebener Haushaltsgeräte.

»Milo ist es«, verkündete Mercedes, und seine drei Schwestern drehten sich träge um, drei Augenpaare musterten ihn stumpf durch drei Paare dicker Brillengläser. Monika nähte, Komelia trank Tee und Drava (Mercys Mutter) aß – was zehn Minuten vor dem Mittagessen schon erstaunlich war – einen Nußschokoladenriegel.

Als Kind hatte er seine drei älteren Schwestern in burlesker Laune »die Herrische«, »die Alberne« und »die Schmollende« genannt, oder auch die Dicke, die Dünne und die Kurze: Und seltsamerweise schienen seine wenig schmeichelhaften Bezeichnungen mit dem wachsendem Alter der so Charakterisierten immer zutreffender zu werden. Als jüngstes Kind der Familie war er von ihnen, die in seiner Erinnerung immer schon Frauen waren, herumkommandiert und gepiesackt worden. Selbst die jüngste und hübscheste der Schwestern, die trübsinnige kleine Drava, war sechs Jahre älter als er. Nur Drava hatte geheiratet, hatte Mercedes zur Welt gebracht und sich dann scheiden lassen. Monika und Komelia hatten immer zu Hause gewohnt und mal im Familienbetrieb, mal in Teilzeitjobs gearbeitet. Jetzt waren sie Vollzeit-Hauspflegerinnen, und wenn sie je ein Liebesleben hatten, führten sie es insgeheim, irgendwo anders, weit weg.

»Tag, die Damen«, sagte Lorimer mit mattem Witz. Sie waren so viel älter als er; er sah in ihnen eher Tanten als Schwestern und sträubte sich gegen den Gedanken, durch so enge Blutsbande an sie gefesselt zu sein. Vergeblich suchte er nach irgendeinem genetischen Abstand, nach einem angeborenen Anderssein.

»Mum, Milo ist es«, brüllte Komelia zur Küche hinüber, aber Lorimer war schon dorthin unterwegs und schwenkte den schweren Beutel mit dem Fleisch. Die Mutter füllte mit ihrer breiten Statur den Türrahmen aus, als sie ihm entgegentrat, die Hände an einem Geschirrtuch abwischte und ihn durch ihre beschlagenen Brillengläser anstrahlte.

»Milomre«, seufzte sie mit einer Liebe in der Stimme, die mit Händen zu greifen war und vor der es kein Entkommen gab. Sie küßte ihn viermal heftig, das Plastikgestell ihrer Brille prallte zweimal gegen jeden seiner Wangenknochen. Hinter ihr, zwischen den dampfenden und klappernden Töpfen, sah Lorimer seine Großmutter beim Zwiebelschneiden. Sie winkte ihm mit dem Messer zu, dann schob sie die Brille hoch, um sich die Tränen wegzuwischen.

»Sieh mal, wo du kommst, ich weine vor Freude, Milo«, sagte sie.

»Hallo, Gran, schön, dich zu sehen.«

Seine Mutter hatte die Lammkeule und die Würstchen schon auf die Arbeitsplatte gepackt und prüfte das Gewicht der Keule staunend in den roten, rissigen Händen.

»Der ist aber ein großer Teil, Milo. Sind das da Schwein?«

»Ja, Mum.«

Seine Mutter wandte sich ihrer Mutter zu, und sie sagten schnell etwas in ihrer Sprache. Inzwischen hatte sich die Großmutter die Augen getrocknet und schlurfte auf ihn zu, um auch ihre Küsse loszuwerden.

»Ich sag zu ihr, sieht er nicht schmuck aus, der Milo? Sieht er nicht schmuck aus, Mama?«

»Is 'n Hübscher. Und reich ist er. Nicht wie die ollen Kühe da!«

»Geh zu Papa, Tag sagen«, meinte seine Mutter. »Wird sich freuen. In sein Kabinett.«

Lorimer mußte Mercy bitten, aus dem Weg zu gehen, damit er durch die Tür kam, vor der sie mit ihrem Computerspiel kniete. Zögernd räumte sie den Platz, und Drava nutzte die Gelegenheit, sich an ihn heranzumachen und mit gereizter, unschöner Stimme zu fragen, ob er ihr vierzig Pfund borgen könne. Lorimer gab ihr zwei Zwanziger, aber sie hatte das schlanke Bündel in seiner Brieftasche gesehen.

»Kannst du nicht auf sechzig hochgehen, Milo?«

»Ich brauch das Geld, Drava. Es ist Wochenende.«

»Ist auch mein Wochenende. Mach schon.«

Er gab ihr einen weiteren Schein und empfing ein Nicken der Bestätigung, kein Wort des Dankes.

»Bist du beim Austeilen, Milo?« rief Komelia. »Wir könnten einen neuen Fernseher brauchen, vielen Dank.«

»Und 'ne Wäscheschleuder, wo du schon dabei bist«, ergänzte Monika. Beide lachten schrill, diesmal echt, als ob sie, dachte Lorimer, ihn nicht ernst nähmen, als ob seine Verwandlung in einen anderen Menschen nur eine Finte, nur eines seiner seltsamen Spiele wäre.

Im Flur hatte er einen kurzen Panikanfall und versuchte es mit seiner Atemübung. Auch aus dem »Kabinett« seines Vaters am Ende des Flurs lärmte ein Fernseher. Sechs Erwachsene und ein Kind wohnten im Haus. (»Sechs Frauen in einem Haus«, hatte sein älterer Bruder Slobodan gesagt, »das ist zuviel für einen Mann. Deshalb mußte ich da raus, Milo, genau wie du. Meine Männlichkeit hatte gelitten.«) Er zögerte an der Tür – eine Sportsendung, laute australische Stimmen über Satellit (hatte er dafür bezahlt?) dröhnten durch die Tür. Er senkte den Kopf, schwor sich, daß er durchhalten würde, und machte sacht die Tür auf.

Sein Vater schien auf den Bildschirm zu blicken (auf dem Experten in grünen Jacken debattierten); zumindest stand sein Sessel genau davor. Er saß reglos, mit Hemd und Krawatte, die Hose mit scharfer Bügelfalte, die Hände flach auf den Lehnen; sein gleichbleibendes Lächeln wurde von einem gestutzten weißen Bart eingerahmt, die Brille saß etwas schief, das dicke, drahtige Haar war feucht und klebte noch am Kopf.

Lorimer ging zum Fernseher und stellte den Ton leise. »Hallo, Dad«, sagte er. Die Augen seines Vaters blickten ihn leer und verständnislos an und blinkerten ein paarmal. Lorimer streckte die Hand aus und rückte ihm die Brille gerade. Er staunte jedesmal, wie adrett sein Vater aussah, und hatte keine Ahnung, wie sie das hinkriegten, seine Mutter und seine Schwestern, wie sie ihn mit allem Nötigen versorgten, ihn badeten, rasierten, verwöhnten, im Haus herumführten, in seinem Kabinett absetzten, sich (mit äußerster Diskretion) um seine Notdurft kümmerten. Lorimer wußte es nicht und wollte es nicht wissen und begnügte sich damit, diesen lächelnden Homunkulus alle paar Wochenenden zu sehen. Offenbar war er glücklich und wohlversorgt, den ganzen Tag vom Fernseher unterhalten, abends wurde er ins Bett gesteckt und morgens sanft geweckt. Mal folgten einem die Augen des Vaters, wenn man sich bewegte, mal nicht. Lorimer trat zur Seite, und der Kopf von Bogdan Bloçj wandte sich ihm zu, als wollte er seinen jüngsten Sohn begutachten, der in seinem teuren blauen Anzug groß und elegant aussah.

»Ich stelle wieder laut, Dad«, sagte er. »Das ist Kricket. Du magst doch Kricket, Dad.« Er könne alles hören und verstehen, behauptete seine Mutter, man sehe es an seinem Blick. Aber Bogdan Bloçj hatte seit über zehn Jahren kein einziges Wort gesprochen.

»Dann laß ich dich mal in Ruhe, Dad. Mach's gut.«

Lorimer verließ das Kabinett und traf im Flur auf seinen Bruder Slobodan. Er schwankte leicht und hatte eine deutliche Bierfahne, sein Bauch wölbte sich unter dem zu engen Sweatshirt, sein langes silbriges Haar war glatt zurückgekämmt, und das Ende seines Pferdeschwanzes hing ihm über die Schulter wie eine hochgewehte Krawatte.

»Heeej, Milo!« Er breitete die Arme aus und drückte ihn. »Kleiner Bruder. Alter Dandy.«

»Hallo, Lobby«, erwiderte Lorimer und korrigierte sich gleich. »Slobodan.«

»Wie geht's Dad?«

»Scheint ihm gutzugehen, denk ich. Bleibst du zum Essen?«

»Nee, bin heut knapp dran. Hab 'n Spiel in Chelsea.« Er legte Milo seine überraschend kleine Hand auf die Schulter. »Hör mal, Milo, könntest du mir vielleicht 'n Hunderter leihen?«

17. EINE FRAGMENTARISCHE GESCHICHTE DER FAMILIE BLOÇJ. Man stelle sich ein paar in der Wüste ausgegrabene Schrifttafeln vor, verwittert, vom Wind abgeschliffen, von der Sonne gebleicht, auf denen noch ein paar kryptische, runenartige Reste eines vergessenen Alphabets erhalten sind. Auf solchen Steintafeln könnte die Geschichte meiner Familie verzeichnet sein, denn alle Bemühungen, sie zu entziffern oder zu rekonstruieren, haben sich als nahezu aussichtslos erwiesen. Vor ein paar Jahren habe ich meiner Mutter und meiner Großmutter in monatelanger hartnäckiger Fragerei ein paar Auskünfte entlockt, die mich ein bißchen weiterbrachten, aber es war harte Arbeit, die mündlich überlieferte Geschichte meiner Familie war widerspenstig und kaum zu begreifen, als wäre sie nur mit größtem Widerwillen in einer nahezu unverständlichen Sprache tradiert worden, mit vielen Lücken, Fehlern und volkstümlichen Irrtümern.

Beginnen sollten wir mit dem Zweiten Weltkrieg, denn weiter zurück komme ich nicht, und mit Rumänien, dem Lieblingsverbündeten Adolf Hitlers. 1941 besetzte die rumänische Armee Bessarabien an der nördlichen Küste des Schwarzen Meeres und nannte das Gebiet in Transnistrien um. Es wurde für die dauerhafte Umsiedlung Zehntausender rumänischer Zigeuner genutzt. Die Zwangsdepor-

tationen begannen sofort anschließend, und mit den ersten Transporten kam ein junges Zigeunermädchen, keine zwanzig Jahre alt, Rebeka Petru, meine Großmutter. »Ja, ich kam in Eisenbahn, in Lastwagen«, erzählte sie mir, »dann war ich Transnistrierin. In Ausweis Transnistrierin, aber in Tatsache Zigeunerin, Zigane, Rom.« Ich habe ihr nie auch nur einen Ton über ihr vorheriges Leben entlocken können, es ist, als hätten ihr Bewußtsein und ihre persönliche Geschichte erst an dem Tag eingesetzt, als sie am Ufer des Flusses Bug aus dem Viehwagen stieg. 1942 brachte sie eine Tochter zur Welt, Pirvana, meine Mutter. »Wer war ihr Vater?« frage ich meine Großmutter und sehe mit Erschrecken, daß ihr die Tränen in die Augen schießen. »Ist ein guter Mann, totgemacht von Soldaten.« Das einzige, was ich außerdem über ihn erfuhr, war sein Name – Constantin. So waren Rebeka Petru und die kleine Pirvana in den Kriegsjahren zusammen mit Zehntausenden transnistrischen Zigeunern dem alltäglichen Terror und Elend ausgesetzt. Um zu überleben, schlossen sie sich mit anderen Romafamilien zusammen und halfen sich gegenseitig. Unter ihnen taten sich besonders zwei verwaiste Brüder namens Blocj hervor. Der jüngere der beiden hieß Bogdan. Ihre Eltern waren beim ersten Transport von Bukarest nach Transnistrien an Typhus gestorben.

Dann war der Krieg schließlich zu Ende, und die Diaspora der Zigeuner wurde bei den gewaltigen Flüchtlingsbewegungen, die 1945 und 1946 überall in Europa stattfanden, erneut auseinandergerissen. Die Petrus und die Blocjs fanden sich in Ungarn wieder und landeten in einem kleinen Dorf südlich von Budapest, wo die Blocj-Jungen ein gewisses Gründergeschick als »Händler« bewiesen, eine Tätigkeit, mit der sich die Roma in jener Gegend Ungarns das Überleben sicherten, auch wenn sie nicht zu Wohlstand gelangten. Zehn Jahre später, im Jahr 1956, nutzte Bogdan, inzwischen Anfang Zwanzig und ein begeisterter Revolutionär, das Chaos des ungarischen Aufstands und floh mit Rebeka und der vierzehnjährigen Pirvana in den Westen. »Was ist aus seinem Bruder geworden?« habe ich einmal gefragt. »Oh, ist geblieben. Wollte nicht weg. Ging zurück nach Transnistrien, ich glaube«, sagte meine Großmutter.

»Und wie hieß er?« fragte ich weiter. »Er war schließlich mein Onkel.« Ich weiß noch, daß meine Mutter und meine Großmutter sich scharf anguckten. »Nicolai«, sagte meine Großmutter, gleichzeitig sagte meine Mutter »Gheorgiu« und fügte unaufrichtig hinzu: »Nicolai-Gheorgiu. Er war bißchen … komisch, Milo. Dein Dad, er war der gute Bruder.«

1957 trafen Rebeka, Pirvana und Bogdan in Fulham ein – mit einem Kontingent ungarischer Flüchtlinge, die nach einem Aufenthalt in Österreich von der britischen Regierung übernommen worden waren. Bogdan setzte seine unternehmerische Tätigkeit unverzüglich fort und gründete eine kleine Import-Export-Firma, die mit den kommunistischen Staaten Osteuropas Handel trieb und sich EastEx nannte. Was in dem mageren Warenaustausch überhaupt erlaubt war – Reinigungsflüssigkeiten, Schmerztabletten und Abführmittel, Küchenutensilien, Konserven, Speiseöl, Werkzeuge –, transportierte er anfangs mit einem ausgemusterten und zusammengeflickten Lastwagen über die schwierige Route zwischen Budapest und England hin und her, in späteren Jahren dehnte er seine Touren in bescheidenem Maß bis Bukarest, Belgrad, Sofia, Zagreb und Sarajevo aus.

Nach allem, was sie zusammen durchgemacht hatten, war es unvermeidlich, daß Bogdan und Pirvana heirateten. Und Pirvana war es, die ihm in den Anfangsjahren von EastEx zur Seite stand, Kartons in Packpapier einwickelte und etikettierte, auf Paletten stapelte und auf den Laster lud. Sie brachte dem Fahrer die Thermosflasche mit der heißen Brühe, während Rebeka oben in der winzigen Wohnung Fleisch zubereitete und kochte: Schmorgerichte und Gulasch, Pökelschinken und speziell gewürzte Blutwürste; sie wurden an andere Flüchtlingsfamilien in Fulham verkauft, die sich nach heimatlichen Genüssen sehnten.

1960 kam Slobodan zur Welt, pflichtgemäß folgten in kurzem Abstand Monika, Komelia und Drava und schließlich, nach einer längeren Pause, der kleine Milomre. Die Firma EastEx florierte in bescheidenem Rahmen, und im Lauf der Jahre erweiterte Bogdan das Leistungsangebot von EastEx um einen kleinen Abschlepp-

dienst, einen kleinen Lieferwagen- und Lastwagenverleih und einen Kleintaxibetrieb. Für die gewachsene Familie wurde eine größere Wohnung benötigt, und die Kinder wurden mit Eifer dazu angehalten, richtige Engländer zu werden. Bogdan verfügte, daß weder Ungarisch noch Rumänisch gesprochen werden durfte – doch Pirvana und Rebeka unterhielten sich heimlich weiter in ihrem besonderen Dialekt, den selbst Bogdan nicht verstand.

Und das sind meine Erinnerungen: die große dreieckige Wohnung mit viel zu vielen Menschen, der ständige Bratendunst, der kalt-muffige Geruch der EastEx-Lagerhalle, die Schule in Fulham, die Ankündigung, daß ich in einem der immer kriselnden Familienunternehmen anfangen würde, die permanente Beschwörung: »Du bist jetzt ein englischer Junge, Milo. Das hier ist dein Land, deine Heimat.« Doch wie steht es mit den ungelösten Rätseln? Mit der Kindheit meiner Großmutter, mit meinem Großvater Constantin, meinem zwielichtigen Onkel Nicolai-Gheorgiu? Ich habe eine Geschichte der transnistrischen Zigeuner aufgetrieben und ein wenig besser begriffen, welche Schrecken und Strapazen sie ausgestanden haben müssen. Ich habe auch von den transnistrischen Wachkommandanten gelesen, grausamen und kleinlichen Tyrannen, die ihre deportierten Untertanen terrorisierten und ausbeuteten und »mit schönen Zigeunerinnen in Sünde lebten«. Ich schaute mir meine verschlagene Großmutter an und dachte an das hübsche junge Mädchen, das einst am Ufer des Bug aus dem Viehwagen gestolpert war und sich fragte, wie ihr geschah und welches Schicksal sie erwartete … Vielleicht war sie an einen schmucken jungen Wachoffizier namens Constantin geraten … Ich werde es nie erfahren, mehr werde ich nie herausbekommen. Alle meine Fragen wurden mit Schulterzucken, mit Schweigen oder mit listigen Ablenkungsmanövern beantwortet. Wenn ich meine Großmutter zu sehr mit meinen Fragen bedrängte, sagte sie immer: »Milo, wir haben Spruch in Transnistrien: ›Wenn du ißt den Honig, fragst du Biene, wo ist Blume?‹«

Das Buch der Verklärung

Der Laden von Ivan Algomir lag im Nordabschnitt der Camden Passage, links hinter einer Arkade. Die beiden Schaufenster enthielten nur je einen mit Spotlights angestrahlten Gegenstand – eine bemalte Truhe mit Beschlägen und eine kleine Messingkanone. Das Geschäft trug den Namen VERTU und wirkte dermaßen einschüchternd, hochgestochen und exquisit, daß Lorimer sich fragte, wie man überhaupt wagen konnte, über die Schwelle zu treten. Er erinnerte sich gut an seinen ersten Besuch, wie er gebebt, gestottert und gestammelt hatte, zum Design Centre weitergelaufen und auf Umwegen zurückgekehrt war, wie er nach Gründen gesucht hatte, woandershin zu gehen, und schließlich dem unwiderstehlichen Zauber des schartigen normannischen Bassinets (1999 Pfund Sterling) erlegen war, der dort auf einem hohen Sockel stand, starr beleuchtet im Grabesdämmer der Vitrine. (Er hatte den Helm letztes Jahr schließlich widerstrebend, aber mit beträchtlichem Gewinn verkauft.)

Hierher nach Islington zu fahren, hatte er nicht geplant; es war eine ermüdend lange Tour von Fulham, die ihn 23,50 Pfund fürs Taxi kostete, erschwert durch Leute, die ihre Samstagseinkäufe tätigten, durch Fußballfans und jene merkwürdigen Zeitgenossen, die ihre Autos nur an Wochenenden bewegten. Finborough Road geradeaus bis Kreuzung Shepherd's Bush, auf der A40 weiter, vorbei an Madame Tussauds, Euston Station, King's Cross, dann durch die Pentonville Road bis Angel. Irgendwo auf halber Strecke – der Fahrer hatte gerade auf gut Glück, aber vergeblich versucht, eine Route nördlich der Euston Station einzuschlagen – fragte sich Lorimer, warum er sich überhaupt die Mühe machte, aber er brauchte dringend eine Aufmunterung nach diesem Lunch bei der Familie (der ihn, wie er ausgerechnet hatte, um die 275 Pfund in Gestalt verschiedener Darlehen und Mitbringsel gekostet hatte), und außerdem wollte Stella nicht, daß er vor neun Uhr bei ihr aufkreuzte. Auf dem Umweg nach Norden und dann wieder südwärts, die Entschuldigungen des Fahrers noch im Ohr (»Is ja 'n

Alptraum, Mann, der reinste Alptraum«), machte er sich klar, daß sich sein Leben zunehmend aus solchen Zickzacktouren, aus seltsamen Irrfahrten durch diese riesige Stadt zusammensetzte. Erst von Pimlico nach Fulham, nun von Fulham nach Islington, und vor ihm lagen noch zwei weitere Fahrten, bevor er zur Ruhe kommen konnte: von Islington nach Pimlico und von Pimlico nach Stockwell. Nördlich über den Hyde Park hinaus und südlich über die Themse – das waren Grenzen, Frontlinien, die er überquerte, nicht einfach nur Fahrtrouten und Namen auf dem Stadtplan: Er besuchte andere Stadtstaaten mit anderer Atmosphäre, anderer Mentalität. So mußte die Stadt logischerweise ihren Bewohnern erscheinen, überlegte er, anders als den Besuchern, Durchreisenden und Touristen. Für den, der in dieser Stadt lebte, stellte sie ein großes Raster dar, ein endlos verzweigtes Netzwerk aus potentiellen Fahrtrouten. Auf diese Weise versuchte man, mit den Ausmaßen der Stadt zurechtzukommen, sie für sich beherrschbar zu machen. Komm zum Essen in ... Wir haben eine Versammlung in ... Hol mich ab in ... Wir treffen uns vorm ... Ist nicht weit von ... Und so weiter. Jeder Tag brachte seine eigenen Rätselfragen mit sich – Wie kam man von A nach B oder F oder H oder S oder Q? –, das komplizierte Formelwerk berücksichtigte eine ganze Reihe von Faktoren: Ortskenntnis, öffentlichen und privaten Nahverkehr, Verkehrslage, Straßenarbeiten, Tages- oder Nachtzeit, Eile oder Gelassenheit, brutalen Eigennutz oder freundliche Besonnenheit. Wir sind alle irrende Ritter, dachte er und erfreute sich am romantischen Beiklang dieser Metapher; zu Millionen sind wir unterwegs, jeder sucht sich seinen eigenen Weg durch das Labyrinth. Und morgen? Von Stockwell nach Pimlico, danach würde er vielleicht zu Hause bleiben, obwohl er eigentlich weiter gen Osten nach Silvertown mußte, um über das Dekor und die Ausstattung des neuen Hauses nachzudenken.

Ivan hatte ihn entdeckt und streckte seinen totenkopfähnlichen Schädel aus der Rauchglastür. »Lorimer, mein Guter, du wirst mir noch erfrieren.«

Ivan trug einen biskuitfarbenen Tweedanzug, dazu eine weiche, austernfarbene Fliege (»Für diesen Job brauchst du die richtigen Klamotten«, hatte er listig erklärt, »du weißt doch, was ich meine, Lorimer, oder?«). Im Geschäft war es dunkel, die Wände waren mit schokoladenbrauner Jute bespannt oder bis auf die dunkel glasierte Backsteinmauer abgeschlagen. Es gab nur sehr wenige, aber lachhaft teure Antiquitäten – einen Globus, einen Samowar, einen Sextanten, einen Streitkolben, ein Lackschränkchen, einen Zweihänder und ein paar Ikonen.

»Setz dich, Jungchen, setz dich.« Ivan zündete sich eine Zigarillo an und rief nach oben: »Petronella? Kaffee bitte. Aber nimm nicht den Costa Rica.« Er lächelte Lorimer an, entblößte sein gräßliches Gebiß und sagte: »Das ist nun entschieden die angemessene Tageszeit für einen Brasil, würde ich sagen.«

Ivan war für Lorimer die lebende, atmende Erscheinung eines Totenschädels mit dünner Haut, sein Kopf eine Collage aus dürren Winkeln, Flächen und Schrägen, die irgendwie seine frei schwebende Nase am Platz hielten, seine großen blutunterlaufenen Augen und den schmallippigen Mund mit den unregelmäßig gruppierten braunen Zähnen, die viel zu groß wirkten und eher in ein Esels- oder Maultiergebiß paßten. Er rauchte täglich zwischen zwanzig und dreißig seiner übelriechenden Zigarillos, schien nie zu essen, trank seinen Launen gemäß – Whisky um zehn Uhr morgens, Dubonnet oder Gin am Nachmittag, Portwein als Aperitif (»*Très français*, Lorimer«) – und hatte einen eigenartigen, quälenden Husten, der ihn von Kopf bis Fuß schüttelte und in annähernd zweistündigen Abständen auftrat, worauf er sich oft für ein paar Minuten still in die Ecke setzte. Aber seine feucht hervorquellenden Augen blitzten vor Bosheit und Schläue, und irgendwie hielt sein schwächlicher Organismus stand.

Ivan begann von einer »fast kompletten Garnitur« zu schwärmen, die er zusammenstellte. »Die geht natürlich direkt ans Met oder ans Getty. Unglaublich das Zeug, das da aus Osteuropa kommt – Polen, Ungarn. Die krempeln jetzt ihre Dachböden um. Könnte was für dich dabeisein, alter Knabe. Ein wundervoller geschlossener Helm, Seusenhofer, mit Kinnreff.«

»Auf die geschlossenen bin ich nicht so scharf.«

»Dann wart nur ab, bis du den zu sehen kriegst. Übrigens, zu dieser Krawatte würde ich kein weißes Hemd tragen, Alterchen, du siehst aus wie ein Totengräber.«

»Ich war zum Essen bei meiner Mama. Nur ein weißes Hemd kann sie davon überzeugen, daß ich einem einträglichen Erwerb nachgehe.«

Ivan lachte, bis der Husten kam. Er hustete sich aus, schluckte den Schleim, klopfte sich auf die Brust und sog heftig an seinem Stumpen. »Du liebe Zeit! Ich weiß genau, wovon du redest«, sagte er. »Wollen wir einen Blick auf unser Prunkstück werfen?«

Der Helm war von mittlerer Größe, die Bronze war schmutziggrün angelaufen und schuppig vor Alter, als wäre sie von einer farbkräftigen Flechte überwachsen. Die geschwungenen Helmbacken gingen fast nahtlos in das Nasenstück über, und die Augenöffnungen waren mandelförmig. Es war eher eine Maske als ein Helm, eine metallene Larve, und Lorimer nahm an, daß darin ein weiterer Grund lag, warum er dieses Ding besitzen mußte, warum er solch ein Verlangen danach hatte. Das Gesicht darunter würde fast unsichtbar sein, nur ein Schimmer von den Augen und die Umrisse der Lippen und des Kinns. Er stand ein paar Schritt entfernt vom Sockel, auf dem der Helm plaziert war, und starrte. Eine fünf Zentimeter lange Spitze ragte von der Mitte des Helmdachs auf.

»Warum ist er so teuer?« fragte er.

»Der ist fast dreitausend Jahre alt, mein lieber Freund. Und es ist noch ein bißchen Helmbusch übrig.«

»Unsinn!« Lorimer trat näher heran. Ein paar Strähnen Roßhaar ragten aus der Spitze heraus. »Das kann doch nicht wahr sein!«

»Ich könnte ihn gleich morgen an drei Museen verkaufen.

Nein, vier. Gut, sagen wir fünfundzwanzig. Weiter kann ich nicht runtergehen. Ich verdiene fast nichts dran.«

»Leider habe ich gerade ein Haus gekauft.«

»Oh, ein Mann mit Geld. Und wo?«

»Äh … in den Docklands«, log Lorimer.

»Ich kenne keine Menschenseele, die in den Docklands wohnt. Ich meine, ist das nicht ein klein bißchen *vulgaire*?«

»Es ist eine Geldanlage.« Er nahm den Helm in die Hände. Er war überraschend leicht, ein Stück Bronzeblech, dünn getrieben und der menschlichen Kopfform angepaßt, das alles von Nacken und Kinn aufwärts bedeckte. Lorimer wußte unfehlbar, wenn er einen Helm kaufen wollte – der Drang, ihn aufzusetzen, war dann unwiderstehlich.

»Ist natürlich eine Grabbeigabe«, sagte Ivan und blies ihm Rauch ins Gesicht. »Man kommt bequem mit dem Brotmesser durch – Schutz bietet er keinen.«

»Aber die Illusion des Schutzes. Die fast vollkommene Illusion.«

»Die nützt einem doch gar nichts.«

»Aber schließlich haben wir sonst nichts, oder? Nichts außer der Illusion.«

»Das ist mir viel zu tiefschürfend, lieber Lorimer. Aber es ist ein wunderbares Stück.«

Lorimer stellte den Helm auf den Sockel zurück. »Kann ich noch drüber nachdenken?«

»Wenn es nicht zu lange dauert. Ah, da kommt der Kaffee!«

Petronella, Ivans Frau, war bemerkenswert groß und schlicht, ihr dickes blondes Kräuselhaar reichte bis zur Hüfte, sie kam geräuschvoll trappelnd die Stufen herunter und trug ein Tablett mit Kaffeetassen und einer dampfenden Cafetiere.

»Das war der restliche Brasil. Guten Tag, Mr. Black.«

»Wir nennen ihn Lorimer, Petronella. Von Förmlichkeiten halten wir nichts.«

270. DIE GEGENWÄRTIGE SAMMLUNG: eine deutsche eiserne Schallern, ein Burgunderhelm (leicht verrostet, möglicherweise französisch) und, mein besonderer Liebling, eine Barthaube, italienisch, beeinträchtigt nur durch das Fehlen der Rosettenbeschläge und daher ringsum durchlöchert. Es war die fremdartige Musik der verlorengegangenen Vokabeln, die mich anfangs zu den Rüstungen hinzog, ich wollte sehen, welche Dinge sich hinter den magischen Wörtern verbargen, und herausbekommen, was ein Vorderflug, eine Armkachel, eine Armberge war, ein Brechrand oder ein Bauchreifen, ein Diechling, ein Kniebuckel, eine Beinröhre oder ein Kinnreff, ein Bärlatsch und eine Halsberge. Mir geht es durch und durch, wenn Ivan zu mir sagt: »Ich hab da einen interessanten Bassinet mit eingelassenen Helmrosen und erstaunlicherweise noch dem echten Kinnreff, nur die Ringmarken fehlen natürlich«, und ich hundertprozentig genau weiß, was er meint. Eine Rüstung zu besitzen, einen kompletten Harnisch, ist ein vergeblicher Traum (obwohl ich einmal die Armberge und die Armkachel eines Kinderharnischs und den Roßkopf eines deutschen Roßharnischs gekauft habe), und daher habe ich mich auf den Kopfschutz spezialisiert, auf Helme und Hauben, und eine besondere Zuneigung zu visierlosen Helmen entwickelt, zu Schallern und Kesselhauben, Bassinets und Hirnkappen, Spangenhelmen und Sturmhauben, Burgunderhelmen und Halsbergen und – auch das nur ein Traum – dem Krötenkopfhelm und den großen Prunkhelmen.

Das Buch der Verklärung

Stella drehte sich neben Lorimer um und berührte mit dem Knie seinen Schenkel, der ihm augenblicklich zu heiß wurde, so daß er noch ein paar Zentimeter von ihr abrückte. Sie schlief selig und fest, von Zeit zu Zeit stieß sie einen sanften Schnarcher aus. Er schielte auf die Leuchtziffern seiner Uhr: zehn vor vier, das endlose dunkle Mittelstück der Nacht, zu früh zum Aufstehen, zu spät zum Lesen oder Arbeiten. Oder sollte er sich eine Tasse Tee machen? Gerade in Momenten wie diesen, hatte Alan ihm eingeschärft, sollte er gezielt festhalten und analysieren, was in ihm vorging, Punkt für Punkt. Was also ging in ihm vor? ... Mit dem Sex hatte es leidlich geklappt, jedenfalls hatte er die Sache so lange hinausgezögert, daß Mrs. Stella Bull fast sofort eingeschlafen war. Der Besuch bei der Familie hatte ihn zutiefst irritiert, aber das war immer so, genauso wie es ihn stets von neuem verstörte, seinen Vater in diesem Zustand zu sehen; auch das war also kaum etwas Außergewöhnliches ... Er listete die anderen Punkte auf. Gesundheitszustand: in Ordnung. Gemütszustand: ganz und gar nicht in Ordnung. Arbeit: der tote Mr. Dupree – ziemlich übel. Hogg, Helvoir-Jayne – alles noch ein bißchen offen und ungeklärt. Hogg schien gereizter als sonst zu sein, das bekamen alle zu spüren. Und nun diese Dupree-Geschichte ... Geldsorgen? Für den Fall Dupree würde es nun keine Prämie geben, selbst wenn Hogg vorhatte, sie mit ihm zu teilen; Hogg würde ihm das Verhandeln mit den Erben nicht erlauben – es war normale Praxis, daß die Entschädigung nun ungemindert blieb. Das Haus in Silvertown hatte fast sein ganzes Vermögen aufgefressen, aber bald würde es mehr Arbeit für ihn geben. Was war es also? Was steckte in diesem Potpourri aus Grübelei und Sorgen, aus Scham, Vorwurf und Vorurteil, das ihn um vier Uhr morgens schlaflos und hellwach machte? Normale angstneurotische Schlaflosigkeit, würde Alan sagen. Zuviel Streß auf einmal.

Er schlüpfte aus dem Bett, stand nackt im Schlafzimmerdunkel und überlegte, ob er sich etwas anziehen sollte. Er streifte sich Stellas Frotteemantel über – die Ärmel endeten auf dem halben Unterarm, und seine Knie schauten heraus, aber als Anstandsvorkehrung reichte er aus. Stellas Tochter Barbuda war noch im Internat, also war, zumindest theoretisch, die Luft rein. Eines Nachts war Barbuda verschlafen und im Pyjama in die Küche gekommen, als er nackt vor dem Kühlschrank gestanden und verzweifelt nach etwas Leckerem gesucht hatte. Eine solche Begegnung wollte er lieber nicht noch einmal provozieren, und er mußte sich eingestehen, daß es seitdem zwischen ihm und Barbuda nicht mehr so war wie zuvor. Barbudas Gleichgültigkeit hatte sich nach diesem Zwischenfall in eine eigenartige Form von Haß verwandelt.

Er wartete, daß das Wasser kochte, und versuchte, nicht an jene Nacht zu denken und daran, wie stark die Erektion war, die sie gesehen oder nicht gesehen hatte. Er starrte auf einen Winkel des hellbeleuchteten Gerüstlagerhofs, der vom Küchenfenster aus zu sehen war. Die dichte Reihe der Lastwagen, die gewaltigen Stapel von Brettern und Rohren, die Gitterboxen mit Kupplungen und Verbindungsstücken ... Er dachte an seinen ersten Besuch, rein geschäftlich, eine seiner ersten »Regulierungen«. Stella hatte ihn mit frostiger Miene über den Hof geführt, Material im Wert von 175 000 Pfund war gestohlen worden. Alles war in den Farben der Gerüstfirma Bull gestrichen gewesen, »kirschfarben und ultramarin«, hatte sie ihm versichert. Sie selbst war auf Urlaub in der Karibik gewesen. Der Wachmann war niedergeschlagen und gefesselt worden und hatte hilflos zusehen müssen, wie der Ganoventrupp drei Lastwagen entführte, alle hoch beladen mit dem Einrüstungsmaterial für den Auftrag des nächsten Tages, einen ganzen Wohnturm in Lambeth.

Es war offenkundig ein Schwindel, ein klarer Versicherungsbetrug, hatte Lorimer für sich entschieden, ein Liquiditätsproblem, das nach einer schnellen Lösung verlangte, und bei jedem anderen Klienten wäre er überzeugt gewesen, daß die 50 000 Pfund in bar, die er im Aktenkoffer trug, eine zu große Versuchung darstellten. Aber bald wurde es ebenso offenkundig, daß diese kleine, drahtige blonde Frau mit dem harten, aber merkwürdig hübschen Gesicht durch und durch »strahlenfest« war, wie es im Jargon der Schadensregulierer hieß: undurchdringlich, undurchlässig und unnachgiebig wie ein Atombunker. Sie war stolz: eine alleinstehende Frau ohne Rückhalt, ein eigenes Geschäft, eine zehnjährige Tochter – alles schlechte Zeichen. Er kehrte zu Hogg zurück und gab seine

Einschätzung ab. Hogg lachte ihn aus und fuhr am nächsten Tag selbst hin, mit 25 000 Pfund. »Warten Sie nur ab«, hatte er gesagt, »die Lastwagen stehen irgendwo in einer Lagerhalle in Eastbourne oder Guildford.« Am nächsten Tag rief er Lorimer zu sich. »Sie hatten recht«, sagte er ernüchtert. »Absolut strahlenfest. So was kommt nicht oft vor.« Er überließ es Lorimer, die gute Nachricht zu überbringen. Statt das Telefon zu benutzen (er war neugierig, er wollte diesem absolut strahlenfesten Atombunker weiter auf den Zahn fühlen), fuhr er erneut nach Stockwell und teilte ihr mit, daß Fortress Sure ihren Anspruch anerkannt habe. »Wär ja auch noch schöner!« hatte Stella Bull gesagt und ihn zum Abendessen eingeladen.

Er nippte an seinem brühheißen Tee, ein Stück Zucker, eine Scheibe Zitrone. Seit fast vier Jahren schlafen wir ab und an miteinander, dachte Lorimer. Es war bei weitem die längste sexuelle Beziehung seines Lebens. Stella hatte es gern, wenn er zu ihr kam (von Mr. Bull, einer obskuren Gestalt, war sie längst geschieden, und sie hatte ihn vergessen), und sie kochte dann; sie tranken viel, sahen ein Video oder eine späte Sendung an, dann gingen sie ins Bett und liebten sich auf mehr oder weniger orthodoxe Weise. Manchmal erstreckten sich die Besuche bis zum nächsten Tag: mit Frühstück und Einkaufsbummel im West End oder Mittagessen in einem Pub – am liebsten an der Themse –, danach trennten sich ihre Wege. In drei Jahren hatten sie vielleicht fünf Wochenenden miteinander verbracht, dann kam Barbuda in ein Internat bei Reigate. Seitdem hatte sich Stella angewöhnt, ihn während der Schulzeit regelmäßiger anzurufen, einmal oder sogar zweimal in der Woche. Bei dieser Häufigkeit blieb es, und Lorimer konstatierte mit Erstaunen, daß ihre Beziehung trotzdem nicht schal wurde. Sie schuftete aber auch nicht schlecht, die Stella Bull, nicht weniger jedenfalls als andere. Mit dem Gerüstbau ließ sich gutes Geld verdienen.

Er atmete tief durch, empfand plötzlich Selbstmitleid und schaltete den Fernseher ein. Er erwischte das Ende einer Sendung über American Football – die Buccaneers gegen die Spartans oder etwas in der Art – und schaute verständnislos, aber froh über die Ablenkung zu. Als Werbung kam, machte er sich einen neuen Tee. Diesmal war es die Musik, die ihn zum Bildschirm zog, ein vertrautes Motiv, brausend und volltönend – aufgepeppter Rachmaninow oder Bruch, vermutete er –, und während er noch überlegte, fand er sich von den Bildern gefesselt und fragte sich vage, wofür dieser Clip wohl warb. Ein Traumpärchen bei luxuriösem Spiel. Er dunkel, zigeunerartig, sie eine strahlende Blondine, die ihre Haarpracht schwenkte und schüttelte. Verblassende Sepiafarbe, stark geneigte Kamera. Eine Jacht, blauer Himmel, Unterwasseraufnahmen beim Tauchen. Reisewerbung? Sattes Motorengeräusch auf leerer Autobahn. Autos? Reifen? Motorenöl? Nein, jetzt eine Speisetafel im Restaurant, Fräcke, bedeutungsvolle Blicke. Likör? Champagner? Sein Haar war glänzend und locker. Shampoo? Haartöner? Dazu dieses Lächeln. Zahnseide? Ein Antiplaquemittel? Dann der Jüngling – mit freier Brust im Morgenlicht, seiner Gespielin nachwinkend, die mit ihrem Sportflitzer davonfährt und sein Grundstück verläßt. Aber er wendet sich weg, plötzlich bedrückt, angstgeschüttelt, voller Selbstverachtung. Sein Leben ist trotz Luxuskonsum, Sex und Fun ein Schwindel, hohl und leer bis auf den Grund. Doch dann erscheint am Ende des Grundstücks ein anderes Mädchen mit einem Koffer. Dunkel, ernst und bleich, elegant, aber schlicht gekleidet, kürzeres, glattes Haar. Die Musik schwillt an. Sie laufen aufeinander zu, umarmen sich. Lorimer war jetzt völlig hingerissen. Eine sonore Stimme, dann erscheint ein Schriftzug: »AM ENDE GIBT'S NUR EINE WAHL. BLEIB DIR SELBST TREU. FORTRESS SURE.« Nicht zu fassen. Aber in der kreisend gedrehten Zeitlupenumarmung hatte er etwas gesehen, was ihn verstörte und verblüffte. War so ein Zufall möglich? Das schlanke dunkelhaarige Mädchen am Ende der gepflasterten Einfahrt. Das Mädchen, das zu dem Trauerkloß zurückkehrte. Er hatte sie keine achtundvierzig Stunden zuvor gesehen, und er war sich dessen völlig sicher. Unbezweifelbar und doch unglaublich: Es war das Mädchen im Rückfenster des Taxis.

3. Kapitel

Das Telefon auf Lorimers Schreibtisch klingelte. Es war Hogg, der ihn barsch zu sich beorderte. »Hochkommen, Freundchen.« Lorimer nahm die Feuertreppe zum Obergeschoß, wo er feststellte, daß die Raumverteilung übers Wochenende verändert worden war. Hoggs Sekretärin Janice, eine mollige, stets muntere Frau mit einer riesigen grünen Scherzbrille, Haaren wie aus Stahlwolle und einem häßlichen Glücksarmband an jedem Handgelenk, war mitsamt ihrem Schreibtroß (stets wechselnde Teilzeitkräfte) auf die andere Seite des Korridors umgezogen, die dem Chefbüro gegenüberlag, und drei große graue Aktenschränke standen wie Steinstelen im Gang und versperrten den Weg. Rajiv und sein junger Assistent Yang Zhi waren auch umgesetzt worden – ordentlich gestapelte Kartons mit rätselhaften, sauber aufgemalten Seriennummern wurden hin und her getragen. Die allgemeine Stimmung war leicht chaotisch und gereizt. Lorimer hörte, daß Rajiv seinen Assistenten mit ungewohnter Erregung anbrüllte.

»Ein Stück Zucker und eine Scheibe Zitrone, Lorimer, oder? Butterkekse oder Rosinenkekse?«

»Ja, bitte, aber kein Gebäck, danke, Janice. Was ist denn hier los?«

»Mr. Helvoir-Jayne zieht ein.« Das »Heever« betonte sie mit einiger Heftigkeit. »Er brauchte ein größeres Büro, also bin ich umgezogen, Rajiv ist umgezogen und so weiter.«

»Ihr spielt also Bäumchen wechsel dich.«

»Das wäre wenigstens noch lustig, wenn ich mir die Bemerkung erlauben darf. Er erwartet Sie.«

Lorimer trug seinen Tee in Hoggs Büro, ein geräumiges, aber

spartanisch eingerichtetes Zimmer wie aus einem Büromöbelkatalog der fünfziger Jahre für die unteren Dienstgrade. Alles wirkte solide und zugleich völlig unscheinbar, ausgenommen die Teppichkreation in Grellorange auf dem Boden. Die verstaubten Drucke an den elfenbeinfarbenen Wänden waren von Velazquez, Vermeer, Corot und Constable. Hogg stand am Fenster und blickte unbewegt auf die Straße hinunter.

»Wenn dieser blöde Arsch denkt, er könnte da parken ...« sagte er versonnen, ohne sich umzudrehen.

Lorimer setzte sich und nippte stumm an seinem Tee. Hogg zerrte das Fenster nach oben und ließ einen Schwall Winterluft herein.

»Hallo Sie!« schrie er, »ja, Sie! Sie können da nicht parken. Das ist reserviert. Sprechen Sie Englisch? Damit Sie's wissen, ich rufe jetzt die Polizei. Ja, SIE meine ich!«

Er schloß das Fenster und setzte sich ebenfalls, sein bleiches Gesicht war wie tot. Er nahm eine Zigarette – filterlos – aus dem Silberetui auf dem Schreibtisch, klopfte das Ende auf dem Daumennagel fest, zündete sie an und inhalierte gierig. »Da laufen vielleicht ein paar verdammte Idioten rum, Lorimer!«

»Allerdings, Mr. Hogg.«

»Als ob wir nicht schon genug am Hals hätten.«

»Genau.«

Hogg schob die Hand in die Schublade und warf ihm einen grünen Hefter zu, quer über den Schreibtisch. »Nehmen Sie sich das mal zur Brust. Ein echter Hammer.«

Lorimer griff sich den Hefter und fühlte sich sofort von einer summenden Erregung durchströmt. Was haben wir denn hier? dachte er. Die Neugier, gestand er sich ein, war einer der wenigen Gründe, die ihn in diesem Job festhielten, die ständige Spannung in Erwartung neuer Begegnungen und Erfahrungen – dies und der Umstand, daß er nicht wußte, was er sonst mit seinem Leben anfangen sollte. Hogg stand auf, zog mit einem hitzigen Ruck die Jacke glatt und marschierte auf seinem grellen Teppich auf und ab. Er rauchte hastig und führte die Zigarette mit zackigem Schwung zum Mund, so daß seine Manschette jedesmal ein wenig aus dem Ärmel rutschte. Man munkelte, daß Hogg in seiner Jugend bei der Armee gedient hatte, tatsächlich pries er ständig das Militär und soldatische Tugenden, und Lorimer fragte sich jetzt, ob er etwa bei der Navy gewesen war – er rauchte diese extrastarken Navy-Cuts, und so, wie er hier auf und ab lief, hatte er etwas von einem Kapitän auf dem Achterdeck.

»Ein Hotelbrand«, sagte er. »Schwerer Schaden. Siebenundzwanzig Millionen.«

»Alle Achtung.«

»Und ich glaube nicht, daß wir auch nur einen Penny bezahlen müssen. Keinen roten Heller. Die Sache stinkt mir, Lorimer, sie stinkt zum Himmel. Sausen Sie mal hin und verschaffen Sie sich einen Eindruck. Steht alles in der Akte.« Leichtfüßig sprang er hinüber zur Tür, öffnete sie kurz und schloß sie wieder.

»Haben Sie, äh, unseren Mr. Helvoir-Jayne kennengelernt?« Hoggs Versuch, Ahnungslosigkeit vorzutäuschen, war lachhaft, er studierte aufmerksam das glimmende Ende seiner Zigarette.

»Ja, ein paar Worte haben wir gewechselt. Scheint ein sehr liebenswürdiger …«

»Ich bin mir sicher, daß seine Ernennung zum Zweitdirektor und dieser Hotelbrand etwas miteinander zu tun haben.«

»Ich verstehe nicht.«

»Ich auch nicht, Lorimer, ich auch nicht. Der Nebel lichtet sich überm Reisfeld, aber noch ist der Leopard versteckt. Behalten Sie nur im Hinterkopf, was ich Ihnen gesagt habe.« Hogg schaute ihn bohrend an. »Sachte, sachte fängst du den Affen.«

»Wer ist der Affe? Doch nicht Mr. Helvoir-Jayne?«

»Meine Lippen sind verschlossen, Lorimer.« Er kam näher. »Wie können Sie englischen Tee mit Zitrone trinken? Ist ja widerlich. Ich hab mich schon über den komischen Geruch im

Zimmer gewundert. Milch müssen Sie in den Tee tun, man denkt ja, Sie sind ein Waschlappen!«

»Man tut erst seit hundert Jahren Milch in den Tee.«

»Der reinste Blödsinn, Lorimer. Was gibt's Neues an der Dupree-Front?«

»Nichts.« Da es ihm gerade einfiel, fragte Lorimer ihn nach dem Werbespot von Fortress Sure. Hogg hatte davon nichts gehört und ihn auch nicht gesehen, aber ihm fiel ein, daß dem Vorstand in letzter Zeit irgendeine Werbekampagne mißfallen hatte (und Hogg hatte, wie sich Lorimer jetzt erinnerte, Beziehungen zum Vorstand); sie war entweder abgesetzt oder auf unbedeutende Sendeplätze verbannt worden, während an einer seriöseren und weniger knalligen Variante gearbeitet wurde. Sie hatte ein Vermögen gekostet, meinte Hogg, und jemand wurde nach allen Regeln der Kunst reingelegt. Vielleicht war es dieser Clip? Lorimer überlegte, daß das gar nicht so abwegig war, erneut dachte er an das Mädchen und an sein sagenhaftes Glück, so früh aufgestanden zu sein.

Hogg plazierte seinen kräftigen Schenkel auf der Schreibtischkante. »Sind Sie ein Fan von Werbespots im Fernsehen, Lorimer?«

»Wie bitte? Äh, nein.«

»Wir machen in diesem Land die beste Fernsehwerbung der Welt.«

»Wirklich?«

»Wenigstens etwas, worauf wir stolz sein können«, sagte Hogg ein wenig bitter und schaukelte mit dem Bein. Lorimer sah, daß Hogg schlanke Mokassins trug, nicht sehr seemännisch, eigentlich kaum mehr als Pantoffeln, in denen die Füße dieses robusten und kräftigen Mannes geradezu klein und zierlich wirkten. Hogg merkte, wohin Lorimers Blick ging.

»Was zum Teufel gucken Sie da?«

»Es ist nichts, Mr. Hogg.«

»Haben Sie was gegen meine Schuhe?«

»Überhaupt nicht.«

»Man starrt den Leuten nicht auf die Füße, das ist eine verdammte Unverschämtheit! Der Gipfel der Unhöflichkeit!«

»Es tut mir leid, Mr. Hogg.«

»Haben Sie immer noch Schlafprobleme?«

»Ja, leider. Ich besuche eine Art Klinik, wo sie Schlafstörungen behandeln, vielleicht krieg ich das analysiert.«

Hogg brachte ihn zuvorkommend zur Tür. »Passen Sie auf sich auf, Lorimer.« Er lächelte ihn an, was äußerst selten vorkam und wie ein frisch einstudierter Gesichtsausdruck wirkte. »Sie sind ein wichtiger Mitarbeiter, nein, mehr noch, Sie haben eine Schlüsselstellung bei uns. Wir brauchen Sie in Topkondition. In absoluter Topkondition!«

257. Hogg macht einem selten Komplimente, und du weißt schon: Wenn er welche macht, bist du undankbar und mißtrauisch, als solltest du damit auf irgendeine Weise aufgemöbelt werden – oder als ob eine Falle kurz vorm Zuschnappen ist.

Das Buch der Verklärung

Auf dem Stadtplan sah Lorimer, daß das Hotel ganz in der Nähe des Embankment war, nur ein kleines Stück von der Themse entfernt, zwischen Temple Lane und Arundel Street, und vielleicht hatte man von dort einen Schrägblick auf das National Theatre am anderen Ufer. Der Akte zufolge war es ein Projekt der Immobiliengesellschaft Gale-Harlequin PLC und sollte den unwahrscheinlichen Namen Fedora Palace erhalten. Der Bau war zu drei Vierteln vollendet, als eines Nachts im achten und neunten Geschoß der Brand ausbrach, in einem als Fitneßcenter und Sauna geplanten Doppelgeschoß. Es breitete sich schnell aus, zerstörte drei tiefer gelegene und fertig eingerichtete Stockwerke restlos und verursachte beträchtliche Begleitschäden durch Rauch und Tausende Liter Wasser, die für die Löscharbeiten verbraucht wurden. Die Schadenforderung belief sich auf siebenundzwanzig Millionen Pfund. Das Gutachten eines Sachverständigen legte dar, daß es billiger sein könnte, den Bau abzureißen und neu zu beginnen. Das war der heutige Stil bei den Versicherungen: Entschädigung in Sachwerten. Sie »verlieren« Ihre Uhr in den Ferien, machen eine Verlustanzeige, und wir liefern eine neue Uhr, kein Geld. Ihr Hotel brennt ab, Sie rufen die Versicherung an, und wir bauen das Hotel wieder auf – kein Problem.

Lorimer beschloß, zu Fuß zur Themse zu gehen, es war noch kalt, aber schon brachen zitronengelbe Sonnenstrahlen durch die zerklüfteten Wolken, die von einer ziemlich steifen Brise westwärts über die Stadt getrieben wurden. Er schritt munter durch die Beech Street und genoß, den Kragen hochgeklappt, die Hände in den flanellgefütterten Manteltaschen vergraben, die Kälte in seinem Gesicht. Einen Hut müßte man aufhaben, dachte er, achtzig Prozent der Körperwärme treten aus dem Kopf aus. Aber welche Art von Hut trug man zu Nadelstreifenanzug und Staubmantel? Jedenfalls keinen braunen Schlapphut, damit sah man aus wie einer beim Pferderennen. Eine Melone? Er mußte Ivan fragen oder Lady Haigh. Ivan würde auf einer Melone bestehen, das war sicher. Im Sommer konnte man ja einen Panamahut tragen, oder?

In der Gegend des Smithfield Market beschlich ihn das seltsame Gefühl, verfolgt zu werden. Es war so, als ob man beim Namen gerufen würde, sich umdrehte und ja sagte, und niemand war da. Er versteckte sich in einem Ladeneingang und schaute in die Richtung, aus der er gekommen war. Fremde kamen vorbei – eine Joggerin, ein Soldat, ein Bettler, ein Banker – und setzten ihren Weg fort. Aber er wurde das Gefühl trotzdem nicht los. Wie kommt es zustande? fragte er sich. Wodurch wird es ausgelöst? Vielleicht ein besonderes Schrittgeräusch, das ständig in Hörweite blieb, nicht lauter oder leiser wurde. Er verließ den Eingang und lief weiter in Richtung Fedora Palace – es war niemand zu sehen. Du Spinner! Er lächelte über sich selbst – Hoggs Paranoia war ansteckend.

Von außen sah das Hotel gar nicht so schlimm aus, nur wolkige Rußfahnen über den Fensterlöchern hoch oben, aber als ihn der Bauleiter im geschwärzten und verwüsteten Fitneßcenter herumführte, über einen aufgeworfenen und blasigen Fußboden, konnte er die rohe Gewalt des Feuers ermessen, die Wucht seiner Zerstörungskraft. Er schaute in den zentralen Aufzugs- und Versorgungsschacht: der sah aus, als wäre eine Smart-Bombe hineingefahren und dort explodiert. Die Hitze mußte so gewaltig gewesen sein, daß sie die Betonwände des Schachts förmlich auseinandergesprengt hatte. »Und normalerweise wird Beton nicht wegen seiner Sprengwirkungen geschätzt«, kommentierte der Bauleiter trocken. Schlimmer noch war es in den ausgebrannten, schon fertiggestellten Stockwerken; hier ließen die Zerstörungen an häusliche Katastrophen denken – verkohlte Betten, schwarze, durchnäßte Tapeten- und Vorhangfetzen – und wirkten auf anrührende Weise noch viel verheerender. Über allem lag der saure, lungenätzende Gestank von nassem Ruß und Rauch.

»Hm«, sagte Lorimer mit matter Stimme. »Schlimmer geht's ja kaum. Wann wollten Sie denn eröffnen?«

»So in einem Monat etwa«, erklärte der Bauleiter fröhlich. Er hatte kein Problem, es war nicht sein Hotel.

»Wer waren die Auftragnehmer?«

Es stellte sich heraus, daß die Stockwerke aus Zeitgründen auf verschiedene Ausbaufirmen aufgeteilt worden waren. Die Obergeschosse hatte eine Firma namens Edmund-Rintoul Ltd. übernommen.

»Gab es irgendwelche Probleme bei denen?«

»Ja, sie hatten Streß, weil eine Ladung türkischer Marmor fehlte. Lieferverzug wegen Streik im Steinbruch oder so was. Die üblichen Engpässe. Sie mußten selber hinfliegen und die Leute auf Trab bringen.«

Unten in der Baubaracke ließ sich Lorimer Kopien von den entsprechenden Verträgen machen, nur um sicherzugehen, und gab seinen Schutzhelm zurück. Hogg hatte recht, an der

Sache stank etwas, und das war nicht der Brandgeruch. Ein Besuch bei Edmund-Rintoul Ltd. dürfte Klarheit bringen, dachte er. Das sah ganz nach einer altvertrauten Schiebung aus, einer ganz gewöhnlichen Gaunerei, nur daß sie außer Rand und Band geraten war – vielleicht ein kleiner, bescheidener Routinebetrug, der fürchterlich aus dem Ruder gelaufen war und sich in eine filmreife Katastrophe verwandelt hatte. In einem Punkt allerdings war Hogg sich zu sicher gewesen: Dieser Schaden würde die Versicherung so manchen roten Heller kosten. Fragte sich nur, wie viele.

Sein Handy in der Jackentasche begann sanft zu zirpen.

»Hallo?«

»Lorimer Black?«

»Ja.«

»Torten, die wir sehn.«

»Ach, hallo!«

»Sind Sie zu Mittag noch frei? Ich würde mich dann anschließen. Wie wär's im Cholmondley?«

»Äh. In Ordnung. Klingt gut.«

»Wunderbar. Dann seh ich Sie um eins.«

Lorimer schoß Helvoir-Jayne mit einem Knopfdruck in den Äther zurück und zog fragend die Stirn kraus, als ihm Hoggs rätselhafte Andeutung einfiel. Den ersten Tag im Amt, schon will er mit Lorimer Black essen gehen. Und wo hält sich Lorimer Black zufällig gerade auf?

Das Cholmondley sah aus wie eine Kreuzung zwischen Sportlercasino und orientalischem Puff. Rattan-Rollos verdunkelten den Raum mit den in allen Ecken wuchernden Dattelpalmen, an der Decke prangten große Ventilatoren, und das Bambusmobiliar konkurrierte mit den angejahrten Sporttrophäen – torfigbraune Kricketschläger und gekreuzte Ruder, hölzerne Tennisschläger, vergilbte Mannschaftsfotos und eine Rangfolge aus zersplissenen Angelruten. Das Personal, männlich wie weiblich, trug gestreifte Metzgerschürzen und dazu flache

Strohhüte (konnte man die zu einem Straßenanzug tragen?). Country- und Westernmusik bummerte gedämpft aus versteckten Lautsprechern.

Helvoir-Jayne saß am Tisch, hatte seine selleriekrautverzierte Bloody Mary schon halb geleert und entfernte die Cellophanhülle von einer Zigarettenschachtel, die ihm die Kellnerin soeben gebracht hatte. Er winkte Lorimer heran. »Möchten Sie auch eine? Nein? Also, wir nehmen eine Flasche von dem roten Hauswein und eine von dem weißen.« Ein entsetzlicher Gedanke schien ihn zu packen, und er erstarrte. »Das ist doch nicht etwa englischer Wein, oder?«

»Nein, Sir.« Sie war Ausländerin, wie Lorimer hörte, ein schmächtiges, irgendwie gebeugtes junges Mädchen mit bläßlichem, müdem Gesicht.

»Na, Gott sei Dank. Bringen Sie den Wein und kommen Sie in zehn Minuten wieder.«

Lorimer streckte die Hand zum Gruß aus.

»Was soll das?« Helvoir-Jayne schaute verblüfft zu ihm auf.

»Willkommen bei der GGH.« Lorimer vergaß immer wieder, daß sie das Händeschütteln nicht mochten, also wedelte er beiläufig mit der Hand und machte daraus eine Willkommensgeste. »Hab Sie im Büro gar nicht gesehen.« Er setzte sich und lehnte die von Helvoir-Jayne angebotene Zigarette ab. Automatisch machte er eine schnelle Inventur: kastanienbraune, mit Kleinmotiven gesprenkelte Seidenkrawatte, ein blaßrosa Baumwollhemd, Konfektionsware, schlecht gebügelt, aber mit dem Monogramm THJ, seltsamerweise auf dem Saum der Brusttasche, französische Manschetten, goldene Manschettenknöpfe, keine albernen Hosenträger, Siegelring, Mokassins mit Troddeln, blaßblaue Socken, ein bißchen zu kurz, ein bißchen zu alt, ein zweireihiger Nadelstreifenanzug von der Stange, dunkelblau mit Doppelschlitzen und für einen dünneren Helvoir-Jayne gemacht als den, der vor ihm saß. Beide waren sie fast identisch gekleidet, einschließlich Siegelring, nur waren Lorimers Socken marineblau, und sowohl sein Zweireiher-

Nadelstreifen als auch sein Hemd waren maßgefertigt. Außerdem hatte sein Hemd keine Brusttasche, und sein Monogramm LMBB, diskret am Oberarm plaziert wie eine Impfnarbe, war an dem Tag entfernt worden, als Ivan ihm gesteckt hatte, daß Monogramme an Oberhemden hoffnungslos ordinär seien.

»Tut mir leid, daß ich Ihnen gleich am ersten Tag auf den Nerv gehe«, sagte Helvoir-Jayne. »Übrigens, Sie müssen mich einfach Torquil nennen. Unbedingt! Und raus mußte ich sowieso aus diesem Laden. Das ist vielleicht 'ne Pennerbande!«

Torquil. Na gut, dann also Torquil. »Wen meinten Sie? Welche Pennerbande?«

»Na, der ganze Haufen. Unsere Kollegen. Und dieses Mädel, Dinka? Donkna? Wo haben sie die ausgebuddelt?«

»Dymphna. Die machen ihren Job eigentlich alle sehr ordentlich.«

»Gott sei Dank gibt's ja noch Sie. Mehr kann ich dazu nicht sagen. Roten oder Weißen?«

Torquil aß würzige Cumberlandwürstchen mit Kartoffelbrei, Lorimer schob seinen im Dressing ertrinkenden thailändischen Grillhühnchensalat happenweise in der schwarzen Pappschüssel umher, als die Kellnerin ein Glas Senf auf einer Untertasse brachte.

»Wir kriegen noch eine Flasche Roten«, sagte Torquil und nahm den Senf entgegen. Dann: »Aber Moment mal, Schätzchen. Das ist französischer Senf. Ich will englischen.«

»Andere Senf nicht da.« Lorimer kam ihr Akzent osteuropäisch vor. Sie schien eine ganze Geschichte des Niedergangs auf ihrem Rücken zu tragen. Sie hatte ein mageres Gesicht mit spitzem Kinn, nicht reizlos in seiner Verhärmtheit, mit dunklen Schatten unter den großen Augen. Ein kleiner Leberfleck oben auf der linken Wange verlieh ihrer Blässe und Mattigkeit eine merkwürdig exotische Note. Lorimer fühlte sich von einem dünnen Lasso der Verwandtschaft umfangen.

»Gehen Sie und bringen Sie englischen Senf.«

»Ich sage doch, wir haben kein –«

»Okay, dann bringen Sie mir irgendeine verdammte Tomatensauce. Ketchup? Rotes Zeug in der Flasche? Ist ja wohl lachhaft!« Torquil säbelte ein Stück von der Wurst ab und kaute mit halboffenem Mund. »Da nennen die so einen Laden Cholmondley, lassen Ausländer auf die Leute los und haben nicht mal englischen Senf.« Er hörte auf zu kauen. »Kennen Sie Hughie Aberdeen? Waren Sie nicht mit seiner Schwester verlobt oder so ähnlich?«

»Nein. Ich weiß nicht, wovon Sie –«

»Ich dachte, Sie wären in Glenalmond gewesen. Hogg meinte, Sie sind in Schottland zur Schule gegangen.«

»Ja. In Balcairn.«

»Was ist Balcairn?«

»Wurde inzwischen geschlossen. Bei Tomintoul. Ziemlich kleine Schule. Katholisch, von ein paar Mönchen geführt.«

»Dann sind Sie also ein Linksfüßer? Mönche, das Leiden Christi. Mir kommt das Gruseln.«

»Das ist vorbei. War schon ein komischer Ort.«

»Ich glaube, meine Frau ist katholisch, so was in der Art, steht auf gregorianische Gesänge, Kirchenlieder und all das Zeug. Nein, ich will den Ketchup nicht. Nehmen Sie den weg. Ja, ich bin fertig.«

Stumm und stoisch räumte die Kellnerin die Teller ab, Torquil kaute noch, als er zu den Zigaretten griff. Er zündete sich eine an und schielte der Kellnerin nach.

»Ganz netter Arsch eigentlich für so ’ne Muffelziege.« Er atmete tief ein und blähte den Brustkasten. »Balcairn. Könnte sein, daß ich einen kannte, der dort war. Ich war auf einer Schule, die hieß Newbold House. In Northuuuumberland. Wollen Sie wirklich nichts von dem Roten? Was halten Sie eigentlich von diesem Hogg?«

»Hogg hat seine eigenen Regeln«, sagte Lorimer vorsichtig.

»Und einen furchterregenden Ruf im Fort, muß ich schon sagen. Nein, nehmen Sie die Karte mit. Ich sage Bescheid, wenn wir die Speisekarten brauchen. Weg damit! Die sieht irgendwie polnisch, deutsch, ungarisch aus, wie?« Er beugte sich vor. »Nein, im Ernst, ich verlasse mich auf Sie, Lorimer, für die Anfangszeit, daß Sie mir die richtigen Tips geben, Sie wissen schon. Besonders was Hogg betrifft. Bin noch nicht ganz im Bilde über diesen Schadensregulierungsquark. Möchte nicht mit dem zusammenrasseln, soviel ist sicher.«

»Absolut.«

Lorimer war sich nur einer Sache sicher: Zum Verbündeten dieses Mannes wollte er sich nicht machen; den Sheriff für Torquil Helvoir-Jayne zu spielen lockte ihn nicht im geringsten. Er schaute ihn an, wie er dasaß und sich die Reste der würzigen Cumberlandwürstchen aus den Zähnen polkte. Er hatte Übergewicht und schütteres dunkelblondes Haar, das straff von seiner gerunzelten Stirn nach hinten gekämmt war.

»Haben Sie Kinder, Lorimer?«

»Ich bin nicht verheiratet.«

»Kluge Entscheidung. Ich hab drei. Und in sechs Wochen werde ich vierzig. Weiß auch nicht, was das alles soll.«

»Jungs oder Mädchen?«

»Mein Gott. Vierzig Jahre. Praktisch schon am Arsch. Gehn Sie zur Jagd?«

»Nein, nicht mehr. Mir ist das Trommelfell geplatzt. Arzt hat's verboten.«

»Schande. Mein Schwiegervater hat was ganz Ordentliches in Gloucestershire. Sie müssen trotzdem mal zum Essen kommen.«

»Mit Ihrem Schwiegervater?«

»Nein. Nur ich und die Frau, reimt sich auf Krach und Radau. Hallo! Ja, Sie. Die Speisekarte. Spei-se-kar-te. Verdammt noch mal!« Mit gewinnendem Lächeln wandte er sich Lorimer zu. »Na, ich denke, es wird schon gutgehen. Wir zwei gegen den Rest der Welt. Wollen Sie einen Port oder Brandy? Armagnac oder sonst was?«

44. KURZLEBENSLAUF
Name: Lorimer M. B. Black
Alter: 31
Gegenwärtige Beschäftigung: Oberschadensregulierer, GGH Ltd.
Ausbildung: St. Barnabus, Fulham, 11 Fächer mittlere Reife, 4 Abiturfächer (Mathematik, Betriebswirtschaft, Englische Literatur, Kunstgeschichte)

Hauptstudium mit Vordiplom in Angewandter Mathematik und Bildender Kunst am North Caledonia Institute of Science and Technology (jetzt University of Ross and Cromarty)

Berufliche Laufbahn: Versicherungssachverständiger in der Ausbildung, Sachgebiet Büros und Medizin (3 Jahre), Schadenssachverständiger, Fortress Sure (2 Jahre), Schadensregulierer GGH Ltd. (5 Jahre)

Hobbys: Sammeln antiker Helme

Das Buch der Verklärung

Gegen halb fünf war es dunkel, und Marlobes Blumenstand war schon beleuchtet – eine warme Höhle in allen Tönen von Rot, Gelb, Lila und Glutorange –, als Lorimer auf ihn zusteuerte, um einen Strauß der eher seltenen weißen Tulpen zu kaufen. Marlobe war bester Stimmung und redete laut auf einen Bekannten ein, einen jungen Mann mit seltsam eingedelltem Gesicht, was durch das Fehlen sämtlicher oberen Zähne verursacht war. Während Marlobe die Blumen zusammensuchte und einwickelte, bekam Lorimer das Diskussionsthema dieses Abends mit: »Die ideale Ehefrau«. Vor Lachen brachte Marlobe kaum ein Wort heraus.

»... nee, nee, ich sag dir, Riesentitten muß sie haben, klar? Wie zwei Zeppeline im toten Rennen, klar? Und einen Meter groß muß sie sein, klar? Damit sie dir bequem einen blasen kann. Und einen flachen Kopf muß sie haben, klar? Damit du die Bierflasche abstellen kannst, wenn sie dir einen abnuckelt.«

»Is ja eklig, is das«, nuschelte der junge Mann.

»Na dann wart mal ab. Und auch 'ne eigene Kneipe muß sie haben, klar? Die Kneipe muß ihr gehören. Und nach dem Sex muß sie sich in eine Pizza verwandeln.«

»Igitt, is ja eklig, is das!«

»Die hier verdienen nicht die Bezeichnung ›Blume‹, Kumpel«, sagte Marlobe zu Lorimer, noch immer prustend. »Nicht den Arsch wischen würd ich mir mit denen. Weiß auch nicht, wie die da reinkommen.«

»Hab verstanden: in 'ne Pizza verwandeln«, sagte der Nuschler. »Damit man sie essen kann, stimmt's? Wir wär's mit Döner? Döner wär toll. Ich steh auf Döner.«

»Hackpastete«, blökte Marlobe. »Wär noch schärfer!«

»Ich mag zufällig weiße Blumen«, sagte Lorimer beherzt, aber gegen die allgemeine Heiterkeit kam er nicht an.

92. KEIN TIEFSCHLAF. Nach deinen ersten Besuchen im Institut für Klarträume konnte sich Alan ein besseres Bild von deinem Problem machen. Mit Hilfe des Elektroenzephalogramms – EEG – wird die Persönlichkeit des Schläfers erschlossen, enthüllen wir die Elektrophysiologie des Schlafes. Der Ausdruck deiner EEG-Kurven zeigt uns, welcher Art die Dinge sind, die sich in deinem Kopf abspielen. Alan sagte dir, daß deine EEG-Kurven zeigen, daß du dich fast permanent in einem Vorwachstadium befindest und daß das EEG-Stadium 4 nur sehr selten vorkommt.

– EEG-Stadium 4? fragtest du beunruhigt.

– Das Stadium, das wir Tiefschlaf nennen.

– Kein Tiefschlaf? Ich habe wenig oder gar keinen Tiefschlaf? Ist das schlimm?

– Na ja, nicht weiter tragisch.

Das Buch der Verklärung

Lady Haigh hatte ihm schon aufgelauert, als er die Post im Hausflur durchsah. Rechnung, Rechnung, Postwurfsendung, Werbezeitung, Rechnung, Postwurfsendung …

»Lorimer, mein Lieber, Sie müssen mal reinkommen und sich das ansehen. So etwas Außergewöhnliches!«

Gehorsam folgte ihr Lorimer in die Wohnung. Im Wohnzimmer lag ihr bejahrter Hund Jupiter vor dem Schwarzweißfernseher, der ohne Ton lief, auf einem von Haaren verfilzten Samtkissen und hechelte. Lady Haighs imposanter Ohrensessel mit rissigem Leder war von zwei einfachen elektrischen Öfchen flankiert und von einer uralten Leselampe beleuchtet. Die übrige Einrichtung verschwand fast gänzlich unter Bücherstapeln und Bergen von Zeitungsausschnitten – Lady Haigh war eine eifrige Schnipplerin, sie hob alle Artikel auf, die sie interessierten, und dachte nicht daran, sie wegzuwerfen. Lorimer folgte ihr in die Küche, deren antiquierte Einrichtung bis zur museumsreifen Reinlichkeit poliert und gescheuert war. Neben dem brummenden Kühlschrank stand ein Plastiknapf mit Hundefutter für Jupiter und strömte einen strengen Geruch aus, daneben ein Katzenklo (ebenfalls für Jupiter, wie Lorimer vermutete, denn Lady Haigh verabscheute Katzen, diese »selbstsüchtigen Kreaturen«). Sie hantierte an den vielen Schlössern und Ketten ihrer Hoftür, bekam sie schließlich auf, griff sich eine Taschenlampe und führte Lorimer über den mit Eisenstufen überbrückten Kellerschacht in die Dunkelheit hinaus zu ihrem Gartenstück. Lady Haigh, soviel wußte Lorimer, schlief im Keller, aber bis dorthin war er nie vorgedrungen. Das Fenster, das er jetzt sah, war mit massiven Gitterstäben bewehrt und so verschmutzt, daß man nicht durchsehen konnte.

Der Garten war von den verwinkelten Mauern und neueren Anbauten der Nachbarhäuser umgeben, am hinteren Ende ragten die rückwärtigen Fensterfronten der Parallelstraße auf. Die langen, spröden Ranken des wilden Weins schaukelten am morschen Bretterzaun, der das schmale Gärtchen begrenzte, und in einer Ecke wuchs eine knorrige Akazie, die jedes Jahr merklich weniger Laub und mehr tote Zweige hervorbrachte, obwohl sie im Sommer nach wie vor ihr hoffnungsvoll bebendes Blaßgrün über die bröckelnden und rußigen Backsteinmauern breitete. Lorimers Badezimmerfenster ging auf den Garten hinaus, und er mußte zugeben, daß der Anblick, wenn die Akazie belaubt war, wenn wilder Wein und Hortensien wuchsen und die Sonne schräg auf den Rasenflecken schien, den lockenden Reiz einer kleinen grünen Wildnis besaß, die, wie jede Vegetation in der Stadt, tröstlich wirkte und in bescheidenem Maß verzauberte.

Aber nicht heute nacht, dachte Lorimer, der, seine Atemwolken vor Augen, dem Schein der Taschenlampe hinterherpatschte und im feuchten Gras sofort seine Schuhe naß werden fühlte. (Lady Haigh verschmähte Rasenmäher aller Fabrikate – wenn sie schon keine Schafe halten könne, dann nehme sie eben die Heckenschere, verkündete sie.) Am Fuß der Akazie erhellte der blasse Lichtkegel ein kleines Stück Erde.

»Sehen Sie«, sagte Lady Haigh, »eine Fritillaria. Ist das nicht erstaunlich?«

Lorimer hockte sich hin und schaute angestrengt, und tatsächlich war da eine kleine glockenförmige Blüte, fast grau im Licht der Taschenlampe, die aus der krümeligen Erde wuchs, aber ein deutliches Schachbrettmuster auf dem pergamentartigen Blütenkelch trug.

»So früh hab ich noch nie eine gesehen«, sagte sie, »nicht mal in Missenden, und dort hatten wir die massenhaft. Letztes Jahr kamen sie überhaupt nicht, ich dachte schon, der Frost hätte sie erwischt.«

»Sie müssen hier so eine Art Mikroklima haben«, sagte Lorimer und hoffte, daß dies die Bemerkung war, die in solchen Fällen angebracht war. »Das ist aber wirklich eine hübsche kleine Blume.« Wenn auch nicht für Marlobes Begriffe, dachte er unwillkürlich.

»Ah, Fritillarien«, sagte sie mit ergreifend sehnsuchtsvoller Stimme. Dann fügte sie hinzu: »Ich habe hier Mulch für die

Akazie ausgelegt, wissen Sie? Nigel hat mir ein paar Eimer aus seinem Garten gebracht. Das könnte sie ermuntert haben.«

»Nigel?«

»Der sehr nette Santafurian von Nummer 20. Ein lieber Mensch.«

Wieder in der Küche, lehnte Lorimer ihre Einladung zu einer Tasse Tee höflich ab und schob dringende Arbeiten vor.

»Darf ich den *Standard* haben, wenn Sie damit fertig sind?« fragte sie.

»Bitte nehmen Sie ihn, Lady Haigh. Ich hab ihn schon durch.«

»Das ist ja fein!« rief sie. »Der *Standard* von heute.« Jupiter wählte diesen Moment, um sich vom Wohnzimmer herzuschleppen, er schnupperte ein paarmal an seinem Futternapf, dann blieb er einfach stehen und starrte auf das Futter.

»Er hat wohl keinen Appetit.«

»Er weiß Bescheid, verstehen Sie?« sagte Lady Haigh mit einem Seufzer. »Er ist zum Tode verurteilt, und er weiß es. Er wird sein leckeres Mahl nicht anrühren.« Sie verschränkte die Arme. »Sie sollten sich von Jupiter verabschieden. Morgen wird er verschwinden.«

»Aber warum, um Himmels willen?«

»Ich lasse ihn beim Tierarzt einschläfern. Er ist ein alter Herr, hat so seine Gewohnheiten, und ich will nicht, daß er in falsche Hände gerät, wenn ich nicht mehr bin. Nein, nein«, wehrte sie Lorimers Proteste ab. »Die nächste Erkältung oder Grippe holt mich weg, Sie werden sehen. Ich bin achtundachtzig Jahre alt, Himmel noch mal, ich müßte längst abgetreten sein.«

Sie lächelte ihn an, und ihre blaßblauen Augen strahlten – vor freudiger Erwartung, dachte Lorimer.

»Armer alter Jupiter«, sagte er. »Ist das nicht ein bißchen hart?«

»Ach, Schnickschnack. Ich wünschte, jemand würde *mich* zum Tierarzt bringen. Das macht mich noch ganz zwirbelig.«

»Was?«

»Dieses ständige Nichtstun. Ich langweile mich zu Tode.«

An der Tür legte sie ihm eine Hand auf den Arm und zog ihn näher. Sie war trotz ihrer Gebeugtheit recht groß, und Lorimer nahm an, daß sie einmal eine sehr attraktive junge Frau gewesen war.

»Sagen Sie mal«, fragte sie mit gesenkter Stimme. »Glauben Sie, daß Dr. Alan ein kleines bißchen andersrum ist?«

»Ich glaube schon. Warum fragen Sie?«

»Ich sehe bei ihm keine Mädchen ein und aus gehen. Doch was das betrifft, sehe ich bei Ihnen auch keine Mädchen ein und aus gehen.« Sie strahlte ihn an, kicherte kehlig und hielt sich den Mund zu. »War nur ein Scherz, lieber Lorimer. Danke für die Zeitung.«

Lorimer arbeitete noch lange, wühlte verbissen in den Gale-Harlequin-Verträgen und vertiefte sich besonders in die Unterlagen, die sich mit der Firma Edmund-Rintoul befaßten. Wie erwartet, bekräftigten sie seinen Verdacht, aber die Arbeit konnte ihn nicht vom Sog der Schwermut ablenken, die sich in ihm ausbreitete wie ein großer Tintenklecks.

Also surfte er zweieinhalb Stunden lang durch alle Kabelkanäle seines Fernsehers, bis er den Werbespot von Fortress Sure erwischt hatte. Schnell schaltete er das Videogerät ein und zeichnete wenigstens die letzten vierzig Sekunden auf. Er spielte die Aufnahme ab, ließ das Bild am Ende stillstehen und betrachtete ausgiebig das sanft ruckende Gesicht des Mädchens. Da hatte er sie festgenagelt, und sie war es tatsächlich, ohne jeden Zweifel. Und ganz bestimmt, dachte er plötzlich beschwingt, gibt es einen direkten Weg, ihren Namen herauszubekommen.

Um halb fünf Uhr morgens tappte er leise die Treppe hinab und schob Lady Haigh einen Zettel unter der Tür durch: »Liebe Lady Haigh, gibt es eine Chance für mich, Jupiters letzten Gang zum Tierarzt noch irgendwie zu verhindern? Und wenn ich nun feierlich verspreche, mich um ihn zu kümmern, sollte der unwahrscheinliche Fall eintreten, daß Ihnen etwas zustößt? Sie würden mir eine große Freude bereiten. Herzlichst Ihr Lorimer.«

4. Kapitel

Lorimers Beobachtung von Edmund-Rintoul Ltd. erstreckte sich schon über zwei Tage, und er nahm nicht an, daß es noch viel länger dauern würde. Er hockte in einem Café der Old Kent Road gegenüber dem Firmensitz, einer Bürofluсht über einem ehemaligen Teppichlager. Dahinter befand sich ein kleiner Bauhof, eingefaßt von Stacheldraht und vollgestellt mit ein paar zerbeulten Lieferwagen sowie, was ungewöhnlich war, einem firmeneigenen Kipper (der auch vermietet wurde). Lorimer drehte sich um, weil er eine weitere Tasse Tee bestellen wollte, und erregte schließlich die Aufmerksamkeit des griesgrämig-betrübten Wirts, der Weißbrotscheiben von einem schiefen Stapel nahm und sie mit Margarine bestrich. Es war Viertel vor elf, und im Café St. Mark war nichts los. Außer ihm saßen da nur ein nervös kettenrauchendes Mädchen mit Ringen in Lippe, Nase und Wangen und ein paar alte Krauter in Regenmänteln, die mit ihren Stiften im *Sporting Life* fuhrwerkten und ohne Zweifel darauf warteten, daß die Kneipe oder der Buchmacher öffnete.

Das St. Mark war unscheinbar bis zum Extrem, um nicht zu sagen unüberbietbar primitiv, aber Lorimer fand ein perverses Vergnügen an diesem Lokal – diese Billigcafés starben langsam, aber sicher aus, und bald würden sie nur noch ferne Erinnerungen sein oder als liebevoll nachempfundene, postmoderne Kitschtempel zurückkehren, in denen *sandwiches aux pommes frites* mit Cocktails serviert wurden. Die Einrichtung bestand aus einer langen Theke, einem Kühlbuffet, Linoleumfußboden und einem Dutzend Resopaltische. Hinter der Theke hing eine große handgemalte Speisenliste, die eine lange Reihe

Kombinationen aus den wenigen Grundzutaten – Eiern, Schinken, Chips, Toast, Würstchen, Bohnen, Pilzen, Bratensoße und Blutwurst – aufführte. Die Fenster zur Old Kent Road waren beschlagen, und das Kondenswasser lief in Tränenspuren hinab, das Kühlbuffet enthielt nur drei Sorten von Belag für Sandwiches – Schinken, Tomaten und gekochte, in Scheiben geschnittene Eier. Der Tee wurde aus einer Aluminiumkanne eingegossen, es gab Instantkaffee, man trank aus Preßglas und aß von Plastiktellern. Eine so brutale Schlichtheit war schon selten, beinahe eine Zumutung. Nur die Verwegensten, die Ärmsten und die Gleichgültigsten suchten hier Zuflucht und Bewirtung. Lorimer fand, das Lokal eigne sich durchaus für seine Serie »Klassische britische Cafés« – eine formlose Sammlung von Beschreibungen ähnlicher Stätten im *Buch der Verklärung*, die er nach seinen Streifzügen durch die Stadt zusammengetragen hatte. Die Pubs konnte man vergessen, überlegte er – hier war es, wo sich das echte und uralte kulinarische Erbe des Landes bewahrt hatte, nur in diesen selbstgenügsamen Etablissements konnte man die wahre Essenz britischer Lebensart entdecken – bevor es zu spät war.

Dunkelbrauner, dampfender Tee wurde ihm eingeschenkt, er tat Milch und Zucker dazu (Hogg hätte es begrüßt) und lugte durch das schlierige Guckloch, das er in die beschlagene Scheibe gewischt hatte, zur anderen Straßenseite hinüber. Soviel er wußte, war Dean Edmund der Gründer der Firma, während Kenneth Rintoul nach außen agierte und sich mit Kundschaft und Geschäftspartnern befaßte. Beide waren Ende Zwanzig. Auf dem rissigen und verunkrauteten Gehsteig vor dem Teppichlager mit den graffitiverschmierten Jalousien parkten zwei strahlend neue Wagen – ein Jaguar und ein BMW –, unter Brüdern an die 150 000 Pfund wert, wie Lorimer ausgerechnet hatte, und Rintouls Auto (der BMW) trug seine Initialen auf dem Nummernschild: KR 007. Edmund bewohnte mit Frau und drei Kindern einen großen Neubau in Epping Forest; Rintouls Bleibe war die umgebaute Dachetage eines

Speicherhauses in Bermondsey mit Blick auf die Tower Bridge – offensichtlich schwamm da eine Menge Geld umher. Rintoul schmückte sich mit einem Pferdeschwänzchen, und beide trugen adrette Spitzbärte. Lorimer war um elf mit ihnen verabredet, doch er hielt es für ratsam, zehn Minuten zu spät zu kommen – die Gespräche liefen meist besser, wenn sie mit Entschuldigungen begannen.

174. DER WIEDERKEHRENDE KLARTRAUM. Es ist Nacht, und du gehst barfuß über das kühle Linoleum eines Korridors auf eine Tür zu. Hinter der Tür hörst du den Lärm und das Gejohle von vielen Leuten und das dumme Geplärr eines auf volle Lautstärke gestellten Fernsehers. Du bist aufgebracht und gereizt, der Krach stört dich, macht dich wütend, und du willst, daß er aufhört.

Erst als du an die Tür kommst, merkst du, daß du fast nackt bist. Du trägst nur ein offenes Hemd (pistaziengrün und ungebügelt), und der Hemdzipfel weht über deinem blanken Hintern, als du durch den Korridor gehst. Es ist nicht klar, ob du eine volle Erektion hast oder nicht. Du greifst nach dem Türknopf (als gerade besonders lautes Freudengeheul, gefolgt von röhrenden Schluckgeräuschen, hinter der Tür aufbrandet) – und plötzlich ziehst du deine Hand zurück. Du drehst dich schnell um und kehrst auf demselben Weg in deinen verschlagartigen Raum zurück, wo du dich sofort sorgfältig anziehst und dann wieder in die Nacht hinausgehst.

Das Buch der Verklärung

»Hier lang, Sir. Mr. Rintoul und Mr. Edmund empfangen Sie sofort.«

»Tut mir leid, ich bin ein bißchen verspätet«, sagte Lorimer zur Rückenansicht der schwarzen, schwer parfümierten jungen Empfangssekretärin, die ihn durch einen kurzen Korridor zu Rintouls Büro führte. Am Tag zuvor hatte Lorimer sich das Haar schneiden lassen, und am Morgen hatte er es mit Gel ein wenig geglättet. Er trug ein rehbraunes Lederblouson, ein blaßblaues Hemd, eine gestreifte Strickkrawatte, schwarze Hosen und italienische Slipper. Seinen Siegelring hatte er durch einen punzierten Goldring ersetzt, den er am rechten Mittelfinger trug. Sein Aktenkoffer war neu, glänzende Messingbeschläge, poliertes Leder. Alle Schadensregulierungsspezialisten hatten ihre eigenen Methoden – manche waren aggressiv, manche zynisch direkt, einige versuchten es mit Einschüchterung und verbreiteten Angst, andere traten muskelrollend und feindselig auf wie Schläger, wieder andere waren blasse Apparatschiks, die teilnahmslos Befehle befolgten – aber Lorimer war anders: Er war vor allem daran interessiert, nicht bedrohlich zu wirken. Seine Kluft war keine Verkleidung, sondern in erster Linie – und das mit Vorbedacht – eine Beruhigungsmaßnahme. Zwar waren es teure Sachen, aber sie würden Leuten wie Edmund oder Rintoul nicht weiter auffallen, sie deuteten nicht auf andere Welten, andere Gesellschaftsschichten, die ihnen vielleicht feindselig gesinnt waren oder die über sie zu Gericht sitzen wollten – theoretisch sollten sie gar nicht bemerken, was er anhatte, das war der angestrebte Effekt und der *modus operandi* seiner persönlichen und besonderen Schadensregulierungsmethode. Niemand wußte etwas über seine Taktik, methodische Gesichtspunkte wurden bei den Schadensregulierern weder diskutiert noch ausgetauscht. Und Hogg bewertete nur die Ergebnisse. Ihm war es egal, wie man zum Erfolg gelangt war.

Herzhaftes Händeschütteln: Rintoul wirkte fröhlich, munter, jovial und zutraulich, Edmund eher nervös und vorsichtig. Kaffee wurde in Auftrag gegeben, Priscilla, die Empfangssekretärin, ermahnt, diesmal die Espressomaschine zu benutzen und keinen Instantkaffee zu bringen (»Wir merken den Unterschied, Darling«), und Lorimer begann mit seiner Entschuldigungstour, indem er den teuflischen Verkehr für seine Verspätung verantwortlich machte. Sie blieben eine Weile bei diesem Thema, während der Kaffee bereitet und serviert wurde, und die Vorzüge der Schleichwege ins East End und wieder zurück wurden lang und breit erörtert.

»Deano wohnt in Epping Forest«, sagte Rintoul und wies mit dem Daumen auf seinen Partner. »Tödlich, dieser Verkehr, was, Deano?« Rintoul rutschte ständig herum, als könne er sich nicht für eine bestimmte Sitzhaltung entscheiden und müsse alle der Reihe nach ausprobieren. Seine Mimik war ähnlich bewegt, stellte Lorimer fest – war das ein Lächeln, was da entstand, oder ein Schmollmund, ein Stirnrunzeln, ein Ausdruck der Überraschung?

»Auf der M11, oder? Durch den Blackwall-Tunnel?« fragte Lorimer. »Das ist doch wohl ein übler Scherz. Und das jeden Tag? Hin und zurück?«

»Die reinste Hölle«, stimmte Edmund widerstrebend und mit einer witternden Hebung des Kopfes zu. Er war ruppiger, langsamer und schwerfälliger, im Büro, fern der Baustelle, nicht recht in seinem Element. Die haarigen Handgelenke ragten dick und plump aus den feingestreiften Manschetten des modischen Baumwollhemds, sein Spitzbart war flüchtig und lustlos gestutzt, als wäre er eher das Produkt einer gewagten Laune als einer echten Vorliebe für zierende Barttrachten.

»Nun ja«, sagte Lorimer, um die Verkehrsdiskussion zu beenden, »das gehört eben alles zur bunten Vielfalt unseres Lebens.« Höfliches Lachen folgte. Lorimer rundete vornehm die Vokale, gleichzeitig fluchte er und zeigte Anklänge an die Knacklaute des Straßenjargons. Klick-klack machten die Schlösser seines Aktenkoffers. »Well, Gentlemen, wollen wir dann zum Feuer im Fedora Palace kommen?«

Fassungslosigkeit mischte sich mit Bedauern (es war bis dato der größte Auftrag der Firma) und mit den rituellen Klagen über das verdammte Pech, das so häufig gerade die Unternehmer der Baubranche verfolge. »Versuchen Sie mal, einen ordentlichen Klempner zu kriegen«, sagte Edmund mit ehrlicher Entrüstung und Verbitterung. »Sind einfach weg, wie ausgestorben. Gibt keine mehr.«

Lorimer hörte zu, nickte, ruckte ein wenig und sagte: »Für Verspätungen gab es zehntausend Pfund Vertragsstrafe pro Woche.«

Schweigen. Dann sagte Edmund mit Trotz in der Stimme und ein wenig zu hastig: »Wir lagen in der Zeit.«

»Die scheint aber sehr knapp gewesen zu sein«, sagte Lorimer mitleidig. »Die knappste Vorgabe, von der ich bei so einem Auftrag je gehört habe.«

»Verdammt richtig«, sagte Rintoul mit Bitterkeit. »Aber das ist heutzutage die einzige Chance für Leute wie uns, an solche Sachen ranzukommen. Die nageln einen auf die Vertragsstrafe fest.«

»Aber das macht doch keinen Sinn! Wenn Sie so schnell arbeiten müssen, können Sie doch nicht die gleiche Qualität garantieren, oder?« Lorimer troff jetzt vor Mitgefühl.

Rintoul lächelte. »Genau. Aber so läuft das eben. Du brichst dir einen ab und hältst den Termin, dann kriegen sie dich mit den Nachbesserungen dran. Hier noch was und da noch was. Und streichen die letzte Rate.« Er wandte sich zu Edmund. »Wie oft haben die uns auf diese Tour abgezockt? Bei den letzten drei Aufträgen?«

»Bei den letzten vier.«

»Sehen Sie? So kriegen die einen am Arsch.«

Lorimer blickte in seine Notizen. »Sie sagen, Sie lagen mit dem Termin am Monatsende voll in der Zeit.«

»Ganz bestimmt.«

»Absolut.«

Lorimer ließ sie schmoren. »Und wenn ich einfach mal dagegensetze, daß Sie Verspätung hatten, ziemlich große Verspätung?«

»Wir waren ein bißchen im Verzug wegen dem verfluchten türkischen Marmor«, sagte Edmund. »Aber dafür haben wir 'ne Verzichtserklärung. Alles in Ordnung.«

»Die Bauleitung sagt, Sie hätten mit einer zehn- bis fünfzehntägigen Vertragsstrafe rechnen müssen.«

»Wer Ihnen das erzählt hat, ist ein verdammter Lügner«, sagte Rintoul mit fester Stimme und klang nun wieder ruhiger.

Lorimer entgegnete nichts. Das Schweigen konnte so vielsagend sein, das Schweigen konnte wirken wie die Flut auf eine Sandburg. Rintoul lehnte sich zurück und faltete die Hände hinter dem Kopf. Edmund starrte auf seinen Schoß. Lorimer steckte seine Notizen weg.

»Danke, Gentlemen. Es scheint alles klar zu sein. Ich werde Sie nicht weiter behelligen.«

»Ich bringe Sie runter«, sagte Rintoul.

Draußen vor dem Teppichlager drehte Rintoul, ins Jackett gekrümmt, dem Wind den Rücken zu und beugte sich zu Lorimer. »Mr. Black«, sagte er mit beherrschter Vehemenz, »ich weiß, was hier läuft.«

Lorimer glaubte aus Rintouls markigem East-End-Tonfall die gutturalen Anklänge eines westlichen Dialekts herauszuhören, Hinweise auf eine ländliche Kindheit in Devon oder Dorset vielleicht. »Ach ja? Was läuft denn, Mr. Rintoul?«

»Ich kenne euch Versicherungstypen«, redete Rintoul weiter. »Ihr wollt nicht zahlen, also hängt ihr uns diese verdammte Brandgeschichte an, damit ihr euch die Entschädigung an Gale-Harlequin sparen könnt. Wir lagen in der Zeit, Mr. Black, von Verspätung kann keine Rede sein. Das hier ist unsere Existenz, unser Auskommen. Sie könnten uns das alles versauen, mit Leichtigkeit, alles kaputtmachen. Ich sehe, was Sie denken, ich sehe, worauf das hinausläuft …« Er lächelte wieder. »Bitte gehen Sie nicht diesen Weg, Mr. Black.« Es war nichts Flehendes in seiner Stimme, aber Lorimer war beeindruckt. Rintoul hatte beinahe überzeugend geklungen.

»Ich fürchte, ich kann meinen Bericht nicht mit Ihnen diskutieren, Mr. Rintoul. Wir versuchen nur, unsere Arbeit so professionell wie möglich zu machen, genauso wie Sie.«

Den Kopf voller Gedanken, fuhr Lorimer von der sich öde dahinziehenden Old Kent Street fort, fort von den gigantischen neuen Tankstellen und den Unisex-Friseursalons, den

Großhandelsmärkten, den Bereifungsfirmen und Karaoke-Lokalen. »Häuser geräumt«, verrieten ihm die Schilder, und er sah die Anzeichen überall in der Landschaft. Holzhändler, Autoverwerter, Lkw-Höfe und geschlossene Elektrogeschäfte hinter verstaubten Maschengittern zogen an ihm vorbei, bis er in den Themsetunnel einfuhr. Nördlich der Themse bewegte er sich ostwärts durch Limehouse, Poplar und Blackwall in Richtung Silvertown. Lorimer rief im Büro an, um sich einen Termin bei Hogg geben zu lassen. Janice sagte ihm, wann er kommen konnte, und fügte hinzu: »Jenny von der Fortress-Pressestelle hat hier angerufen, es ging um den Werbespot. Sie glauben, daß der Name, den Sie suchen, Malinverno lautet. Flavia Malinverno. Ich buchstabiere: F-L-A-V-I-A.«

Lorimer stand in seinem leeren Wohnzimmer und schaute durch die vorhanglosen Fenster. Er hatte freien Blick auf den City Airport jenseits der unruhigen graublauen Wasserfläche des Albert Docks, und dahinter zeichnete sich das Industriegebirge der Zuckerfabrik Tate & Lyle dunkel gegen den Himmel ab, Dampfwolken stiegen aus zahlreichen Rohren und Schloten auf, ein stählerner Krakatoa, der jeden Moment zu explodieren drohte. Rechts sah er in der Entfernung den gigantischen Obelisken von Canary Wharf, dessen Positionslicht auf der Dachspitze über Canning Town, Leamouth und die Isle of Dogs hinweg zu ihm herüberblinkte wie ein Leuchtfeuer. Das Licht draußen war kalt und hart, die Landschaft bis zum Horizont planiert, ohne Häuser, kreuz und quer durchzogen von leicht erhöhten Betonstraßen, dem M11-Zubringer und der staksigen modernen Dockland-Bahn mit ihren auf Stelzen gebauten Gleisen und Bahnhöfen zwischen Beckton und Canning Town. Alles Alte mußte weichen, wurde verwandelt oder durch Neues ersetzt. Hier draußen im Osten entstand eine völlig andere Stadt, geprägt von Weite und Leere, von frostigem Glanz, von verwaisten Docks und Hafenbecken – selbst die Luft fühlte sich hier anders an, kälter, unwirtlicher, tränentreibender –, nichts für Verzagte und Unentschlossene. Und noch weiter östlich, hinter den Gas- und Klärwerken, sah er die pupurn und gußeisern lastende Wolkenmasse, einen Kontinent aus Wolken, der sich über die Stadt wälzte, vergoldet von der Klarheit und Frische des Seelichts der Themsemündung. Da kommt Schnee, dachte er, direkt aus Sibirien.

Sein Haus, klein und freistehend, erhob sich in der Mitte eines geharkten Rechtecks aus Schlamm und gehörte zum zaghaften Siedlungsprojekt Albion Village, das ein optimistischer Bauherr ins Leben gerufen hatte. Das Erdgeschoß bestand aus Garage, Küche und Eßzimmer, oben befanden sich ein Wohnzimmer und ein Schlafzimmer mit Bad sowie ein bodenkammerartiger zweiter Schlafraum mit angebauter Dusche, der von Dachfenstern erhellt wurde. Überall roch es nach Farbe, Kitt und Baustellenstaub, und der frisch verlegte honigfarbene Ripsteppich war übersät mit den Resten des Zuschnitts. Zu beiden Seiten reihten sich im Halbkreis die anderen sechs Häuser von Albion Village, alle einander ähnlich, aber geschmackvollerweise nicht identisch, manche schon bewohnt, andere noch mit Klebestreifen auf den Fenstern. Eine synthetische kleine Gemeinde, die auf ihre Mitglieder wartete, mit angesätem Rasen und dürren, windgepeitschten Setzlingen, zweckmäßig errichtet am äußersten Ostrand der City, ein kleiner Vorstoß ins Ödland.

Und es war alles sein Eigentum, gekauft und bezahlt. Sein Häuschen in Silvertown. Er begann mit einer Liste der Gegenstände, die er brauchte, um es zumindest bewohnbar zu machen – Bett, Bettwäsche, Kopfkissen, Decken, Sofa, Sessel, Schreibtisch und Stuhl, Fernseher, Stereoanlage, Töpfe und Pfannen. Die Küche war eingebaut, Dinnerpartys nicht geplant, also würden ein paar Konserven und Tiefkühlpackungen reichen. Vorhänge? Zunächst konnte er mit den Anstandsrollos leben. Irgendeine Tischlampe war ebenfalls vonnöten, aber sie setzte, wie der Name sagte, einen Tisch voraus, und er wollte das Haus so schnell wie möglich bewohnbar machen, mit einem Minimum an Hektik und aufreibender Sucherei. Warum brauchte er überhaupt eine neue Wohnung? Gute Frage, Lorimer. Die Sicherheit, vermutete er. Immer dasselbe.

Sie hieß also Flavia Malinverno. Schon der Name konnte nicht besser, konnte nicht passender sein. Und wie sprach man ihn aus? Miss Flahvia? Oder Flehvia?

Marlobe schwenkte ihm eine Zeitung entgegen, die Schlagzeile verkündete eine Kehrtwende der Regierung in der Steuer- und Rentenpolitik.

»Sieht nach Schnee aus«, sagte Lorimer.

»Dieses Land braucht eine verdammte Revolution, Kumpel! Weg mit den Politikern, Geldhaien, Bonzen, Beamten, Bossen, Millionären, Fernsehtypen. Alle an den Galgen. Das Volk muß wieder ans Ruder kommen. Die arbeitende Bevölkerung. Leute wie du und ich. Eine verdammte, blutige, gewaltsame Revolution!«

»Ich weiß, was Sie meinen. Eines Tages ...«

»Ich hab 'n paar weiße Nelken für dich, Kumpel ... Sonderangebot. Macht 'n Fünfer. Danke.«

An seiner Tür, befestigt mit feierlichen Weihnachtsklebestreifen, hing ein zusammengefalteter Zettel. »Mein lieber Lorimer, eines nicht fernen Tages wird Ihnen Jupiter allein gehören. Ich danke Ihnen sehr. Herzlich Ihre C. H.«

Lorimer fühlte ein nutzloses Bedauern in sich aufsteigen, als er die Nachricht noch einmal las und die Folgen seiner Großherzigkeit überdachte. Wäre er doch nur nicht so voreilig gewesen. Trotzdem, eine »gute Tat« war es allemal. Vielleicht fand Jupiter wenigstens seinen Appetit wieder, wenn die Hinrichtung ausgesetzt war.

Im Korridor legte er, seinem Ritual folgend, die Hand nacheinander auf die drei Helme und kam plötzlich auf den Gedanken, ob Ivan sie nicht als Anzahlung für den einen griechischen Helm akzeptieren würde. Ein schneller Überschlag des Gesamtwerts belehrte ihn, daß noch immer ein beträchtlicher Teil an der Kaufsumme fehlte, aber er käme damit seinem Ziel ein gutes Stück näher. Ermuntert von dem Gedanken, schob er King Johnson Adewale and his Ghana-Beat Millionaires in den CD-Player und goß sich ein kleines Trinkglas Wodka ein. Lady C. Haigh. Seltsam, daß er sich nie gefragt hatte, welchen Vornamen sie trug; hatte er ihr überhaupt einen zugetraut? Wofür mochte das C stehen? Charlotte, Celia, Caroline, Cynthia, Charis? Ein Mädchenname, der die zwanziger und dreißiger Jahre heraufbeschwor, weite Damenhosen, aufgeweckte junge Dinger, Trophäenjagden, heimliche Wochenenden in ländlichen Wassersporthotels ... Als der Wodka seine Wirkung tat und die vitalen Rhythmen sanft durch die Wohnung dröhnten, gestattete er sich ein bescheidenes Lächeln der Selbstzufriedenheit.

5. Kapitel

Um früher aufzustehen, stellte Lorimer den Wecker zurück – eine leere Geste, denn er warf sich ruhelos im Bett hin und her und war gegen Viertel vor fünf hellwach. Verbissen las er eine Weile, bis er es schaffte, erneut einzunicken, um gegen sieben Uhr benommen und mit dumpfem Kopf aufzuwachen. Er badete, rasierte sich, wechselte die Bettwäsche, dann, wie ein Roboter, saugte er die Wohnung, wischte in der Küche alle Flächen ab, brachte Hemden und Unterwäsche zur Wäscherei, zwei Anzüge zur Reinigung, ging zur Bank und kaufte bei ShoppaSava in der Lupus Street etwas zu essen. Diese profanen Junggesellenrituale bedrückten ihn nicht, eher sah er darin stolze Beweise seiner Unabhängigkeit. Was hatte Joachim zu Brahms gesagt? *Frei, aber einsam.* Brahms war vielleicht der bedeutendste Junggeselle, den die Welt gesehen hatte, überlegte er, als er am neueröffneten Blumenstand von ShoppaSava ein paar Freesien aussuchte. Brahms mit seinem Genie, mit seinen unverrückbaren Gewohnheiten, seiner überragenden Würde und seiner unsäglichen Traurigkeit. Das ist ein Vorbild, dem ich nacheifern sollte, dachte er, als er ein paar Stengel zitronengelben Waldgeißbart kaufte und schlanke aprikosenfarbene Tulpen entdeckte, verschiedene Sorten Grünpflanzen in den lebhaftesten Schattierungen und reihenweise Schachteln mit Narzissen, die nur ein Drittel dessen kosteten, was Marlobe verlangte. Nicht schlecht, die Auswahl. Seit wann gab es den Stand? Allerdings keine Nelken. Dieses Privileg befand sich noch fest in Marlobes Hand.

An der Kasse drehte er sich um und warf einen Blick auf die geduldigen Käuferschlangen, die darauf warteten, ihr Geld loszuwerden – er sah kein bekanntes Gesicht, aber wieder hatte ihn das seltsame Gefühl beschlichen, beobachtet zu werden, als würde jemand in der Nähe lauern, sein Spiel mit ihm treiben und warten, wie lange es dauerte, bis er entdeckt wurde. Lorimer blieb eine Weile hinter der Tür am Zeitungskiosk stehen, kaufte ein paar Zeitungen und Illustrierte, aber niemand kam heraus, den er kannte.

Er beschloß, im nahen Café Matisse zu frühstücken (Klassische britische Cafés Nr. 3), wo er ein Sandwich mit Spiegelei und Schinken und einen Cappuccino bestellte und in seinem gewichtigen Stapel Lesestoff blätterte. Um diese Tageszeit, wenn das Matisse noch frisch geputzt und relativ rauchfrei war, zog er es allen anderen Lokalen vor, möglichst früh, bevor die Kauflustigen scharenweise zum Elf-Uhr-Imbiß hereinkamen. Seit vier Jahren war er regelmäßig hier und hatte nie auch nur ein Nicken der Begrüßung vom Personal erhalten. Immerhin, er hatte sie alle überdauert. Die Fluktuation im Matisse war außergewöhnlich. Das langgliedrige südafrikanische Mädchen war noch da, auch die trübsinnige Rumänin. Er fragte sich, ob die kleine Portugiesin gekündigt hatte, die immer mit den Bikern flirtete – den gutverdienenden Männern mittleren Alters in der mopsigen Lederkluft. Zu verabredeten Zeiten fielen sie truppweise ein, tranken ihren Kaffee und starrten verliebt auf ihre fleckenlosen, chromglitzernden Harleys, die sie gut sichtbar auf dem Gehweg aufgebockt hatten. Vielleicht war sie tatsächlich weg, vielleicht hatte sie tatsächlich einen dieser behäbigen, begüterten Freigeister ans Band der Ehe gefesselt? Denn es war eine neue Bedienung da: dunkel und mediterran, mit langem, drahtigem Haar, der schmächtigen Figur einer Sechzehnjährigen und der hoheitsvollen Miene einer Anstandsdame.

»Danke«, sagte er zu der Rumänin, die ihm überraschend den Sandwichteller hingeknallt hatte. Sie verzog sich wie immer wortlos und warf ihren blauschwarzen Haarschopf zurück.

Das Matisse verdankte seinen Namen einer einzigen Gemäldereproduktion dieses Meisters, einem späten blauen Akt, der an der Wand zwischen der Damen- und der Herrentoilette hing. Die Küche war angeblich italienisch, doch auf der Speisekarte prangten etliche englische Standardgerichte – Fish and Chips, Lammkoteletts mit Röstkartoffeln, Apfeltorte mit Eierschaum. Soweit er beurteilen konnte, arbeitete gegenwärtig kein einziger Italiener im Lokal, aber Spuren ihres Einflusses mußten noch vorhanden sein, sich irgendwo in der Kellerküche festgesetzt haben, um wenigstens die überraschend gute Qualität des Kaffees zu gewährleisten. Er bestellte einen weiteren Cappuccino und sah die Gäste kommen und gehen. Alle rauchten sie im Matisse, nur er nicht, es schien fast eine Art Zugangsbedingung zu sein. Das Buffetpersonal und die Kellnerinnen rauchten während ihrer Pausen, und alle Gäste, jung und alt, männlich oder weiblich, taten es ihnen eifrig nach, als nutzten sie das Lokal für kurze Zigarettenpausen von ihrem ansonsten rauchfreien Alltag. Er schaute sich um und musterte die Kundschaft, die in dem großen, düsteren, länglichen Raum verstreut saß. Ein Pärchen mittleren Alters, Typ osteuropäische Intellektuelle, er Bertolt Brecht frappierend ähnlich, beide bebrillt, beide mit tristen Anoraks, ein Tisch mit vier schwindsüchtigen Hippies – drei Langhaarigen mit jämmerlichen Bärten und ein Mädchen mit selbstgedrehten Zigaretten, glasperlengeschmückt und mit einer tätowierten Blume am Hals. In einem der Seitenabteile saß das obligatorische Mauerblümchenpaar: zwei kalkweiße Mädchen, schwarz gekleidet, in ein aufgeregt zischelndes Flüstern vertieft – zu jung, voller Probleme und leichte Beute für Zuhälter. Hinter ihnen ein Mann, der eine winzige Pfeife rauchte und aussah wie ein Mitglied der Internationalen Brigaden im Spanischen Bürgerkrieg: wirres Haar, große, schlammverkrustete Schuhe, unrasiert, ein kragenloses Hemd und ein ausgebeulter Kordanzug. Zwei unnatürlich große Mädchen – ohne Busen und Taille, mit Schwanenhälsen und zu kleinen Köpfen – standen rauchend an der Theke und zahlten: Models, nahm er an, es mußte hier irgendwo eine Agentur geben. Von früh bis spät gingen sie im Matisse ein und aus, diese beängstigend langgliedrigen Wesen, nicht hübsch, nur von anderer Machart als die übrigen Frauen der Welt. Das ganze menschliche Treibgut wurde irgendwann im verräucherten Interieur des Matisse angeschwemmt; wer lange genug sitzen blieb, konnte sie alle sehen, jeden Prototyp, den die Spezies Mensch zu bieten hatte, jede Spielart des Genpools, reich oder arm, gesegnet oder verflucht – und genau darin bestand seiner Meinung nach die seltsame, fortdauernde Anziehungskraft dieses Lokals. Auch er selbst, soviel war ihm klar, mußte, so wie er dasaß in seinen frisch gereinigten Klamotten und mit seinen Zeitungsstapeln, für müßige Spekulationen herhalten: Was ist das für einer, dieser schweigsame junge Mensch im Nadelstreifen? Journalist bei einer gehobenen Illustrierten? Rechtsanwalt? Oder dealt er in Eurobonds?

»Wie wär's mit einem Drink heute abend?« fragte Torquil und steckte den Kopf durch Lorimers Bürotür. Dann kam er herein und drückte sich herum, befingerte einen Bilderrahmen (Paul Klee), ließ ihn ein wenig schief hängen, strich über die Blätter der Topfpflanzen und trommelte mit den Fingern einen Marsch auf der Abdeckung des PC.

»Großartig«, sagte Lorimer mit verhaltener Begeisterung.

»Wo stecken denn hier nur immer alle?« fragte Torquil. »Hab Sie seit Tagen nicht gesehen. So ein Büro ist mir noch nicht untergekommen, wo jeder arbeitet, wenn er Lust hat.«

»Wir gehen alle verschiedenen Aufgaben nach«, erklärte ihm Lorimer, »und zwar überall. Dymphna ist in Dubai, Shane ist in Exeter, Ian ist in Glasgow …«

»Ich glaube, unsere Dymphna kann mich nicht ausstehen«, sagte Torquil, dann grinste er. »Dieses Kreuz werde ich wohl tragen müssen. Was haben Sie zu tun?«

»Ich bringe nur ein paar Sachen in Ordnung«, wich Lorimer aus. Hogg war entschieden dagegen, daß sie über ihre Arbeit redeten.

»Hogg hat mir diese Dupree-Sache zur Erledigung gegeben. Scheint ziemlich unkompliziert zu sein. Eigentlich nur Papierkram.«

»Klar, jetzt, wo er tot ist.«

»Hat sich selbst entleibt, wie?«

»Das kommt vor. Sie glauben, daß ihre Welt zusammengebrochen ist, und dann ...« Er wechselte das Thema. »Entschuldigen Sie, ich hab jetzt einen Termin bei Hogg. Wo wollen wir uns treffen?«

»Im El Hombre Guapo? Sie wissen doch, Clerkenwell Road 6.«

»Dann seh ich Sie dort.«

»Was dagegen, wenn ich jemanden mitbringe?«

Hogg stand in Schal und Mantel mitten auf seinem Orange-Teppich.

»Komm ich zu spät?« fragte Lorimer verdutzt.

»Wir treffen uns in zehn Minuten am Finsbury Circus. Ich gehe hinten raus, lassen Sie mir fünf Minuten Vorsprung. Gehen Sie durch den Haupteingang, und sagen Sie nichts zu Helvoir-Jayne.«

Als Lorimer eintraf, saß Hogg gedankenversunken auf einer Bank am Bowlingplatz in der Mitte des kleinen ovalen Platzes, das Kinn auf der Brust, die Hände in die Taschen gestemmt. Lorimer ließ sich neben ihm nieder. Die schmucke Grünanlage war von unbelaubten Platanen umgeben, dahinter sah man die stattlichen, reichverzierten Gebäude und ein paar verfrorene Arbeiter, die rauchten und sich bibbernd in Hauseingänge drückten. Die alte City, so wie sie in den großen Zeiten war, meinte Hogg immer – und das war der Grund, weshalb er den Finsbury Circus so mochte.

In zwanzig Meter Entfernung jonglierte ein Mann gekonnt mit drei roten Bällen vor einem nicht vorhandenen Publikum. Lorimer bemerkte, daß Hogg dem Jongleur fasziniert zuschaute, als hätte er diese Kunst noch nie gesehen.

»Ist ja phantastisch«, sagte Hogg, »irgendwie fesselnd. Rennen Sie rüber und geben Sie ihm ein Pfund. Das hat er sich verdient.«

Lorimer gehorchte und warf die Münze in eine Wollmütze zu Füßen des Jongleurs.

»Danke, Kumpel«, sagte der, und die Bälle folgten weiter ihrer offenbar vorgezeichneten Bahn.

»Wirklich phantastisch!« brüllte Hogg über den Platz und zeigte dem Jongleur den erhobenen Daumen. Lorimer sah Hogg unvermittelt aufstehen und davonmarschieren, ohne sich auch nur umzuschauen. Mit einem Seufzer folgte er zügigen Schritts, aber er hatte Hogg noch nicht eingeholt, als der in ein modernes Pub eintrat, das recht unpassend in die Ecke eines Bürohauses eingebaut war, aber einen guten Blick auf die wuchtige, ockerfarbene Waffeleisenfassade des Broadgate Centre erlaubte.

Drinnen roch es nach schalem Bier und kaltem Rauch. Eine Galerie geisterhafter Computerspiele blinkerte und schnatterte, dröhnte und fauchte, um Spieler anzulocken – ein elektronisches Sperrfeuer, das erfolgreich gegen die von irgendwoher kommende jazzig-orchestrale Muzak ankämpfte. Hogg ließ sich ein schaumiges helles Lagerbier zapfen.

»Was darf's sein, Lorimer?«

»Ein Sprudel.«

»Herrgott. Trinken Sie doch was Anständiges.«

»Dann ein Glas Cidre.«

»O Gott! Manchmal könnte ich verzweifeln, Lorimer.«

Sie gingen mit ihren Gläsern so weit wie möglich von den quakenden und piependen Automaten weg. Hogg trank sein Glas mit vier gewaltigen Schlucken zu zwei Dritteln leer, wischte sich den Mund ab und zündete eine Zigarette an. Die Mäntel hatten sie nicht ausgezogen, in diesem gräßlichen Pub war es auch noch kalt.

»Okay, schießen Sie los«, sagte Hogg.

»Gewöhnliche Brandstiftung. Die Subunternehmer waren in

Verzug, hatten eine mächtige Vertragsstrafe zu erwarten, also haben sie im Fitneßcenter gekokelt. Das muß ihnen aus dem Ruder gelaufen sein. Sie hatten keinen Grund, fünf Stockwerke oder den ganzen Bau abzufackeln.«

»Also?«

»Einen Schaden von siebenundzwanzig Millionen sehe ich da nicht. Ich bin kein Experte, aber der Laden war noch nicht in Betrieb, noch nicht fertig. Ich kann beim besten Willen nicht erkennen, warum die Summe so hoch sein soll.«

Hogg zog ein zusammengefaltetes Kopienbündel aus seiner Manteltasche und reichte es Lorimer. »Weil das Ding auf achtzig Millionen versichert ist.«

Lorimer faltete die Kopie der Police von Fortress Sure auseinander und blätterte sie durch. Die Unterschrift auf der letzten Seite konnte er nicht entziffern.

Lorimer zeigte auf den Schnörkel. »Wer ist das?«

Hogg trank sein Glas leer und stand auf, um ein neues zu holen.

»Torquil Helvoir-Jayne«, sagte er auf dem Weg zur Theke.

Er kam zurück mit einer Tüte Chips (Rind- und Meerrettichgeschmack) und einem weiteren schäumenden Bier. Unachtsam mampfte er die Chips und ließ ein kleines Flockengestöber auf seinen Mantel rieseln. Dann spülte er die verklebten Zähne mit Lagerbier frei.

»Torquil hat also überversichert.«

»Kann man so sagen.«

»Eine gewaltige Prämie. Und sie haben willig gezahlt.«

»Alles lief bestens, bis diese Arschlöcher ihr Feuer legten.«

»Wird schwer werden, das zu beweisen«, sagte Lorimer vorsichtig. »Diese Typen, Rintoul und Edmund, bei denen brennt irgendwie die Luft. Alarmstufe drei, würde ich sagen.«

»Das ist doch nicht deren Problem – oder besser«, korrigierte sich Hogg, »wir schieben Gale-Harlequin den Schwarzen Peter zu. Wir äußern Verdacht auf krumme Touren und spucken nichts aus.«

»Etwas müssen wir schon zahlen.«

»Ich weiß«, sagte Hogg giftig. »Aber nichts, was auch nur in die Nähe von siebenundzwanzig Millionen kommt. Drück sie runter, Lorimer.«

»Ich?«

»Wieso nicht?«

»Na ja … In der Größenordnung hab ich mich noch nie bewegt. Es könnte ja um etliche Millionen gehen.«

»Das möchte ich hoffen, Lorimer. Das gibt 'ne fette Prämie, mein Sohn. Wird ein großer Tag für GGH. Eitel Freude bei Fortress Sure.«

Lorimer dachte einen Moment nach. »Torquil hat Mist gebaut«, sagte er grübelnd.

»Ein dickes Ding«, bestätigte Hogg fast schadenfroh, »und wir müssen das Kind aus dem brennenden Busch ziehen.«

Lorimer bewunderte sowohl die verkorkste Metapher als auch den Gebrauch der ersten Person Plural.

»Sie gehen zu Gale-Harlequin«, meinte Hogg, »und sagen ihnen, daß wir Brandstiftung vermuten. Polizei, Feuerwehr, Kripo, Verhöre, Prozesse. Könnte Jahre dauern. Jahre!«

»Das wird sie nicht freuen.«

»Das ist ein Krieg, Lorimer. Die wissen es, und wir wissen es.«

»Sie haben die fette Prämie gezahlt.«

»Mir bricht das Herz. Das sind Immobilienspekulanten.«

Trotz einer instinktiven Anstrengung spürte Lorimer sein Herz höher schlagen. Unter Zuhilfenahme der Geheimformel, mit der er seine Schadensreguliererprämie kalkulierte, staffelte und präzisierte, gelangte er zu dem Ergebnis, daß er eine sechsstellige Summe gewärtigen durfte. Es gab da nur noch eine andere Sache, die ihm Sorgen bereitete. »Mr. Hogg«, begann er zögernd, »ich hoffe, Sie verzeihen die Frage, aber wie kommt es, daß Torquil nach alledem bei uns in der GGH eingestiegen ist?«

Hogg schluckte sein Lagerbier und entließ einen kohlensäuregeschwängerten, gut hörbaren Rülpser. »Weil Sir Simon

Sherriffmuir mich darum gebeten hat. Ein persönlicher Gefallen.«

»Was steckt dahinter? Was bedeutet Torquil für Sir Simon?«

»Er ist sein Patensohn.«

»Aha.«

»Allerdings. Ist doch klar wie Kaffeesatz.«

»Glauben Sie, daß Sir Simon von der Sache weiß?«

»Trinken Sie lieber noch 'n Cidre, Lorimer.«

12. DER SPEZIALIST. Hogg sagt zu dir: »Die Welt ist groß, Lorimer. Lassen Sie sich doch mal für einen Moment das Konzept ›Bewaffnete Streitkräfte‹ durch den Kopf gehen. Zu dem Konzept zählen Sie die Armee, die Marine, die Luftwaffe, nicht zu vergessen die Hilfs- und Nebentruppen – Mediziner, Techniker, Köche, Sanitäter, Polizei und so weiter. Diese großen Untergruppen werden wieder geteilt in Heeresabteilungen, Armeekorps, Regimenter, Geschwader, Bataillone, Flottillen, Staffeln, Batterien, Kompanien, Züge und so weiter. Alles durchorganisiert, Lorimer, alles schmuck und proper, alles einwandfrei und sauber wie ein frischgebackenes Toastbrot in Scheiben. Gründlich durchdacht, für jeden offen und nachprüfbar.

Aber bei den bewaffneten Streitkräften gibt es auch die speziellen Eliteeinheiten. Kleine Mannschaftsstärken, strengste Kriterien, höchste Anforderungen. Viele fallen durchs Sieb. Aber die Auslese ist das Wesentliche, knallhart, der Zugang eng begrenzt. SAS, SBS, Navy Seals, die Besatzungen der Stealth-Bomber, Spionageflugzeuge, die Sabotagekommandos, FBI und MI5, Agenten und Schläfer im Einsatzgebiet. Alles konspirativ, Lorimer, gedeckt durch Geheimhaltung. Jeder hat davon gehört, aber keiner weiß was Genaues oder kennt die harten Fakten. Und warum ist das so? Weil sie wichtig sind, von wesentlicher Bedeutung. Verdeckte Operationen, Terrorbekämpfung. Trotzdem gehören sie zum Konzept ›Bewaffnete Streitkräfte‹. Winzige Unter-Unter-Unterabteilungen zwar, aber, und das darf man nicht vergessen, sie gehören zu den tödlichsten und effizientesten Instrumenten der bewaffneten Streitkräfte.

Und das sind wir, Lorimer. An diesen Vergleich müssen Sie sich halten. Auch wir sind Spezialisten, spezialisiert auf Schadensregulierungen. Jeder weiß, was ein Schadensregulierer nach allgemeinen Begriffen tut. Aber wie bei den Elitetruppen weiß keiner wirklich, wie das bei uns Spezialisten läuft. Doch die Allgemeinheit braucht uns, Lorimer, o ja. So wie sich die Streitkräfte unter besonderen Umständen auf die SAS oder die Bombenbastler oder die Attentäter stützen müssen. Gewisse Jobs können nur wir machen, die schwierigen Kisten, die diskreten Sachen, die Geheimaufträge. Wenn so was kommt, dann treten wir Spezialisten unter den Schadensregulierern auf den Plan.«

Das Buch der Verklärung

»Mr. Rintoul?«

»Ja?«

»Hier Lorimer Black, GGH.«

»Ach, Sie sind's. Wie geht's?«

»Danke. Ich glaube, Sie sollten erfahren, daß wir gegen die Schadensforderung bezüglich des Fedora Palace Widerspruch einlegen werden.«

»Oh. Verstehe.« Rintoul stockte. »Und was hat das mit mir zu tun?«

»Es hat alles mit Ihnen zu tun.«

»Ich verstehe nicht.«

»Sie haben Feuer in diesem Hotel gelegt, weil Sie die Vertragsstrafe nicht zahlen wollten.«

»Das ist gelogen. Das ist eine verdammte Lüge!«

»Wir werden gegen die Forderung der Gale-Harlequin Widerspruch einlegen, und zwar aufgrund Ihrer Brandstiftung.«

Schweigen.

»Ich dachte, es wäre nur gerecht, Sie das wissen zu lassen.«

»Ich bringe Sie um, Black. Ich bring Sie verdammt noch mal um. Halten Sie die Klappe, oder ich bringe Sie um.«

»Dieses Gespräch ist aufgezeichnet worden.«

Der Hörer knallte auf, und Lorimer legte ebenfalls auf, seine Hand zitterte leicht. Wie viele Morddrohungen er in seinem Beruf auch schon erhalten hatte – ein gutes halbes Dutzend etwa –, sie raubten ihm noch immer den Nerv. Er nahm die Kassette aus dem Anrufbeantworter, steckte sie in einen Umschlag und schrieb »Fedora Palace. Rintoul. Morddrohung« darauf. Das würde Janice für die Hauptakte bekommen, die in Hoggs Büro aufbewahrt wurde. Rintoul hatte zwar auf dem Band nicht wirklich gestanden, daß er der Brandstifter war, es war nicht beweiskräftig und belastete ihn nicht eindeutig, doch die Morddrohung war unmißverständlich. Lorimer hoffte, daß ihn das schützen würde – normalerweise lief es so. Wenn sie wußten, daß er ihre Drohungen auf Band hatte, hielten sie sich zurück. Es war eine nützliche kleine Extraversicherung.

93. ZWEI ARTEN DES SCHLAFS. Aus den Gesprächen mit Alan habe ich erfahren, daß es zwei Arten des Schlafs gibt: den Rapid-Eye-Movement-Schlaf (REM) und den Non-Rapid-Eye-Movement-Schlaf (NREM). REM-Schlaf ist paradox, NREM-Schlaf ist orthodox. Alan sagte mir nach der Auswertung meiner EEG-Kurven, daß ich weit mehr REM-Schlaf habe, als es normal wäre, und das, so meinte er, macht mich sehr paradox.

Er hat mir auch von den Stadien des NREM-Schlafs erzählt. Stadium 1: Das Einschlafen. Stadium 2: Der mittlere Schlaf. Man sieht Veränderungen in den EEG-Kurven, Schlafspitzen oder K-Komplexe, aber man ist noch für Außenreize empfänglich, die Gehirntätigkeit hat die Form von kurzen Wellenfolgen. Die Stadien 3 und 4 lassen einen noch tiefer in Schlaf sinken, die Ansprechbarkeit läßt nach, das nennen wir »Tiefschlaf«. Wir glauben, sagt Alan, daß der NREM-Schlaf im Tiefschlafstadium für die Regenerierung des Körpers wichtig ist, der REM-Schlaf dagegen für die Regenerierung des Gehirns.

Das Buch der Verklärung

El Hombre Guapo war eine große Tapas-Bar an der Clerkenwell Road. Die Wände waren mit sorgfältig polierten Edelstahlblechen beschlagen, auch der Fußboden bestand aus Edelstahl, unter der Decke schwebten, waagerecht an Ketten aufgehängt, Teile der Berliner Mauer und erzeugten so den originell andersartigen Effekt einer Zwischendecke. Das Personal trug graue Overalls mit vielen Reißverschlüssen (in der Art, wie sie von Jagdpiloten bevorzugt werden), und die Musik hämmerte gnadenlos. Das Lokal war beliebt bei den jungen Modejournalisten der großen Tageszeitungen und bei Jungbörsianern, die mit Futures und Derivaten handelten – für Torquil jedenfalls eine seltsame Wahl, dachte Lorimer.

Torquil hatte sich bereits an der Bar etabliert und war mit einem Drink beschäftigt – Whisky, wie Lorimer aus seinem Atem schließen konnte. Er bot Lorimer eine Zigarette an und erhielt eine höfliche Ablehnung. Lorimer bestellte einen dreistöckigen Wodka mit Soda und viel Eis – Rintouls letzte Worte klingelten ihm noch im Ohr.

»Stimmt ja, Sie rauchen nicht«, sagte Torquil ungläubig. »Warum eigentlich nicht? Alle rauchen doch.«

»Na ja, nicht alle. Zwei Drittel der Bevölkerung sind Nichtraucher.«

»Quatsch. Alle Raucherstatistiken sind Schwindel, das können Sie mir glauben. Alle Regierungen der Welt lügen, was das betrifft. Zwangsläufig. Rauchen ist weltweit auf dem Vormarsch, und das finden sie prächtig, obwohl sie es nicht zugeben. Also fälschen sie routinemäßig die Zahlen. Schauen Sie sich doch um.«

»Wahrscheinlich haben Sie recht«, räumte Lorimer ein. Tatsächlich rauchten achtundneunzig Prozent der annähernd fünfzig Gäste des El Hombre Guapo, und die restlichen zwei Prozent sahen aus, als wären sie ebenfalls drauf und dran zu rauchen, wühlten schon in den Taschen nach Zigaretten.

»Wie lief's denn heute so?« fragte Torquil und zündete sich selbst eine an. »Ich hoffe, bei Ihnen war's spannender als bei mir.«

»Der übliche Kram.«

»Wie bitte?«

»DER ÜBLICHE KRAM!« Lorimer brüllte fast. Jeder mußte hier lauter werden, wenn er die Musik übertönen wollte.

»Ich sage Ihnen, Lorimer, wenn ich nicht das Geld brauchen würde, hätte ich längst die Kurve gekratzt.«

Torquil bestellte einen neuen Whisky und einen Teller mit *croquetas*, die er hintereinanderweg aufaß, ohne Lorimer etwas anzubieten.

»Torquil kriegt heut kein Abendbrot«, sagte er, zu Lorimer gebeugt. »Binnie ist bei Mama und Papa.«

»Binnie?«

»Meine Allerwerteste.«

»In Gloucestershire?«

»Genau.«

»Hat sie die Kinder mitgenommen?«

»Die sind alle im Internat, Gott sei Dank.«

»Ich dachte, Ihr Jüngster wäre sieben?«

»Stimmt auch. Der ist auf einer Vorschule bei Ascot. Aber an den Wochenenden kommt er nach Hause.«

»Oh, ist ja schön.«

»Na, so schön ist das auch wieder nicht.« Torquil zog die Stirn kraus. »Bringt ihn irgendwie aus der Fasson. Hat angefangen, ins Bett zu machen. Fügt sich nicht ein. Ständig muß ich Binnie erklären, daß es nur an diesen Wochenendheimfahrten liegt. Er will nicht zurück, müssen Sie wissen. Ich sage, da muß er durch.«

Lorimer schaute auf die Uhr. »Nun, eigentlich sollte ich …«

»Da kommt sie.«

Lorimer drehte sich um und sah ein junges Mädchen Anfang Zwanzig, ihr Wildledermantel war bis zum Hals zugeknöpft, zaghaft schob sie sich durch die lärmende Menge. Sie hatte dünnes sandfarbenes Haar und trug dickes Augen-Make-up. Irgendwie kam sie ihm bekannt vor.

»Lorimer, das ist Irina. Irina, das ist mein junger Kollege Lorimer.«

Lorimer schüttelte ihre schlaffe Hand und vermied es, sie anzustarren, während er nachdachte, woher er sie kennen mochte. Dann fiel der Groschen: die Kellnerin aus dem Cholmondley.

»Du erinnerst dich doch an Lorimer, oder?«

»Nein, ich glaube nicht. Wie geht es Ihnen?«

Torquil ignorierte ihren Gruß und stand auf, um ihr ein Bier zu bestellen, währenddessen erinnerte Lorimer sie an ihre erste Begegnung und stellte ein paar höfliche Fragen. Es zeigte sich, daß Irina Russin war und Musik studierte. Torquil habe ihr versprochen, sagte sie, beim Ausfüllen des Antrags für die Arbeitserlaubnis zu helfen. Sie nahm von Torquil eine Zigarette an und senkte den Kopf, um sich Feuer geben zu lassen. Sie blies Rauchwolken an die Decke und hielt die Zigarette unbeholfen, in der anderen Hand hatte sie die Bierflasche. Lorimer spürte, wie ihr melancholisches Gemüt auf ihn abstrahlte und ihn umhüllte. Dann sagte sie etwas, was keiner von beiden verstand.

»Wie bitte?«

»Ich sage, das ist nettes Lokal«, schrie sie. »Wo ist Damentoilette?«

Sie begab sich auf die Suche, und Torquil schaute ihr kurz nach, bevor er Lorimer angrinste und seinen Mund unangenehm dicht an Lorimers Ohr schob. »Ich dachte, ich war beim Essen ein bißchen knurrig zu ihr«, erklärte er. »Also bin ich ein paar Tage drauf wieder hin, hab mich entschuldigt und sie zu einem Drink eingeladen. Offensichtlich Flötistin. Mit festen, geschmeidigen Lippen, möchte ich annehmen.«

»Sie scheint nett zu sein. Aber etwas Trauriges hat sie an sich.«

»Blödsinn. Hören Sie, Lorimer, es macht Ihnen doch nichts

aus, sich irgendwie zu verdrücken, oder? Dem Anstand wär wohl jetzt Genüge getan. Ich sage, daß Sie weggerufen wurden.«

»Ich muß sowieso los.«

Erleichtert ging er zur Tür, doch Torquil kam ihm nach: »Fast hätt ich's vergessen. Was machen Sie am Wochenende? Kommen Sie Samstag zum Essen und bleiben Sie über Nacht. Bringen Sie die Golfschläger mit.«

»Ich spiele nicht Golf. Hören Sie, ich ...«

»Ich sage Binnie, sie soll Ihnen die Details mitteilen. Ist nicht weit. Hertfordshire.« Er schlug Lorimer freundschaftlich auf die Schulter und bahnte sich den Weg zurück zur Bar, wo Irina schon wartete und sich aus ihrem Wildledermantel schälte. Im bläulichen Licht des El Hombre Guapo sah Lorimer ihre bleichen Arme und Schultern, weiß wie Salz.

6. Kapitel

In der Nacht schlief er schlecht, selbst für seine bescheidenen Ansprüche. Alan hatte ihm versichert, daß er der einzige im Institut sei, und normalerweise half ihm diese Information. Alans Anweisungen folgend, hatte er ausführlich über Gérard de Nervals kummervolles und schweres Leben nachgedacht, aber sein Kopf gehorchte nicht, nervös flackernd drängten sich die Bilder von Flavia Malinverno und der bevorstehenden Regulierung bei Gale-Harlequin dazwischen. Er zwang sich, an den armen, gequälten Gérard de Nerval und an dessen hoffnungslose Liebe zu der Schauspielerin Jenny Colon zu denken. Nerval hatte sich in einer kalten Winternacht erhängt – am 25. Januar 1855. Eine solche Tatsache las man in einer Biographie, ohne sich viel dabei zu denken, wenn man nicht gerade selbst einen Erhängten gesehen hatte. Mr. Dupree, Gérard de Nerval. In der Rue de la Vieille Lanterne hatte er sich erhängt, offenbar an irgendeiner Querstrebe … Jenny Colon hatte mit ihm gebrochen und einen Flötisten geheiratet. Irina war Flötistin … Waren das Zufälle oder Anzeichen, versteckte Parallelen? Es gab ein Nadar-Foto von de Nerval am Ende seines Lebens – nie hatte er ein so zerstörtes, verwüstetes Gesicht gesehen … *visage buriné*, wie die Franzosen das nannten, eine ganze Biographie des Leids und der seelischen Qualen hatte sich in diese Züge eingegraben … Er mußte doch irgendwann Schlaf gefunden haben, denn er hatte Träume … Er träumte von Flavia und Kenneth Rintoul. Es war Rintoul, der völlig verstört und verdüstert vor seinem schicken Speicherhaus stand, Rintoul, der losrannte, um Flavia zu umarmen …

Lorimer war aufgewacht und hatte den Traum pflichtgemäß in sein Traumtagebuch neben der Liege eingetragen. Dann war er eingedöst und hatte sich im Halbschlaf treiben lassen, während sich sein Verstand immer wieder in praktische Details seiner Arbeit verbiß. Er überlegte, ob er sich noch gründlicher in die Unterlagen von Gale-Harlequin einarbeiten oder einfach nach Gefühl drauflosgehen sollte. Etwa um halb fünf machte er sich eine Tasse starken Tee – zwei Beutel, drei Minuten eingetaucht –, und irgendwie gelang es ihm, eine Stunde traumlos zu schlafen.

»Nur dieser eine Traum«, sagte Alan nach dem Aufstehen zu ihm. Seiner Stimme war die Enttäuschung anzumerken.

»Ich hab 'ne Menge um die Ohren«, rechtfertigte sich Lorimer. »Du kannst froh sein, daß ich überhaupt geschlafen habe, daß du überhaupt was gekriegt hast, mein Gott!«

»Dieser Typ«, Alan schaute ins Traumtagebuch. »Rintoul. Den magst du wohl nicht?«

»Sagen wir, er mag mich nicht. Er hat mir gedroht, mich umzubringen.«

»Interessant. Aber konntest du ihn nicht aus deinem Traum vertreiben, diese Nemesisgestalt?«

»Es war kein Klartraum, Alan.«

»Und das Mädchen? Kennst du sie?«

»Ich hab sie in einem Taxi gesehen. Sie tritt in einem Werbespot auf. Ich hab ihren Namen rausgekriegt.«

»Und du konntest dich nicht sexuell in den Traum einbringen?«

»Es war kein Klartraum, Alan. Das wär das letzte, was ich sehen wollte: diesen Typ, Kenneth Rintoul, mit diesem Mädchen, Flavia Malinverno, im Arm.«

»Mist. Verfluchter Mist. Das sind vielversprechende Zutaten, Lorimer. Nächstesmal mußt du dich auf die konzentrieren.«

»Ich habe mich in de Nerval vertieft, wie du gesagt hast.«

»Laß den das nächste Mal auf der Reservebank hocken. Was ich dann will, sind deine Phantasien über das Mädchen. Kräftige Sexphantasien. So pervers, wie du willst. Kannst du heute abend?«

Lorimer verneinte. Ihm kamen langsam Zweifel, was Alans Klartraumtherapie betraf. Am Anfang hatte alles prima geklungen, aber jetzt schien er, Lorimer, überhaupt nichts mehr davon zu haben. Leichtschläfer, behauptete Alan, hatten fünfzig Prozent mehr Klarträume als Normalschläfer, und in den Vorgängen des Klartraums – wie sie vom Träumenden gestaltet und gelenkt wurden – war die Lösung für die Schlafstörungen zu finden. Aber an diesem Punkt wurde die Theorie ein wenig vage, in der Kausalkette klafften Löcher, und Lorimer verstand Alans Erklärungen nicht mehr, sein Jargon wurde immer undurchsichtiger. Noch nachdenklicher machte Lorimer eine Erkenntnis, die sich nach sechswöchiger Teilnahme am Schlafprogramm immer deutlicher herausschälte: Dr. Kenbarry war weit mehr an den Traumaspekten seiner Untersuchung interessiert als an Lorimers Heilung.

»Dir ist es wohl egal, ob ich jemals richtig schlafen kann, oder?« warf Lorimer ihm vor, als sie auf der Treppe zum Ausgang waren.

»Unsinn«, rief Alan energisch. »Wenn du am Ende nicht besser schlafen kannst, ist meine ganze Arbeit umsonst, und nur darum geht es.«

Dieser forsche Optimismus war ermutigend; Lorimer spürte, daß seine Hoffnung wieder ein wenig Auftrieb bekam. Die Korridore wurden gefegt und gebohnert, und die Luft war erfüllt vom klagenden Gejaul der Putzmaschinen. Von irgendwo wehte ein frischer Kantinenduft herüber, vor den Drehtüren sammelten sich die ersten verschlafenen Studenten, schluckten süße Cola aus Zweiliterflaschen und drehten geduldig ihre dünnen Zigaretten.

»Wie kannst du dir so sicher sein, daß es funktioniert, Alan?« fragte Lorimer, den die Skepsis wieder überkommen hatte. »Denn ich bin davon nicht überzeugt. Kein bißchen.«

»Ich sehe die Anzeichen«, war seine kryptische Auskunft. »Du bist der beste Leichtschläfer, den ich je hatte, Lorimer. Sieben brauchbare Klarträume in fünf Wochen.«

»In sechs Wochen.«

»Schon sechs Wochen? Laß mich nicht im Stich, Junge. Spring nicht mittendrin ab.«

»Ja doch. Aber ich ...«

»Wenn ich erst deine Klartraumauslöser gefunden habe, kannst du lachen. Arzt, heil dich selbst, heißt dann die Devise.« Er lächelte. »Komm bald wieder. Wir stehen an der Schwelle großer Ereignisse. Paß auf dich auf!«

Es war ein ungewöhnlich düsterer Morgen, die dicke Wolkenmasse schien fest und unbeweglich in fünfzig Meter Höhe über den Dächern zu lasten. Nach Schnee oder Regen sah es nicht aus, aber das Licht war merkwürdig schwach für diese Tageszeit, müde und kümmerlich, und ließ alles ergrauen, was von ihm erfaßt wurde. Litt er unter dem Sonnenmangelsyndrom oder unter SAD, dem Saisonalen Absenzdefizit oder wie das genannt wurde? fragte sich Lorimer, als er in sein Auto stieg. Vielleicht sollte er sich eine Stunde vor eine starke Lampe setzen, wie es angeblich die depressiven Skandinavier taten, wenn sie sich aus ihrer Winterschlafapathie befreien wollten. Eine stramme Dosis Ultraviolett gegen den Winterblues ... Wenigstens regnete es nicht.

Als er nach Pimlico zurückfuhr – durch die Church Street und Creek Road, dann über die Tower Bridge und nach links durch die Lower Thames Street, am Parlament vorbei bis zur Vauxhall Bridge Road –, bezweifelte er wieder die Glaubwürdigkeit und Wirksamkeit von Alans Schlafprogramm. Wohl wahr, er hatte es gut, um nicht zu sagen, eindrucksvoll finanziert: Das Schlaflabor und die ganze Kontrolltechnik war aus dem Forschungsfonds des Bildungsministeriums bezahlt worden, und Alan hatte zwei Assistenten, die seine Daten sammelten und verglichen, außerdem einen Vertrag mit einem Universitätsverlag für das nachfolgende Buch – *Timor Mortis. Das Klartraum-Phänomen* (Arbeitstitel). Man munkelte gar von einer Fernsehdokumentation. Trotzdem konnte sich Lorimer des bedrückenden Gefühls nicht erwehren, daß er für Alan lediglich ein interessanter Fall war, ein Bündel von typischen Symptomen. Er fühlte sich so, wie sich seiner Meinung nach Ratten im Labyrinth eines Psychiaters fühlen mußten, wie Pawlows sabbernde Köter oder ein Schimpanse, der mit Parfüm und Aftershave überschüttet wird. Wenn er es bei Licht besah, scherte sich Alan nicht im geringsten um seine unruhigen Nächte. Im Gegenteil: Je unruhiger, desto besser.

Vor der Haustür im Lupus Crescent unterhielt sich ein dünner Schwarzer mit hüftlangen und stromkabeldicken Dreadlocks angeregt mit Lady Haigh. Er wurde Lorimer als Nigel vorgestellt – der Santafurian von der Nummer 20, vermutete er, der Kompostlieferant. Lady Haigh sagte, sie denke an eine Kräuterrabatte, und Nigel wisse, wo man an exzellenten Kompost herankommen könne. Es stellte sich heraus, daß Nigel bei der Parkverwaltung von Westminster arbeitete und sich um die wenigen vergessenen Plätze von Pimlico kümmerte – Eccleston Square, Warwick Square, St. George's Square und Vincent Square –, um die Blumenzier der Kreuzungen mit Kreisverkehr und um die Bepflanzung der Straßenränder. Gar kein schlechter Kerl, dachte Lorimer, als er die Treppe zu seiner Wohnung hinaufstieg, und ermahnte sich sofort dazu, sein impulsives Mißtrauen gegen alle Angestellten städtischer Parkverwaltungen ein wenig unter Kontrolle zu halten. Es war ungerecht: Ein fauler Apfel verdarb nicht gleich die ganze Ernte, nicht jeder städtische Gärtner war ein Sinbad Fingleton.

54. DAS HAUS IN CROY. Ich ging nach Schottland, um zu entkommen, allein zu sein, und vermutlich, wie es die Konvention will, mich selbst zu finden. Nach der Schule hatte ich nur den einen Gedanken: wegzugehen, weit weg von Fulham und der Familie Blocj. Also suchte ich mir die Einrichtung für höhere Bildung aus, die am weitesten entfernt lag und Fächer berücksichtigte, für die ich qualifiziert war, und nach einiger Suche fand ich heraus, daß The North Cale-

donia Institute of Science and Technology mir, was die geographischen und akademischen Erfordernisse betraf, die günstigsten Bedingungen bot. Ich nahm den Zug nach Norden und reiste begierig die tausend Kilometer bis zu der schmucken, reinlichen Stadt Inverness mit ihrem Schloß, der Kathedrale, dem klaren, seichten Flüßchen und den purpurnen Hügeln im Hintergrund. Für eine Weile war es alles, was ich mir gewünscht hatte.

Ich verlor meine Unschuld im zweiten Semester, und zwar an Joyce McKimmie, eine schon ältere Studentin (Mitte Zwanzig), die an einigen der von mir besuchten kunsthistorischen Seminare teilnahm. Joyce war ein fülliger Rotschopf mit blühendem Gesicht und, wie es aussah, voller Selbstvertrauen, doch war das Gegenteil der Fall. Ihre Antworten auf die Fragen im Seminar begannen mit einer verunsicherten Piepsstimme, um sich alsbald in ein verhuschtes Geflüster zu verwandeln oder manchmal sogar in völliger Unhörbarkeit zu verebben, während wir alle die Ohren spitzten, um etwas zu verstehen, oder ihr Beinahe-Schweigen schöpferisch interpretierten, indem wir die begonnenen Sätze in ihrem Sinne beendeten. Sie trug weite, bauschige Kleidung, und dies in unwahrscheinlichen Kombinationen: lange, spitzenbesetzte Kleider, dazu genoppte Turnschuhe und einen Nylonanorak, oder im Sommer eine Herrenweste, keinen Büstenhalter, dreiviertellange Trikothosen und Gummilatschen an den staubigen Füßen. Sie hatte einen dreijährigen Sohn, Zane, der während des Semesters bei ihrer Mutter in Stonehaven lebte. Für die Zeit ihres Studiums hatte sie ein recht geräumiges Haus in einem Dorf namens Croy gemietet, und einen Teil der Zimmer überließ sie einer seltsamen Mischung von Untermietern.

Wie so viele schüchterne Menschen fand Joyce Befreiung im Alkohol, und unsere erste Paarung ereignete sich – wir waren beide betrunken – in einem Hinterzimmer auf der Party irgendeines Freundes. Am frühen Morgen fuhren wir mit dem Bus nach Croy, und ich blieb für die nächsten drei Tage dort. Joyce schien mehr Geld zu haben als wir anderen – Kindergeld? Unterhaltszahlungen des abwesenden Vaters? –, wodurch es ihr möglich war, das Haus zu finanzieren, das sie überraschenderweise wie eine Art pedantische, strenge

Kommune führte. Sie sorgte für Reinigungspläne, Müllverwertung, für einen unterteilten Kühlschrank mit säuberlich etikettierten Milchflaschen und Kaffeedosen, zugleich legte sie Toleranz an den Tag, was Sex, Alkohol- und Drogenkonsum betraf. Den Höhepunkt des Tages bildete das Abendessen, das Punkt acht serviert wurde und an dem alle im Haus Anwesenden tunlichst teilzunehmen hatten. Neben den wechselnden Gästen gab es einen harten Kern von Dauermietern, zwei sympathische, mondgesichtige Brüder von der Isle of Mull mit Namen Lachlan und Murdo, eine japanische Forschungsstudentin namens Junko (die »Life Sciences« studierte, zu welch mysteriösem Behuf sie viele Tage in Fischerbooten auf See verbrachte, um die Ausbeute zu bemessen und zu bewerten), Joyce' Cousine Shona (dünn, drahtig, sexuell umtriebig) und Sinbad Fingleton, den unfähigen, hirnlosen Sohn eines Gutsbesitzers aus der Umgebung, der kurz zuvor aus seiner Public School geflogen war (mit nichts im Gepäck als einem Mittleren Abschluß in Biologie) und der bei der Parkverwaltung des Rates der Stadt Inverness arbeitete. Zu meiner gelinden Überraschung stellte ich fest, daß mir Joyce' unkomplizierte Geselligkeit und ihr kurioses, aus Läßlichkeit und Strenge gemischtes Regime in jenem Haus in Croy Gefallen bereitete und daß ich bei ihr mehr Zeit verbrachte als in der einsamen Zelle des Wohnheims am College mit dem tristen Blick auf schlammige Fußballplätze und auf das dunkle, undurchdringliche Grün der Kiefernhänge dahinter.

Das Buch der Verklärung

Die Firma Gale-Harlequin PLC residierte in der Gegend von Holborn, in einem neuen Gebäude aus Granit und poliertem Stahl. Das Foyer schmückte abstrakte Kunst und ein dunkles Dickicht aus Palmen, Farnen und Trauerfeigen. Uniformierte Wachen verschanzten sich hinter einem Stufenturm aus grobbehauenem Schiefer. Das Harlequin-Logo war subtil in die Ölgemälde an den Wänden eingearbeitet – Variationen des Themas, gestaltet von herausragenden Gegenwartskünstlern. Zwei von ihnen erkannte Lorimer schon von der Straße aus, durch die getönten Scheiben hindurch, an ihrer Handschrift. Das würde keine leichte Regulierung werden, spürte er mit einem leichten Beben der Vorahnung. Hier roch es nach geldbewehrter Respektabilität, nach Kapitalkraft und Erfolg.

Er schaute im Notizbuch nach: Jonathan L. Gale, Vorstand und Geschäftsführer, und der Finanzchef Francis Home (der sich mit Sicherheit »Hume« aussprach) waren die Männer, die er aufsuchen mußte und die, wie er sich eingestand, aus völlig anderem Holz geschnitzt waren als Deano Edmund und Kenny Rintoul, doch andererseits, so gestand er sich weiter ein, konnten es diese hochgestochenen Typen, was Gier und Korruptheit anbetraf, mit jedem Kleinkriminellen aufnehmen, wenn es darauf ankam. Er drehte ab und trottete in Richtung Covent Garden davon, bemüht, sich von seinen Sorgen zu befreien: Der Termin war für den nächsten Tag angesetzt, und er hatte alle Hintergrundrecherchen, die er sich vorgenommen hatte, zu Ende gebracht. Diese Regulierung mußte glatt und flutschig über die Bühne gehen wie ein neugeborenes Baby – so nannte man das bei der GGH –, frisch aus dem Mutterbauch, unschuldig, makellos, glatt und flutschig.

Stella hatte angerufen und eine Nachricht auf den Anrufbeantworter gesprochen: Ob sie sich nicht vor dem Einkauf am Covent Garden zum Essen treffen sollten, allerdings in Begleitung von Barbuda, auch das noch. Ihre Stimme hatte ungewohnt zurückhaltend geklungen, als müßte sie um Verzeihung bitten, daß sie ihn zu diesem Rendezvous nötigte. Lorimer fragte sich beiläufig, was da wohl im Busch war, und versuchte im übrigen, weitere Vorahnungen zurückzudrängen – seine Zukunft war schon überschattet genug von dunklen Vorahnungen, und ein bißchen Licht mußte ihm schließlich bleiben.

Er kam viel zu früh, wie er sah, als er die breite Wendeltreppe in den Kellersaal hinabstieg, der sich Alcazar nannte. Vor der großzügigen Bar in Hufeisenform wurden noch die Tische eingedeckt, und der Raum war erfüllt vom Klirren und Klappern der Gläser und Flaschen, die in Regale geräumt oder in Gestelle geschoben wurden wie Granaten in Geschützkammern, bereit für die Schlacht des Tages. Ein Barmann (geschorener Kopf mit Kinnbart) schaute von seinem verglasten Kühlschrank auf und sagte, er wäre sofort da, nur einen klitzekleinen Moment noch.

Lorimer plazierte sich auf einem Barhocker, nippte an seinem Tomatensaft und suchte sich eine Zeitung aus dem dicken Stapel heraus, der für die Gäste bereitlag. Er fragte sich, was das Alcazar vor seiner Umgestaltung als Bar-Restaurant gewesen sein mochte. Vielleicht ein anderes, gescheitertes Bar-Restaurant oder ein Nachtclub oder ein Lagerraum. Doch die Decke war hoch und aufwendig gestaltet, die Simse lindgrün und indigoblau abgesetzt. Lorimer hielt sich gern in solchen Etablissements auf, wenn man sich dort noch auf das Tagesgeschäft vorbereitete. Er sah einem jungen Mann zu, der mit fahrigem Blick hereinkam – im Anzug ohne Krawatte, ein Exemplar von *Sporting Life* in der Hand – und eine Flasche Champagner bestellte, dazu nur ein Glas. Der sieht noch müder aus als ich, dachte Lorimer. Auch ein Leichtschläfer? Sollte er ihn in Dr. Kenbarrys Institut für Klarträume schicken, damit er seine Schlafstörungen loswurde? Dann kamen zwei weitere junge Männer hereingeschlendert, gut trainiert und auch im Anzug, aber merkwürdig unbehaust in der förmlichen Kleidung, als würden sie sich nur in Boxershorts, T-Shirts und Trainingsanzügen wohl fühlen. Sie bestellten extrastarkes Lagerbier mit einem Schuß Zitronenwodka – die interessante Variation eines alten Themas, dachte Lorimer und nahm sich vor, diese Mischung auch zu probieren, sollte es ihm einmal besonders dreckig gehen. Eine japanische Familie trat auf, ein nicht mehr junges Paar mit zwei halbwüchsigen Töchtern, und wollte auf der Stelle zu Mittag essen, obwohl es noch lächerlich früh war. Langsam stellte sich das Alcazar auf die Gäste ein, Musik wurde eingeschaltet, leere Kisten wurden von der Bar fortgeschafft, die letzten Zitronen geachtelt. Zwei junge Frauen mit abweisenden Mienen und strengem Make-up (Typ Berliner Kabarett der zwanziger Jahre) nahmen Aufstellung am schmiedeeisernen Pult beim Eingang und brüteten mit gerunzelter Stirn über dem Reservierungsbuch wie zwei Geheimschriftexperten kurz vorm Knacken des Kodes. Sporting Life erhielt Gesellschaft von einem Freund, der ebenfalls eine Flasche Champagner für sich allein bestellte. Lorimer sah auf seine Uhr: Stella hatte eine Zeit zwischen Viertel vor eins und eins vorgeschlagen, der Tisch war auf ihren Namen reserviert, das hatte sie ihm gesagt, und er fragte sich nun, ob er ungeachtet des frostigen Gebarens der beiden Empfangsdamen nicht schon nach dem Tisch fragen ...

Flavia Malinverno trat ein.

Flavia Malinverno trat ein, und in seinen Ohren begann es zu rauschen, als ob sich Wellen zischend auf einen kieseligen Strand ergossen. Merkwürdige Körperpartien – die Ränder seiner Nasenflügel, die Hautfalten zwischen seinen Fingern – schienen unnatürlich heiß zu werden. Einen Moment lang glaubte er idiotischerweise, das Gesicht abwenden zu müssen, erst dann wurde ihm klar, daß sie ihn gar nicht kannte, gar nicht kennen konnte. So saß er also verdeckt, doch unschuldig da, ruckte ein wenig auf seinem Barhocker und lugte über den Rand der Zeitung zu ihr hinüber. Er verfolgte, wie sie ein paar Worte mit den eisigen Mädchen am Pult wechselte, er verfolgte, wie sie in einer entfernten Ecke des Barbereichs Platz nahm, er verfolgte, wie sie etwas zu trinken bestellte. Ob sie jemanden erwartete? Offensichtlich. Kommt so früh wie ich, überpünktlich, gutes Zeichen. Er schüttelte ostentativ die Zeitung aus und strich ein widerspenstiges Blatt gerade. Was für ein Zufall. Nicht auszudenken. Sie, leibhaftig. Mit etwas mehr Muße nahm er sie in sich auf, trank ihren Anblick, prägte ihn unauslöschlich in sein Gedächtnis ein.

Sie war groß – zu seiner Genugtuung –, schlank und in verschiedene Schwarzschattierungen gekleidet. Schwarze Lederjacke, schwarzer Pullover, ein schwarzes schalartiges Ding. Ihr

Gesicht? Rund und ebenmäßig, fast ohne Merkmal. Sie wirkte adrett und gepflegt. Das Haar gescheitelt, glatt und eher kurz, direkt unter der Kinnlinie abgeschnitten, glänzendes Dunkelbraun, kastanienfarben mit einem Schuß Dunkelrot – vielleicht eine Art Henna? Vor ihr auf dem Tisch ein dicker ledergebundener Terminkalender, eine Schachtel Zigaretten, der stumpfe Silberklotz eines Feuerzeugs. Da kommt ihr Getränk, ein großes Glas mit gelblichem Wein. Sie trinkt, aber sie raucht nicht, interessant. Irgend etwas Lausbubenartiges hat sie an sich. Schwarze Cowboystiefel mit hohen Hacken. Schwarze Jeans. Sie hielt Umschau im Raum, und er fühlte sich von ihrem Blick bestrichen wie vom schweifenden Lichtstrahl eines Leuchtturms.

Er lockerte die Krawatte, nur ein wenig, und mit den Fingerspitzen fuhr er sich durchs Haar, um es ein bißchen zu zerzausen. Dann befand er sich zu seinem Erstaunen auf dem Weg zu ihr hinüber, und eine Stimme in seinem Ohr, sein innerer Mann, brüllte: DU HAST WOHL TOTAL DEN VERSTAND VERLOREN!, während er seine eigene Stimme ganz vernünftig reden hörte: »Entschuldigen Sie, könnte es sein, daß Sie Flavia Malinverno sind?«

»Nein.«

»Oh, das tut mir leid. Ich dachte …«

»Ich heiße *Flavia* Malinverno.«

Also Flahvia und nicht Flayvia. Idiot. Trottel.

»Tut mir leid, Sie zu stören«, fuhr er fort, »aber ich hab Sie neulich im Fernsehen gesehen, und …«

»Im *Playboy der westlichen Welt*?«

Was zum Teufel …? Jetzt schnell!

»Äh, nein, ein Werbespot. Ein Werbespot für Fortress Sure. Dieser – äh – Werbespot, in dem Sie drin waren.«

»Ach, das.« Sie zog ein Gesicht. Er war sofort verliebt in ihr Schmollen, restlos. Die ernstliche, unmißverständliche Kräuselung der Stirn, das Zusammentreten der Augenbrauen von innen her signalisierten gewaltige Zweifel. Und Mißtrauen.

»Woher kennen Sie dann meinen Namen?« fragte sie. »Die Werbespots haben doch keinen Abspann, oder?«

Um Gottes willen. »Ich – äh – ich arbeite bei Fortress Sure, wissen Sie? Presseabteilung, Marketing. Da wurden die Probeschnitte gezeigt, zur Präsentation. Äh, und solche Sachen bleiben bei mir einfach hängen, Namen, Daten. Ich hab's dann im Kabelfernsehen gesehen neulich und gedacht, wie gut das ...«

»Können Sie mir sagen, wie spät es ist?«

»Fünf nach eins.« Er sah, daß ihre Augen braun waren wie ungemilchter Tee, ihre Haut bleich, unbräunbar, ihre Nägel kurzgeknabbert. Sie wirkte ein bißchen abgespannt, ein bißchen müde, doch andererseits, wer war das nicht? Wir alle sehen ein bißchen müde aus heutzutage, die einen mehr, die anderen weniger.

»Hmmm«, sagte sie. »Ich war hier mit jemandem verabredet, um halb eins.« Der Themawechsel schien von einer Änderung ihres Tonfalls begleitet zu sein, von der Bereitschaft, Lorimer wenigstens andeutungsweise an ihren Alltagssorgen teilnehmen zu lassen.

»Ich wollte Ihnen nur sagen, daß Sie ganz toll waren, in diesem Werbespot, meine ich.«

»Wie nett von Ihnen.« Sie schaute ihn ausdruckslos an, skeptisch, mit gelinder Neugier. Ihr Akzent war neutral, nicht lokalisierbar, eine Stimme der städtischen Mittelschicht. »Ich war doch höchstens fünf Sekunden auf dem Bildschirm zu sehen.«

»Das stimmt. Aber manche Auftritte können ...«

»Lorimer!«

Er drehte sich um, Stella winkte ihm vom Empfangspult aus zu. Neben ihr stand Barbuda und schaute zur Decke.

»War schön, Sie zu treffen«, sagte er entmutigt mit schwacher Stimme. »Ich dachte nur, ich, wissen Sie ...« Er hob die Hände, lächelte zum Abschied, ging zu Stella und Barbuda hinüber, spürte ihren Blick im Rücken und hörte in seinem Kopf das unartikulierte, aber merkwürdig heitere Geschnatter der Stimmen des Vorwurfs und der Freude, der Scham, des Glücks und des Bedauerns – des Bedauerns darüber, daß der Moment vorüber war, für immer vorüber. Doch beglückt – und erstaunt – über seine Keckheit war er auch. Und wütend. Er kochte vor Wut, weil er versäumt hatte, ihre Brüste in Augenschein zu nehmen.

Er küßte Stella und winkte Barbuda flüchtig zu, da er gute Gründe hatte anzunehmen, daß sie nicht geküßt werden wollte, weder von ihm noch von einem anderen männlichen Wesen über Zwanzig.

»Hallo, Barbuda, du hast wohl Ferien?«

85. DIE SIEBEN GLÜCKSGÖTTER. Am Ende eines Semesters in Inverness machte Junko mir ein Geschenk. Sie schenkte allen Hausbewohnern etwas (sie fuhr nach Japan zurück in die Ferien), Eßsachen oder Kleidungsstücke, die sich erkennbar auf die Persönlichkeit des Empfängers bezogen. Zurückzuführen war das darauf, so vermutete einer, daß sich Junko gründlich mit dem Charakter eines jeden auseinandergesetzt hatte. Shona erhielt zum Beispiel einen einzelnen Ohrring, Joyce eine komplette Garnitur Thermo-Unterwäsche einschließlich Thermo-Büstenhalter, während Sinbad zwei Bananen empfing. »Warum zwei?« fragte er, zog mit einem verdutzten Grinsen die Nase kraus und strich die Korkenzieherlocken aus dem Gesicht, die er sich mit Vorliebe über die Augen wachsen ließ. »Eine für jede Hand«, sagte Junko höflich lächelnd, was ihn verstummen ließ.

Mir gab sie eine Postkarte, in Japan gekauft, steif und glänzend, mit dem bunten Bild von sieben symbolischen Gestalten auf einer Dschunke, umgeben von extravagant stilisierten Meereswellen.

»Was sind das für Figuren?« fragte ich.

»Die Shichifukujin. *Die sieben Glücksgötter«, sagte sie. »Du mußt das Bild in der Neujahrsnacht unter dein Kopfkissen legen, Milo, und dann wird dein erster Traum des Jahres ein glücklicher sein.«*

»Das soll mir Glück bringen?«

»Natürlich. Ich glaube, du bist ein Mensch, der viel Glück nötig hat, Milo.«

»Haben wir das nicht alle?«

»Aber dir, Milo, wünsche ich besonderes Glück.«

Sie erklärte mir die sieben Götter, und ich schrieb ihre Namen auf: Fukuro kujo und Jurojin, die Götter des langen Lebens; Benzaiten, die einzige weibliche Gottheit, die Göttin der Liebe; Bishamonten, der wehrhafte, bewaffnete Gott des Krieges und des Erfolgs; Daikokuten, der Gott des Reichtums; Hotei, der Gott der Zufriedenheit mit seinem dicken Bauch; und schließlich Ebisu, der Gott der Bescheidenheit, der einen Fisch trug, die Gottheit der Arbeit oder der Karriere.

Junko sagte: »Ebisu ist mein Lieblingsgott.«

In der Silvesternacht tat ich wie geheißen, legte die Karte unter mein Kopfkissen und versuchte einen glücklichen Traum zu träumen, um so mit Hilfe der sieben Götter das Glück in mein Leben hineinzuzwingen. Ich träumte von meinem Vater – war das Glück oder Unglück? Das Jahr wurde schlecht für ihn und für mich geradezu katastrophal, es änderte mein ganzes Leben. Es waren sieben Glücksgötter, aber nicht sieben Glücksversprechen. Das Glück, muß man wissen, hat, wie viele andere Dinge im Leben, zwei Gesichter – ein gutes und ein böses –, und mit diesem Wissen müssen die sieben Götter, die da in ihrem kleinen Boot im Meer trieben, vertraut gewesen sein. Bei meiner gehetzten und überstürzten Abreise aus Inverness ließ ich die Karte von Junko zurück. Lange hat mich dieser Verlust mehr belastet, als es angemessen war.

Das Buch der Verklärung

Er spürte, daß sie ging, gerade als die Vorspeisen kamen, er wagte einen Blick und sah einen Moment lang im Augenwinkel eine dunkle huschende Gestalt am Fuß der Treppe. Als er richtig hinschaute, war sie verschwunden.

Stella redete. Sie wirkte heute aufgekratzt, heiter. »Ist das nicht schön?« sagte sie wiederholt. »Wir zu dritt?« Einmal griff sie unter den Tisch, strich ihm verstohlen über den Schenkel und berührte seinen Schwanz.

»Barbuda geht zu ihrer ersten richtigen Party.«

»Mum, ich war schon zu Hunderten von –«

»Und ich glaube, da wird auch ein gewisser junger Mann aufkreuzen, hm? Also müssen wir was absolut Ultramegaschickes finden, nicht wahr?«

»Mum, bitte hör auf!«

Lorimer weigerte sich, etwas zur Unterhaltung beizusteuern. An dieses lähmende Erwachsenengeschwätz erinnerte er sich nur zu gut aus seinen eigenen höllischen Jugendjahren. Daß Barbuda die zudringlichen Spekulationen so passiv über sich ergehen ließ, war nur, wie er wußte, mit dem bevorstehenden Kauf teurer Klamotten zu erklären. In eigener Sache erinnerte er sich an stundenlange, ähnlich lüsterne Verhöre durch Slobodan, der ihn über sein nichtexistentes Sexualleben ausfragte, ohne je die geringste Chance, einen Treffer zu landen. »Auf welche *bist* du denn nun scharf? Eine muß es doch sein. Wie heißt sie? Na, komm schon. Hat sie eine Brille? Sandra Deedes ist es, stimmt's? Doggy Deedes. Er ist scharf auf Doggy Deedes. Widerlich.« Und endlos immer so weiter.

Er sandte Barbuda ein Lächeln, das, wie er hoffte, Verständnis signalisierte, ohne herablassend und onkelhaft zu wirken. Sie war ein schwerfälliges Mädchen, das durch die Pubertät noch unansehnlicher wurde, mit dunklem Haar und einem verschlagenen, spitzigen Gesicht. Ihre kleinen, spitzen Brüste bereiteten ihr riesige Verlegenheit, und sie war immer in übergroße Pullover und Schichten von Hemden und Jacken gehüllt. Heute trug sie Make-up, stellte Lorimer fest, ein verschmiertes Grau auf den Lidern und einen violetten Lippenstift, der ihren kleinen Mund noch kleiner machte. Sie sah aus wie die dunklere, verbitterte Spielart ihrer Mutter, deren kräftige Züge hingegen Selbstgefühl und Willenskraft verrieten. Vielleicht war das der genetische Beitrag des geheimnisvollen Mr. Bull, der da in Barbuda zum Durchbruch kam – Hinweise auf mangelnde Selbstachtung, einen kleinlichen Geist, verurteilt zu einem Leben der Enttäuschungen.

»Mum, sagst du's bitte Lorimer?«

Stella seufzte theatralisch. »Der reinste Unsinn! Trotzdem, hör dir das an. Barbuda will nicht mehr Barbuda heißen. Sie will ab jetzt – halt dich fest! – Angelica genannt werden.«

»Das ist mein zweiter Vorname.«

»Dein zweiter Vorname ist Angela, nicht Angelica. Barbuda Angela Jane Bull. Was ist denn so schlecht an Jane Bull, Lorimer? Das möcht ich mal wissen.«

Jane Bull, dachte Lorimer. Wie furchtbar.

»Die Mädchen in der Schule nennen mich Angelica. Den Namen Barbuda kann ich einfach nicht ausstehen!«

»Quatsch. Das ist ein schöner Name, nicht wahr, Lorimer?«

»So heißt eine Insel, aber kein Mensch«, sagte Barbuda/Angelica mit lebhaftem Abscheu.

»Ich nenne dich jetzt schon seit fünfzehn Jahren Barbuda. Ich kann nicht plötzlich zu Angelica wechseln.«

»Warum denn nicht? Viele nennen mich Angelica statt Barbuda.«

»Also für mich bleibst du immer Barbuda, junge Dame.« Stella suchte Lorimers Beistand: »Sag ihr, daß sie dumm und albern ist, Lorimer.«

»Nun, weißt du«, begann er vorsichtig, »irgendwie kann ich verstehen, was in ihr vorgeht. Entschuldigt, ich muß jemand anrufen.«

Als er sich vom Tisch erhob, fing er einen aufrichtig erstaunten Blick von Barbuda/Angelica auf. Wenn du wüßtest, Mädel, dachte er.

Am Telefon neben der Treppe tippte er Alans Nummer in der Universität.

»Alan, hier ist Lorimer … Ja. Du mußt mir einen Gefallen tun. Kennst du jemand bei der BBC?«

»Ich kenne sie alle, mein Guter.«

»Ich muß die Telefonnummer einer Schauspielerin rauskriegen, die neulich im *Playboy der westlichen Welt* zu sehen war. BBC 2, glaube ich.«

»Das war Channel Four, wenn's dir nichts ausmacht. Aber keine Sorge, ich hab meine Quellen. Eine Schauspielerin, hä? Mit wem schläft sie?«

Lorimer war in Fahrt. »Es ist das Mädchen aus dem Traum. Die in dem Werbespot war. Nun stellt sich raus, daß sie in dem Stück aufgetreten ist. Könnte sein, daß ich da an was dran bin, Alan, rein traummäßig. Wenn ich sie sehen könnte, treffen könnte oder gar mit ihr sprechen, dann würde ich dir die ganze Nacht Klarträume liefern, glaube ich.«

»Und ich dachte, du wolltest mir sagen, daß du dich verliebt hast.«

Darüber lachten sie beide.

»Ich hab nur so ein Gefühl. Sie heißt Flavia Malinverno.«

»Auf dem Tablett werd ich sie dir liefern. Im Handumdrehen.«

Lorimer hängte auf und empfand eine seltsame Zuversicht. Wenn es etwas gab, was Alan Kenbarry elektrisieren konnte, dann war es die Aussicht auf einen sprudelnden Quell von Klarträumen.

381. MARKTKRÄFTE. Heute abend richtete Marlobe sein nasses Pfeifenmundstück auf meine Brust und sagte: »Jeder gegen jeden, mein Freund. Das sind die Marktkräfte. Kommste nicht dran vorbei. Ich meine, ob du willst oder nicht, Kapitalisten sind wir doch alle. Und das, was ich an beschissenen Steuern zu zahlen habe, gibt mir das Recht, mir persönlich, zu diesen verdammten jieprigen Blutsaugern zu sagen: VERPISST EUCH! Und du, Kumpel, schieb ab in dein verschissenes, stinkiges Heimatland, wo immer das ist. Mir ganz egal.« Zwei alte Frauen, die auf den Bus warteten, suchten empört das Weite und verkündeten laut, daß sie zu einer netteren Bushaltestelle gehen würden. Marlobe schien das nicht zu hören. »Sie wissen ja, wovon ich rede. Ihnen geht's doch in Ihrem Job genauso wie mir in meinem. Wir haben keine Wahl. Die verdammten Marktkräfte. Wenn du an den Baum fährst, fährst du an den Baum.«

Das nahm ich zum Anlaß, ihn nach seiner Meinung zum neuen Blumenstand im ShoppaSava zu fragen. »Was ist das schon? Ein Riesenhaufen Müll«, sagte er, doch sein Grinsen wirkte ein bißchen krank. »Wer kauft schon eine Blume bei der Kassiererin? Man will doch persönlichen Service. Einen, der die Flora kennt, den Wechsel der Jahreszeiten, die richtige Pflege und Zuwendung für die Blume. Denen geb ich einen Monat. Ein Vermögen verlieren die.« Ich machte ein besorgtes Gesicht und sagte mutig: »Na ja … und die Marktkräfte?« Er lachte und zeigte mir seine überraschend kräftigen weißen Zähne (ein falsches Gebiß?). »Denen werd ich sie zeigen, die Marktkräfte. Wartet's nur ab!«

Das Buch der Verklärung

7. Kapitel

Seine Mutter überreichte ihm ein rundes Tablett mit hoch aufgestapelten Weißbrotschnitten. »Hier, Milo, mein Guter, bring das runter zu Lobby, ja?«

Er schätzte die Zahl der Sandwiches auf zwanzig bis dreißig, sie waren dreieckig geschnitten, mit verschiedenen Fleischsorten belegt und säuberlich im Kreis gestapelt, wie für eine Büroparty oder ein Arbeitsessen zurechtgemacht.

»Das ist doch nicht alles für ihn, oder?«

»Muß wachsen, der Junge«, sagte die Großmutter.

»Um Himmels willen, Gran. Er ist vierzig.«

Die Großmutter wechselte mit der Mutter ein paar Worte in ihrer Sprache, und beide kicherten.

»Was hat sie gesagt?« fragte Lorimer.

»Sie sagt: ›Ißt Mann zuviel Fisch, kriegt nicht genug Fleisch.‹«

»Los, los, Milo. Lobby will nicht warten auf Essen.«

Vom Flur aus sah er seinen Vater, der hingebungsvoll an den winkligen Wänden des Wohnzimmers entlanggeführt wurde – von Komelia, die ihn behutsam am Ellbogen stützte. Er trug einen blauen Blazer mit einem Wappen auf der Brusttasche und eine blaßblaue Hose. Sein weißer Bart war frisch geschnitten, die Rasierkanten zeichneten sich scharf auf der rosigen Haut ab.

»Guck mal, Dad, da ist Milo«, sagte Komelia, als sie auf ihrem Rundgang an der offenen Flurtür vorbeikamen. Seine leuchtenden, von Fältchen umrahmten Augen blinzelten, sein Dauerlächeln blieb unverändert.

»Wink ihm doch mal zu, Milo!«

Lorimer hob kurz die Hand und ließ sie wieder fallen. Das ist einfach zu traurig, dachte er, zum Verzweifeln. Komelia führte den Vater weiter, seine Füße schoben sich flink in kurzen, schlurfenden Schritten voran.

»Macht er das nicht gut? Hallo, Dad, guck mal. Milo ist da!« Monika war von irgendwoher aufgetaucht und hatte sich neben Lorimer gestellt. Sie nahm sich eine von Slobodans Schnitten. »Zunge?« rief sie kauend. »Seit wann kriegt er Zunge?«

»Scheint ihm gutzugehen«, sagte Lorimer und wies mit dem Kopf auf den Vater. »Wie kommt er denn zurecht?«

»Er ist fünfundsechzig, Milo, der Stuhlgang läßt zu wünschen übrig.«

»Was soll das heißen?«

»Der Arzt kommt. Wir glauben, er braucht einen kleinen Einlauf.«

Lorimer trug Slobodans Tablett die Treppe hinab und die Straße entlang zum Büro von B. & B. Ein böiger, kalter Wind trieb feinen Regen vor sich her, und Lorimer hielt die Hand schützend über die Brote, damit keins von der steifen Brise fortgeweht wurde. Im Büro saß Drava vor dem Monitor und erledigte die Buchführung. Hinter ihr, auf zwei speckigen, durchgesessenen Sofas, lümmelten sechs Fahrer, lasen Zeitung und rauchten.

Gebrummelte Begrüßungsworte.

»Milo.«

»Grüß dich, Milo.«

»Hallo, Milo.«

»Hallo, Dave, hallo, Mohammed, hallo, Trev und Winston. Wie geht's?«

»Glänzend.«

»Spitze.«

»Willst du zu 'ner Hochzeit, Milo?«

»Das ist Mushtaq. Er ist neu hier.«

»Hallo, Mushtaq.«

»Das ist Lobbys kleiner Bruder.«

»Er ist der Schlaue in der Familie, haha.«

»Gib mal eine von Lobbys Stullen«, sagte Drava, nahm die Brille ab und rieb sich gestreßt die Nasenwurzel. »Na, Milo? Siehst 'n bißchen fertig aus. Scheuchen sie dich zuviel? Aber schick bist du ja. Muß man dir lassen.«

»Das liegt am Gewicht der Brieftasche, die er immer mit sich rumschleppen muß, haha«, sagte Dave.

»Mir geht's gut«, sagte Lorimer. »Ich hatte einen Termin in der Stadt und hörte, daß etwas mit Dad nicht stimmt, da bin ich vorbeigekommen.«

»Er hat eine fürchterliche Verstopfung. Hart wie Stein. Tut sich gar nichts. O warte mal, das ist ja Zunge!«

»Nimm deine Dreckpfoten von meinem Essen«, rief Slobodan, der aus seiner Kommandozentrale herüberkam. »Trev, mach du mal weiter. Mohammed? Ein Paket bei Tel-Track. Wie geht's, Milo? Sieht ziemlich müde aus, stimmt's, Drava?«

Slobodan nahm ihm das Tablett ab, zwinkerte ihm zu und biß in ein Sandwich. »Zunge«, sagte er anerkennend, »lecker.« Und streckte seine eigene in Richtung Drava aus. »Bin gleich wieder da. Soll ich Phil irgendwas ausrichten?«

»Nichts, was druckreif wäre.«

»Dann sag ich ihm eben das, das wird ihn nicht freuen, Drava. Los, Milo, wir reden kurz im Büro.«

Lorimer folgte dem Bruder auf die Straße hinaus und um die Ecke zu seinem kleinen Reihenhaus. Slobodan hatte seinen Pferdeschwanz zu einem Zopf geflochten, der beim Gehen steif zwischen seinen Schultern pendelte, als wäre er mit Draht verstärkt. Das Haus war ein Relikt seiner (sechsmonatigen) Ehe, die acht oder neun Jahre zurücklag. Lorimer hatte seine Schwägerin Teresa nur einmal gesehen, und zwar auf der Hochzeit; er erinnerte sich dunkel an eine streitbare lispelnde Brünette. Als er das nächste Mal nach Hause kam, war die Ehe zu Ende und Teresa ausgezogen. Aber der Erwerb der ehelichen Heimstatt hatte Slobodan zumindest den Ausstieg aus dem Haushalt der Familie Bloçj ermöglicht, und seitdem lebte er bescheiden, aber offenbar zufrieden im Junggesellenstand. Stets war er darauf aus, Intimitäten über sein Sexualleben und seine Gelegenheitsgeliebten preiszugeben (»Ich brauch es einfach, Milo, das ist schon nicht mehr normal«), aber Lorimer ermunterte ihn nicht zu solchen Bekenntnissen.

Immerhin, das mußte Lorimer ihm lassen, hielt Slobodan das Haus in Schuß. Im schmalen Vorgarten hatte er Kies gestreut, und über die Haustür rankte sich wilder Wein. Er blieb mampfend an der Pforte stehen und wies mit dem Sandwichtablett auf ein poliertes Auto, seinen uralten, heißgeliebten, burgunderroten Cortina.

»Sieht schmuck aus, was?«

»Der glänzt aber gewaltig.«

»Hab ihn gestern eingewachst. Na, komm rauf, Kleiner.«

Es hingen keine Bilder an den Wänden des makellosen Hauses, und ein absolutes Minimum an Möbeln war sparsam über die Räume verteilt. Ein hartnäckiger Geruch nach Luftverbesserer durchdrang das Haus, als würde jemand regelmäßig mit der Spraydose treppauf, treppab laufen und schwadenweise »Waldwiesenduft« oder »Lavendelgarten« in die Ecken sprühen. Über dem Wohnzimmerkamin hing der einzige Schmuck des Hauses, ein Kruzifix von Viertellebensgröße, ein schmerzgekrümmter, bluttriefender Christus. Der Fernseher war eingeschaltet, und davor saß Phil Beazley, Dravas Exgatte, Slobodans Geschäftspartner bei B. & B. Kleintaxis und Internationale Kurierdienste. Er hielt eine Bierbüchse in der Hand und sah die Mittagsnachrichten.

»He, Milo«, sagte Phil, »großer Meister.«

»Hallo, Phil.«

»Was trinkst du, Milo?« Slobodan stand neben seinem überladenen Getränkewagen – mehr als fünfzig Sorten im Angebot, wie er gern prahlte. Lorimer winkte ab; Phil ließ sich ein neues Bier geben, und Slobodan machte sich einen Campari mit Soda. Phil ging auf die Knie und drehte den Fernseher leise. Er war klein und mager, bedenklich mager, dachte Lorimer, mit eingefallenen Wangen und hervorstehenden, schmalen Beckenknochen. Er färbte sich das schüttere Haar blond und trug einen Ohrring. Seine blauen Augen waren etwas kurzsichtig, und er legte eine heiter-burschikose Gemütsart an den Tag, die von Grund auf verlogen wirkte. Das erste und bleibende Gefühl, das man beim Anblick von Phil Beazley bekam, war Mißtrauen. Lorimer hegte zum Beispiel den starken Verdacht – der durch den Taufnamen seiner Tochter Mercedes noch bekräftigt wurde –, daß er Drava nur deshalb geheiratet hatte, weil sich ihr Vorname so wohlklingend nach »Driver« – Autofahrer – anhörte.

»Schön, dich zu sehen, Milo«, sagte Phil Beazley und nahm wieder seinen Sitz ein. »Ist ja 'ne Weile her. Er sieht richtig scharf aus, was, Lobby?«

»Wie aus dem Ei gepellt.«

»Bist 'n hübscher Bursche. Vom Leben verwöhnt, wie man sieht. Ohne Sorgen«, sagte Beazley.

Lorimer spürte, wie ihn heftige Erschöpfung befiel und parallel dazu eine metaphorische Beschwerung seines Scheckhefts in der Brusttasche stattfand, als hätte sich jeder einzelne Scheck in Blei verwandelt.

Wie erwartet zeigte sich, daß der Liquiditätsengpaß bei B. & B. nur unbedeutend, vorübergehend war, so zumindest informierten ihn Slobodan und Phil mit sanfter Stimme. Ein hochgeschätzter Festkunde war pleite gegangen und hatte ihnen vier Monate unbezahlte Rechnungen hinterlassen. Der hochgeschätzte Festkunde hatte sich als ausgekochte Drecksau übelster Sorte entpuppt, denn obwohl er wußte, daß er bald kieloben treiben würde, hatte er kräftig weitere Fuhren bestellt, »als gäb es die im Ausverkauf«. Hier eine Fuhre, dort eine Fuhre, Paketfuhren nach Bristol und Birmingham, Bring- und Abholfuhren mit ewigen Wartezeiten vor Kneipen und Nachtbars. Phil wollte dem hochgeschätzten Stammkunden mit einem Vorschlaghammer die Kniescheiben zertrümmern oder ihm mit dem Klammerautomaten eine Klammer in den Rücken jagen, aber Lobby hatte ihm das ausgeredet. Sie setzten mehr

Fahrer ein, um das Defizit auszugleichen, doch zwischenzeitlich, vorübergehend und ohne eigenes Verschulden waren sie auf eine Finanzspritze angewiesen.

»Alles zu den üblichen Konditionen, Milo, keine Vergünstigungen, Milo, und nun hör, was ich dir anbiete: Ich werde dir meinen Cortina verkaufen.«

»Wieviel?«

»Dreitausend.«

»Ich hab schon ein Auto«, sagte Lorimer. »Was soll ich mit deinem Cortina? Den brauchst du doch selbst.«

»Ich hab einen neuen Wagen, einen Citroën. Der Cortina ist ein Klassiker, Milo. Sieh ihn als Geldanlage.«

Auf dem stummen Fernseher waren Bilder eines brennenden afrikanischen Dorfs zu sehen. Kindersoldaten schwenkten Kalaschnikows in die Kamera.

Lorimer griff nach dem Scheckheft. »Reichen die dreitausend aus?«

Phil und Slobodan warfen sich einen Blick zu, der zu besagen schien: Scheiße, wir hätten gleich mehr verlangen sollen.

»In Cash geht es wohl nicht, Milo, oder?«

»Nein.«

»Kann das Probleme geben, Phil?«

»Äh, nein. Stellst du ihn auf meinen Vater aus? Anthony Beazley. Großartig. Bombig. Milo, du bist ein As.«

»Wie Gold«, bekräftigte Slobodan. »Ein Goldschatz.«

Lorimer überreichte den Scheck und versuchte, die Resignation aus seiner Stimme zu verbannen. »Zahlt es zurück, wenn ihr könnt. Behaltet das Auto für die Firma. Sucht euch noch einen Fahrer und laßt es für euch arbeiten.«

»Gute Idee, Milo. Kein schlechter Gedanke, was, Phil?«

»Deshalb ist er ja so 'n Schniegeltyp, Lobby, nicht wie wir blöden Arschlöcher. Gute Idee, Milo.«

Während er ostwärts fuhr – New King's Road, Old Church Street, auf dem Embankment am schlammigen Ufer der verebbten, trägen Themse entlang und vorbei an der Albert Bridge, Chelsea Bridge, Vauxhall Bridge und Lambeth Bridge, weiter zum Parliament Square mit dem honigfarbenen, erker- und zinnenüberladenen Gebäude (und Brennpunkt der unstillbaren Wut Marlobes), machte sich in Lorimer ein unliebenswürdiger Gedanke breit: Wie kam es, daß Slobodan von seinem Besuch an diesem Tag wußte und Phil Beazley entsprechend präpariert hatte? Antwort: Weil seine Mutter ihm, Lorimer, bei seinem Anruf erklärt hatte, dem Vater gehe es schlecht, und er daraufhin sofort seinen Besuch angesagt hatte. Aber sein Vater wirkte unverändert oder zumindest fast so wie immer, trotz der beflissenen Auskünfte über seine Verdauung. Und diese Sache mit den Broten? Die Mutter und die Großmutter hatten ihn ja förmlich aus der Küche gejagt. So als wäre er hinters Licht geführt worden – von seiner eigenen Familie –, damit er Lobby Bloçj mit seiner Dreitausendpfundspritze aus der Klemme half.

214. LORIMER BLACK. Wenn Sie Ihren Namen ändern wollen, sagte der Notar, dann tun Sie's doch einfach. Wenn genügend Leute Sie so anreden oder zumindest unter Ihrem neuen Namen kennen, dann haben Sie schon eine wirksame Namensänderung vorgenommen, die Ihren Absichten und Zielen entspricht. Als Erwachsener steht Ihnen das völlig frei, wie Sie am Beispiel vieler Schauspieler und Künstler erkennen können.

Aber das war dir zu einfach, zu vordergründig. Und was ist mit den amtlichen Papieren? fragtest du. Mit Paß, Führerschein, Versicherungen, Rentenverträgen? Wenn die ganze Dokumentation deines Lebens den neuen Namen tragen soll?

Das kostet einige Formalitäten, sagte der Notar. Entweder läßt man sich den Namenswechsel beurkunden, oder Sie geben eine eidesstattliche, gerichtlich bezeugte Erklärung ab, die dann als formale Grundlage Ihres Namenswechsels gilt.

Das war es, was du wolltest. Du wolltest deinen neuen Namen in allen Melderegistern und Datenbanken verankern, in den Personen-

standsurkunden und Telefonbüchern, im Wahlregister, im Reisepaß und auf deinen Kreditkarten. Nur auf diese Weise konntest du dir deiner neuen Identität sicher sein. Dein alter Name würde gelöscht werden, sich zunächst in eine gefährdete Art verwandeln und schließlich irgendwann aussterben.

Von diesem Gedanken warst du beherrscht, als du so plötzlich aus Schottland zurückkamst. Eine klare und reinliche Scheidung mußte stattfinden. Milomre Blocj würde nicht restlos ausradiert werden, sondern still für sich weiterleben, nur einer Handvoll Menschen in einer Ecke von Fulham bekannt. Aber für die Welt würde er aufhören zu existieren. War er erst im Besitz der eidesstattlichen Erklärung, konnte und durfte er sich in Lorimer Black verwandeln.

Du kamst plötzlich aus Schottland zurück, um deinen Namen und dein Leben zu ändern, und du fandest deinen Vater auf dem Krankenlager. Sein Gesicht war grau, sein Bart ungestutzt, weißer und dichter, als du ihn in Erinnerung hattest.

»Was ist los, Dad«, fragtest du. »Hast du dich überarbeitet?«

»Immer denke, ich fall in Ohnmacht«, sagte er. »Alles wird wie Nebel. Der Ohr auch – hört nicht richtig. Und immer müde. Vielleicht hab ich Virus.«

»Nimm's locker, Dad.«

»Du kommst zu Haus, Milo. Alles in Ordnung?«

»Ich brauch einen Job, Dad. Ich brauch deine Hilfe.«

»Was willst machen? EastEx ist nicht so gut jetzt. Mit Slobodan kannst arbeiten, an Autos.«

»Ich brauch was anderes. Was Sicheres. Was Normales.« Und du dachtest: Montag bis Freitag, neun bis fünf, ein solider, anonymer, immergleicher, grauer, ruhiger Bürojob. Du dachtest: Buchhaltung, Bank, Verwaltung, Telefonmarketing, Kreditüberwachung, Personalabteilung, eine bescheidene Stellvertreterfunktion …

»Du sag mir, Milo, ich hab viele Freunde. Ich besorg dir Job. Aber mach schnell, okay? Bin nicht ganz gesund, ich glaube. Welcher Job willst machen?«

Ganz spontan sagtest du: »Versicherung.«

Das Buch der Verklärung

Lorimer fuhr ins Parkhaus an der Drury Lane, wo er fünf Minuten still im Auto sitzen blieb, um die Gedanken zu ordnen, in Ruhe seine Sätze zurechtzulegen und mit den richtigen Nuancen zu versehen. Dann wechselte er die Krawatte – Seide, aber sehr gedeckt –, zog die Weste unter das Jackett und vertauschte seine Slipper mit geschnürten Halbschuhen. Um seine Erscheinung abzurunden, kämmte er sich neu und verlegte den Scheitel einen Fingerbreit nach links. Diese feinen Signale blieben von neunundneunzig Prozent seiner Gesprächspartner unbemerkt; das letzte Prozent, das sie beinahe unreflektiert registrierte, würde sie als gegeben hinnehmen und nichts Besonderes daran finden. Und genau das wollte er: Die winzigen Änderungen seiner Erscheinung waren vor allem für ihn selbst gedacht, sie dienten seinem eigenen Seelenfrieden und stärkten das Vertrauen in die Maske, die zu tragen er sich entschieden hatte. In gewisser Hinsicht fungierten sie wie eine fast unsichtbare Panzerung, unter deren Schutz er sich in den Kampf wagen konnte.

Das geräumige Eckzimmer von Jonathan L. Gale bot eine hübsche Aussicht auf Holborn, dazu den Blick auf die St. Paul's Cathedral und die vielen verstreuten Türme der City. Es war frisch geworden, am blauen Himmel segelte eine dichtgestaffelte Wolkenflottille nach Norden. Sonnenblitze aus Hochhausfenstern trafen ihn, als er sich umsah.

»Ob Sie's glauben oder nicht«, sagte Gale soeben und zerhackte das Panorama mit der ausgestreckten Hand, »ich werde mir tatsächlich selbst die Aussicht verstellen. Unser neues Bauprojekt verdeckt etwa zwei Drittel der Kuppel von St. Paul ...« Er zuckte die Achseln. »Ist ein ziemlicher Superbau, das muß ich schon sagen.«

»Ich denke, Wren ist und bleibt der große Baumeister.«

»Wie bitte? O nein, ich meine doch unser Vorhaben.« Er nannte stolz den Namen des Architektenbüros, von dem Lorimer noch nie gehört hatte.

»Sie können ja jederzeit umziehen«, warf Lorimer ein.

»Ja, schon. Darf ich Ihnen Kaffee anbieten, Tee oder *aqua minerale*?«

»Nein, danke.«

Jonathan Gale setzte sich an seinen Schreibtisch und achtete darauf, daß sein Jackett nicht knautschte. Er war ein smarter Typ Anfang Fünfzig, mit ebenmäßig solargebräuntem Gesicht und gelichtetem kastanienbraunem Haar, das er geölt und nach hinten gekämmt hatte. Lorimer atmete auf; Gale gehörte zu den neunundneunzig Prozent, er hatte zuviel befürchtet. Nach Lorimers Urteil war Gale auch ein bißchen zu gut angezogen. Der Anzug war zwar Savile Row, aber ein wenig zu stark tailliert, die Aufschläge ein wenig zu breit, die Rückenschlitze ein wenig zu lang. Dazu das intensiv kobaltblaue Hemd mit weißem Kragen und weißen Manschetten und das Briefkastenrot der Krawatte – all das war entschieden zu grell. Das merkwürdig knotige Leder (Giftnatter? Leguan? Waran?) und die spitze Form seiner Schuhe deuteten ebenfalls auf *dandyisme* hin, in Ivan Algomirs Augen die tödlichste Sünde, die schlimmste Sorte der Dünkelhaftigkeit. Auch die goldene Armbanduhr war protzig, schwer und erhob sich, mit vielen kleinen Zifferblättern und dicken Aufziehrädchen versehen, einen guten Zentimeter über das Handgelenk. Gale konsultierte diesen Chronometer und ließ einige Mutmaßungen über die Säumigkeit seines Partners Francis folgen, worauf derselbe augenblicklich erschien und sich entschuldigte.

Francis Home war ein olivfarbener Typ und trug einen dollargrünen Anzug, wie ihn sich nur Franzosen oder Italiener ungestraft erlauben können. Er hatte dunkles krauses Haar, sein rechtes Handgelenk war von einem Goldkettchen geziert. Er roch entfernt nach einem pinien- oder zedernartigen Aftershave oder Duftwasser. War er Zypriot? Libanese? Spanier? Ägypter? Syrer? Grieche? Es gab, wie Lorimer aus eigener Erfahrung wußte, sehr viele Sorten Engländer.

Lorimer schüttelte die Hand mit dem Goldkettchen. »Mr. *Hume*«, artikulierte er sorgfältig, »ich bin Lorimer Black.«

»Homey«, berichtigte ihn Home mit einer kehlig raspelnden Aussprache des H. »Das E ist nicht stumm.«

Lorimer entschuldigte sich, wiederholte den Namen in korrekter Lautung, Kaffee wurde bestellt und gebracht, die Herren nahmen ihre Stellungen ein.

»Das Feuer hat uns schwer getroffen«, begann Gale. »Schokkiert, nicht wahr, Francis?«

»Es ist eine sehr ernste Angelegenheit für uns. Es hat einen Dominoeffekt auf unsere Geschäftstätigkeit, der einfach ... einfach ...«

»... katastrophal ist.«

»Exakt«, bestätigte Home. Er hatte einen leichten Akzent; wohl amerikanisch, dachte Lorimer. »Unsere Schadensforderung haben wir vorgelegt«, sprach Home weiter. »Ich nehme an, daß damit alles seine Richtigkeit hat«, fügte er hinzu, im vollen Wissen, daß nichts seine Richtigkeit hatte.

»Leider nicht«, sagte Lorimer bedrückt. »Wie es aussieht, ist das Feuer im Fedora Palace vorsätzlich gelegt worden. Brandstiftung.«

Gale und Hume warfen sich einen scharfen Blick zu, Lorimer registrierte stumme Signale ungeheuchelten Erschreckens.

Er fuhr fort: »Es wurde von einem Ihrer Subunternehmer gelegt, von der Firma Edmund-Rintoul, die auf diese Weise einer Vertragsstrafe entgehen wollte. Natürlich leugnen die Herren kategorisch.«

Das Entsetzen von Gale und Hume vertiefte sich noch. Sie wollten sprechen, fluchen, brüllen, vermutete Lorimer, doch irgendeine tiefverwurzelte Wachsamkeit gebot ihnen zu schweigen. Wieder schauten sie sich an, als warteten sie vergebens auf einen Stichwortgeber. Das Schweigen im Raum wurde lastender, die Spannung stieg von Sekunde zu Sekunde.

»Vorsätzlich? Sind Sie sicher?« brachte Gale schließlich heraus und zwang sich zu einem konsternierten Lächeln.

»Das kommt immer wieder vor. Was sie wollten, war eine oder zwei Wochen Aufschub, eine Aussetzung der Vertragsstrafe wegen höherer Gewalt – etwas in der Art. Ärgerlich nur, daß ihnen das kleine Feuer im Fedora Palace aus dem Ruder lief, völlig außer Kontrolle geriet. Ein kleiner Schaden im Fitneßcenter hätte ihnen genügt – sie hatten nicht die Absicht, fünf Stockwerke mit allem Drum und Dran zu vernichten.«

»Das ist unerhört. Wer sind diese Männer? Die gehören ins Gefängnis, verdammt noch mal!«

»Sie leugnen alles.«

»Sie sollten diese Männer belangen«, sagte Home brutal. »Prozessieren. Vernichten. Mitsamt ihren Familien.«

»Äh, das ist nicht unser Problem, Mr. Home. Es ist Ihres.«

Erneutes Schweigen. Home wirkte nun ernstlich angeschlagen, er rang fortwährend die Hände und erzeugte ein unangenehmes, feucht-schlüpfriges Geräusch.

»Wollen Sie damit sagen, daß sich dies in irgendeiner Weise auf Ihre Versicherungsleistung auswirkt?« wagte sich Gale vor.

»Ja. So leid es mir tut«, erwiderte Lorimer. »In gravierender Weise.« Nach kurzer Pause fügte er hinzu: »Wir werden nicht zahlen.«

»Und der Grund ist keine abweichende Einschätzung der Schadenshöhe?« fragte Gale, noch immer beherrscht.

»Nein. Nach unserer Auffassung haben wir es hier mit einem Verbrechen zu tun. Es geht also nicht mehr um die normale Regulierung eines Brandschadens. Einer Ihrer Subunternehmer hat vorsätzlich einen großen Teil des Gebäudes zerstört. Und Brandstifter können wir nicht einfach entschädigen, das müssen Sie einsehen. Sonst würde die ganze Stadt in Flammen stehen.«

»Was sagt die Polizei?«

»Ich habe keine Ahnung. Wir stützen uns auf unsere eigenen Ermittlungen, die wir im Auftrag der Versicherungsgesellschaft durchführen.« Lorimer schwieg einen Moment. »Unter den gegebenen Umständen bleibt mir keine andere Wahl, als der Gesellschaft Fortress Sure von der Begleichung Ihrer Schadensforderung abzuraten …«, er machte eine weitere Pause und zeigte die Spur eines betrübten Lächelns, »… bis diese Angelegenheit auf zufriedenstellende Weise geklärt ist. Das dürfte einige Zeit in Anspruch nehmen.«

Gale und Home wechselten erneut stumme Blicke, Gale war sichtlich um Beherrschung bemüht.

»Am Ende müssen Sie doch zahlen. Mann Gottes, haben Sie denn nicht gesehen, wie hoch unsere Prämien sind?«

»Die Prämien haben mit unserer Firma nichts zu tun. Wir sind nur die Schadensregulierer. Unser Rat geht dahin, dies als eine vorsätzliche Brandstiftung zu behandeln, und in Anbetracht dessen wäre es äußerst unangemessen …«

Das Hickhack, feindselig, aber höflich, setzte sich eine Weile fort, und allmählich trat die Botschaft zwischen den Zeilen, wie Lorimer glaubte, für alle Beteiligten klar und deutlich hervor. Er wurde gebeten, einen Moment den Raum zu verlassen, und eine energische, matronenhafte Sekretärin setzte ihm eine Tasse Tee vor, ohne ein Hehl aus ihrer abgrundtiefen Verachtung zu machen. Nach zwanzig Minuten wurde er wieder hereingerufen – Home war nicht mehr da.

»Sehen Sie irgendeine Möglichkeit für uns, aus dieser … dieser Klemme wieder herauszukommen?« fragte Gale, schon vernünftiger geworden. »Irgendeinen Kompromiß, den wir erzielen könnten, um eine endlose Verschleppung zu vermeiden?«

Lorimer hielt seinem Blick ohne zu zucken stand. Jetzt kam es darauf an, jede Regung der Verlegenheit, jede erkennbare Scham, jede zarte Andeutung eines Schuldgefühls zu unterdrücken.

»Die Möglichkeit sehe ich«, sagte Lorimer. »Unsere Klienten sind normalerweise an einer Einigung interessiert – sich irgendwo in der Mitte zu treffen, bei einer Zahl, die für beide Seiten akzeptabel ist. Das ist in den meisten Fällen der beste Weg.«

»Sie meinen, wenn wir mit einer geringeren Summe einverstanden sind?«

»Wenn Sie die komplizierte Sachlage in Betracht ziehen und sich im Sinne einer zweckdienlichen Lösung entscheiden wollen …«

»Wieviel?«

Das war zu forsch, also beschloß Lorimer, in aller Förmlichkeit weiterzureden: »… sich im Sinne einer zweckdienlichen Lösung entscheiden wollen, Ihre Schadensforderung also reduzieren wollen, wäre ich bereit, dies meinem Klienten zu signalisieren, und ich bin sicher, daß auf diesem Weg ein Kompromiß erzielt werden kann.«

Gale fixierte ihn kalt. »Ich verstehe. Und in welcher Größenordnung bewegt sich die Zahl, mit der Fortress Sure Ihrer Meinung nach leben könnte?«

Das war Lorimers Moment. Er spürte das Klopfen seines Pulses in den Handgelenken – zwanzig Millionen? fünfzehn Millionen? Er schaute Gale an, und sein Instinkt sprach laut und deutlich.

»Ich gehe davon aus«, er zog die Stirn kraus, als müßte er eine schnelle Überschlagrechnung anstellen, aber er hatte sich schon entschieden. »Ich gehe davon aus, daß Sie mit zehn Millionen zu einer sicheren Einigung kommen.«

Gale stieß ein kehliges Geräusch aus, das halb Lachen, halb Fluchen war.

»Sie schulden mir siebenundzwanzig Millionen und bieten mir zehn an? Herr im Himmel!«

»Bedenken Sie, Mr. Gale, daß wir uns außerhalb der Versicherungskonditionen bewegen. Ihre Subunternehmer haben dieses Feuer vorsätzlich gelegt. Von Rechts wegen müßten wir uns aus dem Geschäft zurückziehen.«

Gale stand auf, trat ans Fenster und vertiefte sich in die beeindruckende, vorerst noch nicht verdorbene Aussicht auf die alte Kathedrale.

»Würden Sie mir das schriftlich geben? Das Angebot von zehn Millionen?«

»Sie sind derjenige, der das Angebot macht«, erinnerte ihn

Lorimer. »Ich gehe davon aus, daß Sie in aller Form unterrichtet werden, wenn Ihr Angebot akzeptabel ist.«

»Nun gut. Dann mache ich der Form halber das Angebot, und Sie sorgen für die schriftliche ›Genehmigung‹, Mr. Black. Dann sehen wir weiter.« Er senkte den Kopf. »Wenn sich die zehn Millionen als der Weg des geringsten Widerstands erweisen, werde ich – mit allergrößtem Widerstreben – meine Schadensforderung reduzieren.«

An der Tür drehte sich Gale zu ihm um und verstellte ihm den Weg. Sein gebräuntes Gesicht war rot angelaufen, die Wut verlieh ihm eine ziegelrote Färbung. »Menschen wie Sie sind der Abschaum, Black. Sie sind nicht besser als ein Dieb, ein verlogener, verdammter Schuft. Sie kassieren munter unsere Prämien, aber wenn es ans Bezahlen geht ...«

»Wollen Sie mich bitte hinauslassen?«

Mit gepreßter Stimme fluchte Gale weiter, während Lorimer auf Abstand ging. »Sobald wir Ihr Schreiben haben, setzen wir uns mit Ihnen in Verbindung, Mr. Gale. Ich denke, das wird morgen sein.«

Als Lorimer im summenden Fahrstuhl nach unten fuhr, dem üppigen Grün und der diskreten Beleuchtung des Foyers entgegen, spürte er ein gelindes Pochen im Kopf, seine Brust dehnte und leerte sich, als wäre sie mit schäumenden Bläschen gefüllt, und seltsamerweise – dieses Gefühl war ihm neu – schmerzten seine Augen von nichtvergossenen Tränen. Aber in seinen Überschwang, sein unbändiges Triumphgefühl, mischte sich ein warnender Unterton. Gale hatte Wut gezeigt, ohne Zweifel – er hatte schließlich siebzehn Millionen Pfund verloren, von denen er wohl angenommen hatte, daß sie ihm zustanden –, aber er war für Lorimers Empfinden nicht wütend genug gewesen, bei weitem nicht. Warum nicht? Das war das Problem, das Lorimer zu schaffen machte.

117. DIE ERSTE REGULIERUNG. In jenen frühen Jahren bist du im »Versicherungswesen« aufgeblüht. Die Beziehungen deines Vaters führten zu einer untergeordneten, aber festen Anstellung in der Statistik, du hast fleißig gearbeitet, wurdest angemessen entlohnt und routinemäßig befördert. Zu deinem Ausbildungs- und Qualifizierungsprogramm bei der ersten Versicherungsgesellschaft gehörte eine zeitweilige Versetzung an eine Schadensregulierungsfirma. Deine erste Regulierung war ein Schuhgeschäft in Abingdon, dessen im Keller gelegenes Warenlager durch einen Rohrbruch überschwemmt worden war. Ein langes Wochenende mit Bank Holiday hatte dafür gesorgt, daß die Havarie tagelang unbemerkt blieb.

Woher wußtest du, daß der Ladenbesitzer log? Woher wußtest du, daß seine händeringende Verzweiflung Schwindel war? Hogg sagte später, das ist reiner Instinkt gewesen. Alle großen Schadensregulierer, sagte Hogg, können einen Lügner sofort erkennen, weil sie – tiefinnerlich – den Zwang zum Lügen begreifen. Sie könnten auch selbst Lügner sein – und wenn sie es sind, dann sind sie hervorragende Lügner –, aber das ist nicht nötig. Nötig ist nur, daß sie die Philosophie einer Lüge durchschauen, den zwanghaften Impuls, die Wahrheit zu verhehlen, ihre komplizierte Grammatik, ihre geheimen Strukturen.

Und du wußtest, daß dieser Mann log, was seinen durchnäßten Lagerbestand betraf, du wußtest, daß auch seine Frau log, als sie, wacker gegen die Tränen ankämpfend, zusammen mit ihrem Mann die Zerstörung ihrer familiären Existenz beklagte. Mr. Maurice, so hieß der Schuhhändler.

Du schautest dir den Matsch aus Hunderten aufgeweichter Schuhkartons an, die spiegelnden Pfützen auf dem Fußboden. Der Gestank des nassen Leders stach dir in die Nase, und irgendwas brachte dich dazu, Mr. Maurice zu fragen: »Woher soll ich wissen, daß Sie hier nicht am Wochenende den Rest des Lagers mit dem Wasserschlauch erledigt haben, Mr. Maurice? Für einen Rohrbruch kommt mir der Schaden ein bißchen zu gewaltig vor.«

Es ist die spezifische Färbung der Wut, mit der sie sich verraten. Die Wut ist immer da, sie bricht jedesmal aus, und die Wut des Mr.

Maurice war eindrucksvoll, aber irgend etwas am Tonfall und am Ausmaß der Wut eines ungeübten Lügners klingt immer falsch, der falsche Ton dringt ans innere Ohr wie das Sirren einer Mücke im nächtlichen Schlafzimmer, unverkennbar und unfehlbar in seiner verstörenden Wirkung.

Also sagtest du zu Mr. Maurice, du würdest der Versicherung empfehlen, die Zahlung zu verweigern. Begründung: Versicherungsbetrug. Kurz danach war Mr. Maurice bereit, eine Barzahlung von zweitausend Pfund als Entschädigung zu akzeptieren. Du hast der Versicherungsgesellschaft vierzehntausend Pfund erspart, hast dir deine erste Prämie verdient, es war nur logisch, daß du Schadensregulierer wurdest, und dein fortdauernder Erfolg auf diesem speziellen Gebiet erregte schließlich die Aufmerksamkeit von George Gerald Hogg.

Das Buch der Verklärung

»Gut, gut, gut«, sagte Hogg volltönend und zündete sich mit gewohnt knapper Geste eine Zigarette an. »Gut, gut, gut. Zehn Millionen.« Hogg hob sein großes Bierglas. »Zum Wohl, mein Sohn. Gratuliere.«

Lorimer prostete sich selbst mit seinem kleinen Guinness zu. Auf dem Weg hatte er so gründlich gerechnet, wie er konnte, und war zu dem Ergebnis gekommen, daß ihn bei einer Minderung um siebzehn Millionen eine Prämie von 134 000 Pfund erwartete, vielleicht ein paar Hunderter mehr oder weniger. Bis zur Höhe von einer Million gab es einen Standardsatz von einem halben Prozent, danach setzte ein kompliziertes Rechenschema mit Bruchteilen eines Prozents ein, die sich bei steigender Summe exponentiell verringerten. Er fragte sich, wie hoch die Provision der Firma sein würde – Hoggs Provision. Deutlich im siebenstelligen Bereich, vermutete er. Das war ein Hauptteffer: Nur Dymphna bewegte sich routinemäßig in diesen Größenordnungen mit ihren verpfuschten Staudammprojekten, ungebauten Kraftwerken und verschwundenen Jumbo-

Jets. Es war eine glatte und leichte »Ersparnis« für Fortress Sure. Niemand hatte etwas riskiert, ein guter Tag für alle Beteiligten. Warum zeigte Hogg nicht mehr Begeisterung?«

»Gab es Ärger?« fragte Hogg. »Wurfgeschosse, Gebrüll?«

»Nein, nur die üblichen Flüche und Beschimpfungen.«

»Da muß man durch, Jungchen. Trotzdem sag ich: Hut ab, Lorimer. Nicht mal ich selbst hätte mich getraut, die Summe so tief runterzudrücken. Bleibt also die große Frage: Warum hat er mitgemacht?«

Lorimer zuckte die Schultern. »Ich weiß nicht«, sagte er. »Bin nicht dahintergekommen. Liquiditätsprobleme? Das glaub ich nicht. Lieber der Spatz in der Hand als die Taube auf dem Dach? Vielleicht. Sie scheinen ziemlich fest im Sattel zu sitzen.«

»Wohl wahr«, sagte Hogg nachdenklich. »Aber komisch – ich dachte, da würden ein paar Bomben hochgehen. Papierkrieg, Drohungen, Anrufe ...«

»Das hat mich auch ein bißchen gewundert«, bestätigte Lorimer.

Mit verschwörerischem Blick sagte Hogg: »Ziehen Sie gleich weiter zum Fort. Gehen Sie zu Dowling in die Finanzabteilung. Überbringen Sie die gute Nachricht selbst.«

»Ich?« fragte Lorimer verwirrt. Das war normalerweise Hoggs geschätztes Privileg.

»Das haben Sie sich verdient, mein Sohn. Trinken Sie aus. Ich hol die nächste Runde.«

Dowling war immerhin aufrichtig erfreut. Der joviale Dickwanst, der beizenden Zigarrengestank um sich verbreitete, schüttelte Lorimer herzhaft die Hand und redete viel über miese Bilanzen, Schadensbegrenzung und die bedeutende Einsparung für die Firma. Dann entschuldigte er sich, verließ den Raum und kehrte zwei Minuten später mit Sir Simon Sherriffmuir persönlich zurück. Aus der Nähe sah Sherriffmuirs Gesicht schwammiger und faltiger aus, als es Lorimer am Abend der Abschiedsparty für Torquil erschienen war. Aber an seiner

Kleidung fand Lorimer nicht das geringste auszusetzen: ein schwarzer Nadelstreifenanzug, der sich genau auf der Grenze zwischen Auffälligkeit und Bescheidenheit bewegte, ein buttergelbes Hemd und eine einfarbige blaßrosa Krawatte mit großem Knoten. Alles Maßarbeit, wie Lorimer auf Anhieb sah, selbst die Krawatte. Er trug keine Armbanduhr, stellte Lorimer fest; vielleicht irgendwo eine Taschenuhr? Interessante Frage; er war nicht auf dem laufenden, was Taschenuhren betraf – sollte er eine für sich ins Auge fassen? Er mußte das mit Ivan abklären.

»Das ist der junge Mann«, sagte Dowling gerade, »der uns so viel Geld gespart hat.«

Sherriffmuir lächelte automatenhaft, sein Handschlag war kurz und kräftig. »Das ist die Spitzenmeldung des Tages. Und Sie sind?«

»Lorimer Black.« Er konnte sich gerade noch davon abbringen, das servile »Sir« anzuhängen.

»So. Sie sind also einer von Georges glorreichen jungen Samurai«, sagte Sherriffmuir versonnen und musterte ihn fast liebevoll. »War eine ziemlich verkorkste Geschichte, das mit dem Fedora Palace. Ich bin Ihnen äußerst dankbar. Können Sie die Sache schnell unter Dach und Fach bringen? Ich möchte, daß wir diesen Schlamassel endlich los sind.«

»Ich hab schon zugestimmt, daß wir die neue Schadensforderung genehmigen«, warf Dowling dazwischen.

»Gut, gut ...« Lorimer stellte fest, daß Sherriffmuir ihn noch immer mit wohlgefälliger Neugier betrachtete. »Sie sind nicht zufällig Angus Blacks Jüngster?«

»Nein«, antwortete Lorimer. Ich bin Bogdan Bloçjs Jüngster, dachte er und fühlte, was selten war, einen Anflug von Schamröte in sich aufsteigen.

»Richten Sie Ihrem Vater liebe Grüße aus. Sagen Sie ihm, wir müssen ihn endlich über die Grenze nach Süden kriegen.« Sherriffmuir war mit den Gedanken längst woanders und wandte sich an Dowling: »Peter, wir sehen uns um ...«

»... halb sechs. Ist alles arrangiert.«

Sherriffmuir bewegte sich flink zur Tür, ein wenig gebeugt, wie viele großgewachsene Männer, sein Nackenhaar wucherte über den Kragen.

Zum Abschied winkte er Lorimer lässig zu. »Danke, Lorimer, gute Arbeit.«

Obwohl ihn sein Instinkt eines Besseren belehrte, war Lorimer stolz auf sich, als wäre er überraschend geadelt worden, als hätte ihn Sir Simons Lob und die Nennung seines Vornamens in einen neuen Rang erhoben. Fast augenblicklich pfiff er sich zurück: Himmel noch mal, der Mann ist nicht der liebe Gott. Er arbeitet einfach bei der Versicherung, wie wir alle.

Rajiv stützte sich auf seinen Schalter und rauchte, die Krawatte fehlte, sein Hemd war fast bis zum Nabel aufgeknöpft, als wäre er im Urlaub.

»Heil dir im Siegerkranz«, sagte er, ohne eine Miene zu verziehen.

»Danke, Raj«, erwiderte Lorimer. »Wie gewonnen, so zerronnen.«

Rajiv schob die Hand unter sein Hemd und massierte seine mollige Brust. Jetzt lächelte er, indem er ein wenig die Pausbacken verzog. »Paß auf, daß du nicht zu groß für deine Stiefel wirst. Hogg sitzt bei dir drinnen.«

Als Lorimer gemächlich durch den Korridor schlenderte, steckte Shane Ashgable den Kopf aus der Tür, wies mit dem Daumen über die Schulter und formte »Hogg« mit dem Mund. So viel Solidarität, dachte Lorimer, kann nur bedeuten, daß Hogg mal wieder einen seiner schwarzen Tage hat.

Vor der Tür zögerte Lorimer, und er sah durch die Scheibe, daß Hogg ungeniert in den Papieren und Briefen seines Eingangskorbs wühlte. Er warf einen Blick durch Dymphnas Tür – sie saß weinend am Schreibtisch und tupfte mit einem Taschentuchzipfel an ihren Augen herum. Das läßt ja Übles ahnen, dachte Lorimer. Aber warum dieser Stimmungsumschwung? Was war passiert? Die erste Welle des Hoggschen Zorns war offensichtlich über die arme Dymphna hereingebrochen. Ich muß netter zu Dymphna sein, dachte er in einer plötzlichen Wallung von Nächstenliebe. Vielleicht sollte er sie nach der Arbeit zu einem Drink einladen?

Hogg blickte sich nicht um und ließ auch nicht davon ab, Lorimers Papiere zu durchforschen, als er eintrat. »Haben Sie noch mit der Polizei zu tun gehabt wegen dieses Selbstmords?« fragte Hogg.

»Nur noch ein weiterer Besuch. Warum?«

»Keine Untersuchung?

»Bis jetzt nicht. Soll es eine geben?«

»Was dachten Sie denn?« Hogg marschierte um den Schreibtisch herum, ließ sich langsam auf Lorimers Stuhl nieder und musterte ihn aggressiv.

»Alles gut gelaufen mit Dowling?«

»Bestens. Sir Simon kam herein.«

»Ah, Sir Simon persönlich. Sehr ehrenvoll.«

Lorimer sah ein abgerissenes Blatt aus seinem Notizblock, das mitten auf der Schreibunterlage plaziert war. Er las die kopfstehende Schrift und entzifferte »Dr. Kenbarry«. Dem Namen folgte eine Telefonnummer, dann eine Adresse. Die Kehle wurde ihm eng und trocken.

Hogg nestelte verärgert und lautlos fluchend an irgendeinem Gegenstand in seiner Jackentasche. Schließlich förderte er ihn zutage und überreichte ihn Lorimer. Es war eine CD, noch in der Cellophanhülle. In krakeliger Kinderschrift auf weißem Grund stand zu lesen: »David Watts. Angziertie«. Am unteren Rand des Vierecks sah man ein Foto von drei toten Schmeißfliegen, die auf dem Rücken lagen und ihre je sechs zarten Beinchen halbverschränkt in die Höhe reckten.

»Angziertie«, las Lorimer stockend. »Ist das deutsch? Oder nur falsch geschrieben?«

»Herrgott noch mal, woher soll ich das wissen?« knurrte Hogg gereizt.

Der hat ja wirklich üble Laune, sagte sich Lorimer und fragte sich erneut, welche harten Worte wohl Dymphna zu hören bekommen hatte. »Wer ist David Watts?« versuchte Lorimer es noch einmal.

»Ihr nächster Job«, sagte Hogg.

»Und wer ist David Watts?«

»Himmel, Arsch und Zwirn. Selbst ich habe schon von David Watts gehört!«

»Tut mir leid.«

»Er ist Sänger. Ein ›Rocksänger‹. Kennen Sie seine Musik?«

»Die einzige neue Musik, die ich in letzter Zeit höre, ist afrikanisch.«

»So, jetzt langt's aber.« Hogg sprang wütend auf und ging in Stellung. »Wissen Sie was, Lorimer? Manchmal denke ich, Sie haben eine Totalmacke. Ich meine, wo gibt's denn so was, Mann!« Erregt stapfte er durch das Büro. Lorimer drückte sich an die Wand. »Ich meine, zum Teufel noch mal, wie alt sind Sie denn? Wozu stellen wir junge Leute ein? Sie müßten doch diesen ganzen Popkulturkram in- und auswendig kennen! Das ist einer von diesen verdammten Rocksängern. Jeder Idiot kennt ihn!«

»Ah, ja. Irgendwo dämmert's mir. Diesen David Watts meinen Sie.«

»Unterbrechen Sie mich gefälligst nicht!«

»'tschuldigung.«

Hogg blieb vor ihm stehen und starrte ihn finster an. »Manchmal denke ich, Sie sind nicht normal, Lorimer.«

»Was verstehen Sie unter ›normal‹ ...?«

»Reißen Sie sich zusammen!« Hogg richtete einen knorrigen, nikotingelben Zeigefinger auf ihn. Dann seufzte er, ließ sich ein wenig sacken und schüttelte den Kopf. »Ts, ts, Lorimer, ich weiß nicht ... Im Moment bin ich kein so lustiger Vogel. Irgendwie geht mir die Lebensfreude ab. Janice hat die Akte über diesen David Watts. Sieht ganz so aus, als wär das was für Sie.«

An der Tür stockte er, überzeugte sich, daß sie geschlossen

war, dann bewegte er sich in einem seltsamen Krebsgang rückwärts und behielt dabei das Fenster zum Korridor im Auge. Jetzt lächelte er und bleckte die kleinen gelben Zähne. »Wissen Sie, was ich am Montag mache? Gleich als erstes?«

»Nein, Mr. Hogg.«

»Ich feure Torquil Helvoir-Jayne.«

388. EIN GLAS WEISSWEIN. Torquil ist kein besonders stolzer oder eingebildeter Mensch; ich würde nicht sagen, daß »Stolz« zu seinen vielen Lastern zählt, aber er ist finster entschlossen, zu verteidigen, was er als seine einzige bleibende Ruhmestat betrachtet. Und er verficht diesen Anspruch auf eine fragwürdige Berühmtheit mit unerbittlichem Eifer. Er verlangt, er insistiert, er fordert und er kämpft darum, als einzig rechtmäßiger Urheber eines apokryphen Schnipselchens Folklore anerkannt und respektiert zu werden, das er persönlich aus sich hervorbrachte und das zu seiner nicht nachlassenden Empörung als Allgemeingut ohne Hinweis auf seine Autorschaft kursiert.

Es geschah auf einer Wochenendparty in Wiltshire (oder Devon oder Cheshire oder Gloucestershire oder Pertshire). Am Samstagabend war der Alkohol in Strömen geflossen – die Gäste, allesamt in den Zwanzigern (die Sache lag schon ein Weilchen zurück, hatte sich irgendwann in den achtziger Jahren abgespielt), junge Männer und Frauen, zu zweit und einzeln, manche verheiratet, hatten sich für eins ihrer kostbaren Wochenenden aufs Land geflüchtet, um ihren Stadtwohnungen, ihren Jobs, ihrem öden Alltag für ein paar Tage zu entkommen. Torquil war an dem Abend vielleicht am betrunkensten gewesen. Sternhagelvoll, wie er sagte, hatte er hemmungslos durcheinander getrunken; Whisky auf Port, Claret auf Champagner. Am Sonntag war er erst mittags auf die Beine gekommen, als die anderen Gäste schon gefrühstückt, einen Spaziergang gemacht und die Sonntagszeitungen gelesen hatten und sich gerade im Salon zum Aperitif einfanden.

»Ich kam die Treppe runter«, erzählte Torquil, »und fühlte mich

wie ausgekotzt, echt wahr. Bäriges Schädelbrummen, der Mund wie ein Aschenbecher, die Augen wie Pißlöcher im Schnee. Und da stehen sie alle mit ihren Bloody Marys, Gin Tonics, Wodkas mit Orangensaft. Klar haben die gegrinst und sich angestoßen, wie ich da angestolpert kam, völlig hinüber, und dann trat das Mädchen, das die Party gab – ihren Namen hab ich vergessen –, auf mich zu. Alle haben sie mich angestarrt, mußt du wissen, weil ich so spät kam und absolut aussah wie der Tod auf Latschen, alle haben sie gelacht, und da kommt dieses Mädchen auf mich zu und fragt: ›Torquil, was möchtest du trinken? Gin Tonic? Bloody Mary?‹ Um ehrlich zu sein, schon bei dem Gedanken fing ich an zu würgen, und so sagte ich ganz ernst, ganz spontan: ›O nein, danke. Alkohol kommt für mich nicht in Frage. Ich möchte nur ein Glas Weißwein.‹«

An diesem Punkt bricht er ab und blickt mich lange und bohrend an. Dann sagt er: »Die Geschichte hast du schon irgendwo gehört, stimmt's?«

»Ja«, sagte ich. »Ich weiß nicht, wo. Ist das nicht ein alter Hut?«

»Nein, das war m…« protestierte Torquil verzweifelt, mit brechender Stimme. »Das war mein Witz! Ich hab ihn gebracht. Ich war der erste. Es war meine Pointe. Und jetzt kommt jeder x-beliebige Klugscheißer am Sonntagmorgen die Treppe runter und holt sich einen billigen Lacherfolg. Es ist kein ›alter Hut‹. Ich hab das als erster gesagt, und alle haben es vergessen.«

Das Buch der Verklärung

Er wählte die Nummer, die Alan ihm besorgt hatte, und stellte fest, daß er funktionierte wie von einem Autopiloten gesteuert. Er gehorchte nur seinen Eingebungen, ohne Überlegung, ohne einen Gedanken an die möglichen Folgen zu verschwenden. Das Telefon klingelte, es klingelte ein zweites Mal, dann noch einmal.

»Hallo?«

Es war eine Männerstimme, die ihn aus seiner roboterhaften Trance hinauskatapultierte. Er schaltete schnell.

»Hallo, ich möchte gern Mr. Malinverno sprechen.«

»Am Apparat.«

»Oh, gut. Ich rufe aus …«

Lorimer legte auf. Warum hatte er nicht eher daran gedacht? Wie kam es, daß diese Wahrscheinlichkeit oder Möglichkeit in seinen Berechnungen überhaupt nicht aufgetaucht war? Verheiratet war sie also. Nein. Es konnte ja auch ihr Bruder sein oder ihr Vater oder auch ein Onkel (zur Not). Ein schwacher Trost, gestand er sich ein, reine Selbsttäuschung. Ein Mr. Malinverno hatte den Hörer abgenommen, und alles sprach dafür, daß er der Mann ihres Lebens war.

Um sich abzulenken und zu beruhigen, wandte er sich dringenderen Aufgaben zu: Er diktierte einen Brief an Gale-Harlequin in sein Taschengerät, mit dem er bestätigte, daß die Reduzierung der Entschädigungssumme auf zehn Millionen Pfund für seinen Klienten, Fortress Sure, akzeptabel sei. Janice würde dafür sorgen, daß er getippt und noch am Vormittag abgeschickt wurde. Wenigstens ein befriedigender Schlußpunkt unter dieses Kapitel seiner Lebensgeschichte.

Dymphnas Augen waren noch rot umrandet und verquollen, aber offenbar hatte sie zu ihrer gewohnten Munterkeit und zu ihrer gute Laune zurückgefunden. Passenderweise war gerade Happy-hour, und sie befanden sich in The Clinic, einem neuen großen In-Lokal an der Fleet Street – Dymphnas Vorschlag. Die Barmänner trugen weiße Arztkittel, und die Serviererinnen waren in knappe Schwesterntracht gehüllt. Dymphna trank einen Cocktail, der »Aspirin Soluble« hieß und, soweit Lorimer feststellen konnte, aus einem Zufallsmix klarer Schnäpse bestand (Gin, Wodka, weißer Rum, Triple Sec), mit einem Schuß Kokosmilch abgerundet. Die Musik röhrte laut, und es wimmelte von jungen Männern in Anzügen und von Frauen, die müde von der Arbeit waren und ihr Vergnügen suchten. Dymphna zündete sich eine Zigarette an und paffte den Rauch in den grauen Dunst, der über den Köpfen wogte und waberte.

Lorimer litt unter einem leichten Verspannungskopfschmerz, dessen Epizentrum zwei Fingerbreit über seiner linken Augenbraue lag.

»So ein fieser Hund«, sagte Dymphna. »Der wollte mich nur zum Heulen bringen, aus welchem Grund auch immer. Hat nicht lockergelassen. Weißt du, womit er mich gekriegt hat? Ich bin ja so sauer auf mich. Stinkwütend.«

»Du mußt mir nicht sagen …«

»Er hat gesagt, ich soll nicht mehr in Röcken von dieser Länge zur Arbeit kommen.«

»Ist ja unverschämt.« Lorimer warf einen Blick auf Dymphnas karamelfarbenen Rock, dessen Saum eine brave Handbreit über den etwas molligen Knien endete.

»Er hat gesagt, ich habe dicke Beine.«

»Meine Güte! Wenn dich das ein bißchen tröstet: Mir hat er gesagt, ich hätte eine Totalmacke. Er war einfach stinkig.«

Dymphna nahm gedankenvoll einen tiefen Zug von ihrer Zigarette. »Ich hab doch keine dicken Beine, oder?«

»Natürlich nicht. Er ist einfach nur ein fieser Hund.«

»Irgendwas geht ihm mächtig auf den Wecker. Er wird immer gemein, wenn er Probleme hat.«

Lorimer überlegte, ob er ihr von Torquils bevorstehender Entlassung erzählen sollte. Doch mit einer schockartigen Anwandlung von Klarsicht erkannte er, daß Hogg genau das von ihm erwartete – es war eine der ältesten Fallen, und er wäre um ein Haar hineingetappt. Vielleicht hatte Hogg es allen erzählt, vielleicht war es eine Art Loyalitätstest: Wer plauderte als erster?

»Noch ein Aspirin Soluble?« fragte er und fügte unschuldig hinzu: »Ich glaube, es hat was mit Torquil zu tun.«

»Dieser Wichser«, sagte Dymphna grob und reichte ihm das verschmierte Glas. »Ja bitte, noch einen, und du kannst mit mir machen, was du willst, lieber Lorimer.«

Das hat man davon, wenn man versucht, nett zu sein, dachte Lorimer, als er einen weiteren Aspirin Soluble bestellte und für sich ein alkoholarmes Bier. Er war ziemlich sicher, daß

Dymphna von der bevorstehenden Kündigung keine Ahnung hatte, nichtsdestoweniger mußte er ihr die verliebten Flausen gründlich austreiben …

Flavia Malinverno war im Lokal. Er stellte sich auf die Zehenspitzen und schaute – ein Kopf hatte sich dazwischengeschoben. Dann bewegte sie sich weiter, und er sah, daß sie es überhaupt nicht war, nicht annähernd. Guter Gott, dachte er, da zeigt sich, was mit mir los ist. – Das Wunschdenken trieb ihn schon zum Halluzinieren.

Dymphna nippte an ihrem weißen Cocktail, ihre Augen blickten über den Rand des Glases und waren fest auf ihn gerichtet.

»Was ist?« fragte Lorimer. »Zu stark?«

»Ich mag dich wirklich, Lorimer. Weißt du das? Ich würde dich so gern näher kennenlernen.«

Sie griff nach seiner Hand. Lorimer spürte, wie seine gute Stimmung langsam, aber sicher umkippte.

»Na komm, gib uns einen Kuß«, sagte sie.

»Dymphna. Ich hab jemand anders.«

»Na und? Ich will nur mit dir schlafen.«

»Ich … Ich bin in sie verliebt. Ich kann nicht!«

»Du Glücklicher.« Sie lachte bitter auf. »Es ist so schwer, jemanden zu finden, den man mag. Und wenn es mal klappt, stellt sich raus, daß er schon eine hat. Oder daß man ihm egal ist.«

»Dymphna, du bist mir nicht egal, und du weißt es.«

»Ja, ja, wir sind zwei gute ›Kumpel‹, meinst du.«

»Du weißt genau, was ich meine.«

»Wer ist denn das verflixte Mädel? Kenn ich sie?«

»Nein, sie ist Schauspielerin. Hat nichts mit uns zu tun. Nichts mit unserer Sphäre.«

»Sehr klug. Wie heißt sie?«

»Flavia. Übrigens: Hast du mal von einem Sänger gehört, einem Rocksänger, der David Watts heißt?«

»Flavia … Was für ein Name! Ist sie sehr abgedreht? David Watts? Ich *liebe* David Watts!«

114. REM-SCHLAF. Du hast sehr viel REM-Schlaf, du liegst weit über dem Durchschnittswert. Könnte es sein, daß dein Gehirn jede Nacht reparaturbedürftiger ist als das anderer Menschen?

REM-Schlaf. Die Wellenmuster der Hirntätigkeit haben eine viel höhere Frequenz, auch Herzschlag und Atmung sind beschleunigt, dein Blutdruck steigt, und die Gesichtsmuskulatur ist deutlich aktiver. Dein Gesicht kann zucken, deine Augen bewegen sich hinter geschlossenen Lidern, die Blutzufuhr zum Gehirn verstärkt sich, dein Gehirn wird wärmer. Manchmal feuert dein Gehirn im REM-Schlaf mehr Neuronen ab als im Wachzustand.

Doch gleichzeitig erlebt dein Körper eine milde Form der Lähmung: Deine Rückenmarkreflexe schwächen sich ab, du hast erhöhte motorische Hemmungen und einen verminderten Muskeltonus. Mit Ausnahme einer Region deines Körpers. Ein weiteres Wesensmerkmal des REM-Schlafs ist die Erektion des Penis beziehungsweise das Anschwellen der Klitoris.

Das Buch der Verklärung

Die stählernen Halbmonde an der Spitze und am Absatz seiner Schuhe klackten martialisch auf dem Betonboden des Parkhausdecks, die weiß fluoreszierenden Lampen saugten die Farbe aus den aufgereihten glänzenden Karossen, der Nachhall seiner Schritte trug zum vagen Gefühl einer Bedrohung bei, das sich auf diesen übereinandergetürmten Parketagen mit ihrem unnatürlichen Zwielicht, ihren bedrückend niedrigen Decken und den mit Autos vollgestellten, aber menschenleeren Buchten stets bemerkbar machte. Er dachte an Hogg und an seine Stimmungsumschwünge, an seine rüpelhaften Provokationen. Abgesehen von diesen Ruppigkeiten und Plänkeleien waren sie immer gut miteinander zurechtgekommen, und in ihrem Umgang miteinander steckte etwas, womit ihn seine Kollegen gern aufzogen – Lorimer war so eine Art Goldknabe, der Erwählte, der *dauphin* des Sonnenkönigs Hogg. Aber nicht heute. Das gewaltige Selbstvertrauen, mit dem Hogg sonst wie ein König durch sein kleines Reich stolzierte, hatte ihm heute gefehlt – oder vielmehr war es vorhanden gewesen, aber gezwungener, angestrengter, und hatte daher abstoßend gewirkt. Hogg hatte, offen gesagt, verstört gewirkt, und nie zuvor hatte Lorimer einen solchen Gemütszustand mit Hogg in Verbindung gebracht.

Aber was belastete ihn? Was lag da in der Luft, was Hogg schon kommen sah und er nicht? Es ging um etwas Größeres, aber Lorimer konnte das Ganze nicht ausmachen. Auch so wußte er: Der Hinweis auf Torquils Entlassung war eindeutig der Versuch, ihn in eine Falle zu locken. Hogg lag auf der Lauer und wartete, ob er die Neuigkeit ausplauderte oder sie vielleicht sogar Torquil hinterbrachte. Aber warum sollte Hogg so etwas von ihm denken, seinem Goldknaben? Warum sollte Hogg ihn in dieser Weise auf die Probe stellen?

Lorimers Schritte verlangsamten sich, als ihm die Antwort allmählich dämmerte. Hogg, der verstörte, beunruhigte und mit Dingen vertraute Hogg, die Lorimer noch nicht überblickte, sah – oder glaubte etwas zu sehen, was Lorimers eigene Rolle betraf. Hogg, erkannte Lorimer mit Erschrecken, hatte ihn im Verdacht. Er blieb stehen, ein paar Meter vor seinem Auto, in seinem Kopf arbeitete es. Was war es? Was sah Hogg, was er, Lorimer, nicht sah? Etwas war ihm verborgen geblieben, irgendein geheimes Muster in den Ereignissen der letzten Zeit. Diese Ungewißheit war beunruhigend, und die Beunruhigung verstärkte sich, wenn er die natürliche Konsequenz des Verdachts ins Auge faßte: Hogg verdächtigte ihn, George Gerald Hogg traute Lorimer Black nicht mehr.

Jemand hatte sich an seinem Auto vergriffen. Sehr merkwürdig. Als er näher kam, sah er Buchstaben, aus Sand geformt. Der Sand war auf die Motorhaube gestreut und zu Buchstaben zusammengeschoben worden. Er las BASTA.

Lorimer blickte sich um. War der Übeltäter durch das militante Klacken seiner Schuhe erschreckt worden und geflohen, hatte er oder sie sich irgendwo in der Nähe versteckt? Er sah niemanden, nichts regte sich, also wischte er den Sand von der sanften Schräge der Motorhaube herunter. Was hatte das zu bedeuten? Galt das ihm, oder war es nur ein Zufall, sein übliches Pech? Oder war es eine unvollendete Anspielung auf die uneheliche Herkunft seiner Mutter? *Basta.* Genug. Allerdings. Genug der Fragen. Er hoffte, in der Nacht Schlaf zu finden, aber er zweifelte daran. Er war schon in Gedanken bei seinem nächsten Vorhaben: Am Morgen würde er Flavia Malinverno anrufen.

8. Kapitel

»Hallo?«

»Könnte ich bitte mit Flavia Malinverno sprechen?«

»Und Sie sind?«

»Hallo, hier spricht Lorimer Black. Wir haben uns …«

»Wer?«

»Lorimer Black. Wir …«

»Kenne ich Sie?«

»Wir haben uns neulich kurz gesehen. Im Alcazar. Ich war derjenige, dem Ihr Auftritt so gut gefallen hat. Im Werbespot von Fortress Sure.«

»Ach ja.« Pause. »Wie sind Sie an meine Nummer gekommen?«

»Ich sagte doch – ich arbeite bei Fortress Sure. Alle diese Daten stehen in den Akten.« Er geriet ins Schwimmen. »Von der Firma, die den Film gedreht hat. Sie wissen schon, die Personalbögen, äh, die Fahrtbelege …«

»Wirklich?«

»Die nehmen es hier sehr genau mit den Akten. Das ist eine Versicherungsgesellschaft, wie gesagt. Alles ist irgendwo dokumentiert.«

»Oh. Was Sie nicht sagen.«

»Ja.« Jetzt Augen zu und durch. »Ich hab mich gefragt, ob wir uns nicht einmal sehen könnten, auf einen Drink, oder ich lade Sie zum Essen ein?«

»Und warum?«

»Weil … Weil ich es gern möchte, das ist die ehrliche Antwort.«

Schweigen. Lorimer versuchte zu schlucken. Aber in seinem ausgetrockneten Mund gab es nichts zu schlucken.

»Na gut«, sagte sie, »Sonntag abend bin ich frei. Wo wohnen Sie?«

»In Pimlico – Lupus Crescent«, fügte er hinzu, als ob ihn das aufwertete oder verführerischer machte.

»Das ist nicht gut. Ich treffe Sie im Café Greco in der Old Compton Street, halb sieben.«

»Halb sieben, Café Greco, Old Compton Street. Ich werde dasein.«

»Bis dann also, Lorimer Black.«

175. SINBADS WAHN. Sinbad Fingleton hatte widerspenstiges mittelbraunes Haar; häufig war es ungewaschen, und es drehte sich von selbst zu dicken Korkenzieherlocken wie Hobelspäne, die ihm über die schmale Stirn fielen und seine Augen knapp bedeckten. Er hatte chronische Stirnhöhlenentzündung, was bedeutete, daß er viel schniefte und durch den Mund atmen mußte. Folglich stand der Mund tagsüber meist offen, und bestimmt auch in der Nacht. Er hatte Freude an einfachen körperlichen Tätigkeiten – Holzhacken, Rasenmähen, Heckenschneiden, Umgraben, Sachenschleppen –, weshalb ihm sein verzweifelnder Vater (über einen Anruf bei einem Freund im Stadtrat) einen Hilfsjob bei der Parkverwaltung verschaffte. Seine andere Leidenschaft waren das Marihuana und dessen Derivate, und die Geschichten, die er erzählte, ließen vermuten, daß seine Kollegen ähnlichen Genüssen frönten und bei der Pflege der Rasenflächen, der Rabatten, Sträucher und Jungbäume von Inverness stets von einer Wolke aus Drogendunst umgeben waren. Auch mit anderen Drogen experimentierte Sinbad begeistert. Als ihm ein Freund ein paar LSD-Pillen verkaufte, brannte er mit dem Landrover der Parkverwaltung durch und verlebte seinen 36-Stunden-Trip in der rauhen Wildnis von Glen Afriq (was eine neue Serie von Beschwichtigungstelefonaten seines Vaters nötig machte – wem er mal einen Gefallen getan hatte, der wurde jetzt in die Pflicht genommen). Es sei, wie Sinbad seinen Mitbewohnern erzählte, »irgendwie die tollste Erfahrung seines Lebens« gewesen, und er wolle ihnen gern –

kostenfrei – ebenfalls LSD zur Verfügung stellen, wenn sie einmal die Intensität der bewußtseinsverändernden Wirkungen testen wollten, die das Zeug verursache. Lachlan und Murdo waren dazu bereit und sagten, sie würden die Pillen bei sich zu Hause auf der Isle of Mull ausprobieren. Alle anderen lehnten einhellig, aber höflich ab (Joyce tat es mit Rücksicht auf Shona – Shona wäre nicht abgeneigt gewesen).

Sinbad, enttäuscht von so viel Zurückhaltung, warf eines Tages drei Pillen in das brodelnde Hackfleisch der Hirtenpastete, die Joyce für unser gemeinsames Abendessen zubereitete. Er wollte sicherstellen, daß uns die deliriösen Erfahrungen, auf die wir, wie er glaubte, tiefinnerlich ja doch neugierig waren, nicht entgingen. Es war einer der Abende, an denen ich über Nacht bleiben wollte.

Das Buch der Verklärung

Ivan Algomir warf einen Blick auf den Brief, in dem Binnie Helvoir-Jayne mit riesiger, schwungvoller Handschrift Anweisungen für die Dinnerparty gab.

»Ein schwarzer Binder?« fragte er. »Das ist ja ein bißchen sehr daneben, oder?« Er schniefte. »Ich glaube, man kann es heutzutage *gerade noch* durchgehen lassen. Da muß ja ein ganz hohes Tier kommen.«

»Nicht daß ich wüßte.«

»Wenn es nur Freunde unter sich sind, ist es unverzeihlich. Wo zum Henker liegt Monken Hadley?«

»Es gehört zum Stadtteil Barnet«, sagte Lorimer, »ob du's glaubst oder nicht.«

»Priddion's Farm, Monken Hadley? Das klingt nach dem finstersten Gloucestershire.«

»Es ist etwa eine Meile vom Anfang der A1 entfernt.«

»Das scheint mir sehr vertrackt zu sein. Also, wenn es schon ein schwarzer Binder sein muß, dann kein Eckenkragen, eine angemessene Schleife zum Selbstbinden, schwarz natürlich, absolut keine Farben; keine albernen Samtpantoffeln, kein Kummerbund, keine Rüschenhemden, keine schwarzen Socken, kein Tuch in der Brusttasche. Ein Samtmantel ist in Ordnung. Ah, ich weiß.« Er lächelte plötzlich und entblößte sein großes, schadhaftes Gebiß. »Du kannst im Kilt gehen. Ideal. Black Watch Tartan. Wirklich ideal, Lorimer.«

»Kann ich einen Dolch dazu tragen?«

»Niemals.«

»Was ist denn falsch an schwarzen Socken?«

»Nur Butler und Chauffeure tragen schwarze Socken.«

»Du bist ein Genie, Ivan. Was hältst du von Taschenuhren? Ich spiele mit dem Gedanken.«

»Kein Gentleman trägt eine Taschenuhr. Das wäre ja entsetzlich affektiert. Wenn du die Armbanduhr nicht am Handgelenk tragen willst, dann steck sie in die Tasche. Das ist viel eher das Gegebene, glaub mir.«

»Gut«, sagte Lorimer. »Jetzt zu diesem Helm.« Er breitete die drei Polaroidfotos seiner Helmsammlung aus und überreichte Ivan die Liste der Vorbesitzer. Ivan warf einen Blick auf die Fotos und schob sie weg.

»Kein Bedarf an dem Burgunder und an der Barbute, aber dieser Knabe hier sieht gut aus. Ich gebe dir fünftausend für den. Oder gut: sagen wir siebentausend für alle drei.«

»Einverstanden.« Lorimer machte Gewinn dabei, aber das war unwichtig – er kaufte Helme nie des Profits wegen. »Ich hab sie im Wagen.«

»Schreib mir einen Scheck über dreizehntausend, und er gehört dir«, sagte Ivan. Er langte zum anderen Tisch hinüber, wo der Helm auf seinem Sockel stand, und setzte ihn vor Lorimer ab. »Damit komme ich kaum auf meine Unkosten.«

Lorimer dachte nach. »Ich kann dir einen Scheck ausschreiben«, sagte er, »aber du mußt ihn noch zurückhalten, bis ich dir Bescheid sage. Ich warte auf eine ziemlich nette Prämie, aber sie ist noch nicht durch.«

Ivan lächelte ihn zärtlich an. Lorimer wußte, daß die Zuneigung echt war und nicht nur ihm als Stammkunden galt. Ivan schwelgte in seiner Rolle als *consigliere* und als verläßlicher Quell der Weisheit in allen Fragen der Kleidung und der Gesellschaft. Wie vielen Engländern war es ihm gleichgültig, was er aß und trank – ein Gin Tonic und ein Bananensandwich paßten zu jeder Tageszeit –, aber in Fragen des Dekorums behandelte Lorimer ihn eindeutig wie einen Propheten, und Ivan war amüsiert und ziemlich geschmeichelt, in dieser Weise konsultiert zu werden, um so mehr, als Lorimer nie eine der von Ivan vorgebrachten Ansichten oder Behauptungen in Zweifel zog.

»Ich packe ihn ein, du kannst ihn mitnehmen«, sagte er, wandte sich zur Treppe und rief hinauf: »Petronella? Champagner, Liebling, wir haben etwas verkauft. Bring den Krug.«

32. GEORGE HOGGS VERSICHERUNGSPHILOSOPHIE. »Was leistet eine Versicherung in Wirklichkeit?« pflegte Hogg uns zu fragen. Und wir antworteten dann, fleißig die Lehrbücher wiederkäuend, daß die primäre Funktion einer Versicherung darin bestehe, Unsicherheit durch Sicherheit zu ersetzen, was die wirtschaftlichen Folgen unglücklicher Ereignisse betreffe. Die Versicherung biete Schutz in einer Welt voller Ungewißheiten. »Man soll sich also sicher fühlen?« hakte Hogg nach. »Ja«, antworteten wir. »Wenn etwas Tragisches, Ärgerliches oder Unerwünschtes passiert, kann man sich in Gestalt einer vorbestimmten Summe dafür entschädigen lassen. Es ist nicht alles verloren. Wir sind halbwegs abgedeckt, bis zu einem gewissen Grad gegen Risiken, gegen Unglück geschützt – gegen Herzinfarkt, Autounfall, Körperschaden, gegen Feuer, Diebstahl und Verlust, gegen alles, was uns im Leben zustoßen kann und wird.«

»Diese Haltung«, sagte Hogg dazu, »ist zutiefst unmoralisch. Unmoralisch, unaufrichtig und irreführend. Ein solches Verständnis leistet der törichten Auffassung Vorschub, daß wir alle erwachsen werden, glücklich und gesund sind, einen Beruf ergreifen, uns verlieben, eine Familie gründen, sie ernähren bis zur Rente, dann einen sonnigen Lebensabend genießen und sanft im Schlaf aus dem Leben scheiden. Das ist ein trügerischer Traum«, knurrte Hogg, »eine hoch-

gefährliche Phantasie. Wir alle wissen, daß das Leben in Wirklichkeit niemals so verläuft. Was haben wir also getan? Wir haben die Versicherung erfunden, die uns in der Illusion wiegt, daß wir trotzdem eine kleine Chance haben, daß wir den Versuch wagen können, selbst dann, wenn etwas schiefgeht, ein bißchen schief oder gräßlich schief. Wir haben für alle denkbaren Katastrophen und Unglücksfälle Vorsorge getroffen.

Aber«, so Hogg weiter, »warum soll ein solches System, das wir da erfunden haben, nicht dieselben Risiken bergen wie das Leben, das wir führen? Wer will behaupten, daß eine Versicherung verläßlich und sicher ist? Was gibt uns das Recht zur Annahme, daß die Gesetze der Unbestimmtheit, die über der Menschheit walten, über allen menschlichen Bestrebungen, dem ganzen Leben, nicht für diese künstliche Konstruktion gelten, für diesen Notbehelf gegen die Tücken und Wechselfälle des Schicksals?«

Dann blickte Hogg uns an, Verachtung und Mitleid in den Augen. »Nein, dazu haben wir nicht das Recht«, sagte er feierlich. »Solche Auffassungen, solche Überzeugungen sind zutiefst unphilosophisch. Und an diesem Punkt kommen wir, die Schadensregulierer, ins Spiel. Wir haben eine ausschlaggebende Rolle zu spielen: Wir sind diejenigen, die alle anderen daran erinnern, daß nichts auf dieser Welt wirklich sicher ist. Wir sind das unberechenbare Element, der Störfaktor einer angeblich verläßlichen Welt der Versicherung. ›Ich bin versichert, also bin ich wenigstens geschützt‹, denken wir gern. Mitnichten«, sagte Hogg dann und schwenkte einen bleichen Finger, »keineswegs. Wir haben eine philosophische Pflicht zu erfüllen, wenn wir Schäden regulieren«, erklärte er uns. »Wenn wir unserer Aufgabe nachkommen, enttäuschen und durchkreuzen wir alle naiven Verheißungen der Versicherung. Im kleinen Maßstab verwirklichen wir eins der großen, unabänderlichen Prinzipien des Lebens: Nichts ist sicher, nichts ist gewiß, nichts ist ohne Risiko, nichts ist völlig abgedeckt, nichts gilt für immer. Ihr habt eine edle Berufung«, sagte er schließlich. »Geht hinaus in alle Welt und tut, wie euch geheißen.«

Das Buch der Verklärung

Priddion's Farm in Monken Hadley entpuppte sich als eine stattliche Börsianervilla aus den zwanziger Jahren, ausgeführt in Backstein und Rauhputz, geziert von dekorativem Fachwerk und hochaufragenden elisabethanischen Schornsteinen. Sie stand auf einem großen Grundstück mit terrassierten Rasenflächen und mit Blick auf einen Golfplatz, die Great North Road und die fernen Dächer von High Barnet. Obwohl Monken Hadley noch innerhalb der Stadtgrenze lag, am äußersten Nordrand der Riesenstadt, kam sich Lorimer beim Anblick des Dorfangers, der kleinen Feldsteinkirche – St. Mary the Virgin – und dem ehrwürdigen Gutshaus wie in einem Spielzeugdorf vor.

Priddion's Farm war von der Straße und von den Nachbarn teilweise durch dichtes Lorbeer- und Rhododendrongebüsch abgeschirmt, und planvoll über die Rasenflächen verteilt stand ein Sortiment ausgewachsener Bäume – eine Zeder, eine Kastanie, ein Ahorn, eine Schuppentanne und eine Traueresche –, sicherlich von dem begüterten Mann angepflanzt, der einst für den Bau des Hauses bezahlt hatte.

Lorimer parkte den Wagen neben drei anderen auf einer Kiesfläche an der Vorderveranda und versuchte diesen bürgerlichen Palast mit dem Torquil Helvoir-Jayne in Einklang zu bringen, den er zu kennen meinte. Von der Seite des Hauses her hörte er Stimmen und Gelächter, und ihnen folgend gelangte er an einen Krocketrasen, auf dem Torquil mit einem Mann in pinkfarbener Kordhose ein übermütiges und ungehobeltes Match austrug. Eine dünne junge Frau in Jeans schaute zu und rauchte, ab und zu lachte sie näselnd, und sie stieß anfeuernde Ruf aus, als Torquil an die Reihe kam und die gegnerische Kugel mit einem wuchtigen Hieb über Rasen und Rabatten ins Abseits schoß, wo sie mit dumpfem Aufprall auf den Gehwegplatten einer tiefer gelegenen Terrasse landete.

»Hurensohn, verdammter«, schimpfte der Mann in der pinkfarbenen Hose und trottete davon, um seine Kugel zu suchen.

»Du schuldest mir dreißig Mäuse, du Arschkeks«, blökte Torquil ihm nach und wandte sich seiner eigenen Kugel zu.

»Auszahlen, auszahlen«, schrie die junge Frau aus Leibeskräften. »Laß es dir in bar geben, Torquie!«

»Hier geht's ja munter zu«, sagte Lorimer zu der jungen Frau, die sich umdrehte und ihn desinteressiert musterte.

»Potts, sag Lorimer guten Tag«, forderte Torquil sie auf. »Sei ein braves Mädchen.«

Lorimer streckte ihr unbedacht die Hand entgegen, die sie nach einem überraschten Zögern schwächlich schüttelte. »Lorimer Black«, sagte er. »Hallo.«

»Ich bin Potts«, erwiderte sie. »Lieben Sie Krocket? Oliver ist 'ne Niete. Total unsportlich.«

»Und dieser watschelnde Kretin dort ist Oliver Rollo«, sagte Torquil, als der junge Mann in der pinkfarbenen Hose mit der Kugel zurückkam. »Das ist Lorimer Black. Lorimer war mit Hugh Aberdeen zusammen in Glenalmond.«

»Und was macht Old Hughie so?« fragte Oliver Rollo. Er war groß, hatte lange Arme und kräftiges Übergewicht, seine Backen wurden von rosigen Flecken geziert, das Ergebnis seines Ausflugs zur unteren Terrasse. Er hatte einen massigen, hängenden Unterkiefer, dickes, dunkles, borstiges Haar, und sein pinkfarbener Kordhosenstall stand weit offen.

»Hab nicht die blasseste Ahnung«, sagte Lorimer. »Torquil will nicht von der Behauptung lassen, daß ich ihn kenne.«

»Na warte, du Pottsau, dir zeig ich's«, sagte Oliver, und Lorimer erkannte schnell, daß er Torquil meinte. Oliver warf die Kugel ins Gras und packte seinen Schläger.

»Wenn du schon in meinen Garten pissen mußt, laß ihn nicht auch noch raushängen.« Torquil zeigte auf Olivers Hosenstall: »So ein perverses Schwein. Wie hältst du das nur aus, Potts?«

»Weil er sooo 'n Süßer is«, sagte sie im Ton einer Cockney-Nutte.

»Weil ich 'n Zehnzollschwanz habe«, sagte Oliver Rollo.

»Träum weiter, Darling«, meinte Potts giftig, und sie wechselten eisige Blicke.

Eine fröhliche, etwas matronenhafte junge Frau kaum durch die Terrassentür, die auf den Krocketrasen hinausführte. Ihr großer, formloser Busen war unter einem weiten Pullover mit vielen blauen Sternen verborgen, und ihr trockenes blondes Haar hatte sie mit einer Alice-Haarschleife aus dem Gesicht gebunden. Ihre Wangen waren schuppig wie von einem leichten Ekzem, und im Mundwinkel hatte sie ein im Abheilen begriffenes Bläschen. Aber ihr Lächeln war warm und echt.

»Lorimer Black, nehme ich an«, sagte sie und reichte ihm nach alter Manier die Hand. »Ich bin Jennifer – Binnie.«

Von hinten kam ein röhrender Wutschrei, als Torquil einen Stab verfehlte. »Verdammter Scheißdreck aber auch!«

»Jungs«, rief Jennifer-Binnie. »Denkt ihr an die Nachbarn? Und achtet bitte auf eure Sprache.« Sie wandte sich wieder zu Lorimer. »Ihre Freundin hat gerade vom Bahnhof angerufen. Möchten Sie, daß ich sie abhole?«

»Wer bitte?«

Bevor Lorimer weitere Fragen stellen konnte, stand Torquil neben ihm, eine Hand quetschte ihm die Schulter.

»Wir holen sie ab«, sagte er. »Komm, Lorimer.«

Auf dem Weg nach High Barnet in seinem Auto entschuldigte sich Torquil. Er wirkte aufgeregt, angespannt und geladen mit einer fast manischen Energie.

»Ich hätte das vorher abklären müssen«, sagte er nicht sehr überzeugend. »Hatte bloß keine Zeit, das mit dir zu besprechen. Dachte, wir würden das schon irgendwie schaukeln. Zu Binnie hab ich gesagt, daß ihr euch noch nicht lange kennt.« Er grinste dreckig. »Keine Sorge, ihr werdet nicht miteinander schlafen.«

»Und wer ist meine Wochenendfreundin?«

»Irina. Die russische Schnepfe. Du weißt schon.«

»Die so traurig war.« Lorimer zog die Stirn kraus.

»Ich konnte sie doch nicht einfach so einladen, oder? Was sollte denn Binnie denken?« Er tätschelte Lorimers Knie. »Hab dich nicht so. Der Einfall ist mir erst gestern gekommen. Ich hatte dich nicht von Anfang an als Anstandswauwau eingeplant.«

»Sehr schön.« Lorimer war sich da nicht so sicher. Aber es erklärte, warum Torquil so merkwürdig überdreht war.

»Sie wirkte ein bißchen einsam, so ganz ohne Freunde. Ich dachte, das könnte sie aufmuntern. Aber für Binnie mußte ich mir natürlich was Überzeugenderes einfallen lassen.«

»Klar.«

»Oh, und für den schwarzen Binder muß ich mich auch noch entschuldigen. Einer von Binnies kleinen Scherzen.«

»Macht nichts.«

»Und dann noch für das Haus, wo ich gerade mal zu Geständnissen aufgelegt bin.«

»Wieso?«

»Das hat Binnie von einem Onkel geerbt, irgendeinem entfernten Onkel, mußt du wissen.« Er hörte auf zu reden und starrte Lorimer mit einer Miene an, die an Entsetzen grenzte. »Du denkst doch nicht im Ernst, ich würde freiwillig in Barnet wohnen. Sobald sich der Markt erholt, schlag ich's los.«

Er hielt vor dem U-Bahnhof High Barnet, und sie sahen Irina allein an der Bushaltestelle stehen; sie trug einen Dufflecoat und einen roten Nylonrucksack. Lorimer blieb sitzen und schaute Torquil nach, der sie mit einem Kuß auf jede Wange begrüßte und ein paar Minuten heftig auf sie einredete. Irina nickte wortlos zu seinen Instruktionen, dann führte er sie zum Auto.

»Du erinnerst dich doch an Lorimer, oder?« Torquil lächelte verbindlich, als sie auf dem Rücksitz Platz nahm.

»Ich glaube, Sie waren in Restaurant«, sagte sie ängstlich.

»Ja«, bestätigte Lorimer. »Das war ich. Schön, Sie wiederzusehen.«

Lorimer schnallte sich die Felltasche vor den Bauch und überprüfte den richtigen Sitz im mannshohen Spiegel. Er freute sich, nach so vielen Jahren wieder einen Kilt zu tragen, und war von neuem überrascht, in welchem Maß ihn das veränderte – fast erkannte er sich selbst nicht wieder. Er reckte die Schultern und betrachtete sein Spiegelbild: die kurze schwarze Jacke mit den Silberknöpfen, das Dunkelgrün des Tartan (es war Hunting Stewart, weil der Kostümverleih keinen Black Watch im Angebot hatte), die weißen Kniestrümpfe und die kreuzweise geschnürten Wadenbänder. Damit fühlte er sich dem platonischen »Lorimer Black« so nahe, wie er es immer ersehnt hatte, vollkommener konnte er sich seine Metamorphose nicht wünschen. Die Freude an seiner Erscheinung vertrieb vorübergehend die Depression, die sich angesichts des bevorstehenden Abends in ihm aufgebaut hatte.

Sein Zimmer befand sich am Ende eines L-förmigen Korridors im zweiten Stock – ein großes Mansardenzimmer mit zwei Giebelfenstern und eindeutig überflüssigem Balkenwerk an der Decke, das ein ehrwürdiges Alter vortäuschen sollte. Torquil hatte sich für die Balken und für das Fachwerk an der Fassade entschuldigt, für die Messingkandelaber in den Gängen, für die pflaumenblaue Badezimmereinrichtung und auch für das Bidet, als er mit Lorimer zu seinem Zimmer hinaufgegangen war. Er fuhr munter fort, alles auf den abscheulichen Geschmack des entfernten Onkels von Binnie zu schieben (»*nouveau riche*, hat sein halbes Leben in Rhodesien zugebracht«), ohne die geringste Verantwortung für das Aussehen seines eigenen Hauses zu übernehmen. Lorimer trat vom Spiegel zurück und machte eine scharfe Drehung auf dem Absatz, um den schwungvollen Faltenwurf seines Kilts zu bewundern.

Er trat auf den Korridor und sah Torquil in Hemdsärmeln am anderen Ende – an der Hand hielt er einen kleinen blonden Jungen, vielleicht sieben Jahre alt, im Schlafanzug.

»Das ist Lorimer«, sagte Torquil. »Sag guten Tag zu Lorimer. Er schläft im Zimmer neben dir.«

Mit weit aufgesperrten Augen bestaunte der kleine Junge das kaledonische Prachtkostüm.

»Hallo«, sagte Lorimer. »Ich weiß, wer du bist. Du bist Sholto.«

»Sholto, der berühmte Bettnässer«, sagte sein Vater, worauf Sholto anfing zu weinen.

»Das ist gemein, Daddy«, hörte Lorimer ihn heulen, während Torquil ihn in sein Zimmer schob. »Ich kann doch nichts dafür, Daddy.«

»Sei nicht so ein Jammerlappen! Kannst du keinen Spaß vertragen? Herrgott noch mal!«

Unten im Salon waren die Vorhänge zugezogen, man hatte Kerzen angezündet, und im Kamin brannte, wie Lorimer feststellte, ein richtiges Feuer. Davor versammelt waren Binnie, Potts, Oliver und ein anderes Pärchen, das ihm als Neil und Liza Pawson vorgestellt wurde, der örtliche Schulleiter und seine Frau. Alle bis auf Neil Pawson rauchten.

»Ein Mann im Kilt, das lob ich mir«, sagte Liza Pawson mit gezwungener Bravour, als Lorimer eintrat. Sie war eine hagere Frau mit Brille und einem langen Hals, den sie so angestrengt in die Höhe reckte, daß ihre Schläfenader blau hervortrat. Ihr Kleid war dezent geblümt und mit Andeutungen duftiger Spitze an Kragen und Ärmeln aufgeputzt.

»Man muß den richtigen Arsch haben für einen Kilt«, sagte Oliver Rollo und warf seine Kippe in den Kamin. »Das ist die Hauptsache.«

Lorimer hätte schwören können, daß sich bei dem Wort »Arsch« eine plötzliche Kälte über seine Gesäßbacken breitete.

»Och jo, das ist 'n echter Schotte!« rief Potts, die hinter ihm stand und den Faltensaum des Kilts in die Höhe hielt. »Er hat nichts drunter.«

Das Lächeln, mit dem er eingetreten war, blieb ihm irgendwie im Gesicht kleben, seine brennende Verlegenheit wurde vom Ausbruch nervösen Gelächters überdeckt und vom launigen Geschnatter der unverwüstlichen Potts, die für ihre durchtriebenen Possen berühmt war. Lorimers Hände zitterten noch, als er sich einen gewaltigen Wodka am Getränketisch eingoß, der halb versteckt hinter dem mit gerahmten Fotos vollgestellten Stutzflügel stand.

»Ich höre, Ihre Freundin kommt aus Rußland«, sagte Neil Pawson, der herangetreten war, um sein Glas aufzufüllen. Er war eine unauffällige Erscheinung, hübsch, sommersprossig, mit dichten blonden Augenbrauen und einem angegrauten Haarschopf, der ihm lausbübisch in die Stirn hing.

»Wer bitte?«

»Äh, Ihre Freundin. Binnie sagt mir, daß sie nicht nach Rußland zurück will.«

»Wahrscheinlich. Ich meine, wahrscheinlich nicht.«

Neil Pawson lächelte liebenswürdig. »Binnie sagt, sie studiert hier Musik. Welches Instrument spielt sie? Ich selbst musiziere auch ein bißchen, aber nur als Amateur.«

Lorimer ließ hastig ein ganzes Orchester Revue passieren und entschied sich aus irgendwelchen Gründen für das Saxophon. »Sie spielt Saxophon.«

»Eine ungewöhnliche Wahl. Ich bin eine Klarinette.«

Er mußte diesem Mann entkommen. »Sie spielt viele Instrumente«, erklärte Lorimer leichtsinnig. »Fast alle eigentlich: Violine, Pauke, Fagott. Überhaupt Streichinstrumente und, äh, Oboe. Flöte auch«, sagte er mit Erleichterung, weil er sich jetzt erinnerte. »Die Flöte ist ihr Hauptinstrument.«

»Also nicht Saxophon?«

»Nein. Doch, manchmal. Ach, da kommt sie ja.«

Lorimer ging eifrig auf sie zu, um sie vorzustellen, sah dann aber, daß Torquil direkt hinter ihr stand, die Hand besitzergreifend an ihrer Hüfte. »Nun, wer kennt Irina noch nicht, Lorimers junge Lady?« Sie trug eine silbrige Satinbluse, die ihre Haut noch bleicher und blutleerer wirken ließ, wogegen auch der grelle, wie eine Fleischwunde wirkende Lippenstift und der schwere blaue Lidschatten nicht ankamen. Nach dem Geschiebe und Plätzewechseln, das eingesetzt hatte, um die Hinzugekommenen in die Runde aufzunehmen, fand Lorimer sich in einer Ecke neben Binnie wieder, die rosig glühte und irgendwie größer und voluminöser wirkte, in ein bauschiges, gestepptes Kleid aus braunem Samt gehüllt, das mit einem bizarr capeartigen und überreich bestickten Oberteil versehen war. Schon bei ihrem Anblick wurde ihm heiß, er spreizte ein wenig die Beine unter dem Kilt und ließ die Hoden frei hängen, zur Abkühlung. Ein wunderbares Kleidungsstück.

»... freu mich ja so, daß Sie kommen konnten, Lorimer«, sagte Binnie; winzige Schweißperlen hatten sich im Flaum ihrer Oberlippe verfangen. »Ich habe noch nie jemand von Torquils Kollegen kennengelernt. Er sagt, Sie sind sein einziger Freund im Büro.«

»Ich? Sagt er das?«

»Er sagt, sonst hat keiner was mit ihm gemein.«

Er schaute zu Torquil hinüber, der eine Schüssel mit Wachteleiern herumreichte und Potts mit lüsternen Blicken bedachte. Sie hatte ihren schimmernden Webschal von den Schultern genommen und enthüllte ihre bescheidene Busenpartie.

»Wie ich sage, Titten raus, Potts«, hörte Lorimer seinen Freund Torquil launig kommentieren. »Oliver wird heut mal richtig verwöhnt, was?«

»Guck sie dir nur richtig an«, sagte sie und weitete ihren Ausschnitt mit dem Finger. Torquil machte ausgiebig Gebrauch von dem Angebot.

»Verdammt, du hast ja einen BH an!«

»Ist Potts nicht zum Schreien?« sagte Binnie zu Lorimer, während alles lachte. »So ein reizendes Mädchen.«

»Warum wird sie denn immer Potts genannt? Weil sie ein bißchen verrückt ist?«

»Nein, sie heißt so – Annabelle Potts. Wie lange sind Sie denn schon mit Irina bekannt?«

»Wie bitte? Oooh, noch nicht lange.«

»Torquil sagt, er hört in der Ferne schon die Hochzeitsglocken läuten.« Binnie warf ihm einen schelmischen Seitenblick zu.

»Wirklich? Ein bißchen voreilig, würde ich sagen.«

»So ein hübsches Mädel. Ich mag diesen russischen Look.«

Beim Dinner wurde Lorimer zwischen Binnie und Potts plaziert; Torquil war eingerahmt von Irina und Liza Pawson. Ein absurd riesenwüchsiges Mädchen namens Philippa wurde der Gesellschaft als Köchin vorgestellt; von Binnie unterstützt, servierte sie auch und räumte die Teller ab. Das Dinner begann mit einer nach nichts schmeckenden Suppe, in der noch halbgefrorene Gemüsebrocken schwammen; danach gab es zerkochten Lachs mit neuen Kartoffeln. Über den Tisch verteilt standen acht geöffnete Weinflaschen, vier rot, vier weiß; Lorimer trank fast hemmungslos und nutzte jede Gelegenheit, die Gläser von Binnie und Potts aufzufüllen, um sein geleertes Glas erneut vollzuschütten. Allmählich setzte der herbeigesehnte Betäubungseffekt ein, und der damit verbundene Gleichmut erlöste ihn von dem sozialen Schock, den er erlitten hatte. Er war zwar nicht entspannt, aber es machte ihm nichts mehr aus, es war ihm egal.

Potts kramte in ihrer Handtasche nach weiteren Zigaretten, und Lorimer langte über den Tisch nach einer Kerze. Mit Erstaunen sah er, daß Torquil vier weitere entkorkte Flaschen auf den Tisch stellte, zwei mit Weißwein, zwei mit Rotwein, während Philippa die Lachsreste abräumte. Nun standen so viele Flaschen auf dem Tisch, daß man nur noch die Köpfe der Gegenübersitzenden sehen konnte. Potts lehnte, mit der Zigarette wedelnd, den Käse ab, also stellte Binnie ihn vor Lorimer.

»... nach Verbier kriegt mich keiner mehr, zu viele Touris«, sagte Potts gerade. »Also sag ich zu Ollie, warum nicht Val d'Isère? Aber er kann die französischen Schulkinder nicht ausstehen, die sich in der Schlange immer vordrängeln. Da sag ich, zehnmal lieber als deutsche Schulkinder. Oder meine ich Schweizer? Wie auch immer. Wie wär's mit den Staaten, sag ich dann, da kriegt er fast einen Anfall. Also sind wir nach Andorra. Jedenfalls war dann Ruhe.«

»Logo. Wir haben ja beide 'ne Schwäche für Italien«, pflichtete Oliver Rollo ihr bei.

Potts wandte sich hastig Lorimer zu. »Und wo gehst du hin?«

»Um was zu machen?«

»Ski laufen.«

»Ich laufe nicht Ski. Nicht mehr. Ich hatte einen bösen Beinbruch. Der Arzt hat's verboten.«

»Schande.« Dann endlich zündete sie ihre Zigarette an der hingehaltenen Kerze an. »Danke. Ich muß ja sagen, Lorimer, du hast einen wunderbar behaarten Arsch.«

»Das hab ich gehört!« brüllte Oliver quer über den Tisch. »Laß die Finger von seinem Arsch. Was hast du an meinem auszusetzen?«

»Der ist fett und picklig.«

Liza Pawson legte ihr Gesicht in angestrengte Lachfalten. Keiner ihrer Tischnachbarn, weder Torquil noch Oliver Rollo, hatte in den letzten zwanzig Minuten das Wort an sie gerichtet, registrierte Lorimer. Aber Olivers Gebrüll hatte Binnie von ihrem Platz vertrieben, und sie begab sich auf die Suche nach mehr Brot.

»Was genau machen Sie eigentlich?« Liza Pawson stellte Oliver diese Frage. Nein, dachte Lorimer, niemals nach dem Job fragen. Das können sie nicht leiden, das verdirbt ihnen die Laune. »Sind Sie in derselben Branche wie Torquil?« bohrte sie nach.

»Ich verkaufe Häuser«, sagte Oliver schroff, den Mund voll Käse, und wandte sich abrupt weg. »Schieb doch mal den Roten rüber, Torq.«

»Vermissen Sie Schottland sehr, Lorimer?« fragte Binnie, die wieder an ihren Platz zurückgekehrt war.

»O ja, ich glaube schon«, erwiderte Lorimer, froh, einmal nicht lügen zu müssen, dennoch nicht allzu begierig, dieses Thema zu vertiefen. Er bezog Potts in das Gespräch ein. »Sind Sie jemals in Aviemore Ski gelaufen?«

»Ich liebe Schottland«, schwärmte Binnie. »Wir waren jedes Jahr zur Jagd in Pertshire. Kennen Sie Pertshire?«

»Wir sind von weiter nördlich«, sagte er so vage wie möglich.

»Aviemore«, sagte Potts. »Ist das in den Grampians?«

»In den Cairngorms.«

»Gehst du schießen?«

»Nicht mehr. Mir ist ein Trommelfell geplatzt. Der Arzt hat's verboten.«

»Im Sport hast du ja wirklich Pech, Lorimer«, sagte Potts hinterfotzig. »Wie steht's denn mit Bridge?«

»Und wo genau im Norden?« hakte Binnie nach. »Noch jemand Käse?«

»Was gibt's zum Nachtisch?« brüllte Torquil.

»Ähem, etwa in der Gegend Inverness, der Ort heißt Loch ...« – er trieb seinen erlahmenden Verstand zur Eile an –, »Loch Kenbarry.«

»Das ist in Irland, stimmt's?« sagte Potts.

»Ich höre, Sie spielen in einem Orchester«, sprach ihn Liza Pawson an, die sich, verzweifelt um Konversation bemüht, weit über den Tisch beugte. Die Flammen der Kerzen tanzten in ihren Brillengläsern.

»Nein, nicht direkt.«

»Ich habe Sie nämlich mit meinem Mann über Musikinstrumente sprechen hören. Wir haben hier, ein paar von uns, ein kleines Kammerorchester gegründet. Ich dachte, ich könnte Sie vielleicht gewinnen.«

»Nein, ich spiele nicht, es ist ...« Er zeigte über den Tisch auf seine angebliche Freundin und Verlobte in spe und stellte fest, daß er ihren Namen vergessen hatte. »Sie dort, sie ist die Musikerin. Ich arbeite bei der Versicherung.«

»Arbeit ist tabu!« brüllte ihn Torquil an. »Das kostet Strafe. Wer ist für Brandy?«

Lorimers unberührte *crème brûlée* wurde von der lauernden Philippa mit flinkem Griff entführt.

»Das ist doch mal ein Wort, Helvoir-Jayne«, dröhnte Oliver Rollo und stieß die Faust in die Luft.

»Loch Kenbarry ...« Binnie zog die Stirn kraus und überlegte immer noch. »Ist das bei Fort Augustus?«

»So in etwa.«

Potts bot ihm schon zum siebenten oder achten Mal an diesem Abend eine Zigarette an. Er lehnte erneut ab und reichte ihr wieder die Kerze. Sie beugte sich der Flamme entgegen, hielt die Zigarette in die Höhe und sagte mit gedämpfter Stimme und fast ohne die Lippen zu bewegen: »Ich muß sagen, ich finde es ungeheuer aufregend, wie du hier neben mir sitzt, Lorimer, ganz nackt unter deinem Kilt.«

»Binnie«, rief Torquil ungeduldig.

»Verzeih mir, Darling.« Binnie erhob sich. »Dann wollen wir mal, die Damen.«

Lorimer konnte sich lebhaft Ivan Algomirs höhnisches Prusten vorstellen. *Die Frauen sind aus dem Zimmer gegangen?* Potts sprang auf und war schon weg, Liza Pawson setzte sich zögernd in Bewegung. Nur das russische Mädchen rührte sich nicht von der Stelle.

»Irina?« rief Binnie und winkte sie zur Tür. Irina, genau. So hieß sie.

»Was? Wo sollen wir ...?« Zum erstenmal an diesem Abend schaute sie Lorimer hilfesuchend an.

»Es ist eine Sitte«, erklärte er. »Eine britische Sitte. Die Frauen lassen die Männer nach der Mahlzeit allein.«

»Aber warum?«

»Weil wir jetzt die Sau rauslassen«, sagte Oliver Rollo. »Gibt's denn keinen Port in deiner Kneipe, Torquil?«

Lorimer war mit sich zufrieden. Als die Damen den Raum verlassen hatten und während Torquil und Oliver sich pedantisch mit dem Entzünden ihrer Zigarren befaßten, fragte er Neil Pawson nach dem Kammerorchester, und der Mann redete nun frohgemut über seine Liebe zur Musik, über die Nöte und Freuden, die es mit sich brachte, ein Amateurorchester zu leiten, und bei alledem schlug er einen schulmeisterlichen Ton an, der keine Unterbrechung duldete. Erst nach vollen zehn Minuten wurde Torquil durch Olivers nachhaltiges Räuspern darauf aufmerksam, daß nun endgültig die Langeweile eingesetzt hatte, und er schlug vor, sich den Damen zum Kaffee am Kamin anzuschließen.

Der Abend ging schnell dem Ende zu: Die Pawsons brachen fast sofort auf, Lorimer verabschiedete sie herzlich und küßte Liza Pawson sogar auf die Wange, im Vertrauen darauf, daß er sie nie im Leben wiedersehen würde. Als Irina erklärte, sie sei müde, sprang Binnie auf und brachte sie beflissen zu ihrem Zimmer. Dann zogen sich Oliver und Potts, begleitet von Torquils schlüpfrigen Anspielungen, nach oben in ihr Zimmer zurück. Einen befremdenden Moment lang waren Lorimer und Torquil allein im Salon, Torquil hing mit breit ausgestreckten Beinen im Sessel, nuckelte am aufgeweichten Ende seiner Zigarre und schwenkte einen guten Fingerbreit Brandy in seinem Glas.

»Großartiger Abend«, sagte Lorimer im Gefühl, die Intimität des fortdauernden Schweigens durchbrechen zu müssen.

»Was will man mehr?« erwiderte Torquil. »Alte Freunde, gutes Essen, gute Drinks. Bißchen quatschen, seinen Spaß haben. Mehr ist nicht dran am Leben, weißte? Das hält die Dinge am Laufen.«

»Ich glaub, ich verzieh mich«, sagte Lorimer und versuchte den dumpfen Kopfschmerz zu ignorieren, der sich über seinen Augen zusammenbraute.

»Schmeiß die Potts aus deinem Bett, wenn sie angekrochen kommt«, sagte Torquil mit einem unguten Lächeln. »Die ist wie 'ne Katze auf dem heißen Blechdach. Geht voll ran.«

»Also sind sie und Oliver nicht ...«

»O doch. In einem Monat heiraten sie.«

»Ah.«

Binnie kam zurück. »Du gehst noch nicht ins Bett, Lorimer, oder? Guter Gott, es ist ja zehn vor zwei. Sind wir aber spät dran!«

»War ein toller Abend, Binnie«, sagte Lorimer. »Vielen, vielen Dank. Ein köstliches Essen. Hab mich sehr gefreut, euch alle kennenzulernen.«

»Potts ist zum Schreien, nicht? Und die Pawsons sind so nett. Glaubst du, daß Irina sich amüsiert hat?«

»Da bin ich mir sicher.«

»Sie ist eher eine Stille, nicht wahr?«

»Ich dachte, wir machen morgen einen kleinen Gang ins Grüne«, fuhr Torquil dazwischen. »Vor dem Mittag. Bißchen frische Luft. Wir frühstücken spät. Komm runter, wenn dir danach ist.«

»Kennst du Peter und Kika Millbrook?« fragte Binnie.

»Nein«, antwortete Lorimer.

»Das sind Freunde aus Northamptonshire, die morgen zum Essen kommen. Mit ihrem kleinen Alisdair. Da hat Sholto Gesellschaft.«

»Alisdair? Ist das der mit der Lese-Rechtschreib-Schwäche?« fragte Torquil.

»Ja«, sagte Binnie. »Das ist schlimm. Wirklich schade.«

»Einer, der nicht lesen kann, und einer, der ins Bett macht. Ist ja ein tolles Pärchen. Gesucht und gefunden.«

»Das ist grausam, Torquil«, sagte Binnie. Ihre Stimme war plötzlich hart und bebte vor Empörung. »Es ist abscheulich, was du sagst.«

»Ich gehe«, sagte Lorimer. »Nacht alle miteinander.«

Aus dem Fenster seines Zimmers sah Lorimer die Perlenschnur der Autoscheinwerfer auf der Great North Road. Warum diese vielen Autos? fragte er sich. Was trieb die alle an einem Samstagabend zur Stadt hinaus, Richtung Norden? Welche Reisen nahmen da ihren Anfang, welche Neubeginne? Unvermittelt packte ihn das Verlangen, mit ihnen zu fahren, hinaus ins Dunkel, möglichst weit weg von Priddion's Farm in Monken Hadley.

221. Du bist spätnachts durch die Stadt gefahren und suchtest im Autoradio nach einem Sender, der keine Popmusik vom Ende des 20. Jahrhunderts spielte. Beim Fummeln am Radio hörtest du plötz-

lich eine Melodie und eine abgeklärte, heisere Stimme, die dich dazu brachte, einen Moment lang dein Prinzip zu durchbrechen und zuzuhören. Es war Nat King Cole, der da sang, und seine einfachen Verse verankerten sich mühelos in deinem Kopf. »The greatest thing/ you'll ever learn/ is just to love/ and be loved in turn.« *Warum hat dich das so unsagbar traurig gemacht? War es nur die beiläufige Melancholie in Nats trockener Lungenkrebs-Stimme? Oder hat dich das Lied auf eine andere Art berührt, hat es den kleinen, verbleibenden Vorrat an Sehnsucht angesprochen, den wir alle mit uns herumtragen? Dann hast du weitergedreht und bist auf einen sinnlichen, zärtlichen Fauré gestoßen, der dich abgelenkt hat.* The greatest thing you'll ever learn.

Das Buch der Verklärung

Eine hartnäckige Hand an Lorimers Schulter schüttelte ihn wach. Langsam wurde ihm bewußt, daß sein Mund ausgetrocknet und sein Körper mit Alkohol vergiftet war und daß in seinem Kopf der reine und besinnungslose Schmerz wütete. Im Dunkeln über ihn gebeugt, nur einen Bademantel an, stand Torquil. Von irgendwoher kam ein wimmernder Laut, halb Schreien, halb Jammern, wie der Klagegesang eines primitiven Trauerrituals. Einen Moment fürchtete Lorimer, daß diese Laute in seinem geschundenen und protestierenden Gehirn entstanden, dann wurde ihm schnell genug klar, daß es aus der Tiefe des Hauses kam, Es war nicht sein Problem, sondern das eines anderen.

»Lorimer«, sagte Torquil, »du mußt weg. Sofort. Bitte!«

»Mein Gott.« Lorimer wollte jetzt nichts anderes als Zähneputzen, dann etwas Pikantes und Gutgewürztes essen, dann erneut die Zähne putzen. »Wie spät?«

»Halb sechs.«

»Großer Gott. Was ist los? Was ist das für ein Lärm?«

»Du mußt weg«, wiederholte Torquil und trat ein wenig vom Bett zurück, als Lorimer sich herauswälzte, auf die Knie niederließ, sich nach einer kleinen Weile aus dieser Stellung aufrichtete und sich dann so schnell anzog, wie er konnte.

»Du mußt Irina mitnehmen«, sagte Torquil. »Sie ist fertig.«

»Was ist passiert?«

»Na ja ...« Torquil blies erschöpft durch die Backen. »Ich bin zu Irina ins Zimmer, und wir ...«

»Du und Irina?«

»Ja. Gegen drei hab ich mich da reingeschlichen. Was denkst du denn, warum ich sie hergeholt habe? Und dann, du weißt schon, haben wir's getrieben. Wir haben uns ›geliebt‹. Und danach bin ich verdammt noch mal eingeschlafen, und sie auch.« Er schaute auf die Uhr, während Lorimer seinen Kilt und die Felltasche zusammenraffte. »Und vor einer halben Stunde etwa kam Sholto in unser Schlafzimmer, in Binnies und meins. Dieser kleine Hurensohn hatte ins Bett gemacht.«

»Verstehe.«

»Dabei macht er hier *nie* ins Bett. Nie!« sagte Torquil in aufrichtigem Zorn. »Ich weiß nicht, wie er dazu kommt.«

Lorimer schloß sorgfältig den Reißverschluß seiner Reisetasche und verspürte nicht den geringsten Wunsch, etwas zu sagen, nicht einmal den Wunsch, für Sholto um Milde zu bitten.

»Also fragt Sholto: ›Wo ist Daddy?‹ Binnie macht sich Sorgen, guckt nach mir und wird nachdenklich. Als ich aufwachte, lag ich jedenfalls splitternackt neben Irina, und Binnie stand am Fußende, hatte die Decke in der Hand und schrie. Sie schreit immer noch.«

»Mein Gott. Wo ist sie?«

»Ich hab sie ins Schlafzimmer eingeschlossen. Du mußt das Mädchen hier rausbringen.«

»Ich?«

»Ja.«

»Was ist mit Oliver und Potts?«

»Die brauche ich. Potts ist bei ihr drin. Sie ist Binnies älteste Freundin.«

»Wirklich? Ist das wahr? Gut, ich bin fertig.«

Irina stand leise weinend im Hausflur, fertig angezogen, ihr Gesicht war seltsam leer ohne Schminke und Puder. Sie sagte nichts und ließ sich von Torquil und Lorimer behutsam hinausführen zu Lorimers Wagen. Es war eisig kalt, der Frost war so streng, daß nicht einmal der Kies unter ihren Füßen knirschte. Der kondensierte Atem umschwebte sie in malerischen, nur langsam schwindenden Wolken.

»Dann viel Glück«, sagte Lorimer und wunderte sich, warum er das sagte. »Ich meine, ich hoffe, du ...«

»Sie wird sich beruhigen«, sagte Torquil zitternd und zog den Bademantel fester. »Hat sie bis jetzt immer. Allerdings war es nie ganz so ... plastisch, wenn du verstehst, was ich meine.«

»Geh lieber rein«, sagte Lorimer, »du holst dir sonst den Tod.«

»Scheißkalt.« Torquil warf einen Blick auf Irina im Auto, seine Miene war genauso ausdruckslos, als würde er im Kühlschrank nach etwas Eßbarem suchen. Sie erwiderte seinen Blick nicht. »Sag ihr, ich melde mich oder so was in der Art.« Er griff durch die halboffene Scheibe ins Auto und tätschelte Lorimers Schulter. »Ich danke dir, Lorimer«, sagte er mit Rührung. »Du bist ein Menschenfreund und ein Gentleman.«

Das war das letzte Kompliment, das Lorimer von Torquil Helvoir-Jayne hören wollte.

Lorimer fuhr vorsichtig durch abgestorbene und frostweiße Straßen. Es bedurfte mehrerer Anläufe, bis er herausbekam, wo Irina wohnte, so tief war sie in ihr Leid versunken, so unwirklich war ihr Begriff von der Welt, die jenseits des kleinen Bannkreises ihrer Scham lag. Schließlich schaute sie zu ihm auf, blinzelte und sagte mit krächzender Stimme: »Stoke Newington.« Also fuhren sie von Monken Hadley nach Stoke Newington, durch Barnet, Whetstone und Finchley, folgten den Wegweisern zur City, bogen dann am U-Bahnhof Archway links ab, vorbei am Finsbury Park und weiter bis nach Stoke

Newington. Beim Überqueren der North Circular Road wurde ihm plötzlich klar, daß er kaum drei Stunden geschlafen hatte und daß er sich, technisch gesprochen, was die Menge des konsumierten, noch nicht abgebauten Alkohols betraf, wahrscheinlich im Zustand der Volltrunkenheit befand, obwohl er sich noch nie auf so unangenehme und spürbare Weise seiner Nüchternheit bewußt gewesen war. Auf der Seven Sisters Road fiel ihm ein, daß es Sonntagmorgen war und daß in genau zwölf Stunden sein Rendezvous mit Flavia Malinverno stattfinden würde. Seine Vorfreude erhielt in Anbetracht seiner körperlichen Verfassung einen empfindlichen Dämpfer. Für diese Verabredung mußte er in Form sein wie für keine andere in seinem ganzen Leben – er mußte wirklich die Zügel straffer anziehen, was seinen Lebenswandel betraf.

9. Kapitel

Im Morgengrauen steuerte Lorimer das Auto mit pedantischer Sorgfalt und Aufmerksamkeit von Stoke Newington in die Stadt zurück. Er hielt an einer Tankstelle, kaufte ein paar Sonntagszeitungen und eine Zweiliterflasche Coca-Cola (normal), aus der er in regelmäßigen Abständen einen Schluck nahm, während er langsam, aber ohne Anstrengung durch Meilen leerer Straßen fuhr und schließlich in Pimlico ankam, den Bauch voll von süßem Kohlensäuregas, die Zähne pelzig vom vielen Zucker. Zu Hause nahm er vier Aspirin, putzte sich die Zähne und stieg für eine halbe Stunde in die heiße Wanne. Dann zog er sich an, putzte sich erneut die Zähne, griff sich eine Zeitung und machte sich auf den Weg zum Frühstücken.

Lady Haigh erwartete ihn schon, ihre blaßblauen Augen blickten ihm durch den Spalt ihrer Wohnungstür entgegen.

»Morgen, Lady Haigh.«

»Wie war Ihr Wochenende? Waren es nette Leute?«

»Es war hochinteressant.«

»Ich dachte, Sie könnten vielleicht Jupiter auf einen Spaziergang mitnehmen.«

»Ich möchte eigentlich nur einen Happen frühstücken.«

»Das macht nichts. Wenn Sie ihm ein bißchen Schinken oder Wurst abgeben, stört ihn das überhaupt nicht. Ich dachte, Sie beide sollten sich besser kennenlernen.«

»Eine gute Idee.«

»Schließlich wird er eines nicht zu fernen Tages Ihnen gehören.«

Er nickte versonnen. Auf Lady Haighs frohgemute Ankündigungen des eigenen Todes ließ sich einfach nichts Passendes erwidern.

»Übrigens«, sagte sie, »der Mann war gestern wieder da und hat nach Ihnen gesucht.«

»Welcher Mann?«

»Er hat seinen Namen nicht hinterlassen. Aber eine gute Aussprache hatte er – er wäre Ihr Freund, sagte er.«

»War es der Kommissar? Rappaport?«

»Nein, der nicht. Aber höflich war er, genau wie ein Polizist.« Sie öffnete die Tür ein Stück weiter und ließ Jupiter hinaus. Er trug einen seltsamen karierten Wollmantel, der seinen Leib bedeckte und an Bauch und Brust mit je einem Gürtel verschlossen war. Jupiters verschnupfte Augen musterten Lorimer mit einem eindrucksvollen Mangel an Neugier.

»Sein Geschäft hat er schon hinter sich«, beruhigte ihn Lady Haigh und fügte mit vertraulich gesenkter Stimme hinzu: »Auf der Straße dürfte es also kein Problem geben.«

Lorimer setzte sich in Gang, und Jupiter trottete neben ihm wie ein alter Mann, dem die Arterien zu schaffen machten, aber er hielt ein gleichmäßiges Tempo. Im Unterschied zu anderen Hunden schnüffelte er nicht an jedem Rinnstein, an Autoreifen, Unrat oder Kothaufen, auch zeigte er nicht das Bedürfnis, an jedem Laternenpfahl oder Türpfosten das Bein zu heben. Die Anstrengung, von A nach B zu gelangen, schien ihn so sehr zu beanspruchen, daß ihm keine Zeit für irgendwelche hündischen Ungezogenheiten blieb. Auf diese Weise kamen sie in der frischen, klaren Morgenluft gut voran, bis sie beim Café Matisse angelangt waren, wo Lorimer die Hundeleine an einer Parkuhr befestigte und hineinging, um das kalorienreichste Frühstück zu bestellen, das dieses Etablissement zu bieten hatte. Es war ruhig, ein paar Stammgäste hatten sich hinter ihren raschelnden Zeitungsbarrieren verschanzt, und Lorimer fand einen Platz am Fenster, von wo aus er Jupiter im Auge behalten konnte. Die spanische Kellnerin mit der Ausstrahlung einer Anstandsdame nahm seine Bestellung entgegen – Schinken, Würstchen, zwei Spiegeleier auf geröstetem Brot, gegrillte Tomaten, gegrillte Pilze, gekochte Bohnen und Fritten mit einer weiteren Portion Fritten am Rand. Als der Teller kam, garnierte er die überbordende Mahlzeit mit üppigen Zugaben von Ketchup und legte los. Jupiter saß geduldig an der Parkuhr, in seinem abgeschabten Karomantel sah er aus wie ein alter Pennbruder, ab und zu leckte er sich die Lefzen. Schlechten Gewissens brachte Lorimer ihm ein Würstchen hinaus, aber er schnüffelte nur daran und schaute geringschätzig zur Seite. Lorimer legte es ihm vor die Pfoten, und es war noch da, unberührt und kalt, als er zwanzig Minuten später herauskam – mit angefülltem Magen, der wohlig gegen den Gürtel drückte, grotesk überfüttert, doch da er seinen Kater besiegt hatte, um mindestens fünfzig Prozent gebessert.

Er sah, daß Rintoul ihm folgte oder vielmehr auf der anderen Straßenseite neben ihm herlief. Rintoul wollte gesehen werden, und als sich ihre Blicke trafen, machte er eine aggressiv fuchtelnde Handbewegung in seine Richtung, als wollte er ein Taxi stoppen. Lorimer blieb beklommen stehen, in der Annahme, daß Rintouls Geste dies bezwecken sollte, und schaute in die Runde: Die Straße war still, ein paar Frühaufsteher eilten mit Milch und Zeitungen ihren Behausungen zu. Rintoul würde ihm hier doch nichts Gewaltsames und Ungutes antun? Das wäre der Gipfel der Unverfrorenheit – oder der Verzweiflung –, für alle Fälle aber hatte er ja nun Jupiter bei sich, um Rintoul abzuschrecken.

Rintoul überquerte mit zielstrebigen Schritten die Straße. Er trug einen dünnen Ledermantel, der für diesen frostigen Morgen nicht warm genug aussah. Im schrägen Licht der tiefstehenden Sonne wirkte sein Gesicht verkniffen und bleich. Lorimer sagte nichts – er ging davon aus, daß Rintoul ihm etwas zu sagen hatte.

»Ich wollte, daß Sie es als erster erfahren, Black«, sagte Rintoul und klang ein wenig außer Atem. Er stand ihm gegenüber, trat ständig von einem Fuß auf den anderen und machte kleine, nervös scharrende Fußbewegungen. »Wir haben eine Klage von Gale-Harlequin am Hals, wegen Fahrlässigkeit und vorsätzlicher Sachbeschädigung.«

»Das ist deren Entscheidung, Mr. Rintoul, nicht unsere.«

»Es kommt noch besser. Sie halten alle fälligen Zahlungen zurück. Sie zahlen nicht für unsere geleistete Arbeit. Deshalb wird unsere Firma unter Zwangsverwaltung gestellt.«

Lorimer zog die Schultern hoch. »Das ist eine Sache zwischen Gale-Harlequin und Ihnen.«

»Klar. Aber Sie haben uns verdammt noch mal verpfiffen.«

»Wir haben einen Bericht geschrieben.«

»Wie hoch ist die Entschädigung für Gale-Harlequin?«

»Das ist vertraulich, Mr. Rintoul.«

»Wir sind pleite. Wir gehen in Konkurs. Wissen Sie, was das heißt, Black? Der menschliche Schaden? Deano hat eine Familie. Vier kleine Kinder.«

»Damit muß man wohl rechnen, wenn man teure Gebäude in Brand setzt, fürchte ich.«

»Wir hatten nie die Absicht, so weit zu ...« Rintoul brach ab und begriff, daß es zu spät war, daß unter den gegebenen Umständen ein halbes Geständnis genausogut war wie ein ganzes. Er fuhr sich mit der Zunge über die Lippen und starrte Lorimer mit unverblümtem Haß an, dann blickte er die Straße auf und ab, als suchte er einen Fluchtweg. Oder eine Waffe, dachte Lorimer, einen Gegenstand, mit dem er mich totschlagen kann. Rintouls schweifender Blick landete auf Jupiter, der geduldig neben Lorimer saß.

»Ist das Ihr Hund?« fragte er.

»In gewisser Hinsicht, ja.«

»So einen abgewrackten Köter hab ich noch nie gesehen. Warum besorgen Sie sich keinen anständigen Hund?«

»Er heißt Jupiter.«

»Sie werden mir dafür zahlen, Black. Auf die eine oder andere Weise. Sie – ja, Sie! – werden dafür büßen, was Sie uns angetan haben. Ich werde ...«

»Noch eine Drohung, noch eine Beschimpfung, und wir treffen uns vor Gericht wieder«, sagte Lorimer und sprach absichtlich lauter, damit ihn die Passanten hörten. Dann spulte er den Standardspruch der GGH ab, der bei öffentlichen Verbalinjurien immer zum Einsatz kam und in der ersten Person Plural gehalten war: »Wir lassen uns nicht in dieser Weise bedrohen. Wir wissen alles über Sie, Mr. Rintoul. Haben Sie eine Vorstellung, wie viele Anwälte für uns arbeiten? Wenn Sie uns auch nur ein Haar krümmen oder ein weiteres Mal bedrohen, werden wir unsere Anwälte auf Sie ansetzen. Dann sind Sie wirklich erledigt, aber ein für allemal. Das Gesetz – das geltende Gesetz – richtet sich gegen Sie, Mr. Rintoul, nicht gegen uns.«

Lorimer sah Tränen in Rintouls Augen, Tränen der Entmutigung und der Ohnmacht oder vielleicht nur eine Reaktion auf den eisigen, scharfen Wind, der eingesetzt hatte. Sie mußte fein ausgewogen sein, diese Gegendrohung – manchmal hatte sie die gegenteilige Wirkung und trieb die Leute ins Extrem und zu unbedachten Handlungen, statt sie einzuschüchtern und ihren Vergeltungsplan im letzten Moment zu vereiteln. Aber Rintoul war jetzt außer Gefecht gesetzt, bemerkte Lorimer, sein Rachemotor lief sich fest, abgewürgt von der Kraft der beiden widerstreitenden Impulse – einerseits seiner eigenen Wut, dem Drang, zuzuschlagen, und andererseits der Angst vor Lorimers machtvoller Erwiderung.

Rintoul drehte sich um und ging, eine Schulter war merkwürdig schief, als hätte er einen steifen Hals. Lorimer empfand ein gewisses Bedauern für Rintoul – den kleinen Gelegenheitsdieb, der abgeurteilt wird wie ein Mordbube; den Ganovenlehrling, der die Beine in die Hand nimmt, weil er an den Weltmeister im Kickboxen geraten ist. Irgendwie fühlte Lorimer sich selbst besudelt – die vorformulierte Gegendrohung hatte er selten einsetzen müssen, sein *modus operandi* machte das normalerweise überflüssig –, aber er war für einen Moment in Rintouls Welt eingedrungen, eine Welt, in der jeder gegen jeden kämpfte oder vielmehr die großen Fische die kleinen fraßen; er hatte sich auf Rintouls Denkweise eingelassen und jene unlautere, kaltblütige Sprache gesprochen, die Rintoul nur zu gut verstand.

Aber das bedeutete nicht, daß er nun seine Ruhe hatte, daß er in Sicherheit war. In irgendeiner dunklen Nacht konnte Rintoul vom Drang zur Gewalt übermannt werden, und Lorimer Black war schließlich der einzige Sündenbock, der ihm zur Verfügung stand, die lebende, atmende Verkörperung seines ganzen Jammers. Lorimer überlegte, ob er Hogg davon Meldung machen sollte – es wurde Zeit für den »Lebertran«, wie es im GGH-Jargon hieß, ein weiteres Hilfsmittel für verängstigte oder gestreßte Mitarbeiter, die in die Schußlinie geraten waren. Diese »Ölung mit Lebertran« war irgendeine vorbeugende Abschreckungsmaßnahme, über die er nichts Genaues wußte, weil nur Hogg darüber verfügen konnte. »Sie brauchen also einen Löffel Lebertran«, pflegte Hogg in solchen Fällen zu scherzen, »gegen Schnupfen und Erkältung. Lassen Sie Onkel George nur machen.« Lorimer sah Rintouls gekrümmte Gestalt schrumpfen, bis sie am Ende der Straße entschwand, und sagte sich, daß es vielleicht gar nicht nötig war. Zumindest wußte er jetzt, wer den Sand auf sein Auto gestreut hatte.

»Na komm, alter Knabe«, schreckte er Jupiter auf, der noch immer brav neben ihm saß, »gehen wir nach Hause.«

211. Manchmal fühlst du dich von deiner Arbeit beschmutzt, du bist angewidert von den Niederungen der Doppelzüngigkeit und Manipulation, in die du dich begeben mußt. Du kommst dir korrupt vor, und in solchen Momenten siehst du die Welt als eine Kloake, in der nur die Mächtigen und die Skrupellosen überleben und alle Vorstellungen von Gerechtigkeit und Fairneß, von Anstand und Ehre nichts als kindische Phantasien sind.

Was hast du getan, als du das letzte Mal so etwas empfunden hast? Du bist zu Hogg gegangen.

»Ach, Sie wollen wohl getröstet werden?« hatte Hogg mit übertrie-

benem, durch und durch falschem Mitleid gesagt. »Sie denken, in dieser Welt kommt man nur mit Untaten und Schiebereien auf einen grünen Zweig.«

»Manchmal kommt es mir so vor«, hast du zugegeben.

Hogg sagte dann: »Das ist nur eine Frage des Standpunkts. Ich sag Ihnen mal folgendes: Es gab schon immer mehr anständige Menschen auf dieser Welt als Schweinehunde. Und zwar viel mehr. Die Schweine sind immer in der Minderzahl. Also sammeln sie sich an bestimmten Orten, in bestimmten Berufen. Die Schweine fühlen sich zueinander hingezogen, sie machen gern Geschäfte mit anderen Schweinen, da weiß jeder, was gehauen und gestochen ist. Aber Leute wie Sie – und Leute wie ich – kriegen Probleme, wenn sie als anständige Menschen in der Schweinewelt leben und arbeiten müssen. Das kann schwierig werden. Wohin man auch guckt, überall sieht man nur Dreck, und es gibt scheinbar nur zwei Möglichkeiten: Entweder wird man auch ein Schwein, oder man verzweifelt. Aber das ist nur dann so, wenn Sie in dieser kleinen Schweinewelt drinstecken. Draußen in der großen Welt, in der richtigen, gibt es jede Menge anständige Leute, und diese Welt funktioniert nach Gesetzen, die von den Anständigen mitgetragen werden, im großen und ganzen jedenfalls. Hier in unserem Umfeld gibt es einen großen Haufen Schweine, und deshalb kommt es uns oft hart an, aber wenn Sie mal woandershin gucken, werden Sie merken, daß es nicht überall so finster aussieht. Dann sehen Sie das Gute in der Welt. Und das hilft.«

Du siehst das Gute in der Welt, und es hilft dir tatsächlich, für eine Weile jedenfalls, bis du dich fragst, ob Hogg selbst an das glaubt, was er sagt.

Das Buch der Verklärung

Das Café Greco war ein kleines verschattetes Lokal, ein schmales, düsteres Rechteck, eingekeilt zwischen einem Wettbüro und einem Schnapsladen, mit einer Theke und der Gaggia-Maschine am hinteren Ende und brusthohen Abstellflächen an den Seitenwänden, wo die Kunden ihren Kaffee hinunterkippen sollten, um gleich wieder zu verschwinden. Es gab auch drei Barhocker, die alle besetzt waren, als Lorimer um Viertel sieben das Lokal betrat.

Er bestellte einen Espresso und überlegte, was diese Ortswahl zu besagen hatte. Das Café Greco würde es niemals in seine Sammlung »klassischer britischer Cafés« schaffen, und das lag an dem nachgemachten europäischen Touch, am bemühten modischen Schick mit schwarzen Wänden und berühmten, allzu abgedroschenen Schwarzweißfotos, den nackten Dielen und der lateinamerikanischen Salsa aus den Lautsprechern. Es gab nur mehrere Sorten Kaffee und Getränkedosen, unter einer Plastikhaube lagerten etwas Gebäck und die Beweise für den halbherzigen Versuch, eine Auswahl von *panini* zu bieten. Nein. Das Dekor und sein Anspruch sagten ihm gar nichts, wichtig war nur die Wahl des Cafés selbst, wie er mit weltmännischer Routine entschied. Das Rendezvous war angelegt als *kurze* Begegnung. Paare, die sich an einem Ort trafen, wo es vor allem Stehplätze gab, hatten nicht die Absicht, viel Zeit miteinander zu verbringen. Clever gedacht von Flavia, mußte er zugeben. Er an ihrer Stelle hätte dasselbe getan.

Auf seine Kleidung hatte er größte Sorgfalt verwandt. Der Siegelring war durch ein dünnes Silberarmband ersetzt; unter einer alten schwarzen Lederjoppe trug er eine grüne Trainingsjacke, deren Kapuze wie ein leeres Säckchen über den Lederkragen hing, und darunter ein weißes T-Shirt, dessen Halssaum ein wenig aufgetrennt war, so daß dort ein fingerbreiter ausgefranster Schlitz klaffte. Er hatte häufig gewaschene schwarze Jeans an, die zu einem wolkigen Grau verblichen waren, dazu solide, ungeputzte schwarze Schuhe mit dicken Gummisohlen. Sein Haar war kunstvoll zerzaust, und er hatte sich absichtlich nicht rasiert. Die Mehrdeutigkeiten und Antisignale waren hübsch ausbalanciert, bescheinigte er sich – Stil und die gezielte Vermeidung von Stil, offenkundig Teures, das sich aber unmöglich taxieren ließ –, dahinter konnte sich jeder verbergen; er konnte in einem Buchladen oder in einer Bar arbeiten, konnte Videoproduzent oder Postbote sein, Schauspieler einer Kneipenbühne oder Aufnahmedirektor eines Tonstudios. Ganz demokratisch, dachte er, nichts an ihm würde Flavia überraschen, nichts, was irgendwelche Rückschlüsse zuließ.

Um fünf nach halb sieben begannen ihn Zweifel zu beschleichen. Er sagte sich, daß es wahrscheinlich völlig plausible Gründe für ihre Verspätung gab, bestellte einen weiteren Kaffee und las sich fleißig, Seite um Seite, durch einen liegengebliebenen *Standard*. Um sieben borgte er sich an der Theke einen Stift und begann das Kreuzworträtsel.

»Lorimer Black?«

Da stand sie vor ihm, einfach so, in einer großen, gesteppten Jacke und einem locker gewebten, haferflockenfarbenen Schal, den sie lose um den Hals geschlungen hatte. Ihr Haar war anders, dunkler als das letzte Mal, fast auberginenfarben, das dunkelste Ochsenblut. In der Hand hielt sie ein getipptes Manuskript. Er rutschte vom Hocker, ein törichtes Lächeln breitete sich über sein Gesicht.

»Sie haben gewartet«, sagte sie leichthin, »also war es Ihnen Ernst.«

»Ja. Was kann ich Ihnen bestellen?«

Er holte zwei Cappuccino und stand neben ihrem Hocker, während sie ihre Taschen vergeblich nach Zigaretten durchsuchte. Das Herz boxte ihm kräftig gegen die Rippen, und er sagte nichts, vollauf damit zufrieden, daß er neben ihr stehen und sie aus der Nähe betrachten konnte.

»Haben Sie eine Zigarette?« fragte sie. Weiße, gleichmäßige Zähne. Was hat sie mit ihrem Haar gemacht?

»Ich rauche nicht.« Eine Andeutung von Unterbiß, ein leicht vorgeschobenes Kinn, verlieh ihrer Schönheit eine streitlustige Note. Er schlug vor, ihr Zigaretten zu kaufen, aber sie winkte ab.

»Es wird mich nicht umbringen.« Kräftige Augenbrauen, ungezupft und dicht. Diese braunen Augen.

»So.« Sie setzte die Kaffeetasse ab. »Mr. Lorimer Black.«

Er fragte sie, der Höflichkeit halber und um eine Unterhaltung in Gang zu setzen, was sie vorher getan hatte, und sie erklärte, daß sie von einer Probelesung komme, es sei das Stück eines befreundeten Dramatikers. »Und es ist ein Haufen Müll. Er hat überhaupt kein Talent.«

Endlich legte sie die Jacke und den Schal ab, endlich konnte er einen unauffälligen Blick auf ihre Brüste riskieren. Aus den gefälligen Rundungen und Wellen ihres zinnoberroten Rollkragenpullovers schloß er auf absolut durchschnittsgroße, aber eher flache als spitze Brüste, mit halbierten Pampelmusen vergleichbar. Er war froh, diese atavistische, aber unerläßliche Männerneugier befriedigt zu haben, und wandte nun seine ganze Aufmerksamkeit der lebhaften und leuchtenden Schönheit ihres Gesichts zu, noch immer im Zweifel, ob er seinem unglaublichen Glück trauen durfte, während sie fortfuhr, die dramatischen Bemühungen ihres Freundes niederzumachen und in Grund und Boden zu verdammen.

»Was hat das nun zu bedeuten, Lorimer Black?« Sie schlug plötzlich einen schärferen Ton an. »Was genau läuft hier eigentlich?«

»Ich hab Sie eines Tages im Taxi gesehen und fand Sie sehr schön«, bekannte er offenherzig. »Ein paar Tage später sah ich Sie dann in dem Werbespot und dachte: Das ist Schicksal.«

»Schicksal.« Sie lachte ironisch.

»Und als Sie dann ins Alcazar kamen, wußte ich, daß ich etwas unternehmen mußte. Ich mußte Sie wiedersehen.«

»Soll das heißen, Sie wollen was von mir, Lorimer Black?«

Warum redete sie ihn immer mit dem vollen Namen an, als würde sie das irgendwie amüsieren?

»Ich denke, ja«, gestand er. »Trotzdem schönen Dank, daß Sie gekommen sind.«

»Ich bin aber verheiratet«, sagte sie, »und jetzt muß ich irgendwo 'ne Zigarette schnorren.«

Die anderen fünf Leute, die ihren Kaffee im Greco schlürften, rauchten alle, also hatte sie freie Wahl. Eine rundliche Frau mit rotblondem Borstenhaar und einem Ohr voller Ringe trennte sich von einer ihrer Zigaretten, und Flavia kehrte triumphierend auf ihren Barhocker zurück. Lorimer freute sich über die Gelegenheit, erneut ihre Figur zu taxieren, ihre Größe, die Länge ihrer Beine, die Geschmeidigkeit ihres Ganges und ihren schlanken Körper mit den schmalen Hüften. So ziemlich ideal, dachte er, kann man nicht anders sagen.

»Da haben Sie nun Pech, Lorimer Black«, sagte sie.

»Sie haben nicht gesagt, daß Sie ›glücklich‹ verheiratet sind, fällt mir auf.«

»Das versteht sich wohl von selbst, oder?«

»Wirklich?«

»Würde ich doch denken. Sie sind nicht verheiratet, nehme ich an.«

»Nein.«

»Oder leben Sie in einer ›Beziehung‹?«

»Äh, nein, nicht mehr.«

»Und was machen Sie bei Fortress Sure? Hört sich ja nach einer todlangweiligen Sache an.«

»Ich bin Schadensregulierer – so nennt man das.«

»Schäden regulieren … Jemand, der Schäden ›reguliert‹ …« Sie dachte nach. »Das könnte was Nettes sein … Oder verdammt gruslig.« Sie schaute ihn zweifelnd an. »Ist Ihr Job dazu da, die Leute glücklich zu machen? Leute, die irgendwie geschädigt wurden, kommen zu Ihnen, und Sie regulieren das, damit sie leichter drüber hinwegkommen?«

»Na ja, nicht ganz so. Ich …«

»Leute, denen das Leben aus den Fugen geraten ist, und Sie bringen es wieder in Ordnung?«

»Nicht ganz so«, wiederholte er vorsichtig und wußte nicht, wie er ihren Tonfall deuten sollte. War das Naivität oder dickste Ironie?

»Also nein. Wär ja auch zu schön, um wahr zu sein.«

Es ist doch Ironie, dachte Lorimer. Abgrundtiefe Ironie.

Er starrte sie an, und sie starrte zurück, ihm geradewegs in die Augen. Ist doch absurd, dachte er und analysierte schnell seine Empfindungen. Fast schon peinlich, aber trotzdem wahr: Er hätte stundenlang so dasitzen und einfach ihr Gesicht anstarren können. Er fühlte sich ganz leicht, wie ein Gegenstand ohne eigenes Gewicht, als wäre er aus Styropor oder Balsaholz, etwas, was man mit einer beiläufigen Handbewegung beiseite wischen, mit einem leichten Schubser aus dem Café Greco werfen konnte.

»Hmmmm«, sagte sie nachdenklich. »Ich vermute, Sie wollen mich küssen.«

»Und ob ich das will.«

»Sie haben schöne Lippen«, sagte sie, »und schöne, müde Augen.«

Sollte er sich vorbeugen und seine Lippen auf ihre pressen?

»Und vielleicht hätte ich Ihnen erlaubt, mich zu küssen«, sagte sie, »wenn Sie sich nur die Mühe gemacht hätten, sich zu rasieren, bevor Sie sich zu Ihrem Rendezvous mit mir gewagt haben.«

»Tut mir leid.« So ein unpassender Ausdruck, dachte er, für das grenzenlose Bedauern, das er empfand.

»Lügen Sie manchmal, Lorimer Black?«

»Ja. Und Sie?«

»Haben Sie mich schon angelogen? In der kurzen Zeit, die wir uns kennen?«

»Nein. Na ja, eine harmlose Lüge. Aber ich hatte gute …«

»Wir kennen uns noch keine fünf Minuten, und Sie haben mich schon angelogen?«

»Vielleicht war das die Lüge.«

Sie lachte.

»Tut mir leid, bin spät dran, Mausilein«, hörte er eine Männerstimme hinter sich.

Lorimer drehte sich um und sah vor sich einen hochgewachsenen Mann, dunkelhaarig wie er selbst, elegant-schlampig, um die fünf Jahre älter. Lorimer taxierte ihn schnell: unregelmäßiger Dreitagebart, langes lockiges Haar, hageres, hübsches und wissendes Gesicht, alles andere als freundlich.

»Besser spät als gar nicht«, sagte Flavia. »Zum Glück war mein alter Kumpel Lorimer da, sonst wär ich vor Langeweile gestorben.«

Lorimer lächelte und spürte, wie der Mann nun ihn abschätzte, sein Aussehen, seine Erscheinung einer subtilen Prüfung unterzog.

»Ich glaube, du hast Noon noch nicht kennengelernt, oder, Lorimer?«

Noon hieß er?

»Nein. Hi, Noon«, sagte Lorimer und blieb ernst. Es fiel ihm nicht schwer, er fühlte, wie alles Gewicht in ihn zurückkehrte, seine ganze Schwerkraft, sein *avoir dupois.*

»Noon Malinverno. Mein Mustergatte.«

Malinverno gönnte ihm einen schwachen Gruß und wandte sich gleich wieder an Flavia. »Komm, gehen wir, Mausi«, sagte er.

Flavia drückte die Zigarette aus, wickelte sich den langen Schal um den Hals und zog sich die Jacke über.

»War schön, dich mal wiederzusehen, Lorimer«, sagte sie. Malinverno war schon auf dem Weg zur Tür, ohne die beiden aus den Augen zu lassen. »Ach ja, du wolltest mir noch Pauls Nummer geben.«

»Klar.« Lorimer, plötzlich stolz auf ihre Pfiffigkeit, nahm den Stift und schrieb seine Telefonnummer und Adresse auf eine Ecke des *Standard*, riß sie ab und überreichte sie ihr. »Paul sagt, du kannst jederzeit anrufen. Rund um die Uhr.«

»Hab schönen Dank«, sagte sie mit unbewegter Miene. Als sie das Café Greco verließen, legte Malinverno ihr den Arm um den Hals, und Lorimer wandte sich ab. Er wollte sie nicht zusammen, als Mann und Frau, auf der Straße sehen. Daß sie auch Malinverno zum Rendezvous bestellt hatte, störte ihn nicht. Er nahm an, sie hatte es zur Absicherung getan. Statt dessen wärmte er sich am Gedanken ihrer Verschwörung, ihrer Komplizenschaft. Er wußte, daß sie sich wiedersehen würden – wenn die Funken der gegenseitigen Anziehung erst einmal übergesprungen waren, ließen sie sich nicht mehr leugnen –, er wußte, daß sie anrufen würde, sie mochte seine schönen, müden Augen.

104. PAVOR NOCTURNUS. Gérard de Nerval sagte: »Unsere Träume sind unser zweites Leben. Ich vermochte nie durch diese Elfenbeinpforten in die unsichtbare Welt einzutreten, ohne einen Schauder zu empfinden.« Ich weiß, was er meint: Wie immer im Leben hat alles, was gut und erquickend, erhaltend und heilsam ist, eine Kehrseite, eine beunruhigende, verstörende Seite, und der Schlaf macht keine Ausnahme. Somnambulismus, Somnologismus, Schlafapnoe, Enuresis, Bruxomanie, Incubus, Pavor nocturnus – Schlafwandeln, Schlafreden, Zähneknirschen, Schnarchen, Bettnässen, Alpdrücken, Nachtangst.

Das Buch der Verklärung

In der Nacht schlief er kaum. Das überraschte ihn nicht, und eigentlich wollte er gar nicht unbedingt schlafen, sein Kopf war erfüllt von der Begegnung mit Flavia. Er analysierte seine widerstreitenden Eindrücke, ohne recht zu einem Ergebnis zu gelangen; bei der Interpretation der wechselnden Stimmungen und Nuancen trat er auf der Stelle – da waren Momente der Feindseligkeit, der Annäherung, da waren Töne der Ironie und der Zuneigung, neugierige und scheue Blicke. Welche Summe konnte man daraus ziehen? Und dieses Angebot eines Kusses, was sollte er davon halten? War es ernst gemeint oder nur Koketterie, ein Akt der Verführung oder grausame Fopperei? Er lag im Bett und lauschte der Stille der Nacht, einer Stille, die zunahm, aber nie ganz vollkommen wurde, unterbrochen durch das mahlende Geräusch eines Lastwagenmotors, durch eine Polizeisirene oder eine Alarmanlage, den nagelnden Diesel eines

Taxis, bis in den frühen Morgenstunden die ersten Jumbos aus Fernost einflogen – aus Singapur und Delhi, Tokio und Bangkok – und mit ihrem tiefen Dröhnen, das wie das träge Rauschen einer Brandung klang, hoch über der Stadt ihre Warteschleifen zogen, um schließlich in Heathrow niederzugehen. Dann versank er doch für eine Weile im Schlaf, erfüllt von der seltsamen Gewißheit, daß sich sein Leben unwiderruflich geändert hatte und daß von nun an nichts mehr so sein würde wie früher.

10. Kapitel

Als Lorimer ins Büro kam, hörte er Hogg auf dem Flur singen, laut und dröhnend: »I got a gal in Kalamazoo-zoo-zoo.« Da wußte er, daß Torquil gefeuert war.

Er wartete hinter der Ecke, bis Hogg verschwunden war, dann schlüpfte er unbemerkt in sein Zimmer, wo er still und fleißig die Zeitungsausschnitte in der Akte David Watts studierte und eine schlampig geschriebene Biographie mit dem Titel *David Watts – Rätsel auf Rädern* überflog, die einige Jahre zuvor erschienen war. Die spannendste Tatsache über David Watts war, daß es sich bei »David Watts« nur um seinen Künstlernamen handelte. Er war als Martin Foster in Slough geboren worden, wo sein Vater als Angestellter der Themse-Wasserwerke und stellvertretender Direktor der ausgedehnten Klärwerke westlich des Flughafens Heathrow gearbeitet hatte. Seltsam, dachte Lorimer, daß jemand einen nichtssagenden Namen gegen einen anderen nichtssagenden Namen tauscht. Alle anderen Fakten seines Lebens und seines Wegs zum Ruhm waren ohne Auffälligkeiten. Er war ein kluges, introvertiertes Einzelkind mit frühreifem musikalischem Talent gewesen, er hatte das Royal College abgebrochen und mit einem Freund, Tony Anthony (ob das auch ein Künstlername war?), eine Viermann-Rockband gegründet, die anfangs schlicht Team hieß und bald in David Watts and the Team umgetauft wurde. Ihre ersten drei Alben hatten doppeltes Platin gewonnen. Es gab da eine langwierige Geschichte mit einem Mädchen namens Danielle, die bei einem Musikmagazin arbeitete, bis sie David Watts' feste Gefährtin wurde. Die Band hatte zwei ausverkaufte Konzerttourneen durch die USA hinter sich gebracht … Lorimer nickte langsam ein, bis jetzt alles wie gehabt. Die Biographie endete mit der vollmundigen Verheißung einer großen Zukunft: Die Welt lag ihm zu Füßen, Danielle war, wie Gerüchte besagten, schwanger, die schöpferischen Säfte flossen in Strömen. Alles war möglich.

Das lag zwei Jahre zurück, und die Zeitungsausschnitte setzten die Geschichte an dem Punkt fort, an dem die Biographie endete. Die Romanze mit Danielle ging in die Brüche, sie verließ ihn, wurde krank, wurde magersüchtig, verschwand, möglicherweise, um ihr Baby abzutreiben (ein gefundenes Fressen für die Boulevardpresse: das verlorene Kind von David Watts). Die Band spaltete sich unter spektakulären Begleitumständen, Tony Anthony klagte, und man gelangte zu einer außergerichtlichen Einigung. Danielle wurde in Los Angeles aufgespürt, heruntergekommen und abgemagert, auf Entzug und in Lebensgemeinschaft mit irgendeinem verflossenen Rockstar. Mit routinierter Bosheit verunglimpfte sie David Watts (»Egomane«, »Macho«, »Satanist«, »Nazi«, »Kommunist«, »Marsmensch«, »Zombie« und so weiter). Unterstützt von einer Auswahl der weltbesten Studiomusiker, veröffentlichte David Watts sein erstes Soloalbum, *Angziertie*, und allen Voraussagen zum Trotz wurde es sein größter Verkaufserfolg. Eine Welttournee durch fünfunddreißig Länder und über achtzehn Monate wurde geplant. Dann erlitt David Watts einen Nervenzusammenbruch.

An diesem Punkt wurden die Zeitungsausschnitte von Versicherungspolicen abgelöst. Aus der Absage der Tour erwuchsen Kosten, die mit einer Entschädigungssumme von zwei Millionen Pfund bei der Versicherung zu Buche schlugen. Beim Blättern in den Unterlagen stieß Lorimer auf eine Vielzahl von Attesten der Ärzte und Psychiater von Harley Street, in denen die Echtheit der Lebenskrise ihres Patienten David Watts bezeugt wurde. Eine ganze Serie zunehmend böser Briefe stammte von der David Watts Management Ltd., unterzeichnet von einem Enrico Murphy, und sie richteten sich durchweg gegen die erste Garde der Schadensregulierer von Fortress Sure, die hartnäckig jede Kostenaufstellung und Rechnung in Zweifel zog.

Der Manager forderte eine Entschädigung für entgangene Gewinne in Höhe von 1,5 Millionen Pfund, ein paar größere Veranstalter (ein Baseballstadion in New Jersey, ein Trockendock in Sydney, Australien) und ein paar ausländische Konzertagenten wurden auf Treu und Glauben ausgezahlt. Als Lorimer beim letzten Brief der Akte angekommen war, verlangte Enrico Murphy im schärfsten Ton die Begleichung einer Summe von sage und schreibe 2,7 Millionen Pfund und drohte mit strafrechtlichen Konsequenzen, da die schwache Gesundheit seines Klienten infolge dieser »unglaublichen Querelen« noch weiter untergraben worden sei. Zudem sei er willens und entschlossen, an die Öffentlichkeit zu gehen: Die Presse war immer scharf auf Meldungen über David Watts.

Shane Ashgable pochte leise an Lorimers Tür und drückte sich verschwörerisch zu ihm herein. Er war schlank und hatte eine sportliche Figur, infolge ausdauernden Konditionstrainings waren seine Kiefermuskeln knollig aufgeschwollen und verliehen seinem Gesicht eine fast perfekte Quadratform. Sein Gang war so, als würde er ständig die Hinterbacken zusammenkneifen. (Hogg hatte einmal den denkwürdigen Satz losgelassen: »Glaubt ihr auch, daß Ashgable sich einen Fünfziger zwischen die Arschbacken gesteckt hat?«) Einmal gestand er Lorimer, daß er täglich tausend Liegestütze machte.

»Helvoir-Jayne ist gefeuert«, sagte Ashgable.

»Mein Gott! Wann denn?«

»Heute morgen. Der war noch gar nicht richtig drinnen, da war er schon wieder draußen. So was hab ich noch nicht erlebt. Zehn Minuten hat's gedauert.«

»Und was geht da vor?«

»Was weiß ich? Hogg ist wie ein Mann, der aufs Eis pißt. Wie erklärst du dir denn die Sache?« Ashgable war kein Idiot, wie Lorimer wußte, er hatte ein Jahr lang an der Harvard Business School studiert, daher sein Hang zu amerikanischen Slangausdrücken.

»Nicht die geringste Ahnung«, sagte Lorimer.

»Komm schon«, meinte Ashgable mit verschlagenem Lächeln. »Er ist dein Freund.«

»Wer sagt das?«

»Helvoir-Jayne sagt das, und zwar dauernd. Du hast das Wochenende bei ihm zu Hause verbracht, stimmt's? Er muß Lunte gerochen haben. So ahnungslos ist keiner.«

»Ich schwöre dir, daß er nichts dergleichen angedeutet hat.«

Ashgable blieb bei seiner Skepsis. »Na, bei seinem Abgang hat er immerzu nach dir gefragt.«

»Vielleicht sollte ich mal zu Hogg gehen ...«

»Wir erwarten einen lückenlosen Bericht, Lorimer.«

Oben auf dem Flur stand ein Pappkarton mit dem Kram aus Torquils Schreibtisch. Im Vorbeigehen sah Lorimer das Atelierfoto einer lächelnden Binnie mit Perlenkette und drei sauber geschrubbten dicken Kindern.

Janice hob ratlos die Augenbrauen und gab einen kurzen, flötenden Pfiff von sich, als wäre das die einzige Möglichkeit, ihre Fassungslosigkeit zum Ausdruck zu bringen. Sie winkte Lorimer heran und flüsterte: »Das ging alles blitzschnell – und mit einer Brutalität, Lorimer. Und beide immer mit diesen unmöglichen Ausdrücken.« Sie blickte auf Hoggs geschlossene Tür. »Ich weiß, daß er Sie sprechen will. Er fragt ständig, ob Sie aus dem Haus sind.«

»Rein!« bellte Hogg, als Lorimer klopfte. Lorimer trat ein, und Hogg wies wortlos auf den Stuhl, der schon vor seinem leeren Schreibtisch plaziert war.

»Er hatte keine Ahnung, was auf ihn zukam. Nicht die geringste«, sagte Hogg mit offenkundigem Stolz in der Stimme. »Ist wirklich ein Hochgenuß, dieser Gesichtsausdruck, wenn einer aus allen Wolken fällt. Das sind die Momente, Lorimer, an die man zurückdenkt, wenn man alt und grau ist.«

»Ich habe dichtgehalten«, sagte Lorimer.

»Ich weiß. Weil Sie clever sind, Lorimer. Weil Sie nicht auf den Kopf gefallen sind. Aber was mich beschäftigt, ist die Frage, *wie* clever Sie eigentlich sind.«

»Ich verstehe nicht.«

»Glauben Sie, Sie sind so clever, daß Sie uns alle aufs Kreuz legen können?«

Allmählich wurden Hoggs abstruse Anwürfe beleidigend und verletzend, fand Lorimer. Hoggs Paranoia ging langsam ein bißchen zu weit. Wieder spürte Lorimer diese Unwissenheit in sich, das Gefühl, nur ein paar Fakten zu kennen, aber nicht die entscheidenden.

»Ich mache nur meine Arbeit, Mr. Hogg, das ist alles. So wie immer.«

»Dann haben Sie also nichts zu befürchten?« Hogg wartete, dann fragte er launig: »Wie war Ihr Wochenende bei Helvoir-Jayne?«

»Äh, gut. Es war ein geselliger Anlaß. Rein gesellig.«

Hogg legte die Hände hinter den Kopf, die Andeutung eines amüsierten Lächelns vertiefte die Fältchen in den Augenwinkeln und umspielte seine dünnen Lippen, als hätte er Mühe, ein lautes Gelächter zu unterdrücken. Wie hatte Ashgable gemeint? Ein Mann, der aufs Eis pißt.

Lorimer stand auf. »Dann werd ich mal weitermachen«, sagte er. »Ich arbeite an der Schadensregulierung David Watts.«

»Hervorragend, Lorimer. Wirklich Spitze. Ach, und nehmen Sie doch Helvoir-Jaynes Krempel mit, wenn Sie gehen. Ich bin sicher, daß Sie ihn eher wiedertreffen als ich.«

210. HIRTENPASTETE. Wir hatten unsere Teller schon fast leer, erinnere ich mich, denn ich dachte gerade daran, rechtzeitig Nachschlag zu verlangen, als das Zimmer gelb wurde, gelb in allen Schattierungen – zitronengelb, maisgelb, sonnenblumengelb, schlüsselblumengelb –, dazu kamen leuchtende Weißtöne wie bei einem Farbdruck oder einem Siebdruckverfahren, in dem eine Grundfarbe nach der anderen aufgetragen wird. Irgendeine Hörstörung kam hinzu: Die Stimmen wurden mechanisch und blechern, wie von schlechten, uralten Tonbändern abgespielt. Als ich meinen Kopf unendlich langsam drehte, stellte ich fest, daß Sinbad wirres, unzusammenhängendes Zeug erzählte und mit seinen großen Händen fuchtelte und daß Shona leise vor sich hin weinte. Lachlan (Murdo war nicht da) schreckte von seinem Teller zurück, als hätte er irgend etwas Ekelhaftes darauf entdeckt, doch dann stocherte er fasziniert im Hackfleisch mit Kartoffeln – wie auf der Suche nach einem Schatz, einem Edelstein oder einem Goldring.

Ich nahm tiefe Atemzüge, als alle Gelbtöne aus dem Zimmer verschwanden und sich in Weiß verwandelten, dann zu schillern begannen und in elektrischen, galligen Grünschattierungen erstrahlten.

»O mein Gott«, sagte Joyce leise. »Oh, oh, oh.«

»Phantastisch, was?« meinte Sinbad.

Ich hörte, wie das Blut aus meinem Kopf abfloß mit einem tödlich saugenden Geräusch, wie Wasser, das durch einen zu engen Abfluß strudelt. Joyce griff mit zitternden Fingern über den Tisch und preßte meine Hand. Junko war aufgestanden und schwankte umher wie an Deck eines ihrer schaukelnden Fischerboote. Dann floß Shona, als wäre sie knochenlos oder geschmolzen, vom Stuhl, rollte sich zu einer festen, fötalen Kugel zusammen und weinte laut und jämmerlich.

»Brillant«, schwärmte Sinbad. »Echt bösartig.«

Was mich betraf, war das Grün einem interstellaren Blau und Schwarz gewichen. Mir fiel auf, daß sich zerklüftete, pilzartige Gewächse an den Wänden und an der Decke der Küche formten.

»Ich muß hier raus, bevor ich sterbe«, sagte ich vernünftigerweise zu Joyce. »Ich gehe jetzt in den Flur.«

»Bitte laß mich mit dir gehen«, bettelte sie. »Bitte verlaß mich nicht, mein Geliebter.«

Wir gingen und ließen die anderen zurück – Shona, Junko, Lachlan und Sinbad. Sinbad lachte gerade mit geschlossenen Augen und feuchten, aufgeworfenen Lippen, seine Hände fummelten am Hosenstall.

Draußen war es besser. Die Kälte und das harte Licht der Straßenlampen glätteten offenbar die Wogen. Umarmt standen wir da und warteten zehn Minuten auf den Bus, ohne viel zu sagen. Wir hielten uns aneinander fest wie ein Liebespaar vorm Abschied. Ich fühlte mich körperlos und betäubt; die Farben changierten und verschoben sich, wurden blaß und wieder kräftig, aber ich hielt es aus. Joyce schien in sich selbst hineinzukriechen und miaute wie ein kleines Kätzchen. Als der Bus kam, waren alle Geräusche wie abgeschaltet, und ich hörte nichts mehr. Keine Joyce, keinen Motor, keine Preßluft beim Türöffnen, kein Rauschen in den Bäumen. Die Welt verstummte, es setzte absolute Stille ein.

Das Buch der Verklärung

Das mürrische Wesen, das Lorimer bei DW Management Ltd. in der Charlotte Street die Tür öffnete, strahlte einen gewissen unappetitlichen Charme aus, wie er sich eingestehen mußte. Vielleicht lag es daran, daß sie so jung war – achtzehn oder neunzehn –, vielleicht war es die absichtlich verpfuschte Peroxid-Kleckserei in ihrem Kurzhaar, vielleicht auch das zu enge T-Shirt mit Leopardenfellmuster oder die drei Messingringe, die ihre linke Augenbraue durchbohrten, oder der Umstand, daß sie gleichzeitig rauchte und Kaugummi kaute? Was immer es war, der schäbige und flüchtige Zauber, der von ihr ausging, ihre latente Aggressivität, vermischt mit bleierner Schläfrigkeit, rührten ihn für einen Moment. Hier erwartete ihn eine Menge kleinerer Scharmützel, spürte er, auf die man nur mit Gegenaggression reagieren konnte. Höflichkeit und Rücksichtnahme waren reine Zeitverschwendung.

»Was is?« sagte sie.

»Zu Enrico Murphy.« Er gab seiner Stimme den gewissen urbanen Touch.

»Nich da.«

»Das ist doch hier DW Management, oder was?«

»Das war mal. Ich packe ein.«

Lorimer blickte umher und ließ sich die Überraschung nicht anmerken. Er hatte erwartet, einfach nur ein Chaos vorzufinden, aber allmählich zeichneten sich Spuren der Ordnung im allgemeinen Durcheinander ab, hier ein Stapel Papiere, dort ein Pappkarton mit Blumentöpfen.

»Soso«, sagte Lorimer und blickte sie scharf an. »Ich komme wegen der Bücher.«

»Na, Klasse.« Sie schlenderte zurück zum Empfangstisch. »David hat den Buchhalter geschmissen. Am Sonnabend.«

Alle kriegen sie den großen Arschtritt, dachte Lorimer. »Und wo steckt Enrico?«

»Er is nach Hawaii.« Sie warf ihre Zigarette in den Styroporbecher, in dem noch ein Rest kalter Tee stand.

»Manche haben Glück, was?«

Sie spielte mit der feinen Goldkette an ihrem Hals. »Am Wochenende muß er hiergewesen sein, hat 'n Haufen Akten mitgenommen und die Platinplatten.« Sie zeigte auf ein paar dunkle Rechtecke an den Jutewänden. »Sogar das Scheißtelefon ist tot.«

»Hat Enrico das gemacht?«

»Nein, David. Der dachte, ich will die klauen, nehm ich an. Hab nämlich noch kein Geld gekriegt diesen Monat.«

»Und wer ist sein neuer Manager?«

»David macht das Management jetzt allein. Von zu Hause.«

Lorimer überlegte. Es gab natürlich andere Möglichkeiten, aber diese war vermutlich die schnellste: Er zückte die Brieftasche und blätterte fünf Zwanzigpfundnoten vor ihr auf den Tisch, dann nahm er einen Stift und einen Zettel und legte beides auf die Scheine.

»Ich brauche nur seine Telefonnummer. Vielen Dank.«

Als sie sich vorbeugte und die Ziffern auf das Papier kritzelte, studierte er die dunkle Kerbe, die ihr Scheitel im weißblonden Haar bildete. Er fragte sich, wie dieses Mädchen hierhergeraten war und was nun aus ihr werden würde. Er fragte sich, was Flavia Malinverno gerade trieb.

8. VERSICHERUNG. Die Versicherung hat den Zweck, vernünftige Vorsorge und Zuversicht in eine Welt zu tragen, die von Ängsten und blinden Zufällen regiert wird. Dies besitzt einen überragenden sozialen Wert.

Das Buch der Verklärung

Als er am Abend nach Hause kam, waren mehrere Nachrichten auf seinem Anrufbeantworter. Die erste lautete: »Lorimer, hier ist Torquil ... Hallo! Bist du da? Bitte nimm ab, wenn du da bist. Hier ist Torquil.« Die zweite bestand nur aus ein paar Sekunden leisen Rauschens und brach mit einem Klicken ab. Die dritte: »Lorimer, hier ist Torquil. Es ist was Schreckliches passiert. Kannst du mich anrufen? ... Nein, ich rufe zurück.« Die vierte kam von Detective Sergeant Rappaport: »Mr. Black, wir haben nun einen Termin für die Verhandlung.« Es folgten Datum und Uhrzeit und verschiedene Hinweise, die sein Erscheinen vor Gericht in Hornsey betrafen. Die fünfte Nachricht saß wie ein Hieb: »Es ist noch nicht vorbei, Black. Es ist nicht vorbei.« Verdammt, das war Rintoul. Vielleicht ist jetzt doch ein Löffel Lebertran angebracht, dachte Lorimer. Bei der sechsten stockte ihm der Atem, bis sie verklungen war: »Lorimer Black, lad mich bitte zum Essen ein. Sole di Napoli, In Chalk Farm. Ich hab einen Tisch bestellt für Mittwoch.«

Er schob *Angziertie* in den CD-Player und warf die Scheibe nach ungefähr neunzig Sekunden wieder aus. David Watts hatte eine dünne, monotone, zwar melodische, aber wenig markante Stimme, und seine hochgestochenen Verse gingen Lorimer sofort auf die Nerven. Die verhängnisvolle Glätte und Perfektion der teuersten Plattenstudios der Welt beraubte die Musik all ihrer Echtheit. Lorimer ahnte, daß er mit dieser Empfindung zu einer winzigen, fast schon pervers zu nennenden Minderheit gehörte, aber er konnte es nicht ändern. Es war, als wäre ihm ein Sinn abhanden gekommen, der Geruchs-, Geschmacks- oder Tastsinn, aber er war unfähig, irgendwelche britische, amerikanische oder europäische Rockmusik der vergangenen Jahrzehnte zu ertragen. Sie kam ihm abgrundtief verlogen vor, ohne Seele oder Leidenschaft, ein Gebräu aus manipuliertem Geschmack, trendigen Zutaten und professionellem Marketing. Er ersetzte David Watts durch Emperor Bola Osanjo und sein Viva Africa Ensemble, machte es sich bequem, schaltete ab und versuchte dieses unglaubliche Hochgefühl auszukosten, das sich in ihm ausbreitete. Er dachte an Flavia Malinvernos schönes Gesicht, an ihre Art, einen anzusehen, die immer so etwas Herausforderndes hatte, die einen so provozierte. Gar keine Frage, daß sie …

Es summte an der Tür, und er nahm den Hörer der Sprechanlage ab, plötzlich von der Befürchtung befallen, daß es Rintoul sein konnte.

»Ja?«

»Gott sei Dank. Hier ist Torquil.«

Torquil stellte den Koffer ab und musterte Lorimers Wohnung mit unverhohlener Bewunderung.

»Schmucke Bude«, sagte er. »Unwahrscheinlich schnucklig und irgendwie solide, wenn du verstehst, was ich meine. Ist das hier echt?«

»Griechisch«, erklärte Lorimer und entwand den Helm behutsam Torquils großen Händen. »An die dreitausend Jahre alt.«

»Hast du was zu saufen da?« fragte Torquil. »Ich brauch dringend einen Schluck. So ein beschissener Tag! Hast du eine Vorstellung, was das kostet, mit dem Taxi von Monken Hadley bis hier runter? Siebenundvierzig Pfund! Es ist unglaublich. Scotch bitte.«

Lorimer goß Torquil einen großzügigen Scotch ein und sich selbst einen etwas weniger großzügigen Wodka. Als er sich umdrehte, die Gläser in der Hand, fläzte sich Torquil schon auf seinem Sofa, die Schenkel gespreizt, und rauchte. Über seiner linken Socke zeigten sich fünf Zentimeter Schienbein.

»Was für einen Schrott spielst du denn da?«

Lorimer schaltete die Musik ab. »Ich habe gehört, was heute passiert ist«, sagte er tröstend. »Ein verdammtes Pech.«

Torquil verlor ein wenig von seiner Großspurigkeit. Plötzlich sah er für einen Moment geschrumpft und verschreckt aus. Er rieb sich das Gesicht mit der flachen Hand und nahm einen großen Schluck.

»Das war vielleicht gruslig, ich kann dir sagen. So ein heimtückischer Hund, dieser Hogg. Hat mir auch die Autoschlüssel weggenommen, an Ort und Stelle. Als ich gegen Mittag nach Hause kam, war der Wagen schon abgeholt. Verdammt peinlich.« Er schnaufte. »Rausgeflogen. Einfach so. Ich hab bei Simon ein Gespräch angemeldet, aber noch nichts gehört.« Er schaute Lorimer wehleidig an. »Hast du eine Ahnung, was das alles soll?«

»Ich glaube«, begann Lorimer und zweifelte, ob es klug war, mit Torquil vertraulich zu reden, »ich glaube, es hat mit dem Fedora Palace zu tun.«

»Ich dachte, du hättest die Sache erledigt?«

»Dachte ich auch. Aber da läuft noch etwas anderes. Ich weiß nur nicht, was.«

Torquil blickte bekümmert drein. »Okay, ich hab das versaut, ich geb's ja zu, ich bin zu Recht geflogen bei Fortress Sure. Und nun auch noch aus der GGH. Das ist nicht fair. Da müßte es doch eine Schonzeit geben. Ich hab mich verkalkuliert, das ist alles. Die können mich doch deswegen nicht für den Rest meines Lebens bestrafen!«

»Ich glaube, es ist komplizierter. Ich krieg's nur noch nicht richtig zusammen. Aber Hogg war aus irgendeinem Grund ziemlich nervös. Was hat er zu dir gesagt?«

»Er kam rein und sagte: ›Sie sind entlassen, verschwinden Sie, und zwar sofort.‹ Ich fragte warum, und er sagte: ›Ich traue Ihnen nicht.‹ Das war schon alles. Na gut, wir haben uns noch ein paar Nettigkeiten an den Kopf geworfen.« Torquil zog ein Gesicht und zuckte, als würde ihn die Erinnerung daran körperlich schmerzen. »Dieser Hund«, sagte er und schnippte abwesend seine Asche auf den Teppich. Lorimer brachte einen Aschenbecher und füllte sein Glas nach.

»Und wie ging es nach dieser Samstagnacht weiter?« fragte er in aller Unschuld, aber mit unverkennbarer Neugier. Gleichzeitig spürte er ein inneres Warnsignal: Da waren sie nun, er und Torquil, und quatschten über berufliche und häusliche Probleme. Jetzt hatten sie sogar schon gemeinsame Erlebnisse hinter sich wie zwei alte Freunde.

Torquil sah deprimiert aus, er warf den Kopf in den Nacken und starrte an die Decke. »Ist ziemlich schlimm gekommen«, sagte er. »Der reinste Alptraum. Sie war ganz still, als sie sich beruhigt hatte, eiskalt, war überhaupt nicht mehr sie selbst, irgendwie in sich gekehrt. Ich hab mich natürlich entschuldigt, aber sie wollte nicht mit mir sprechen.« Er stockte. »Heute morgen ging sie zu einem Anwalt – während ich meine Kündigung kriegte. Dann hat sie mich rausgeworfen. Ich kann ja zu Irina ziehen, sagte sie. Sie will die Scheidung.«

»Daher der Koffer.«

»Meine ganze Habe. Es kommt noch schlimmer. Ich mußte mit diesem Anwalt sprechen. Er sagt, ich muß Binnie ab sofort Geld geben, regelmäßig, irgendeine Art Unterhalt, bis die Scheidung durch ist. Ich habe dem Knaben erklärt, daß mir soeben gekündigt wurde und daß sie lange auf ihr Geld warten können. Offensichtlich hat er mit Binnie meine Kontoauszüge durchgesehen, Kreditkarten, Bausparbücher, den ganzen Kram. Da stellt sich raus, daß ich mit 54000 Pfund in der Kreide stehe. Gott sei Dank hab ich keine Hypothek.«

»Wie heißt es doch gleich? Wenn Sorgen kommen, so kommen sie wie einzle Späher nicht, nein, in Geschwadern.«

»Wie bitte?«

»Shakespeare.«

»Ach, richtig. Die Sache ist die, Lorimer: Es zeigt sich, daß du der einzige Freund bist, den ich habe.«

»Ich? Und was ist mit Oliver Rollo?«

»Den kann ich nicht ausstehen. Ein hirnloser Idiot.«

»Und was ist mit deiner Familie?«

»Sie sind alle eher auf Binnies Seite und sagen, ich mache ihnen Schande. Ich bin so was wie ein Paria, um die Wahrheit zu sagen. Überall abgemeldet.«

»Ich bin auch auf Binnies Seite.«

»Schon. Aber irgendwie hängst du ja mit drin in der Sache.«

»Wo hänge ich mit drin? Wovon redest du? Du bist zu Irina ins Bett gestiegen, nicht ich.«

»Aber du hast sie doch kennengelernt. Und sie war als deine Freundin eingeplant.«

»Das entscheidende Wort ist ›eingeplant‹. Ich habe keine zwei Minuten mit ihr gesprochen.«

»Ich überlege nicht genug, Lorimer. Das ist mein Problem. Ich denke einfach nicht voraus.«

Lorimer wußte, was als nächstes kam, und das unheilkündende Gefühl der Schwere legte sich wieder auf ihn.

»Ich habe mich gefragt«, sagte Torquil mit dünnem Lächeln, »ob ich vielleicht ein paar Nächte bei dir unterkriechen kann, bis sich der Sturm gelegt hat.«

»Der Sturm gelegt hat? Was meinst du damit?«

»Binnie läßt mich zurückkommen, sobald sie sich beruhigt hat.«

»Bist du sicher?«

»Klar. Sie ist nicht nachtragend, die gute Binnie.«

»Na gut, aber nur für ein paar Nächte«, sagte Lorimer und redete sich ohne viel Zuversicht ein, daß Torquil seine Frau schließlich besser kennen mußte als er. »Ich hol dir die Decke.«

211. DER FERNSEHAPPARAT. Du hast gefroren, weil du nackt warst, und du drücktest dich an Joyce' blassen, sommersprossigen Leib, die Augen fest geschlossen, um die Farben fernzuhalten. Joyce sagte, du bist naß, du bist glitschig, geh weg von mir, rühr mich nicht an. Als du die Augen aufmachtest, hatten sich die Farberscheinungen gelegt, aber dein kleines, schachtelartiges Zimmer pulsierte wie ein klopfendes Herz, zog sich zusammen und dehnte sich, als wären die Wände aus Gummi. Was dich jetzt störte, war der Lärm, und du sehntest dich nach der vollkommenen Stille der Busfahrt. Jetzt hörtest du nichts als das ohrenbetäubende Gedröhne eines Fernsehers aus dem unteren Stockwerk und wüstes Johlen und Gebrüll. Du schautest auf die Uhr, aber du konntest die Zahlen nicht erkennen. Joyce wälzte sich zu dir herum, ihre langen Brüste fielen auf dich und quetschten sich an dich, und du fühltest dich blödsinnigerweise, absurderweise, erschreckenderweise sexuell erregt – obwohl du klar genug warst, um zu wissen, daß Sex unter diesen Umständen lebensverändernde Auswirkungen haben konnte. Trotzdem, vielleicht …

»Warum brüllen und johlen die so, Milo?« fragte Joyce, und du spürtest das drahtige Prickeln ihres Schamhaars an deinem Schenkel. »Sag ihnen, sie sollen aufhören, Milo, bring sie zur Ruhe, mein Liebster.«

Joyce hat dir noch nie etwas Zärtliches gesagt, noch nie ihre Zuneigung gezeigt, dachtest du, und es gefiel dir, es erfüllte dich mit Liebe zu ihr und einem starken Verlangen, das deine Wut auf den Fernsehapparat und diese rücksichtslos dröhnende Lautstärke zur Explosion brachte. Du sprangst aus dem Bett, griffst nach dem Hemd und zwängtest dich hinein.

»DAS MACHT MICH VERDAMMT NOCH MAL RASEND!« hast du geschrien. »ICH BIN STOCKSAUER, ICH HAB EINE MORDSWUT.«

»Sag, sie sollen aufhören, Milo, mein Süßer, sag ihnen, sie sollen aufhören«, flehte Joyce. Sie saß im Bett, und ihre Tränen strömten.

Rasend vor Wut hast du die Tür deines schachtelartigen Zimmerchens aufgerissen und bist durch den Korridor gestampft, deine Hemdzipfel flatterten hinter dir im Luftzug, und du marschiertest zornentbrannt auf die Quelle des Lärms, auf das röhrende Gedröhn zu, finster entschlossen, den Fernsehapparat für immer zum Schweigen zu bringen.

Das Buch der Verklärung

Wie sich zeigte, fand Lorimer keinen Schlaf, wenn ein anderer mit ihm in der Wohnung war, wenn er etwas von seinem Raum abtreten mußte und mit einer fremden Geräuschquelle konfrontiert war. Ab und zu nickte er zwar ein, aber jedesmal, wenn Torquil hustete oder grunzte oder sich auf dem Sofa herumwarf, schreckte er sofort hoch, adrenalingeladen, mit aufgerissenen Augen und rasendem Gehirn, bis ihm die Anwesenheit des Gastes im Wohnzimmer wieder bewußt wurde.

Torquil schlief weiter, unerreichbar für die Welt, während Lorimer unter absichtlichem Geklapper und Türenknallen sein frugales Frühstück in der Küche bereitete. Er warf einen Blick in das dunkle Wohnzimmer und sah Torquils massigen nackten Rücken bleich im Dämmerlicht, er hörte sein kummervolles Schnaufen und Röcheln, und es befiel ihn der unliebsame Gedanke, daß Torquil möglicherweise nackt unter seiner Ersatzdecke lag – aber wer schlief schon nackt auf dem Sofa? Nackt auf einem fremden Sofa in einem fremden Haus?

Er trank seinen Tee und hinterließ einen Zettel, auf dem er ein paar pannenträchtige Eigenheiten der Wohnung erläuterte, und trat hinaus in die graue, eisige Dämmerung von Pimlico. Er hatte eine kleine Reisetasche mit ausgewählter Garderobe samt Zusatzrequisiten für die Regulierung des Falles David Watts bei sich, sollte sich die in nächster Zeit ergeben. Am vergangenen Abend hatte er keinen Parkplatz im Lupus Crescent gefunden und mußte nun einen längeren Fußweg zu seinem Wagen zurücklegen, der vor einer Methodistenkirche in der Westmoreland Terrace stand. Er spürte die beißende Kälte auf Wangen und Stirn und wurde von der Sehnsucht nach ein bißchen Frühlingssonne, nach ein paar milden, grünen Tagen gepackt. Der böige Ostwind, der schon am Abend geweht hatte, war nicht im geringsten schwächer geworden, er zerrte an Lorimers Mantel und peitschte die nackten Zweige der Platanen und Kirschbäume an der Straßenecke. Blätter wirbelten auf dem Gehweg entlang und wurden in die Höhe geblasen, dicke, dunkle, unregelmäßig geformte Blätter – Ahorn- oder Ginkgoblätter vielleicht –, und sie trieben tanzend in die Reihen der geparkten Autos. Die letzten Blätter des letzten Jahrs, dachte er elegisch, die sich einen ganzen Winter lang zäh an ihre Äste geklammert hatten, um nun davongetrieben zu werden. Wartet's nur ab, sagte er sich, in diesem Land bleibt kein Blatt am Baum, wenn es nicht immergrün ist. Was sind das für Dinger, die hier durch die Luft segeln? Er bückte sich und las eins auf, eine gezackte Rhombenform, dick wie ein Stechpalmenblatt, aber es zerknackte in seinen Fingern wie Schellack oder spröde Glasur.

Lorimer hegte keine sentimentalen oder nostalgischen Gefühle für die vielen Autos, die er in seiner Schadensreguliererlaufbahn schon besessen hatte. Ein Auto war für ihn nichts weiter als ein praktisches Hilfsmittel, um von A nach B zu gelangen: Er zeigte sogar ein betontes Desinteresse an Autos, so daß Slobodan wenig Anlaß fand, mit ihm ein Gespräch über »Maschinen« anzufangen. Trotzdem war er merkwürdig beunruhigt, seinen Toyota mit abgebrannter, verschmorter und blasiger Farbe zu sehen und nur hier und da noch einen unversehrten Flecken des turfgrünen Lacks zu erkennen. Noch immer trug der Wind einzelne Farbflocken davon, aber das Auto hatte seinen Lack fast vollständig eingebüßt und sah aus, als hätte es ein spezielles Tarnmuster für eine karge Tundra verpaßt bekommen – für eine graue Ödnis aus Steinen und Flechten mit ein paar Flecken aus grünem Gras. Eine Lötlampe, dachte Lorimer und fuhr mit den Fingern über das erkaltete, aufgerauhte Blech, eine Lötlampe, wie sie Maler und Dekorateure benutzen, oder auch Köche, wenn sie ihre *crèmes brûlées* bräunen wollen. Sie hatten flink gearbeitet; zwei oder drei Männer, schätzte er, konnten das Auto in neunzig Sekunden so zugerichtet haben. Er stellte sich die blaßblauen Flammen vor, den mächtigen Gestank, das Platzen und Blasenwerfen des brennenden Lacks. Was hatte Rintoul gesagt? »Es ist noch nicht vorbei.« Jetzt gab es kein Zögern mehr: Hogg und sein Lebertrankommando mußten einschreiten. Wenn Rintoul und

Edmund die harte Kugel schieben wollten, wie Shane Ashgable das ausdrücken würde, dann hatten sie keine Ahnung, was auf sie zukam.

In technischer Hinsicht war der Toyota unversehrt, und Lorimer fuhr flott, wenn auch ein wenig beklommen durch den beginnenden Berufsverkehr nach Silvertown. Er registrierte die neugierigen Blicke, die sein verschmorter Toyota beim Warten an Ampeln und Kreuzungen auf sich zog. Er drehte das Radio laut, und ein besänftigender Dvořák begleitete ihn fast den ganzen Weg von Westminster bis nach Canning Town, während er den Blick fest auf die Fahrbahn gerichtet hielt.

Der Möbelwagen erschien überraschend pünktlich um halb zehn, und gegen zehn war sein Haus bereits ein bewohnbarer Ort. Es gab ein Bett, Decken und Bettücher, ein Sofa, eine Liege für das Gästezimmer, ein Telefon, einen tragbaren Fernseher, einen Tisch mit Kirschfurnier, den man auch als Schreibtisch benutzen konnte, und vier Eßzimmerstühle. Er hatte ein paar moderne, aber einfache Stehlampen gekauft, damit er nicht ausschließlich auf die Deckenbeleuchtung angewiesen war, und die Küche war mit einem Minimum an Töpfen und Pfannen versehen, mit sechs Weingläsern, einem Korkenzieher, einem Büchsenöffner sowie einer Grundausstattung an Besteck und Geschirr für junge Familien. Was er nun noch brauchte, war Toilettenpapier und ein Vorrat an Lebensmitteln.

Er trat vor die Haustür und schritt den Betonplattenweg ab, der das planierte Viereck aus Schlamm – seinen zukünftigen Vorgartenrasen – durchschnitt, und nahm die neue Umgebung in sich auf. Er schien an diesem Morgen ziemlich allein in Albion Village zu sein. Eine gestreifte Katze sprang auf einen Holzzaun und entfloh, vor der Nummer 2 parkte ein Auto, und hinter der Nummer 7 flappte nasse Wäsche an einem knarrenden Trockenkarussell, aber das waren schon die einzigen Anzeichen menschlichen Lebens. Dann plötzlich hörte er das aufjaulende Durchstarten eines Motorrads, und gleich darauf kam es in Sicht, ein Fahrer mit Sozius, die ihm beide im Beschleunigen kurz den Kopf mit den Käferaugen zuwandten. Hallo, sagte Lorimer wie zu sich selbst und hob halb die Hand, ich bin der neue Nachbar. Schon waren sie verschwunden, der Lärm verebbte, und er war wieder allein in der Stille von Albion Village.

Ihm war es recht so; hier war alles neu, auch er fühlte sich neu, eine neue Spezies Mensch, die eine neue, völlig andersartige, anonyme europäische Stadt bevölkerte. Er wandte sich nach Osten, dem gegenwärtigeren Europa zu, und füllte die Lungen. Dieser scharfe Wind in seinem Gesicht war stiebend und rüttelnd über Frankreich, Belgien oder die Niederlande hinweggefegt bis hierher zu ihm – der Gedanke, daß er hier seine neue Heimstatt gefunden hatte, bereitete ihm ein flaues Gefühl in der Magengrube. Er kannte keine Menschenseele, besser noch: keine Menschenseele kannte ihn.

Er reckte die Schultern. Es wurde Zeit für ein paar Anrufe von seinem neuen weißen Telefon: Als erstes mußte er das Lebertrankommando in Gang setzen, damit es sich mit Rintoul befaßte, dann mußte das Treffen mit der Rock-'n'-Roll-Legende David Watts in Angriff genommen werden.

206. Alan erzählte mir von einem Stamm in einem entlegenen Teil der Philippinen, bei dem jeder, der Schlafende weckt, streng bestraft wird. Der Schlaf ist das kostbarste Geschenk, sagen diese Stammesangehörigen, und jemanden zu wecken ist genauso schlimm, als würde man dem oder der Betreffenden einen kostbaren Gegenstand stehlen.

Es machte mir zu schaffen, ein übermäßiger REM-Schläfer zu sein. Na ja, sagte Alan, du bist ein klassischer Leichtschläfer, und REM-Schlaf ist Leichtschlaf. Aber er fühlt sich nicht leicht an, sagte ich, er fühlt sich schwer an, wenn er stattfindet. Ja, sagte Alan, das ist so, weil man nur im REM-Schlaf träumt.

Das Buch der Verklärung

David Watts bewohnte eine riesige Stuckvilla in einer stillen Seitenstraße der Holland Park Avenue – von der Art, die gern als »Diplomatenvilla« bezeichnet wird. Sie war von einer Mauer mit großem Tor umgeben, Überwachungskameras waren so montiert, daß sie jeden Winkel im Blick behielten, aus dem sich jemand nähern konnte.

Lorimer hatte gründlich überlegt, wie er sich bei dieser Begegnung präsentierten sollte, und stillvergnügt genoß er das Ergebnis. Seit seinem Treffen mit Flavia hatte er sich nicht rasiert, und sein Gesicht war voller schwarzer Stoppeln gewesen. Als er sich schließlich doch rasierte, ließ er ein briefmarkengroßes Viereck direkt unter der Unterlippe stehen. Er suchte einen alten, mausgrauen Konfektionsanzug aus, dazu einen königsblauen Pullover mit V-Ausschnitt, ein weißes Nylonhemd und eine dünne Krawatte, olivgrün mit einem schmalen, diagonalen pistaziengrünen Streifen. An den Füßen trug er blankgeputzte Halbstiefel mit gelben Nähten und Gummisohlen. Er hatte sich auch für eine Brille entschieden, ein viereckiges Silbergestell mit neutralen Gläsern, und den rechten Bügel flickte er zum Schein – diese Zutat fand er besonders hübsch – mit einem Stückchen Klebeband. Sein Aussehen, so hoffte er, sprach für bemühte Unauffälligkeit: Daß er sich mit Vorbedacht zu einer solchen Figur stilisiert hatte, durfte *kaum* zu spüren sein.

Hundert Meter von der Villa entfernt saß er im Auto und prüfte sein Aussehen im Rückspiegel, bis er plötzlich erkannte, daß sein Unterlippenbärtchen ein Fehler war. Er griff nach dem Elektrorasierer im Handschuhfach (der immer dort lag) und rasierte es ab. Er spritzte ein wenig Mineralwasser auf den Kamm und zog ihn durchs Haar, um den Glanz zu entfernen, dann war er bereit.

Es dauerte zwei Minuten, bis er durch das Tor in der Mauer aufs Grundstück gelangte, und weitere drei Minuten, bis die Haustür geöffnet wurde. Beim Warten ging er im gepflasterten Vorhof mit den tönernen Lorbeer- und Buchsbaumkübeln auf und ab, im vollen Bewußtsein, daß jede seiner Bewegungen von den feinstens justierten Überwachungskameras registriert wurde.

Der Mann, der ihm schließlich öffnete, war übergewichtig und hatte ein Babygesicht, seinen Bauch bedeckte ein Sweatshirt mit dem Aufdruck »The Angziertie Tour« (Lorimer fragte sich, ob er das ihm zu Ehren übergezogen hatte). Der Mann stellte sich als Terry vor und führte ihn durch ein leeres Vestibül, das frisch parkettiert war und nach Lack roch, in ein kleines Wohnzimmer, möbliert mit verschiedenen unbequemen schwarzen Leder- und Chromsitzgelegenheiten. In einer Ecke wucherte ein riesiger Urzeitfarn, und an den Wänden hingen klassische Poster hinter Plexiglas – Campari, SNCF, Esso, Aristide Bruant mit seinem roten Schal. In einem Winkel unter der Decke befand sich neben dem blinkenden Auge eines Bewegungsdetektors eine weitere Kamera von der Größe einer Haushaltspackung Streichhölzer. Lorimer probierte mehrere Stühle, bis er einen gefunden hatte, den seine Wirbelsäule tolerieren konnte, er nahm die Brille ab, putzte sie, setzte sie wieder auf und wartete dann still, die Hände im Schoß, ohne sich weiter für seine Umgebung zu interessieren.

Fünfundzwanzig Minuten später kam David Watts mit Terry herein und wurde vorgestellt. Watts war groß, aber fast krankhaft mager, befand Lorimer, mit der hohlen Brust und den schmalen Hüften eines vorpubertären Halbwüchsigen. Er trug Lederhosen und einen kragenlosen Shetlandpullover mit einem Loch im Ellbogen. Das lange fettige Haar, das er noch auf dem Foto der CD-Beilage getragen hatte, war gestutzt zu einem US-Marine-Bürstenschnitt, und merkwürdigerweise war seine linke Wange unrasiert – was dort wuchs, sah aus wie ein kleines Teppichviereck, das er sich seitlich ans Gesicht geklebt hatte. Mit seinen langen, knochigen Fingern strich und kraulte Watts ständig an diesem Bartrelikt herum, was ziemlich abstoßend wirkte – als würde er seine Schmusedecke im Gesicht tragen. Lorimer war froh darüber, sich klugerweise in letzter Minute rasiert zu haben: Zwei Bartflicken in einem Raum hätten einen verdächtig manierierten Eindruck erweckt.

»Hallo«, sagte Lorimer, ohne eine Miene zu verziehen. »Lorimer Black.«

»Yeah«, erwiderte Watts.

Terry bot zu trinken an, und Watts entschied sich schließlich für italienisches Bier. Lorimer fragte nach Pepsi und lehnte, als diese nicht verfügbar war, jeden Ersatz ab – danke, nicht nötig.

»Wir haben doch Coke, oder, Terry?«

»Coke, Diät-Coke, koffeinfreie Diät-Coke, koffeinfreie Normalcoke, diätfreie Koffeincoke, was Sie wollen.«

»Ich trinke keine Coke«, sagte Lorimer, »danke, nicht nötig.«

Terry ging das italienische Bier holen, und Watts zündete sich eine Zigarette an. Er hatte ein kleines ebenmäßiges Gesicht, seine Augen waren von einem blassen Graubraun, winzige Leberflecken wie Schlammspritzer zogen sich von der Kinnlade seitlich am Hals hinab und verschwanden unter dem Ausschnitt seines Pullovers.

»Von der Versicherung also?« fragte Watts. »Seid ihr etwa die Typen, die uns seit Monaten auf den Keks gehen?«

Lorimer erläuterte knapp seine Rolle und seine Aufgaben als Schadensregulierer: nicht unabhängig, aber unparteiisch.

Watts musterte ihn böse und sog an seiner Zigarette. »Um das mal klarzustellen«, begann er, sein gutturales Großstadtidiom zeigte winzige Dialektanklänge an die Gegend von Slough, Swindon und Oxford. »Wir machen einen Vertrag mit euch Madenhackern, ja? Wir zahlen die bombastische Prämie, ja? Dann werde ich krank und muß absagen, und die schicken euch Typen los, damit ihr wieder aufrollt, was längst gegessen ist.«

»Nicht immer.«

»Moment mal. Die schicken euch los, um sich beraten zu lassen, professionell natürlich, ob sie mir zahlen sollen, was sie schon versprochen haben zu zahlen, für den Fall, daß was schiefläuft, ja? Als ich die Versicherung abgeschlossen habe, war nirgends die Rede davon, daß sie uns diese Schadensregulierertypen auf den Hals hetzen.«

Lorimer zuckte die Schultern. Jetzt kam es darauf an, die Ruhe zu bewahren und keine Regung zu zeigen. »Es wird im Kleingedruckten stehen«, sagte er. »Ich habe diese Art, Verträge zu schließen, nicht erfunden«, fügte er hinzu. »Ich mache nur meine Arbeit.«

»... sagte der KZ-Aufseher und drehte die Dusche auf.«

Lorimer schniefte und wischte sich die Nase. »Das finde ich geschmacklos«, sagte er unbewegt.

»Und ich finde *dich* geschmacklos, du Madenhacker«, erwiderte Watts. »Welche Musik haste denn in letzter Zeit gekauft, hä?« Mit verachtungsvoll würgender Stimme, als hätte er eine Gräte im Hals, zählte er ein paar gängige Rockgruppen auf. »Nein«, schloß er dann, »ich wette, du stehst auf Three Bodies Minimum. So wie du aussiehst, könnte ich wetten, du bist ein Three-Bodies-Minimum-Typ. Aber immer.«

»Um die Wahrheit zu sagen«, Lorimer zögerte ein wenig, »war es Kwame Akinlaye and his Achimota Rhythm Boys. Die Platte heißt *Sheer Achimota.*«

»*Sheer* was?«

»*Sheer Achimota.*«

»Was soll denn *Achimota* bedeuten?«

»Das weiß ich nicht.«

»*Sheer Achimota* ... Du stehst also auf afrikanische Musik?«

»Allerdings. Europäische oder amerikanische Rockmusik nach 1960 höre ich nicht.«

»Ach wirklich? Und warum nicht?«

»Sie hat keine Authentizität.«

»Und was ist mit meinen Sachen? Mehr Authentizität ist ja nun kaum drin.«

»Mit Ihrem Schaffen bin ich leider nicht vertraut.«

Lorimer sah, daß er Watts in die Parade gefahren war, ihn auf eine tiefgreifende, aber unklare Weise verstört hatte.

»Terry«, brüllte Watts, »wo bleibt denn das beschissene Bier?«

Er wandte sich Lorimer wieder zu und spielte mit den Fingern in den Barthaaren auf seiner Wange. »Sie glauben also nicht, daß ich krank war. Ist es das?«

Lorimer seufzte und nahm ein Notizbuch aus seiner Aktentasche. »Zwei Wochen nachdem die Angziertie-Tour abgesagt war, sind Sie in der Albert Hall aufgetreten …«

»Na kommen Sie. Das war doch ein Wohltätigkeitskonzert … für unsere kranken Musiker oder so was in der Art. TERRY, ICH KREPIERE HIER VOR DURST! Wo steckt dieser Fettsack? Hören Sie, ich kann Ihnen eine Armee von Ärzten schicken.«

»Das ändert nichts an der Sache.«

Watts blickte verdutzt. »Dann klage ich«, sagte er mit matter Stimme.

»Es steht Ihnen frei, alle rechtlichen Schritte einzuleiten, die Sie für richtig halten. Im übrigen ziehen auch wir es vor, wenn diese Dinge über die Gerichte laufen.«

»He, was soll das hier eigentlich?« rief Watts. »Die Spielregeln mitten im Spiel zu ändern, die Tore zu verschieben? Jeder läßt sich schließlich versichern, absolut *jeder*, das ist das normalste Ding der Welt. Selbst Leute, die *keine* Hypotheken aufnehmen, lassen sich versichern, Selbst Sozialhilfeempfänger sind versichert. Aber keiner würde das machen, wenn ihr Arschlöcher dauernd auftaucht und die Tore verschiebt. Ihr Madenhacker stellt euch einfach hin und sagt: ›Von wegen. Wir zahlen nicht. Verpißt euch!‹ Ich meine, wenn die Leute vorher wüßten, daß ihr diese Masche abzieht …«

»Es ist eine Frage von Ehre und Gewissen.«

»Und das heißt? TERRY!«

»Das heißt, wir glauben nicht, daß Sie Ihre Forderung in ehrlicher Absicht erheben.«

Watts musterte ihn neugierig, beinahe fasziniert. »Wie war gleich Ihr Name?«

»Black, Lorimer Black.«

»Tun Sie mir nur den einen Gefallen, Lorimer Black. Halten

Sie den Kopf still und schauen Sie so weit nach links, wie Sie Ihre Augen bewegen können.«

Lorimer gehorchte: Seine Sicht verschwamm, das durchsichtige Profil seiner Nase schwebte vor seinem rechten Auge.

»Sehen Sie was?« fragte Watts. »Irgendwas Ungewöhnliches?«

»Nein.«

»Aber ich, Kumpel.« Auch Watts bewegte nun die Augen nach links. »Ich sehe einen schwarzen Schatten«, sagte er. »Im äußersten Winkel meines linken Blickfelds sehe ich einen schwarzen Schatten. Wissen Sie, was das ist?«

»Nein.«

»Das ist Luzifer. Der Teufel sitzt auf meiner linken Schulter. Seit sechs Monaten schon. Deshalb rasiere ich mich auf dieser Seite nicht.«

»Verstehe.«

»Und nun sagen Sie mir bitte, Mr. Madenhacker: Wie soll ein Musiker verdammt noch mal eine Achtzehnmonatetour durch fünfunddreißig Länder überstehen, wenn ihm der Teufel auf der Schulter sitzt?«

Lorimer wartete im Vestibül, und Terry brachte ihm den Mantel.

»Nächstes Mal besorge ich Ihnen Pepsi«, sagte er fröhlich.

»Es wird wohl kein nächstes Mal geben.«

»O doch, bestimmt«, sagte Terry. »Sie haben ihn gewaltig beeindruckt. Ich hab noch nie erlebt, daß er länger als zwei Minuten mit jemandem redet – außer mit Danielle. Haben Sie eine Karte? Er steht auf Sie, echt. Sie sind sein Typ.«

Lorimer überreichte ihm seine Karte und war nicht sicher, ob er geschmeichelt oder beunruhigt sein sollte. »Warum hat er mich immer als Madenhacker bezeichnet?«

»Das macht er mit allen so«, erklärte Terry. »Kennen Sie das nicht aus dem Fernsehen, wenn da im Film geflucht und gelästert wird, was das Zeug hält? Das wird dann überblendet, und aus ›*fucking*‹ wird ›*frigging*‹, aus ›*shit*‹ wird ›*shoot*‹ und so weiter.«

»Ach so.«

»Ja. Und wenn dann einer im Film ›*motherfucker*‹ sagt, dann machen sie im Fernsehen ›*Madenhacker*‹ draus. Wirklich wahr. Müssen Sie mal aufpassen. Das fand er ganz toll, Old David«, sagte Terry mit einem Lächeln. »Unser kleiner Madenhacker.«

Er fuhr die Holland Park Avenue geradeaus, durch Notting Hill Gate und Bayswater Road bis Marble Arch, dann die Park Lane und Constitution Hill hinab, und vor der Westminster Bridge schwenkte er ins Victoria Embankment ein. Lorimer konnte sich nicht erklären, warum er vom Victoria Embankment abbog, aber der Entschluß kam plötzlich, und er folgte ihm sofort.

Das Fedora Palace war bis auf drei Stockwerke verschwunden, Kipper transportierten Geröll ab, die starren Klauen der Abrißbagger scharrten an den Außenmauern, dicker Zementstaub wirbelte durch die Luft. Lorimer sprach einen Vorarbeiter mit Schutzhelm an, der ihm erklärte, daß der Bau abgerissen und der Platz eingeebnet werde. Lorimer ging umher und suchte nach einer Erklärung für diese neue Entwicklung, doch er fand keine, mochte er es drehen und wenden, wie er wollte. Er zog sein Handy und rief Torquil an.

»Ein Glück, daß du anrufst«, sagte Torquil. »Ich finde deine Waschmaschine nicht.«

»Ich hab keine. Du mußt zum Waschsalon gehen.«

»Soll das ein Scherz sein? Ach ja, irgendwas ist mit deinem Klo passiert. Die Spülung funktioniert nicht.«

»Ich werd mich drum kümmern«, sagte Lorimer. »Hör mal, das Fedora Palace wird gerade abgerissen. Hast du vielleicht eine Erklärung dafür?«

»Äh …« Torquil dachte nach. Lorimer konnte ihn förmlich denken hören. »Nein«, sagte Torquil schließlich.

»Das wird doch ein gewaltiger Verlust, meinst du nicht? Das

Ding war praktisch fertig. Ist der Abriß nicht unsinnig, trotz Brandschaden?«

»Da bin ich überfragt. Wo gibt's hier in der Nähe einen anständigen Imbiß?«

Lorimer beschrieb ihm den Weg zum Matisse und kappte das Gespräch. Er entschied sich, den Fall Fedora Palace als abgeschlossen zu betrachten. Die Prämie war ihm sicher, und es hatte keinen Sinn, die Dinge von neuem aufzurühren. Ohnehin beschäftigte ihn jetzt vor allem die Sorge, was sich in seiner Wohnung tat.

11. Kapitel

Flavia Malinverno küßte ihn, wie er noch nie geküßt worden war. Irgendwie hatte sie ihre Oberlippe zwischen seine Oberlippe und die Vorderzähne geschoben. Abgesehen davon war es ein klassischer Vollblutkuß, aber was er vor allem spürte, war dieser seltsame Druck auf die obere Mundpartie. Ein erregender erster Kuß. Flavia löste sich von ihm. »Mmmmm«, machte sie. »Nett.«

»Küß mich noch mal«, sagte er, und sie tat es, die Hände flach an seine Wangen gelegt. Diesmal saugte sie an seiner Unterlippe, dann an seiner Zunge wie ein nuckelndes Kälbchen.

Ein Klartraum, eindeutig und unmißverständlich, dachte er, als er die zensierte Fassung in das Traumbuch neben dem Bett einschrieb. Er wollte noch einmal geküßt werden und hatte seinen Traum so eingerichtet, daß es klappte – Alan würde sich freuen. Er saß aufrecht auf der schmalen Liege der Schlafkabine, ein wenig atemlos und erschüttert von der Lebendigkeit seines Eindrucks, von der unwiderleglichen Beweiskraft seiner Erektion, und staunte erneut über die Fähigkeit des Geistes, komplexeste körperliche Empfindungen zu kopieren, nein, besser noch, ganze Abfolgen sinnlichen Erlebens zu erfinden. Was sie mit ihrer Lippe machte … Gefühlsechter ging es nicht. Und doch war er hier allein in einem Obergeschoß des Universitätsgebäudes von Greenwich, und zwar um – er sah auf die Uhr – vier Uhr dreißig früh. Der Traum hatte eine einfache kausale Erklärung. Er würde Flavia noch an diesem Tag wiedersehen, sie beherrschte seine Gedanken und drängte alles andere – Torquil, Hogg, Rintoul, das Haus in Silvertown – an den Rand. Er schüttelte den Kopf und schnaufte laut wie ein

Athlet nach einer Kraftanstrengung. Dann fiel ihm ein, daß außer ihm noch zwei andere Versuchskaninchen ihren Leichtschlaf im Institut absolvierten. Er legte sich wieder hin, die Hände hinter dem Kopf gefaltet, und sah ein, daß es zwecklos war, noch einen Einschlafversuch zu machen und seinen Klartraum noch einmal hervorzulocken. Lächelnd kostete er die Erinnerung aus: Der Traum war eine Zugabe. Er hatte nicht vorgehabt, die Nacht im Institut zu verbringen, aber diese Lösung hatte sich als willkommener, um nicht zu sagen notwendiger Ausweg erwiesen.

Als er am Abend zuvor nach Hause zurückgekehrt war, hatte sich Torquils Unordnung wie eine Elefantenfährte durch seine Wohnung gezogen. Die zerknautschte Decke hing vom Sofa herab wie eine geschmolzene Dalí-Uhr, die deformierten Kissen lagen auf dem Sessel daneben, Torquils Koffer stand aufgeklappt mitten auf dem Teppich, seine schmutzige Wäsche lag offen ausgebreitet wie ein besonders unappetitliches Aufklappbuch, drei volle Aschenbecher standen herum, und die Küche bedurfte einer zehnminütigen Feuchtreinigung. Ein paar geschickte Handgriffe am Schwimmer des Spülkastens ermöglichten es ihm schließlich, die verschiedenartigen Verdauungsprodukte Torquils wegzuschwemmen. Er nahm sich vor, ein Schloß an der Schlafzimmertür anbringen zu lassen: Torquil hatte offensichtlich seine Schränke und die Kommode durchwühlt, und es fehlte ein Hemd. Ein kurzer Aufräumeinsatz und ein Rundgang mit dem Staubsauger versetzten die Wohnung annähernd wieder in den Normalzustand.

Dann kam Torquil zurück.

»Katastrophe!« kündigte er schon beim Eintreten an und marschierte zielstrebig auf den Getränketisch zu, wo er sich einen dreifingerhohen Scotch eingoß. »Mir langt's, Lorimer. Heute hätte ich töten können. Wäre ich diesem Marder von Anwalt doch nur an die Gurgel gegangen!«

Er hatte schon eine Zigarette angezündet und schaltete den Fernseher ein. »Ich bring noch einen um, das sag ich dir. Ein

Hemd hab ich mir geborgt, hoffe, es macht dir nichts aus. Muß dringend Geld auftreiben. 1500 Pfund diesen Monat, Schulgeld ist in zwei Wochen fällig. Ich bin total am Arsch. Was gibt's zum Abendbrot?«

»Ich gehe weg«, ließ sich Lorimer spontan einfallen.

»Was ist das für eine alte Schachtel da unten? Hat mich durch den Türschlitz angeglotzt.«

»Sie heißt Lady Haigh und ist außerordentlich nett. Hast du mit ihr gesprochen?«

»Ich hab nur ›Buh!‹ gemacht, da hat sie die Tür zugeknallt, aber flink, das kann ich dir sagen. Ich brauch einen Job, Lorimer, gutbezahlt, so schnell, wie's geht. Wo willst du hin?«

»Es ist eine Art Schlaftherapie. Ich bleibe die ganze Nacht weg.«

»Ach, wirklich?« Er versuchte, eine lüsterne Miene aufzusetzen, dann holten ihn seine eigenen Sorgen ein. »Da werd ich mich mal ans Telefon setzen heute abend, paar Freunde anrufen, Beziehungen spielen lassen und so. Gibt's hier in der Gegend einen anständigen Chinesen?«

Lorimer zog die Stirn kraus, schob sich auf seiner Liege zurecht und malte sich aus, welche Auswirkungen der chinesische Takeaway auf seine schmucke und aufgeräumte Küche haben würde. Doch Torquil war das geringste seiner Probleme. Er hatte den Toyota auf den Hof der GGH gebracht, wo es zwei Parkplätze (einen für Hogg und einen für Rajiv) und eine Ladebucht gab. Rajiv hatte den Lackschaden mitleidig begutachtet.

»Die bösen Kunden, was, Lorimer? Überlaß das nur mir. Wir besorgen dir einen netten, glänzenden Neuen.«

Lorimer ging zu Hogg, der eine schwarze Krawatte und einen feierlichen Anzug trug, als käme er direkt von einer Beerdigung, und berichtete ihm vom Anschlag auf sein Auto.

»Woher wissen Sie, daß es Rintoul war?« sagte Hogg schroff. »Könnte auch Vandalismus sein.«

»Er hat auf meinen Anrufbeantworter gesprochen und gesagt: ›Es ist noch nicht vorbei.‹«

»Klingt mir nicht sehr bedrohlich. Hat jemand was gesehen? Irgendwelche Zeugen?«

»Das Auto war nicht in meiner Straße geparkt, keiner konnte wissen, daß es mir gehört.«

»Kommt gar nicht in Frage«, sagte Hogg, seine Hände wühlten in den tiefen Taschen seines Anzugs.

»Wie meinen Sie?«

»Auf so einen vagen Verdacht hin kann ich keinen Lebertran anordnen«, sagte Hogg mit wenig überzeugender Barschheit und schob die Pfefferminzpastille, die er in der Tasche gefunden hatte, in den Mund. Er ließ die Pastille gegen die Zähne klappern, daß es klang, als würde man mit dem Stock auf ein Geländer schlagen. »Wissen Sie denn, was eine Ölung bedeutet? Das ist eine ernste, um nicht zu sagen bösartige Angelegenheit. Wir müssen absolut überzeugt sein, daß es nötig ist. Und in diesem Fall, mein Wertester, bin ich das nicht.«

»Sie wollen Rintoul nicht ölen?« fragte Lorimer, außerstande, seinen Unglauben zu verbergen.

»Sie begreifen aber schnell. Wenn Sie sich solche Sorgen machen, tun Sie's doch selbst. Das wäre mein Vorschlag. Wer A sagt, muß auch B sagen.«

Das war noch nicht alles. Am Nachmittag rief ihn Rajiv an: »Tut mir leid, Jungchen, er will dein Auto nicht ersetzen.«

»Warum denn nicht, zum Teufel? Es ist doch versichert, oder?«

»An uns ist's nicht, dies zu ergründen, Lorimer. Bye.«

Also war Lorimer in seinem getoasteten Toyota nach Hause zurückgefahren, wütend mit der Suche nach den Ursachen für Hoggs nun offenkundige und provozierende Feindseligkeit beschäftigt. Er fragte sich, ob Hogg wußte, daß Torquil sich in seiner Wohnung aufhielt, und kam zu dem Schluß, daß dies wahrscheinlich war, denn er schien so ziemlich alles zu wissen; Lorimer konnte nachvollziehen, daß Torquils Nähe zu ihm aus Hoggs Perspektive ein wenig kompromittierend war.

226. KLARTRÄUME. Klarträume sind Träume, die der Träumer kontrollieren und beeinflussen kann. Sie sind ein Phänomen der tieferen Phasen des REM-Schlafs und finden im sogenannten D-Stadium statt. Der Schlaf des D-Stadiums umfaßt etwa fünfundzwanzig Prozent des REM-Schlafs und tritt in kurzen, intensiven Wallungen auf.

»Das Faszinierende an dir«, sagte Alan, »was dich zu meinem Versuchskaninchen Nummer eins macht, ist der Umstand, daß dein D-Stadium offenbar vierzig Prozent deines REM-Schlafs einnimmt.«

»Muß ich mir Sorgen machen?«

»Das weiß ich nicht. Aber es bedeutet, daß du mehr Klarträume hast als der Durchschnitt.«

»Danke.«

»Ich glaube, das könnte noch ein Grund dafür sein, daß du so wenig schläfst. Für jemanden wie dich ist der Schlaf zu aufreibend, zu anstrengend.«

Das Buch der Verklärung

Der Schnee kam überraschend. Wortreich brachten die Leute in Läden und Busschlangen ihre Verwunderung zum Ausdruck, beklagten, in textiler Hinsicht nicht angemessen vorgesorgt zu haben, und geißelten die beschämend unstimmigen Voraussagen der Meteorologen. Der böige Ostwind hatte plötzlich nach Norden gedreht und wehte jetzt von den eisigen Fjorden Skandinaviens, von den Eiswüsten der Arktis. Als Lorimer in Chalk Farm ankam, lag der Schnee ein paar Zentimeter hoch auf den Gehsteigen, und die Straßen waren ein marzipanfarbener Matsch aus zerfahrenen Reifenspuren. Die Flocken waren groß wie Styroporplättchen und schwebten gemächlich, aber stetig von einem schwefliggrauen Himmel herab.

Sole di Napoli, das Restaurant, das Flavia Malinverno ausgesucht hatte, bot einen auffälligen Kontrast zu diesem Wetter. Wie vorauszusehen, war es neapolitanischer Provenienz, bemalt in rosa und flammend gelben Farben, voller Bilder und Symbole des sonnigen Südens. In Krügen standen getrocknete Blumen herum, Getreidegarben waren hinter Spiegelrahmen gesteckt, das dilettantische Wandbild über dem Pizzaofen zeigte die ultramarinblaue Bucht von Neapel und den rauchenden Vesuv, auf einem Wandbord über der Bar sah man sorgsam gestapelte Strohhüte. Jeder Tisch war von einer kleinen stachligen Agave im Blumentopf geziert, und die Kellner trugen blaue T-Shirts mit einer golden flammenden Sonne über der linken Brust.

Lorimer stampfte den Schnee von den Schuhen, schüttelte sich die Flocken aus dem Haar und wurde zu seinem Tisch gewiesen. Vielleicht sollte man Gratissonnenbrillen an die Gäste austeilen, dachte er, damit die richtige Stimmung aufkommt, und er bestellte trotz des Wetters einen sommerlichen Campari Soda – den Lieblingsdrink seines großen Bruders Slobodan, wie ihm einfiel. Natürlich war es noch viel zu früh, und wie sich herausstellte, kam Flavia zwanzig Minuten zu spät. Er wartete geduldig, sein Kopf ein gedankenleeres Neutrum, schaute den Schneeflocken zu und trank seinen ersten, dann einen zweiten Campari Soda. Er versagte sich jede Spekulation über die Gründe dieser Einladung und betrachtete sie einfach als Segen, als erstaunlichen Glücksfall, und vergeblich versuchte er die Bilder seines Klartraums aus dem Kopf zu verbannen. Jetzt gab es kein Entkommen mehr, wie er mit Frohlocken feststellte, er steckte bis über die Ohren drin, völlig hinüber, reif für eine Fallstudie zum Thema »Verknalltheit«. Daß sie verheiratet war, daß es da einen Finsterling von Ehemann gab, machte ihm nichts aus. Ebenso unwichtig war, wie er mit einem Anflug schlechten Gewissens feststellte, daß er über vier Jahre eine Beziehung mit Stella Bull unterhalten hatte. Nein, jetzt ist nicht die Zeit für moralische Erörterungen, dachte er, diese Momente waren reserviert für absurd überzogene Hoffnungen, für süße Erwartungen, für Träumereien, die so lächerlich, so unmöglich waren, daß …

Flavia Malinverno trat ein.

Die Kellner fielen über sie her. *»Bellissima«, »Flavia, mia cara«, »La più bella del mondo!«* und so weiter – offensichtlich war sie wohlbekannt. Der Geschäftsführer nahm ihr die Jacke ab und führte sie unter Verbeugungen wie ein elisabethanischer Höfling zum Tisch, an dem Lorimer saß. Lorimers Schließmuskel zog sich zusammen, in seinen Atmungsorganen spielte sich eine Art Asthmaanfall ab, und irgendein hochpotenter Schwachsinnsvirus lähmte seine Gehirnzellen. Ihr Haar war wieder anders, eine Spielart rötlichen Umbras war von Schichten dunklen Golds durchwirkt, dessen in den Sonnentönen des Sole di Napoli erstrahlender Glanz fast zum Blinzeln zwang. Ihre Lippen waren eher braun, nicht mehr so rot. Er hatte nicht richtig mitbekommen, was sie trug – eine Wildlederjacke, einen Schal und irgendeinen gerippten weiten Pullover.

Sie ignorierte seine zitternd ausgestreckte Hand und rutschte flink auf ihren Stuhl.

»Wie ich sehe, hast du Schnee mitgebracht.«

»Mnnngh?«

»Schnee, Darling. Weiße Zeug fallen von Himmel. Pimlico-Schnee. Heute morgen war es noch nett und sonnig.«

»Oh.«

»Hast du das Auto da draußen gesehen? Champagner, bitte, *una bottiglia,* Gianfranco, *grazie mille.* Jemand muß es abgefackelt haben. Fast ein Kunstwerk.«

»Das ist meins.«

Sie stockte, hielt den Kopf schräg und sandte ihm ihren streng verwunderten Blick.

Er spürte ein dümmlich wieherndes Lachen aus seiner Kehle steigen und verwandelte es in einen Hustenanfall.

»Nur die Ruhe«, sagte sie. »Trink ein bißchen Wasser. Was ist passiert?«

Mit glucksendem Geräusch trank er das Wasser: Vielleicht sollte er sich den Rest über den Kopf schütten, um das Bild des kompletten Idioten abzurunden? Er klopfte sich sacht auf die Brust und nahm wieder Haltung an. »Jemand hat es in Brand gesetzt. Mit einer Lötlampe. Aber nur der Lack ist hin. Alles andere funktioniert prima.«

»Was dagegen, wenn ich rauche? Warum sollte einer das tun?«

»Nein, überhaupt nicht. Berufsrisiko.« Dann korrigierte er sich: »Wahrscheinlich war es Vandalismus.«

»Ist ja ein gefährlicher Job, den du da hast«, sagte sie, paffte einmal an ihrer Zigarette und drückte sie aus. Der Champagner war gekommen, und zwei Gläser wurden eingeschenkt. »Cheers, Lorimer Black, wir haben was zu feiern.«

»Ach wirklich?«

»Ja, ich komme ins Kino«, sagte sie mit schleppend verstellter Stimme. »Zwei Tage Arbeit, tausend Pfund.« Sie machte erstaunte Glotzaugen: »›Aber Timothy, Mommy hat mir doch gesagt, du wärst an der Börse!‹« Dann schluchzte sie kurz auf. »Siehst du, ich hab sogar meinen Text gelernt.«

Sie stießen mit den Gläsern an, und Lorimer stellte fest, daß seine Hand noch zitterte.

»Auf deine Rolle.«

»Auf dein Auto. Das arme Ding. Wie heißt es?«

»Es ist ein Toyota.«

»Nein, ich meine, wie es heißt.«

»Es hat keinen Namen.«

»Wie langweilig. Du mußt den Dingen Namen geben. Wie schon Adam. Von jetzt an mußt du allen Dingen Namen geben, Lorimer Black. Ich bestehe darauf. Das macht alles irgendwie … wirklicher.«

»Ich hab eigentlich kein besonderes Interesse an Autos.«

»Aber sich mit einer Lötlampe drüber herzumachen! Ist das das Schlimmste, was dir in deinem Job passiert ist?«

»Ich hatte schon Morddrohungen. Das war ganz schön erschreckend.«

»Das kann man wohl sagen. Mein Gott, stell dir vor! Ist das passiert, als du unterwegs warst, um Schäden zu regulieren?«

»Manche Leute können ganz schön wütend werden.« Er mußte aufhören, »ganz schön« zu sagen.

»Aber ich hoffe doch, daß niemand im Ernst umgebracht wird.«

»Nun, den einen oder anderen Fall gab es schon, wo sich einer verabschiedet hat.«

»Verabschiedet?«

»Ade, du liebe Welt.«

»Jetzt hab ich begriffen.« Sie goß Champagner nach und hielt ihr Glas in die Höhe. »Die Freunde soll'n Champagner saufen, die Feinde soll'n im Schlamm ersaufen. Wo sind Sie her, Mr. Lorimer Black?«

Beim Essen (Gazpacho, Spaghetti primavera, Sorbet) lieferte Lorimer ihr seine bereinigte Kurzbiographie: Geboren und aufgewachsen in Fulham, Universität in Schottland, ein paar »Wanderjahre«, bis er ein festes Einkommen brauchte (zur Unterstützung der Eltern) und in der Schadensregulierersparte der Versicherungsbranche landete. Er ließ sie wissen, daß er seinen Beruf als Durchgangsstadium betrachtete, daß der Wandertrieb noch immer in ihm steckte. Wie faszinierend, sagte sie und erzählte ihm ihrerseits von ein paar Rollen und Auftritten als Model, die sie für sich verbuchen konnte, und von dem neuen Film, für den sie gerade vorgesprochen hatte, aber das Thema, zu dem sie im Verlauf ihrer Erzählung immer wieder zurückkam, war »Gilbert«, den sie »unmöglich, egoistisch und ekelhaft« fand, aber »nicht zwangsläufig in dieser Reihenfolge«.

»Wer ist Gilbert?« fragte Lorimer vorsichtig.

»Du hast ihn doch neulich kennengelernt.«

»Ich dachte, der hieß Noon.«

»Das ist sein Künstlername. Sein richtiger Name ist Gilbert, Gilbert Malinverno.«

»Das klingt nicht mehr ganz so toll.«

»Genau. Deshalb nenne ich ihn Gilbert, wenn ich sauer auf ihn bin. Das ist so ein schwacher Name.«

»Was, äh, macht er so?«

»Er ist Jongleur. Ein erstklassiger sogar.«

»Ein Jongleur?«

»Er hat das Jonglieren aber aufgegeben, um ein Musical zu schreiben.«

»Ist er Musiker?«

»Ein fabelhafter Gitarrenspieler. Aber logischerweise hat er seit Monaten kein Geld mehr verdient, deshalb nenne ich ihn Gilbert. Er ist ein Multitalent, aber er ist beschränkt.«

Lorimers Abneigung gegen Gilbert Malinverno ging tief. »Bist du schon lange verheiratet?« fragte er, als wäre ihm die Frage eben erst eingefallen.

»An die vier Jahre. Ich glaube, ich habe ihn eigentlich nur wegen des Namens geheiratet.«

Ich hab meinen Namen auch geändert, wollte Lorimer sagen. Dafür muß man nicht heiraten. »Flavia Malinverno. Wie war dein Name vorher?« fragte er statt dessen.

»Nicht annähernd so hübsch. Du weißt, daß es ›schlechter Winter‹ auf italienisch heißt? *Mal inverno.* Da wir schon davon reden«, sie schaute in den Schnee hinaus, »wie wär's mit einer Grappa?« Dann langte sie doch tatsächlich über den Tisch und drückte seinen Arm.

Sie tranken Grappa und verfolgten, wie sich der Nachmittag draußen allmählich in bläuliche Finsternis verwandelte, wie der Schneefall langsam nachließ, bis nur noch vereinzelt Flocken in Spiralen nach unten segelten. Die Schneedecke war jetzt eine gute Handbreit dick, und die Straße bestand aus gewalkter Schokolade.

Sie stritten sich gesittet um die Rechnung und einigten sich auf eine Halbierung: Flavia übernahm den Champagner, Lorimer das Essen und den Wein. Draußen wickelte sie sich den Schal um den Hals und hüllte sich fester in ihren Wildlederblouson.

»Kalt ist es«, sagte sie, »mein Gott, ist dieser Pimlico-Schnee kalt! Und besoffen bin ich auch.«

Sie machte einen halben Schritt und schien sich an ihn zu

schmiegen, wie um seine Körperwärme zu suchen, und Lorimer merkte, daß sich sein Arm ganz selbstverständlich um sie legte, er spürte ihr Zittern, und plötzlich waren sie einander zugewandt und küßten sich. Der Kuß war nicht so wie in seinem Klartraum, aber ihre Zunge drang tief in seinen Mund ein, und er war kurz davor zu explodieren.

Der Applaus des Personals vom Sole di Napoli, das sich wie ein Mann im Fenster versammelt hatte, um zu jubeln und zu klatschen, brachte sie auseinander. Flavia drehte eine Pirouette, machte einen tiefen Diener und rannte weg.

»Bye, Lorimer Black«, rief sie. »Ich rufe dich an.«

Bevor er ihren Namen herausbrachte, war sie schon um die Ecke und außer Sicht. Er lief durch den sanft knarrenden Schnee zu seinem versengten und versehrten Vehikel und wunderte sich, warum ihm plötzlich so schwer ums Herz war.

12. Kapitel

»Er kränkelt ein bißchen«, sagte Monika. »Er wollte nicht aufstehen am Montag, hat sich einfach nicht gerührt. Da wußte ich, daß es ihm nicht blendend ging.«

Lorimer und Monika standen vor dem Zimmer des Vaters im Flur und sprachen mit gedämpfter Stimme wie Ärzte auf einer Krankenstation. Lorimer zitterte: Im Haus war es kalt. Draußen war es rauh und eisig, der Schnee lag noch, hart und bläulich überfroren.

»Hier friert man sich ja zu Tode, Monika«, sagte er. »Gibt es Probleme mit der Zentralheizung?«

»Die geht gegen sechs an. Das ist eine Zeitschaltung.«

»Dann verstell die Zeit. Das ist ja lächerlich, diese Kälte. Denk doch an Dad.«

»Ich kann die Zeit nicht ändern, Milo. Außerdem hat es Dad ganz warm und gemütlich mit seiner elektrischen Heizdecke.«

»Na, fein«, sagte Lorimer. »Kann ich ihn sehen?«

Monika öffnete die Tür und ließ ihn hinein. »Bleib nicht so lange«, sagte sie. »Ich will noch einkaufen.«

Lorimer schloß behutsam die Tür hinter sich. Das Zimmer war klein und schmal, gerade groß genug für ein Einzelbett, einen Nachttisch, den Fernseher und einen bescheidenen Sessel. An der Wand gegenüber dem Bett hing eine Ansammlung von billig gerahmten Fotos der Familie Bloçj – die Großmutter, die Mutter und die Kinder in verschiedenen Altersphasen, Slobodan, Monika, Komelia, Drava. Und der kleine Milomre, der Letztgeborene.

Die blauen Augen seines Vaters richteten sich auf ihn, als er an das Bett trat und den Sessel heranzog.

»Hallo, Dad, ich bin's«, sagte er. »Du fühlst dich nicht so gut, was? Wo fehlt's denn? Vielleicht eine Virusgrippe. Ist ja auch elendes Wetter draußen. Da ist man im Bett am besten aufgehoben. Wird schon wieder werden ...« Er setzte das belanglose Gerede eine Weile fort, wie es die Mutter und die Schwestern von ihm erwarteten, waren sie doch überzeugt, daß der Vater alles verstand. Aber dafür gab es keine Anzeichen. Das matte Lächeln blieb seine konstante, unveränderliche Mitteilung an die Welt, aber wenigstens reagierten seine Augen heute, und der Lidschlag war regelmäßig. Lorimer beugte sich vor und nahm seine rechte Hand, die auf der Decke über der Brust ruhte. Zweifellos hatte Monika sie so hingelegt, immer darauf bedacht, daß alles an seinem Platz war und die Hand folglich in der Invalidenstellung auf der Brust. Lorimer konnte den Zustand seines Vaters nicht deuten: Er war nicht gelähmt, einfach nur sehr still. Er konnte laufen und die Glieder bewegen, wenn man ihn sanft dazu brachte. Aber wenn man es ihm nicht abverlangte, regte er sich fast überhaupt nicht. Zumindest galt das für den äußeren Eindruck; im Innern arbeitete alles normal, wie Lorimer vermutete, Herz, Lunge, Verdauung, Ausscheidung und so weiter. Aber sein äußeres Verhalten ließ ein Faultier im Vergleich dazu aufgekratzt und nervös wirken. Vielleicht befand er sich in einem Zustand permanenten Winterschlafs, wie ein Python, der sich in einer Felsspalte zusammengerollt hat, oder wie ein Eisbär in seiner Schneehöhle? Lorimer vermutete, daß es einen medizinischen Terminus dafür gab, irgendeinen »vegetativen Zustand«. Er wollte aber seinen Vater lieber mit einem schlafenden Bären verglichen wissen als mit Gemüse.

»So ist es, nicht wahr, Dad?« sagte er. »Du hattest genug von allem und hast einfach abgeschaltet. Du bist keine Mohrrübe oder Kartoffel.« Er drückte die Hand des Vaters und meinte einen flüchtigen Druck der Erwiderung zu spüren. Die Hand des Vaters war trocken, glatt und ohne Schwielen, die Nägel geschnitten und poliert, der Handrücken getupft von Leberflecken. Sie fühlte sich gut an, die Hand.

»Du mußt wieder gesund werden, Dad«, sagte er mit plötzlich stockender Stimme, als ihn der Gedanke an den Tod des Vaters heimsuchte wie ein Gespenst oder ein Geist, der sich im Zimmer materialisierte, und er spürte das Brennen der Tränen in den Augen. Ihm wurde bewußt, daß er Angst hatte vor einer Welt, in der es keinen Bogdan Bloçj gab, nicht einmal den reduzierten Bogdan Bloçj, den er vor sich hatte.

Um seine melancholische Stimmung zu vertreiben, lenkte er sich mit dem Gedanken an die nur schwer erträglichen Abende ab, die er in der Gesellschaft seines neuen Busenfreundes Torquil Helvoir-Jayne verbracht hatte. Lorimer hatte das Gefühl, kaum noch etwas anderes zu tun, als Torquil in der einen oder anderen Weise zu Diensten zu sein. Er beseitigte Helvoirs tägliche Unordnung, füllte die Vorräte auf, die er verbrauchte (drei Flaschen Whisky bis jetzt), er hörte sich klaglos seine mit Gejammer und Gestöhn durchsetzten Litaneien des Selbstmitleids an. Ohne es zu wollen, wurde er zum Zeugen seiner Lebensgeschichte gemacht – der gelangweilte Boswell eines unermüdlichen Dr. Johnson –, während Torquil wieder und wieder seine Vergangenheit durchforschte, um zu ergründen, warum die Welt ihn so schofel behandelte, zu analysieren, was geschehen war und warum sein Leben und seine Karriere in diesen entsetzlichen Zustand geraten waren. Lorimer hörte endlose Berichte über Torquils entfernt lebende bejahrte Eltern, über seine elenden zehn Jahre an der Internatsschule, seine gescheiterten Anläufe auf eine Offizierslaufbahn, seine zwei Jahre als Subalterner in einem Regiment, das nichts von sich hermachte, über seinen widerstrebenden Einstieg in die Versicherungsbranche, seine diversen Freundinnen, sein Werben um Binnie und die nachfolgende Heirat, ihre gräßlichen Eltern und Brüder und ihren Starrsinn, über seine bescheidenen, völlig unspektakulären Fehler und Schwächen und seine Träume von einer neuen, lohnenderen Zukunft.

»Sie liegt im Osten«, verriet er Lorimer und meinte damit seine Zukunft. »Ungarn, Budapest, Rumänien, Tschechische

Republik. Das ist die neue Pionierfront.« Es war dies der einzige Tip, den ihm die vielen Telefongespräche mit seinen alten Freunden und Kollegen eingebracht hatten. »Wenn ich nur ein bißchen Kapital zusammenkratzen könnte! Ich würde mir einen Bürokomplex in Budapest kaufen, einen Supermarkt in Sofia, eine Autobahnraststätte in Mähren. Spottbillig! Es gibt Leute, die da unten aufräumen – Briten wie du und ich – und damit ein Vermögen machen – Tonnen von Geld.« Der Schmerz über sein Ungemach war beinahe herzzerreißend. Lorimer schlug ihm eine sofortige Erkundungsreise vor. »Aber ich bin pleite, Lorimer, total blank, ohne einen Penny. Und bis über die Ohren verschuldet.« Dann wurden die glanzvollen Zukunftsaussichten von den nun schon vertrauten Klagen abgelöst: die perfiden Anwälte, die teuflische Megäre Binnie, der leibhaftige Satan Hogg, die korrupten, egoistischen sogenannten Freunde, die nicht zu sprechen waren, wenn man sie brauchte (»Anwesende natürlich ausgeschlossen«). Und er führte sie namentlich auf, die Rorys, die Simons, die Hughies, auch einen amerikanischen Unternehmer, Sam M. Goodforth, dem er einmal einen wertvollen Dienst erwiesen hatte und dessen Namen er gebetsmühlenhaft wiederholte: »Goodforth, Goodforth, wo steckt nur dieser verflixte Sam Goodforth?« Wenn der Pegel der Whiskyflasche in die untere Hälfte absank, zog sich Lorimer gewöhnlich ins Bett zurück, wo er wach lag, an Flavia Malinverno dachte und Torquil zuhörte, der Anrufe machte und sich ohne Ende durch die Fernsehkanäle schaltete.

Flavia hatte sich zwei Tage nach dem unvergeßlichen Lunch noch immer nicht gemeldet. »Bye, Lorimer, ich rufe dich an«, hatte sie ihm im matschigen Schnee zugerufen. Wenn er die Augen schloß, hörte er den Klang ihrer Stimme genau, er sah ihre schlanke Gestalt um die Ecke verschwinden.

»Wozu hältst du ihm denn die Hand?« fragte Drava, die lautlos ins Zimmer eingetreten war.

»Ich dachte, es würde ihm guttun.« Mir jedenfalls tut es gut, ergänzte er im stillen.

»Das ist doch morbid, ist das«, sagte Drava schaudernd, entzog ihm die Hand und legte sie zurück auf die Bettdecke.

Im Korridor herrschte plötzlich wieder der durchdringende Fleischgeruch vor, er hörte Mutter und Großmutter klappernd in der Küche hantieren, lachen und in ihrer Sprache schnattern. Klein Mercy verfolgte ein lärmendes Gewaltvideo im Wohnzimmer, von irgendwo klang unterschwellig Musik herüber.

»He, Milo«, schrie die Großmutter aufgekratzt. »Bleib zum Essen. Wir haben Schwein. Wunderbar gekochte Schwein.«

Daher also der Geruch. Er schaffte es bis zur Küchentür und blieb dort stehen – ein Schritt weiter, und der Würgereiz hätte ihn übermannt. Er atmete flach durch den Mund. Die Mutter machte Klöße, sie rollte Teigbälle in den Händen und warf sie in einen Tiegel mit zischendem Fett.

»Wann kommt der Arzt?« fragte er.

»Heute abend, ich glaube. Um sechs.«

»Du glaubst? Er muß kommen. Besteh darauf. Sorg dafür, daß Dad das Beste von allem bekommt. Alle Untersuchungen. Ich bezahle das.«

»Oh, geht ihm gut. Nur ein bißchen schwach.«

»Bleib zum Essen, Milo«, sagte Komelia, die von hinten an ihn herangetreten war und ihn in die Rippen stieß. »Du bist zu mager. Du brauchst ein bißchen was von dem wunderbar gekochten Schwein.«

»Und Klöße«, ergänzte Mercy, die aus dem Wohnzimmer gehüpft kam. »Klöße, Klöße, Klöße.«

»Ist sie nicht schlau?« stellte seine Mutter fest. »So viele Klöße, wie du willst, Darling. Wann wirst du mir mehr von diese schlaue Enkel schenken, Milo?«

Er sah Drava mit einem Nachttopf aus dem Zimmer des Vaters kommen und befand, daß es Zeit war zu gehen.

»Ich hab eine Sitzung«, sagte er matt. »Wo ist Slobodan?«

»Was glaubst du denn?« rief Komelia mit höhnischer Stimme. »Im Clarence.«

Das Clarence oder The Duke of Clarence, um das Lokal bei seinem vollen Namen zu nennen, lag ein paar hundert Meter weit entfernt in der Dawes Road. Lorimer tappte vorsichtig über den gefrorenen Schneematsch in Richtung Clarence, der schneidende Wind riß seine Atemwolken mit sich fort, der Himmel im Norden sah bedrohlich und unheilkündend aus. Es war erst Mittag, aber das Licht wirkte wie kurz vor Anbruch der Nacht.

Das Problem des Clarence war das Fehlen jeglicher Atmosphäre, eine unvergleichliche Ödheit, die in diesen Zeiten der thematischen Pubs auch als eine eigenwillige Form von Atmosphäre hätte durchgehen können. Aber nicht einmal die nostalgiesüchtigsten Trinker vermochten dieser tristen Bierschwemme allzuviel Sympathie entgegenzubringen. Es versammelte alle Minuspunkte auf sich, die man einem Pub überhaupt zuerkennen konnte, ob nach alten oder modernen Maßstäben: ein kümmerliches Sortiment schaumiger Biere, Muzak, ungenießbares Essen, eine Unzahl rappelnder, blinkernder und bimmelnder Spielautomaten, ein gemusterter, klebriger Teppich, Satellitenfernsehen, ein übelriechender betagter Hund, mürrische alte Stammtrinker, betrunkene junge Stammtrinker, sparsamste Heizung, grelle Laborbeleuchtung – und das war nun das Lokal seines Bruders, Slobodans bevorzugte Kneipe.

Lorimer stieß die Schwingtür auf, und augenblicklich umfing ihn der abgestandene Geruch von Millionen Kippen und Tausenden Bierlachen. Ein alter Mann schien an seinem Ecktisch bewußtlos geworden zu sein, der Mund stand weit offen, der speckige Schlapphut war verrutscht. Vielleicht hat er beschlossen, hier zu sterben, dachte Lorimer. Das Clarence konnte durchaus solche Wirkungen erzielen, als würde hier das kohlensäurehaltige Bier mit einem Schuß *Weltschmerz* versetzt.

Slobodan und Phil Beazley standen an der Theke, wo ein junger schnauzbärtiger Wirt mit einer eintätowierten Halsfessel Gläser in die trübe Flut des Spülbeckens tunkte.

»Milo, großer Meister«, sagte Beazley wahrscheinlich zum tausendsten Mal.

»Hier, Kev, das ist mein kleiner Bruder. Er ist Millionär.«

»Tag, Kumpel«, sagte Kev gleichmütig mit unverkennbarem australischem Akzent. Lorimer fragte sich, was ihn aus seinem warmen, sonnigen Land um die halbe Erde, über Meere und Kontinente gelockt und hinter diese Theke in Fulham verschlagen hatte. Ihm entging auch nicht, daß die demonstrative Erwähnung seines angeblichen Reichtums eine verklausulierte Aufforderung Slobodans war, die nichts weiter besagte als: »Verlange nicht dein Geld zurück.« Tatsächlich hatte er daran gedacht, sich behutsam nach der Rückzahlung des Darlehens zu erkundigen, denn die Post hatte am Morgen einen Brief von Ivan Algomir enthalten, in dem dieser über eine »zudringliche und unzeitige Forderung des Finanzamts« Klage führte und anfragte, wann er Lorimers Scheck einlösen dürfe. Das hatte ihn daran erinnert, daß er seine Prämie aus dem Gale-Harlequin-Fall eintreiben mußte. Es zog sich alles schon ein bißchen in die Länge.

»Was ist deine Flüssigdroge, Mile?« fragte Beazley.

»Mineralw…« Lorimer änderte seine Absicht; das einzige Wasser, das es im Clarence gab, kam aus dem Hahn. »Ein großes Speyhawk.«

Das extrastarke Lagerbier war bestens dazu angetan, ihm den langen Nachmittag zu verkürzen. Lorimer hob den schäumenden Humpen an die Lippen, schluckte und spürte, daß ihm das Gebräu sogleich zu Kopf stieg. Beazley und Slobodan tranken doppelte Gin mit Coke. Lorimer bestand darauf, die Runde zu bezahlen.

»Dad … es geht ihm nicht gut«, sagte Lorimer mit einem Rülpser. Er bekam einen Schluckauf und hustete. Das Zeug hatte es wirklich in sich.

»Wird schon werden.«

»Der hat Kondition wie ein Ochse«, sagte Beazley und boxte Lorimer ohne ersichtlichen Grund und unnötig schmerzhaft gegen den Oberarm. »He, Milo. Gut, dich zu sehen.«

»Wie laufen die Geschäfte?« fragte Lorimer.

»Vertrackt«, sagte Slobodan, und sein Gesicht wurde lang. »Kennst du den alten und den jungen Nick?«

Sie waren Vater und Sohn, beide Fahrer bei B. & B., wie Lorimer wußte. »Klar. Was ist mit ihnen?«

»Eingelocht sind sie.«

»Und warum?«

»Weil sie Drogen am U-Bahnhof Earls Court verkauft haben. Offensichtlich bauen sie Marihuana auf ihrem Grundstück in Tonbridge an. Sechstausend Quadratmeter.«

»Das heißt, wir sind zwei Fahrer los«, sagte Beazley entrüstet. »Ich würde dem alten Nick am liebsten in den Lieferanteneingang treten, das kann ich dir flüstern. Wir drehen hier noch durch, was, Lobby?«

Lobby nickte heftig und nachdrücklich.

Die Umrisse einer Idee, einer gefährlichen Idee, einer Speyhawk-Idee begannen in Lorimer Gestalt anzunehmen. »Hör mal, Phil«, sagte er. »Da gibt's einen Typ, der mir ein bißchen auf den Nerv geht. Wenn ich den, du weißt schon, ein bißchen erschrecken will, glaubst du, du könntest dem ein paar Takte sagen?«

»Du willst, daß er 'ne Abreibung kriegt?«

»Eine Warnung.«

»Na ja, wir schulden dir schließlich einen Gefallen, was, Lobby?«

»Was hat er dir denn getan?« fragte Slobodan, der nun neugierig geworden war.

»Er hat den Lack von meinem Wagen mit der Lötlampe abgefackelt.«

»Hab ich ewig nicht gesehen«, sagte Beazley. »Sehr zeitraubend.«

»Was fährt er denn?« fragte Slobodan.

»Einen dicken BMW, neues Modell.«

»Ich weiß, was du denkst«, meinte Beazley und geriet zusehends in Erregung. »Auge um Auge, Auto um Auto.« Er beugte sich verschwörerisch zu Lorimer hinüber. »Lobby und ich, wir beide knöpfen uns den Typ vor, klar? Wir haben da ein paar Gerüststangen – rums, krach, weg sind wir, und die Karre ist im Arsch. Kinderspiel.«

»Kinderspiel«, bestätigte Slobodan. »Brauchst nur zu sagen, wann's losgeht, Chef.«

Lorimer versprach das und schrieb ihnen die Angaben über Rintoul auf, obwohl ihm beim Gedanken an das, was er damit auslösen konnte, ein wenig unwohl war. Aber er beruhigte sich damit, daß es eine reine Vorsichtsmaßnahme war und daß er lediglich Hoggs Anweisungen befolgte. »Kümmer dich selber um die Ölung«, hatte er ihm schließlich wortreich zu verstehen gegeben. Wenn also Rintoul verrückt spielte, mußte Lorimer Beazley und Bloçj, seine Vollstrecker mit den Gerüststangen, in Gang setzen.

Er nahm noch einen Schluck von diesem schäumenden Speyhawk-Gebräu, setzte das Glas ab, schüttelte seinem Bruder und Beazley die Hand, nickte Kev zu und verließ mit behutsamen Schritten die furchtbare Kneipe. Beim Hinausgehen sah er in einem fleckigen Spiegel neben der Tür, daß sich Phil Beazley gierig über die Theke lehnte und das halbgeleerte Bierglas einforderte.

Draußen war das Licht purpurrot wie ein Geschwür, die Luft war voll von stachelnden Eiskristallen. Mit festem Schritt machte er sich auf die Suche nach seinem angebrutzelten Vehikel und warf die Schwermut des Clarence von sich wie einen lästigen Rucksack.

Unglücklicherweise befand sich die einzige Parklücke, die Lorimer aufspüren konnte, in der Nähe von Marlobes Blumenkarren.

»Was haben Sie denn da für ein Auto?« fragte Marlobe. Sein Stand erstrahlte in der Farbenpracht der verschiedenartigsten Nelkensorten.

»Ein Brandschaden. Vandalismus vermutlich.«

»Ich würde die kastrieren«, versicherte Marlobe mit heiligem Ernst. »Kastrieren und dann die rechte Hand abhacken. Da würde denen der Vandalismus schon vergehen. Wie wär's mit einem netten Nelkenstrauß?«

Da sich Lorimers Abscheu gegen Nelken nicht gelegt hatte, kaufte er zehn Narzissen, deren Blüten noch fest geschlossen waren, und bezahlte einen atemberaubenden Überpreis.

»Da stehen zwei Männer im Rolls vor Ihrem Haus. Die warten schon seit Stunden.«

Es war kein Rolls, sondern ein Maserati-Daimler oder ein Rolls-Bentley oder ein Bentley-Ferrari – jedenfalls eine jener Luxus-Hybrid-Limousinen, die sich in der preislichen Region von etwa 200 000 Pfund bewegten, und mit Sicherheit war es das exklusivste Gefährt, das jemals den Asphalt des Lupus Crescent mit seiner Reifenspur beehrt hatte. Am Steuer saß der dicke Terry – Faktotum, Dienstbote und Majordomus von David Watts.

»Hi«, sagte der stets aufgeräumte Terry. »David möchte Sie gern sprechen.«

Die hintere Rauchglasscheibe senkte sich summend und gab den Blick auf David Watts frei, der in einem Trainingsanzug der Wolverhampton Wanderers auf cremefarbenem Kalbsleder saß.

»Kann ich Sie sprechen, Mr. Black?«

»Wollen Sie reinkommen?«

Watts stand in Lorimers Wohnung und blickte um sich, als bestaunte er ein Diorama des Völkerkundemuseums.

»Entschuldigen Sie die Unordnung«, sagte Lorimer und sammelte Behälter aus Alufolie auf, ein Hemd und eine Unterhose. »Ich habe gerade einen Freund zu Besuch.« Er stopfte die Folien, das Hemd und die Unterhose zusammen mit dem Narzissenstrauß in den Schwingdeckelmülleimer. Es kam nicht mehr darauf an. Etwas Schwarzverkrustetes war über die Vorderfront seines Kochherds nach unten getropft.

»Ist ja hübsch«, sagte Watts und streckte den Finger aus. »Ist das echt?«

»Aus Griechenland, an die dreitausend Jahre alt. Möchten Sie, daß ich die Vorhänge zuziehe?«

Watts hatte eine Sonnenbrille aufgesetzt.

»Nein, danke. Sie haben ja einen Haufen CDs. Nicht so viele wie ich, aber eine ganze Menge.«

»Tut mir leid, daß ich mich nicht gemeldet habe, aber es finden noch Verhandlungen mit …«

»Wegen der Versicherung machen Sie sich keine Sorgen. Lassen Sie sich Zeit. Es ist wegen dieser Gruppe, die Sie erwähnt haben. Achimota. Sheer Achimota.«

»Kwame Akinlaye and the Achimota Rhythm Boys.«

»Genau die Band meine ich. Glauben Sie an glückliche Zufälle, ›Serendipity‹, Mr. Black?«

»Eigentlich nicht.« Eher glaubte er ans Gegenteil, was immer das sein mochte.

»Das ist die stärkste Kraft, die man im Leben hat. Zumindest bei mir. Ich muß diese CD finden, die Sie erwähnt haben. *Sheer Achimota.* Ich weiß, daß sie sehr wichtig für mich wird.«

»Es war ein Import. Ich hab sie per Mail-Order bestellt. Da gibt es einen Laden in Camden …«

Irina kam aus dem Schlafzimmer, sie trug eins von Lorimers Hemden.

»Hallo, Lorimer«, sagte sie und ging in die Küche.

»Ich unterbreche hier doch nichts, oder?« fragte Watts höflich an.

»Was? Nein, äh, ich …«

»Dieses Mädchen hat die bleichsten Beine, die ich je gesehen habe. Ist es irgendwie drin, daß ich Ihnen die CD abkaufe? Sagen Sie Ihren Preis. Zweihundert Pfund?«

»Ich kann sie Ihnen borgen.« Er hörte das Klappen von Schranktüren in der Küche.

»Borgen?« fragte Watts, als wäre ihm diese Möglichkeit völlig neu.

»Wenn Sie mich eine Sekunde entschuldigen wollen«, sagte Lorimer. »Einen Augenblick.«

Torquil lag in Lorimers Bett, nackt, auf die Kissen gestützt, und las, soweit Lorimer erkennen konnte, irgendein Softporno-Herrenmagazin. Zum Glück hatte er das Laken durch die gespreizten Beine gezogen und über seinem Gemächt zusammengerafft.

»Oh, hallo, Lorimer. Rate mal, wer da ist!«

»Ich hab sie gerade gesehen. Was zum Teufel hat das zu bedeuten, Torquil?«

»Mein Gott, was sollte ich denn tun?«

Irina kam mit einer Flasche Weißwein und zwei Gläsern zurück. Sie setzte sich mit züchtig gekreuzten Beinen auf die Bettkante und goß ein Glas voll für Torquil, der sich nun quer über die Matratze wälzte und mit nacktem Hintern in seiner Hosentasche nach Zigaretten wühlte. In einer altertümlichen Anwandlung von Galanterie zündete er zwei Zigaretten gleichzeitig an und überreichte Irina die eine.

»Lorimer?« fragte Irina und blies Rauch aus dem seitlich geöffneten Mund.

»Ja?«

»Der Mann in Zimmer? Das ist David Watts?«

»Ja.«

»Ich kann nicht glauben, ich bin in dasselbe Haus wie David Watts.« In ihrer Aufregung begann sie Russisch zu sprechen. Ihre Beine waren tatsächlich erstaunlich weiß, stellte Lorimer fest, lang und dünn, die blauen Adern auf ihren Schenkeln sahen aus wie – er dachte einen Moment nach –, wie Flüsse unter dem Packeis, aus großer Höhe gesehen.

»Doch nicht David Watts, der Rocksänger?« fragte Torquil nun gleichermaßen erregt. »In dieser Wohnung?«

»Doch. Ich leihe ihm eine CD.«

»Ach geh.«

»Geh du doch.«

»Du verlogener Hund.«

»Komm und überzeug dich.«

Lorimer kehrte zu Watts zurück, der vor dem maßgefertigten

Regal mit der CD-Sammlung kauerte, die Sonnenbrille auf die Stirn geschoben. Kwame Akinlaye hatte er bereits gefunden – Lorimer ordnete seine CDs alphabetisch und nach Ursprungsland.

»Sie haben viel Klassik«, stellte Watts fest. »Und einen Haufen Brasilien.«

»Früher habe ich nur mittel- und südamerikanische Musik gehört«, erklärte Lorimer. »Vor drei Jahren bin ich dann auf Afrika übergewechselt. Angefangen habe ich mit Marokko, dann habe ich mich nach Süden vorgearbeitet, um die große Biegung rum, Sie wissen schon.«

Watts zog die Stirn kraus. »Interessant. Und wo sind Sie jetzt?«

»In Ghana. Danach ist Benin dran. Wahrscheinlich nächste Woche.«

»Das ist für Sie das Authentische, oder?«

»Verglichen mit dem Müll, den wir im Westen fabrizieren.«

Eine hastig angekleidete Irina trat mit Torquil ein, und Lorimer stellte beide vor. Torquil zeigte mit dem Finger auf Watts' Trainingsanzug und stimmte die Hymne der Wanderers an: *»Come on, you Woo-oolves«*. Irina bat um ein Autogramm, dann auch Torquil, und zwar für eine »Amy« – Lorimer begriff mit einem gelinden Schock, daß dies Torquils vierzehnjährige Tochter war (die im Internat lebte), und er baute darauf, daß sie ihren Vater nicht danach fragen würde, wie er an das Autogramm von David Watts herangekommen war.

»Ich hoffe, ich habe hier nichts unterbrochen«, sagte Watts und setzte seinen Namen auf zwei Blatt Schreibpapier. »Liebe am Nachmittag oder etwas in der Art.«

»Nein, nein, wir waren schon fertig«, versicherte Torquil. »Eigentlich wolltest du doch schon weg sein, Irina, oder? Wolltest du nicht gehen? Ge-hen?«

»Was? O ja, ich muß gehen.« Sie holte ihre Handtasche, sagte schüchtern auf Wiedersehen (Lorimer bemerkte, daß es nicht mehr zu einem Körperkontakt zwischen ihr und Torquil kam), und weg war sie. Watts nahm eine von Torquils Zigaretten an.

»Ich staune ja, daß sie wußte, wer Sie sind«, sagte Torquil. »Sie ist aus Rußland, müssen Sie wissen.«

»Jeder in Rußland kennt David Watts«, sagte David Watts. »Ich verkaufe dort Millionen von Platten. Millionen!«

»Wirklich wahr? Sagen Sie mir, wird das Team jemals wieder zusammenkommen?«

»Nur über meine Leiche, Kumpel. Das sind Diebe und Ganoven. Eher beiß ich mir die Zunge ab. Eher reiß ich mir die Kehle mit bloßen Händen aus dem Leib.«

»Das kann man ja nun nicht gerade als Trennung im besten Einvernehmen bezeichnen. Was ist denn aus Tony Anthony geworden?«

Watts wollte nicht länger bleiben, ihn schien das Aufrühren der alten Geschichten durch Torquil zu verstören. Lorimer lieh ihm noch ein paar CDs, darunter von einem Sänger aus Guinea-Bissau und einer überwiegend mit Blechbläsern besetzten Band aus Sierra Leone. Watts sagte, er werde sie überspielen und gleich morgen von Terry zurückbringen lassen. Dann bat er geziert, als wäre er eine höhere Witwe oder eine alte Jungfer, ob Lorimer ihn zum Wagen geleiten könne. Terry sah die beiden kommen, quälte sich aus dem Fahrersitz hoch und hielt den Wagenschlag auf.

»Zu diesem Versicherungsstreit«, sagte Watts und schnipste seine Kippe weg. »Ich habe mit meinen Leuten geredet, und ich glaube, das wird der Prozeß der Prozesse, wenn die Versicherung nicht zahlt. Zwanzig, dreißig Millionen.«

»Schön«, sagte Lorimer. »Wir haben es gern, wenn diese Dinge vor Gericht geklärt werden.« Das dürfte Hogg gefallen, dachte er bedrückt.

»Nehmen Sie's nicht persönlich, aber es sieht einfach nicht gut aus, wenn David Watts von einem Haufen Schlipstypen in den Arsch getreten wird.«

»Wie auch immer.«

»Ich schick diese CDs gleich morgen zurück, Kumpel«, sagte Watts, als er in seinen Wagen abtauchte. »Bin Ihnen zu Dank verpflichtet, Lorimer – darf ich Sie Lorimer nennen? Das könnte Früchte tragen. ›Serendipity‹. Wir hören voneinander.«

Scheinbar lautlos rollte die Limousine davon. Die Passanten blieben stehen und staunten ihr nach. Lorimer erinnerte sich an die Statistik einer Sonntagszeitung, derzufolge David Watts in der Rangliste der Reichsten des Landes an 349. Stelle stand.

Lady Haigh erwartete Lorimer im Hausflur. Sie war in ein elegantes grünes Tweedkostüm gekleidet und trug einen turbanartigen Hut, der mit einer rubinbesetzten Hutnadel befestigt war. Jupiter blickte, hinter ihren Beinen stehend, gleichmäßig hechelnd zu ihm auf.

»Ihr Freund hat heute vormittag ein Mädchen mit nach Hause gebracht.«

»Ich kann nur um Entschuldigung bitten, Lady Haigh.«

»Er vollführt einen schrecklichen Lärm und trampelt Tag und Nacht herum.«

»Ich werde ihm sagen, er soll sich ruhig verhalten.«

»Ich finde ihn sehr ungehobelt, Lorimer.«

»Ich auch, Lady Haigh, ich auch.«

389. SERENDIPITY. Nach Serendip*, einer alten Bezeichnung für Ceylon, heute Sri Lanka. Das Wort wurde von Horace Walpole geprägt, und zwar aufgrund eines Volksmärchens, in dem die Helden ständig Dinge entdecken, die sie nicht gesucht haben. Ergo: Serendipity ist die Fähigkeit, durch Zufall unerwartete und beglückende Funde zu machen.*

Und was ist der Gegensatz von Serendip, dem tropischen Land der Gewürze, der Wärme, der üppigen Vegetation, der lauten Vögel, meerumspült und sonnendurchglüht? Man denke an eine andere Welt im hohen Norden, düster und kahl, von Eis umschlossen, eine kalte Welt aus Fels und Geröll, und man nenne es Zembla. Ergo ist Zemblanity das Gegenteil von Serendipity: die Fähigkeit, traurige, unglückliche und erwartete Entdeckungen zu machen, und das in voller Absicht. Serendipity und Zemblanity sind die beiden Pole der Achse, um die wir uns drehen.

Das Buch der Verklärung

Am Abend erzählte Torquil mit Eifer und in aller Ausführlichkeit, was er mit Irina in Lorimers Bett getrieben hatte (die Bettwäsche war schon in der Wäscherei). Sie sahen einen gewalttätigen Science-fiction-Thriller im Kabelfernsehen (Torquils Wahl), dann bestellte Torquil Pizza und Pommes. Als er eine Schachtel Zigaretten leergeraucht und den Whisky erledigt hatte, wurde er sentimental – »o Binnie, Binnie, Binnie« –, danach wütend, und er zog insbesondere über Oliver Rollo her. Binnie war zu Olivers und Potts' Hochzeit eingeladen worden, nicht aber Torquil. Es war der schlagende Beweis für seine Degradierung zum Paria, und Lorimer sah, wie er darunter litt. Torquil begann von Südafrika zu schwärmen, das Osteuropa als Quelle des Reichtums offenbar den Rang abgelaufen hatte. »Wenn ich doch nur ein bißchen Kapital zusammenkriegen könnte, Lorimer!« stöhnte er gequält. »Da unten ist es wie in den alten Zeiten, Happy Valley, Pioniergeist, Gin und Polo. Du mußt dir nur einen Golfplatz oder ein Weingut kaufen, schon fließt das Geld in Strömen. Aber du brauchst was zum Verkaufen – ein Wildreservat oder einen Jachthafen. Es gibt Briten – Leute wie du und ich –, die machen ein unverschämtes Geld in Südafrika. Schweinische Summen.«

»Dann schau dich doch dort mal um. Flieg hin und pack ein Geschäft an.«

»Na klar doch. Ich muß dieser eiskalten Ziege morgen anderthalbtausend Pfund hinblättern, und ich besitze genau …«, er leerte den Inhalt seiner Taschen auf den Tisch, »siebzehn Pfund und ein paar Zerquetschte. Das hier ist keine Pfundmünze, das sind nur lausige hundert Peseten. Sechzehn Pfund und ein paar Zerquetschte und hundert Peseten.«

Lorimer wurde von Verzweiflung ergriffen, als Torquil alle

Läden aufzählte, die er besucht hatte und wo man ihm die falsche Münze untergeschoben haben konnte. So ging es nicht weiter: Sein eigenes Leben – seine sorgfältige Absicherung, seine durchdachte Ordnung – wurde in einer Weise untergraben, daß ein ernsthafter Zusammenbruch zu befürchten war. Er mußte diesen Eindringling loswerden. Der Kuckuck saß im Nest und plusterte sich von Tag zu Tag mehr auf. Es war nur noch eine Frage der Zeit, wann dem Jungvogel Lorimer die Puste ausging.

»Das Problem ist, daß ich nirgends groß einsteigen kann«, sagte Torquil und zerfloß fast vor Selbstmitleid. »Ich hab keine Zeit mehr. Alles arbeitet gegen mich. Irgendwie muß ich an Geld rankommen, am Stück oder in Scheiben.« Er schob das Kinn vor. »Ich weiß, es ist unmoralisch, aber ich glaube, ich hab keine Wahl mehr, Lorimer. Ich muß es tun.«

»Nämlich was?«

»Drogen verkaufen – Ecstasy, Heroin, Crack. Ist schon alles egal. Ich bin am Ende der Fahnenstange. Die Gesellschaft zwingt mich dazu. Es ist die Schuld der Gesellschaft und die Schuld von Binnie, nicht meine.«

Natürlich. Plötzlich stand Lorimer die Lösung klar vor Augen, und er staunte, daß sein Verstand manchmal auch ohne die entsprechenden Befehle funktionierte.

»Hör mal, Torquil. Ich könnte dir einen gutbezahlten Job verschaffen, und mit dem Geld kannst du deine akuten Finanzprobleme lösen. Aber dafür mußt du einen Achtzehn- bis Zwanzigstundentag in Kauf nehmen. Wärst du dazu bereit?«

»Ob ich dazu bereit wäre? Wenn's sein muß, arbeite ich vierundzwanzig Stunden am Tag. Sag mir nur, wo und wann.«

»Da muß ich eben mal anrufen.«

Lorimer ging ans Telefon in der Küche, tippte die Nummer ein, beschwingt von der Aussicht, den Kuckuck wenn nicht aus dem Nest zu werfen, so doch für die meiste Zeit loszuwerden.

»Ja?« fragte die Stimme am anderen Ende.

»Hier ist Milo. Ist dein Cortina fahrbereit? Gut. Ich hab einen Fahrer für dich.«

390. DER URSPRUNG DES NAMENS »DAVID WATTS«. Torquil hat mir das erzählt. Eine der wenigen interessanten Informationen, die ich ihm verdanke.

»Weißt du, warum er sich David Watts nennt?« »Nein, warum?« »Wegen diesem Song von den Kinks.« »Wer ist das?« »Mein Gott, die mußt du aber kennen! Eine der legendären Rockbands aus den sechziger Jahren.« »Jetzt, wo du's sagst, dämmert's mir.«

Torquil warf sich in Positur und sang mit kehligem Tenor und aufgesetztem Cockney-Akzent: »Fa, faffa, fa, fa, fa, fa, fa.« Er brachte den ganzen Text wortgetreu, wie er von einem »langweiligen und einfältigen Jungen erzählt wird, der Wasser und Sekt nicht unterscheiden kann« und der über David Watts phantasiert, einen Schuljungen von heldenhafter Statur, einen begnadeten Raufbold, Anführer und Klassenprimus, der außerdem reich ist und mit dem alle Mädchen etwas Verdorbenes im Sinn haben. Der Refrain wiederholt sehnsüchtig: »I wish I could be like David Watts, I wish I could be like David Watts.« Es war ein Lied über einen, dem nichts schiefgeht, der bei seinen Freunden geachtet und geehrt ist, der sich in jeder Hinsicht und in allen Dingen überlegen zeigt. Jetzt verstand ich schon ein bißchen besser, warum sich Martin Foster in David Watts verwandelt hatte.

Das Buch der Verklärung

13. Kapitel

Hogg kam ohne anzuklopfen in Lorimers Büro geschlendert. Er trug eine Schaffelljoppe und eine flache Wollkappe und sah aus wie ein Buchmacher oder wie ein Bauer auf Tagesausflug zur Landwirtschaftsmesse.

Lorimer schob den Stuhl zurück und setzte sein gewinnendstes Lächeln auf. »Guten Morgen, Mr. Hogg.«

Hogg zeigte mit dem Finger auf ihn. »Einen Happen essen, Alterchen?«

Zu Lorimers Überraschung fuhren sie mit dem Taxi Richtung Westen in die Tottenham Court Road und liefen noch ein paar Straßen auf den dräuenden Telecom Tower zu, bis sie ein Restaurant namens O'Riley's erreichten, ein Etablissement mit niedriger Decke, dunklen Holzabteilen, grünsamtenen Sitzbänken und William-Morris-Tapeten. Der Wirt, ein Marokkaner namens Pedro, begrüßte Hogg überschwenglich und führte sie durch das völlig leere Lokal zu einem Abteil in der hinteren Ecke.

»Das Übliche, Señor Hogg?«

»Grahzias, Pedro. Und auch einen für Señor Black hier.« Hogg beugte sich über den Tisch. »Hier gibt's das beste Welsh Rarebit der Stadt. Kann ich nur empfehlen, Lorimer. Der Apple-pie ist auch nicht übel.«

Pedro brachte ihnen zwei große Gläser Amontillado, und sie studierten die Speisekarte. Lorimer, dem das Wort »eklektisch« einfiel, stellte fest, daß er sich in einer Spielart des klassischen englischen Restaurants befand, die im Aussterben begriffen war: Schon viele Jahre hatte er nicht mehr gesehen, daß als *entrées* »Tomatensaft, Orangensaft, Grapefruitsaft« angeboten wurden. Hogg bestellte Welsh Rarebit und Lamm-Souvlaki, während sich Lorimer für gefüllte Weinblätter und paniertes Kalbsschnitzel mit Gemüse entschied. Der Wein des Tages war ungarischer Stierblut, und Lorimers Bitte um ein großes Glas Perrier wurde auf der Stelle zurückgewiesen. »Unsinn! Bringen Sie ihm ein Glas rechtschaffenes Themsewasser, Pedro.«

Lorimer brauchte das Wasser dringend, weil ihm der Amontillado sofort Kopfschmerzen über den Augen eingebracht hatte. Sherry wirkte immer so auf ihn, außerdem versetzte er ihn in einen Zustand allgemeiner Schwermut. Aber er war auch verspannt, was er daran bemerkte, daß sich seine Nackenmuskeln zusammenzogen und seine ganze Schulterpartie verhärteten.

Hogg redete mit Begeisterung über das gute Jahr, das der GGH vergönnt war. Das letzte Quartal war schon ein Knaller, sagte er, aber das laufende mache Anstalten, alle Rekorde zu brechen.

»Nicht zuletzt dank Ihnen, Lorimer«, sagte er, leerte sein Glas und bestellte nach. »Ich denke daran, zu expandieren, unsere kleine Familie um ein paar Mitglieder zu vermehren, Ihnen ein paar Lasten von den Schultern zu nehmen.«

»Ich beklage mich nicht, Mr. Hogg.«

»Ich weiß, Lorimer. Sie gehören nicht zu denen, die sich beklagen.«

Lorimer war unbehaglich zumute. Hoggs Tonfall schien zu besagen, daß er sich lieber hätte beschweren sollen. Er widmete sich nur mit halber Aufmerksamkeit seinen Weinblättern (was zum Teufel hatte ihn bewogen, so etwas zu bestellen?), und mit der anderen Hälfte seines Verstandes versuchte er den Zweck dieser Einladung zum Lunch zu ergründen.

»Also«, sagte Hogg und säbelte einen kräftigen Happen von seinem schwimmwestenfarbenen Welsh Rarebit ab. »Wie läuft die Regulierung bei David Watts?«

»Äußerst tückisch«, sagte Lorimer. »So tückisch, wie ich's noch nicht erlebt hab.«

»Und warum ist das so, Lorimer?«

»Weil dieser Typ durchgeknallt ist, abgedreht, neben der Tasse, Mr. Hogg, ein klassischer Fall von flottierender Totalmacke.«

»Haben Sie ihm ein Angebot unterbreitet?«

»Das läuft bei dem nicht. Er ist nicht scharf aufs Geld. Wäre sein Manager noch dagewesen, hätte das einen klaren Deal gegeben, da bin ich sicher. Aber jetzt hat Watts alles unter Kontrolle, er macht sein Management selbst, und ich sage Ihnen, dahinter steckt nicht die geringste Logik. Er hat mit einer Dreißigmillionenklage gedroht, das heißt, er hat sie schlicht angekündigt, wenn wir nicht zahlen.«

»Wir würden ihn voll auflaufen lassen.« Hogg studierte Lorimers skeptische Miene. »Was ist Ihr professioneller Rat, Lorimer?«

»Zahlen. Das Ding ist eine Zeitbombe, und was für eine!«

»Die uns ins Gesicht fliegt?« Hogg stach auf die Käsekruste seines Rarebit ein und erzeugte mit den Zinken seiner Gabel krude Muster. Als er wieder aufschaute, war alle falsche Jovialität aus seinem Gesicht gewichen.

»Ich hab gesehen, das Fedora Palace wird abgerissen.«

»Ich bin neulich vorbeigefahren.«

»Was steckt dahinter, Lorimer? Das war ein teurer Bau. Beschädigt zwar, aber trotzdem sehr teuer.«

»Ich habe nicht die leiseste Ahnung.«

Hogg füllte die Gläser bis zum Rand mit Stierblut. Das Dunkelrot des Weins ging fast ins Schwarze. Lorimer hob ihn vorsichtig an die Lippen und sog den Geruch ein, in der Erwartung, einen Schlachthofgestank nach Gekröse, Lunge, Kaldaunen, Sägespänen und Gülle vorzufinden, aber der Wein roch strikt neutral, seine Nase registrierte nichts als einen schwachen Traubenduft. Er trank begierig, während Pedro die Vorspeisen abräumte und durch die Hauptgerichte ersetzte. Die Bedienung war beeindruckend flink, fand Lorimer, bis ihm wieder einfiel, daß er und Hogg die einzigen Gäste waren. Sein paniertes Kalbsschnitzel lag in einem Tümpel aus Soße, der den Röstkartoffeln, dem Blumenkohl, den Möhren und ein paar olivgrünen Erbsen – alles frisch aus der Büchse – den Platz auf dem Teller streitig machte.

»Das stinkt«, sagte Hogg und stopfte sich den Mund mit Lamm-Souvlaki voll, aber er meinte nicht das Essen. »Diese ganze widerliche Scheiße stinkt zum Himmel. Und ich glaube, Sie wissen, warum.«

»Nein, Mr. Hogg.«

Hogg zeigte mit dem Messer auf ihn und kaute heftig. »Dann kriegen Sie's raus, Sie Musterknabe. Alles hängt in der Luft, bis Sie's raushaben.«

»Und das heißt?«

»Das heißt, Ihr Job, Ihre Zukunft, Ihre Prämie.«

»Das ist nicht fair.«

»Die Masche können Sie vergessen, Lorimer. Das ganze Leben ist nicht fair. Das müßten Sie eigentlich wissen, wenn Sie bei der Versicherung arbeiten.«

Lorimer hatte keinen Appetit, eher spürte er das Gegenteil von Hunger – keine Sattheit, keine Übelkeit, sondern eine plötzliche und sehr merkwürdige Essensphobie, als wollte er nie wieder etwas mit Nahrung zu tun haben. Seinen Alkoholdurst betraf das allerdings nicht, jetzt war er erst richtig entschlossen, sich zu betrinken. Er schluckte Stierblut – gib mir Kraft, flehte er, gib mir die Kraft eines ungarischen Stiers. Hogg tobte sich an seinem Lamm aus, Messer und Gabel blitzten, als hätte das Tier ihn persönlich gekränkt. Lorimer füllte unbemerkt die Gläser auf.

»Womit genau haben wir es zu tun?« sagte Hogg. »Ein schwerer Brand, vorsätzlich gelegt in einem neuen, fast fertigen Luxushotel. Ein himmelschreiender Versicherungspfusch, der uns eine Schadensforderung von siebenundzwanzig Millionen einbringt. Dann eine Schadensregulierung, nach der man sich sämtliche Finger leckt, ein wahrlich traumhaftes Ergebnis. Und eine Woche später wird besagtes Hotel bis auf den letzten Stein abgerissen. Ein riesiger Verlust, was das Investment betrifft. Wo steckt da der Sinn?«

Lorimer räumte ein, daß es keinen Sinn ergab, aber etwas von dem, was Hogg gesagt hatte, löste in ihm wie zufällig eine Alarmglocke aus. Irgendwo in Hoggs Darlegungen steckte ein Fehler. Er mußte später darüber nachdenken. Jetzt war Hogg in voller Fahrt.

»Es kommt noch schlimmer«, fuhr er fort. »Dieses unfähige Arschloch, das die Versicherungspolice eingefädelt hat, wird mir, ein paar Tage bevor der ganze Kladderadatsch durch die Klospülung geht, auf die persönliche Bitte von Sir Simon Sherriffmuir vor die Nase gesetzt. Ich feure diesen nichtsnutzigen Pfuscher, sobald es nur geht, und was passiert? Er hält Einzug in der Wohnung meines Lieblingsschadensregulierers, desselben Schadensregulierers, der die Sache bei Gale-Harlequin so exzellent abgewickelt hat. Wissen Sie, wie mir das vorkommt?« Hogg schob den Teller weg. »Das kommt mir vor, Lorimer, als würde jemand versuchen, George Hogg so was von in den Arsch zu ficken, und das mag George Hogg überhaupt nicht!«

»Das ist reiner Zufall, ein unglücklicher Zufall, daß Helvoir-Jayne bei mir wohnt, Mr. Hogg.« Er wollte ihm etwas über Zemblanity erzählen und darauf verweisen, daß dies nur ein typisches Beispiel für die widrigen Einflüsse auf sein Leben sei, aber Hogg war noch bei der Analyse der neuesten Ereignisse.

»Wie gut kennen Sie Sherriffmuir?«

»Ich hab ihn nur einmal getroffen. Sie glauben doch nicht, daß er …?«

»Er wollte Helvoir-Jayne loswerden, und das fix. Aber warum dann bei mir? Weil Sie für mich gearbeitet haben und weil Sie die Gale-Harlequin-Regulierung übernommen hatten.«

»Das ergibt doch keinen Sinn, Mr. Hogg. Das ist wilde Spekulation.«

Hogg zog eine knorrige Panatella heraus und zündete sie an. »Sei es, wie es wolle«, war seine kryptische Antwort, die durch blaue Rauchwolken zu ihm drang. »Ich höre schon die Dachziegel fallen.«

»Es muß eine Erklärung geben. Wer wird geschädigt? Über den Tisch gezogen? Die einzigen, die wirklich Grund zum Jammern haben, sind Gale-Harlequin.«

»Bei denen hat jemand zehn Mille kassiert.«

»Nur vierzig Prozent von dem, was sie hätten kriegen können.«

»Aber warum reißen die das Hotel ab?«

»Da bin ich überfragt.«

»Irgendwo sitzt einer und macht ein dreckiges Geschäft auf unsere Kosten.«

»Aber wer? Und welches Geschäft?«

»Genau das ist Ihre Aufgabe, Lorimer. Sie bringen Licht in die Sache und erklären mir alles in den einfachsten Worten. Alles andere ist gestrichen, bis Sie mir sagen, was dahintersteckt.«

»Aber ich brauch dringend die Prämie, Mr. Hogg. Ich bin ein bißchen aus der Fasson, finanziell.«

»Ihr Problem. Jetzt müssen Sie aber von diesem Apple-pie probieren.«

392. Hogg in seinen geselligen Zeiten fragte mich mal, als wir nach der Arbeit bei einem Glas Bristol Cream und einem großen Bier zum Nachspülen in der Kneipe saßen: »Wissen Sie, warum Sie Ihren Job bekommen haben, Lorimer?«

ICH: Weil ich bei Fortress Sure ein guter Schadensregulierer war.

HOGG: Nein.

ICH: Weil ich gut ausgebildet war.

HOGG: Die Welt quillt über von gut ausgebildeten Leuten.

ICH: Wegen meines freundlichen Auftretens.

HOGG: Denken Sie an das Bewerbungsgespräch. Eine Antwort von Ihnen hat den Ausschlag gegeben.

ICH: Daran kann ich mich nicht erinnern.

HOGG: Aber ich. Sie war wie ein Eiswasserklistier. Ich dachte, dieser Knabe hat, was man braucht. Der hat »Co-Johns«.

ICH: Cojones. Das ist Spanisch.

HOGG: Quatsch. Das ist Belgisch. Ein belgischer Ausdruck, der soviel wie »Mut« oder »Kaldaunen« bedeutet.

ICH: Es wird nicht »Co-Johns« ausgesprochen, Mr. Hogg.

HOGG: Das ist mir wirklich schnurzegal, wie das ausgesprochen wird. Ich will Ihnen ja nur sagen, wie das kommt, daß wir hier in diesem Pub sitzen und zusammen einen heben. Am Ende des Gesprächs hab ich Ihnen eine Frage gestellt. Wissen Sie noch?

ICH: Helfen Sie mir auf die Sprünge, Mr. Hogg.

HOGG: Ich fragte: Was ist Ihr größter Fehler? Und was sagten Sie?

ICH: Das weiß ich nicht mehr. Ich hab mir wahrscheinlich was ausgedacht.

HOGG: Sie sagten – und das werde ich nie vergessen –, Sie sagten: Ich gerate leicht in Rage.

ICH: Das hab ich gesagt?

HOGG (nachdenklich): Das hat mich beeindruckt, im Ernst. Deshalb hab ich Sie in die Familie aufgenommen, in die GGH. Wir alle haben unsere Fehler, Lorimer – selbst ich hab Fehler –, aber die wenigsten bekennen sich dazu.

Das Buch der Verklärung

»Slobodan, das ist Torquil. Torquil, Slobodan.«

»Kannst mich Lobby nennen. Das macht hier jeder. Außer Milo.«

»›Milo‹?« Torquil blickte Lorimer fragend an.

»Mein Spitzname in der Familie«, sagte Lorimer und hielt die Stimme gedämpft. Slobodan hörte aber ohnehin nichts. Er stand auf der anderen Seite des Cortina und trat gegen die Reifen.

»Willkommen an Bord, Torquil«, sagte Slobodan. »Du bist versichert, ist alles abgedeckt. Sauberer Führerschein, einsatzbereit rund um die Uhr. Du warst unsere Rettung in letzter Minute.«

»Gleichfalls, äh, Lobby«, sagte Torquil und schüttelte die angebotene Hand. Sie standen vor Slobodans Haus, eine matte Sonne brachte das Chrom des Cortina zum Glitzern, sanft gurgelte das Schmelzwasser in der Gosse.

»Ich glaube, ich schulde dir einen Einstand«, sagte Torquil und bot Slobodan eine Zigarette an. Die beiden Männer rauchten.

»Vierzig Pfund pro Woche für das Radio. Im voraus.«

Torquil wandte sich an Lorimer, der ihm vierzig Pfund gab, die gleich zu Slobodan weiterwanderten.

»Hab schönen Dank, Torquil.«

»Ich brauch wahrscheinlich noch ein bißchen Geld zum Tanken«, sagte Torquil. »Und fürs Essen.«

Lorimer gab ihm noch einmal vierzig. Ihm war es egal, er war glücklich.

»Komm, ich stell dich meinem Partner vor, Mr. Beazley«, sagte Slobodan. »Wir machen gleich die erste Tour fest.«

»Ich hab meinen Stadtplan dabei«, sagte Torquil und zog Lorimers Straßenatlas aus der Tasche.

»Mehr brauchst du nicht für diesen Job, außer dem Auto. Was fährst du normalerweise?«

»Ich hatte einen Volvo Estate.«

»Nette Maschine.«

»Aber er wurde mir abgenommen.«

»So was ist Schicksal, Tork. Kommt in den besten Familien vor.«

»Wir sehen uns später noch«, sagte Lorimer. »Viel Glück.«

Er schaute den beiden Männern nach, die mit ihren brennenden Zigaretten zum Büro hinüberliefen, beide im selben Alter, beide stabil gebaut und übergewichtig, der eine mit Kurzhaar und Nadelstreifen, der andere mit einem grauen Pferdeschwanz und einer alten deutschen Wehrmachtsjacke. Aus irgendeinem Grund hatte Lorimer das sichere Gefühl, daß sie miteinander zurechtkommen würden. Ihm war nicht wohl gewesen bei dem Gedanken, Torquil in so engen Kontakt mit seiner Familie zu bringen, aber die Notwendigkeit, den Dauerdruck loszuwerden, den dieser Mann auf sein Leben ausübte, hatte rasches Handeln erfordert, und das war die einzige greifbare Lösung gewesen. Er hatte Slobodan lediglich erklären müssen, daß ihn die Leute auf der Arbeit »Lorimer« nannten, weil sie Milomre nicht so gut aussprechen konnten. Slobodan hatte kaum hingehört. Folglich dachte sich Lorimer, je weniger er sagte, desto besser. Die beiden waren keine neugierigen Menschen, und es gab nicht viel, was sie aus der Ruhe bringen konnte. Ohnehin hatte er jetzt wichtigere Probleme am Hals, zum Beispiel die drohende Zahlungsunfähigkeit. Er war noch immer geschockt vom Lunch mit Hogg, die Verdächtigungen dieses Mannes schürten seine Paranoia und verstärkten noch, wenn das überhaupt möglich war, seine finstere Entschlossenheit. Aber wie sollte er das Gale-Harlequin-Rätsel auf die schnelle Tour entschlüsseln? Jetzt, da sein Leben wieder relativ torquilfrei war, hatte er vielleicht bessere Karten.

Er wollte gerade den Klingelknopf zur Familienwohnung drücken, als die Tür aufging und Drava erschien, beide Arme voller Aktenordner.

»Wie geht's Dad?« fragte er. »Ist der Arzt dagewesen?«

»Es geht ihm gut. Er schläft fest. Der Arzt konnte nicht sagen, was ihm fehlt. Er hat ihm Antibiotika verschrieben und etwas, damit er besser schläft.«

»Schlaf ist ja wohl das letzte, was Dad nötig hat.«

»Manchmal ist er nächtelang ohne Schlaf. Du kannst nachts zu ihm reingehen, und dann liegt er dort mit weitoffenen Augen. 'tschuldige, Milo, ich kann hier nicht unentwegt rumstehen und quatschen.«

Also liegt es in der Familie, dachte Lorimer, als er in die City zurückfuhr. Diese Leichtschläfergeschichte steckt schon bei meinem Vater in den Genen. Er überlegte, ob er wieder eine Nachtschicht im Institut einlegen sollte – weil dort alles auf

Schlaf ausgerichtet war, gelang es ihm immer, ein paar gute Stunden zu schlafen, selbst wenn er an Alans Apparate angeschlossen war. Er fragte sich, was seine Daten hergaben – inzwischen mußten sie genug davon haben – und ob Alan in der Lage wäre, ihm zu helfen. Wo steckte Alan überhaupt? Er hatte ihn seit Ewigkeiten nicht gesehen.

Das Fedora Palace war abgetragen bis auf ein Stockwerk, der zerklüftete Beton der Restmauern überragte nur knapp den Bauzaun, auf dem, wie Lorimer bemerkte, nun ein neuer Name und ein neues Firmenzeichen prangten: BOOMSLANG PROPERTIES LTD. – die Grotesk-Buchstaben wurden von einer giftgrünen Schlange umringt. Boomslang – wer zum Teufel war das?

»Keine Ahnung«, sagte der Bauleiter zu ihm. Alles sei vor ein paar Tagen an diese neue Firma verkauft worden, und irgendein junger Typ sei mit diesen Plastikschildern gekommen und habe sie hier befestigt.

Lorimer rief bei Boomslang Properties an, die eine Adresse in Battersea hatten, und verabredete einen Termin für sechs Uhr abends. Dem Mädchen am Telefon erklärte er, es handle sich um eine Versicherungsangelegenheit und er prüfe die Möglichkeiten für die Gewährung eines Rabatts. Wenn die Leute auf Geld hofften, fand sich immer schnell ein Termin.

Das Büro lag über einem Geschäft für teures Porzellan und Küchenartikel in einer sanierten Promenade unweit der Albert Bridge. Ein junges Mädchen in Jeans und einem weiten Pullover, der mit Cartoonfiguren bedruckt war, ließ die Zigarette und die Illustrierte sinken und starrte ihn verständnislos an.

»Wir haben vorhin miteinander gesprochen.« Geduldig wiederholte Lorimer sein Anliegen. »Ich komme wegen der Baustelle Fedora Palace.« Er sah, daß sie noch immer nichts begriff.

»O Gott, richtig …« Sie schrie: »Marius? Erwartest du einen Mr. Fedora von der Versicherung?« Keine Antwort. »Er wird wohl gerade telefonieren.«

Ein Hüne von Mann, Mitte Zwanzig, an die zwei Meter groß,

blond und skigebräunt, trat gebückt aus einer Tür im Korridor, hinter ihm rauschte eine Toilettenspülung. Seine Ärmel waren hochgekrempelt, und er trug Hosenträger. Er wischte sich die Hände am Hosenboden ab, bevor er die Rechte zum Gruß ausstreckte.

»Hi«, sagte er. »Ich bin Marius van Meer.« Südafrikanischer Akzent, dachte Lorimer, während er van Meer, dessen Rücken die Ausmaße eines Couchtisches hatte, ins Büro folgte. Dort fabelte er vage über eine Fehlberechnung der Entschädigungssumme und die Aussicht auf eine Nachvergütung, und so weiter und so fort. Marius van Meer lächelte ihn freundlich an – es war auf der Stelle klar, daß er nicht wußte, wovon Lorimer redete. Um so besser. Lorimer ließ seine Tarngeschichte kurzerhand fallen.

»Wissen Sie, daß es in dem Hotel gebrannt hat?«

»Ah, ja, irgendwie hab ich davon gehört. In den letzten Wochen war ich zum Skilaufen in Colorado.«

»Aber Sie haben doch den Bau von Gale-Harlequin gekauft?«

»Eigentlich ist das die Firma meines Vaters. Ich bin hier nur so etwas wie der Schiffsjunge.«

»Und Ihr Vater ist?«

»Dirk van Meer. Er ist in Jo'burg.«

Dieser Name kam ihm bekannt vor, einer der Tycoone der südlichen Hemisphäre. Diamanten, Kohle, Tourismus, TV-Stationen, etwas in dieser Größenordnung.

»Wäre es möglich, mit ihm zu sprechen?«

»Im Moment ist er ein bißchen schlecht zu erreichen. Normalerweise ist er es, der anruft.«

Lorimer schaute sich in dem kleinen Büro um: Alles war neu – Teppich, Stühle, Rollos, Schreibtisch, selbst die riesige Tasche mit Golfschlägern in der Ecke. Er hörte das Mädchen draußen telefonieren und Anweisungen für eine Dinnerparty geben. Er verschwendete seine Zeit.

Lorimer stand auf. »Was bedeutet übrigens *Boomslang*?«

»Das war meine Idee«, sagte Marius van Meer voller Stolz. »Eine afrikanische Baumschlange, hübsch, aber ungefährlich. Es sei denn, man ist ein Ei.«

»Ein Ei?«

»Ja. Sie frißt Eier. Sie raubt Vogelnester aus. Eine hübsche lindgrüne Schlange.«

Lorimer fuhr den Lupus Crescent ab, hielt vergeblich Ausschau nach einem Parkplatz und kreuzte weitere fünf Minuten durch die angrenzenden Straßen, bis er ein paar Meter freie Bordsteinkante fand. Gemächlich machte er sich auf den Weg zum Haus, noch immer beschäftigt mit dieser Gale-Harlequin-Boomslang-Geschichte und noch verdrossener als zuvor: Was erwartete Hogg von ihm? Sollte er ins Flugzeug springen und nach Johannesburg fliegen? Er blickte hinab ins Kellergeschoß von Lady Haigh. Es brannte Licht, sie mußte …

Der Schlag prallte seitlich an seinem Kopf ab (es war die geringfügige Neigung des Kopfes, die ihn gerettet hatte, wie er später analysierte), und die volle Wucht der Keule traf seine linke Schulter. Er brüllte auf vor Schreck und Schmerz, im linken Arm ein Brennen wie von tausend heißen Nadeln, und in einem spontanen Reflex – unter der Gewalt des Hiebes hatte er sich taumelnd gedreht – schleuderte er den Aktenkoffer defensiv in die Höhe. Er hörte ein knisterndes Geräusch, als die Kante das Gesicht des Angreifers traf, ein Geräusch, das kaum gewalttätig klang, eher heimelig und friedlich wie das Plätschern der Milch über knusprigen Cornflakes. Jetzt war es der Aggressor, der schrie, er taumelte zur Seite und ging zu Boden. Lorimer sah ein Feuerwerk von Sternen – Flakfeuer über Bagdad – und zielte ein paar Tritte in die Richtung der sich windenden, kriechenden Gestalt, sein zweiter Tritt traf einen Knöchel. Die Gestalt, dunkel gekleidet und mit Tarnmütze, rappelte sich hoch und rannte humpelnd davon, überraschend schnell, die Keule oder den Schläger oder etwas Längliches in der Hand. Lorimer fiel hin, sein Kopf wurde von einem neuen

Schmerz durchbohrt. Vorsichtig berührte er das Haar über dem linken Ohr – naß und entsetzlich empfindlich wölbte sich eine Schwellung unter seinen Fingerspitzen. Blut.

Niemand kam heraus und niemand schien etwas bemerkt zu haben – der ganze »Kampf« mußte etwa drei Sekunden gedauert haben. Als er sich drinnen im Badezimmerspiegel betrachtete, entdeckte er eine zweifingerbreite, blutende Schnittwunde über dem Ohr und eine Beule von der Form eines halbierten Pingpongballs. Der große Schultermuskel seitlich des Nackens war dunkelrot und böse gequetscht, aber anscheinend hatte er sich nichts gebrochen. Er fragte sich, ob er am Morgen fähig sein würde, den linken Arm zu bewegen, stolperte aus dem Badezimmer hinüber ins Wohnzimmer und füllte sich ein Glas mit Sanitätswhisky. Er war heilfroh, daß Torquil nicht zu Hause war. Er klemmte sich den Hörer unters Kinn und tippte eine Nummer.

»Ja?«

»Phil?«

»Wer will 'n das wissen?«

»Hier Lor… – äh, Milo.«

»He, Milo, großer Meister. Lobby ist nicht da. Wie geht's?«

»Nicht so gut. Jemand wollte mir eben einen Baseballschläger über den Schädel hauen.«

»Dieser Drecksack, der dir auf den Nerv ging?«

»Rintoul.«

»Willst du damit sagen, ich soll mir lieber ihn vorknöpfen statt seinen Schlitten? Ihm sämtliche Finger brechen oder so? Dann biste vielleicht fertig, das kann ich dir sagen. Acht gebrochene Finger. Nicht mal pissen kannste mehr.«

»Nein, halt dich an das Auto. Das wird er schon kapieren.«

»Ist schon so gut wie gemacht, Milo. Ist mir ein Vergnügen.«

Lorimer trank den Whisky, nahm vier Aspirin, befreite sich irgendwie von seinem Jackett, schüttelte die Schuhe von den Füßen und kroch unter die Bettdecke. Er fühlte Arm und Schulter steif werden wie unter örtlicher Betäubung. Schwere

Müdigkeit senkte sich auf ihn herab, als der Adrenalinstrom in ihm versiegte oder stagnierte, oder was immer mit dem Adrenalin passierte, wenn es nicht mehr gebraucht wurde. Er spürte, daß er zu zittern begann, und erst jetzt trieb ihm der verschleppte Schock beißende Tränen in die Augen. Was für ein heimtückischer … Was für ein elender Feigling, der so etwas … Was wäre passiert, wenn er nicht zufällig in dieser Sekunde den Kopf bewegt hätte? Der einzige Trost für ihn war, daß er seit Jahren das erste Mal wieder die ganze Nacht durchschlafen würde.

Torquil weckte ihn um zwei Uhr fünfzehn morgens. Er rüttelte ihn wach. Mit seiner plumpen Pfote packte er ihn direkt an der kaputten Schulter.

»Sorry. Mein Gott!« Torquil wich erschrocken zurück. »Was ist denn mit dir passiert? Du siehst vielleicht beschissen aus.«

»Jemand hat mich überfallen. Ich hab eins über den Schädel gekriegt.«

»Der Schweinehund. Rat mal, wieviel ich verdient habe.«

»Torquil, ich bin angegriffen worden, mißhandelt. Ich muß schlafen.«

»Ich habe neun Stunden am Stück gearbeitet. Nun rate!«

»Ich muß schlafen.«

»285 Pfund. Lobby sagt, es gibt immer genug zu tun für mich. Nachts ist es sogar noch besser, nach zehn gibt's Aufschlag.«

»Gratuliere.« Lorimer vergrub den Kopf im Kissen.

»Ich dachte, du freust dich für mich«, sagte Torquil enttäuscht.

»Tu ich doch«, murmelte Lorimer. »Bin sehr erfreut. Jetzt geh und laß mich in Ruhe, bitte sei so gut.«

234. 1953. »Es ist eine der erstaunlichsten Tatsachen der Wissenschaftsgeschichte«, sagte Alan, »eins der unerklärlichsten Phänomene in der Erforschung des menschlichen Organismus.« »Nämlich was?« »Stell dir vor«, sagte Alan, »nach Jahrtausenden des Schlafs und des

Schlafens wurde der REM-Schlaf erst 1953 entdeckt. 1953! Hatte sich nie jemand einen schlafenden Menschen angeschaut und sich gefragt, warum sich seine Augen bewegten?« »Aber vielleicht hat es vor 1953 gar keinen REM-Schlaf gegeben«, wandte ich ein, »vielleicht ist er eine ganz neue evolutionäre Errungenschaft?« »Natürlich hat es ihn gegeben«, sagte Alan. »Woher willst du das wissen?« »Weil man nur im REM-Schlaf träumt, und die Menschen träumen schon seit Anbeginn der Zeit.«

Das Buch der Verklärung

»... und das ist Adrian Bolt«, sagte Hogg, »Dymphna Macfarlane, Shane Ashgable, Ian Fetter und als letzter, aber bei weitem nicht geringster, Lorimer Black.«

»Willkommen«, sagte Lorimer und verzog sein Gesicht zu einer Grimasse, von der er hoffte, daß sie einem Lächeln glich. Ihm war über Nacht die volle Bedeutung des Ausdrucks »schmerzgemeißelt« aufgegangen. Er fühlte sich wie Gérard de Nerval auf dem Foto von Nadar. Ein sehr scharfer Grabstichel hatte an seinem Kopf gearbeitet, aber der Schmerz in der Schulter hatte in den Stunden seit dem Überfall eine eindrucksvolle Improvisationsgabe bewiesen. Seine ganze linke Seite war in Mitleidenschaft gezogen, selbst in seinem linken Fuß schien ein dumpfer Sympathieschmerz zu pochen. Hogg stellte die Schadensregulierer der GGH der neuen Kollegin vor, Felicia Pickersgill, einer derben Mittvierzigerin mit borstigem, dachsgrauem Haar und gewieft ausdruckslosem Blick. Er war Hoggs Ausführungen nicht sehr aufmerksam gefolgt, glaubte sich aber zu erinnern, daß sie irgendeinen hohen Rang als Marinehelferin oder bei der Armee bekleidet hatte, jedenfalls etwas Militärisches, bevor sie ins Bankfach und dann in eine Versicherung übergewechselt war; wahrscheinlich kommt sie von der Militärpolizei, dachte Lorimer. Solche Angaben im Lebenslauf quittierte Hogg gewiß mit Wohlgefallen. Doch das einzige, worauf Lorimer jetzt reflektierte, war der Wein in den Flaschen, die hinter den Platten mit Kanapees auf Hoggs Schreibtisch standen. Er hatte sich nach dem Aufwachen am Morgen zweimal erbrochen und infolgedessen seinen Tee großzügig mit Brandy angereichert. Der Schmerz war für eine Weile zurückgegangen, aber jetzt brauchte er neue alkoholische Linderung.

»... sind wir äußerst beglückt, Felicia bei uns in der GGH begrüßen zu können, und freuen uns darauf, daß sie mit ihrem hohen fachlichen Können zum Erfolg und zum guten Ruf unserer Firma beitragen wird.«

»Bravo«, riefen Rajiv und Yang Zhi einstimmig, und Janice klatschte, doch Hogg gebot mit erhobener Hand Ruhe.

»Felicia weiß, was natürlich auch Sie selbst wissen, nämlich daß Sie die handverlesene Elite unserer Berufssparte darstellen. Wir sind nur eine kleine Schar, aber unsere Macht und unser Einfluß stehen in keinem Verhältnis zu unserer Zahl. Die GGH hat sich einen herausragenden Spitzenplatz im stark umkämpften Markt der Schadensregulierungsspezialisten erworben. Ein großer Teil dieses Erfolgs ist Ihnen und Ihren Anstrengungen zu verdanken. Ich weiß, daß ich manchmal etwas streng und ernst sein kann« (pflichtgemäße Gluckser), »aber das ist so, weil unsere Firma nur dann gedeihen kann, wenn wir den allerhöchsten Maßstäben gerecht werden – blühen und gedeihen in einer schwierigen, was sage ich, in einer rauhen Welt. Wenn es hart auf hart kommt, wie ein amerikanischer Filmkünstler einmal formulierte ...«

(Nun werd endlich fertig, dachte Lorimer.)

»... dann treten die Harten in Aktion. Hier bei uns überleben nur die Härtesten, und ich bin mir gewiß, daß Felicia eine wertvolle Bereicherung unserer ›Spezialtruppe‹ sein wird. Wir freuen uns auf die Zusammenarbeit mit ihr.«

Hogg führte den Applaus an, doch Lorimer führte beim Anmarsch auf den Tisch mit Speise und Trank. Er war beim zweiten Chardonnay, als er plötzlich Hoggs breites Gesicht vor der Nase hatte.

»Ich hoffe, Sie haben meine weisen Worte gehört, Lorimer, sich ordentlich die Ohren gewaschen. Was ist denn mit Ihnen los? Sie sehen aus wie der Tod auf Latschen.«

»Jemand hat mich gestern nacht überfallen. Ich hab einen bösen Schlag auf die Schulter erwischt.«

»Oh. Irgendwelche Fortschritte bei Gale-Harlequin?«

»Ich glaube, ich bin da an einer neuen Spur.«

»Ich dachte, daß ich Felicia auf den Fall ansetzen könnte. Als kleine Rückenstärkung für Sie.«

Der Gedanke behagte Lorimer nicht im geringsten. »Ich glaube, ich arbeite lieber allein.«

»Wir urteilen hier einzig nach den Resultaten, Lorimer.« Hogg wandte sich ab.

Lorimer lächelte schwach und schob sich ein Pastetchen in den Mund, leerte sein Glas, füllte sich nach und machte sich auf die Suche nach Dymphna.

»Warum hast du denn so eine Schlagseite beim Laufen?« fragte sie. »Du sieht erschreckend aus.«

»Das ist das blinde Wüten der städtischen Gewaltkriminalität. Aber du solltest erst mal den anderen Typ sehen.«

»Diese Felicia gefällt mir kein bißchen. Glaubst du, daß sie und Hogg was miteinander haben?«

»Ich weigere mich, diese Möglichkeit auch nur anzudenken.«

»Shane meint, sie soll uns ausspionieren.«

»Durchaus möglich. Hogg hat momentan eine mörderische Dosis Bunkermentalität im Leib. Hör mal, Dymphna, du kennst doch viele Journalisten. Könntest du mich mit einem bekannt machen, der was vom Immobiliengeschäft versteht?«

»Ich kann jederzeit Frank fragen.« Frank war ihr Exfreund, der beim Finanzteil der *Times* gearbeitet hatte.

»Ich brauche nur einen, der die Mechanismen kennt. Ich gebe ihm die Informationen, und er liefert mir die Analyse.«

Dymphna steckte sich eine Zigarette an und wirkte interessiert. »Worum dreht es sich denn? Gale-Harlequin?«

»Ja. Nein. Möglicherweise.«

»Das beantwortet alle Fragen«, sagte sie sarkastisch. »Ich höre, Hogg will dir deine Prämie nicht auszahlen.«

»Wer zum Teufel hat dir das erzählt?«

»Rajiv. Mach dir keine Sorgen, ich finde deinen Journalisten.« Sie sah ihn bedeutungsvoll an. »Was krieg ich zur Belohnung?«

»Mein Dank wird dir ewig gewiß sein.«

»Oh, da mußt du schon etwas mehr bieten als das, Lorimer Black.«

14. Kapitel

Der Tag der Dupree-Verhandlung zog heiter und wolkenlos herauf, mit einem Himmel von fast alpiner Klarheit und einer strahlenden Sonne, die scharfe Schatten warf und sich grell in den Scheiben der reihenweise vor dem Gericht von Hornsey geparkten Autos spiegelte.

Lorimer stieg langsam die Treppe zu dem harmlos wirkenden Backsteingebäude hinab – wie das Laborgebäude einer neuen Gesamtschule, dachte er. Ihm bangte vor seinem ersten Auftritt als Hauptzeuge, und er zuckte zusammen, als er versehentlich die Finger seiner linken Hand krümmte. Jede Bewegung schien sich nachteilig auf seinen Schultermuskel auszuwirken (den Trapezmuskel, wie er jetzt wußte, denn er hatte im Lexikon nachgesehen) und wurde zum Schmerzauslöser, der unfehlbar seinen Weg zu den zerschmetterten Muskelfasern fand. Die Schulter hatte eine unheimliche bräunlichblaue Färbung angenommen, als wäre unter seiner Haut eine schauerliche Algenpest ausgebrochen.

»Morgen, Mr. Black.« Detective Sergeant Rappaport stand in einem versteckten Winkel der Betonsäulen des Portals, ein Zigarillo in der Hand. »Ein schöner Tag für einen so traurigen Anlaß.«

Lorimer stellte fest, daß das Gericht an ein anonym wirkendes Gebäude mit der Aufschrift »Öffentliche Leichenhalle« grenzte, und wurde von dem lästigen Gedanken befallen, daß dort womöglich die Leiche von Mr. Dupree lag und des Gerichtsurteils harrte. Es war besser, so etwas nicht zu wissen.

»Was genau muß ich hier eigentlich tun?« fragte Lorimer.

»Nur eine Formalität, Mr. Black. Erzählen Sie einfach, wie Sie

Mr. Dupree vorgefunden haben. Dann habe ich meinen Auftritt. Es gibt noch ein Familienmitglied, das über den Gemütszustand von Mr. Dupree zur Zeit des Geschehens aussagen will. In einer Stunde dürfte alles erledigt sein. Übrigens, was ist mit Ihrem Auto passiert?«

Lorimer sagte es ihm, und gemeinsam betraten sie das Gebäude und stiegen die Treppe hinauf zu einer düsteren Vorhalle, wo tuschelnde Grüppchen in unterdrückter Erregung herumstanden wie bei einer Beerdigung – jugendliche Straftäter, von ihren Eltern umsorgt, gewaschen, in Schale geworfen und bußfertig; trübsinnnige Gestalten, kleine Diebe, selbstgerechte Geschäftsleute, die ihre Gläubiger durch die Instanzen verfolgten, zerknirschte Verkehrssünder mit Alkoholproblemen, die Enthaltsamkeit geloben wollten. Lorimer fühlte sich degradiert in dieser Gesellschaft. »Bezeugung einer Selbsttötung« war das Etikett, das er trug, und in gewisser Weise reduzierte es ihn auf das Niveau der anderen. Hier wurden die kleinen Wechselfälle und Kalamitäten des Lebens verhandelt, keine wirklichen Probleme – Katastrophen von der Tragweite gespaltener Nägel, mittlerer Zahnschmerzen, verstauchter Knöchel. Was hier geschah, hatte nichts Dramatisches an sich, anstelle von Tragödien und großen Emotionen waren hier die minderen Delikte, die Verwarnungen, Abmahnungen, Moralpredigten und Geldbußen an der Tagesordnung, hier wurden Führerscheine mit Strafvermerken versehen, Verbote verhängt, Schulden beurkundet, Verfügungen erlassen … Es war alles gar zu kleinkariert.

Trotzdem war ihm der Mund trocken, und er fühlte sich verunsichert, als er in den Zeugenstand trat, seinen Eid schwor und die Richterin, eine stämmige Frau mit steifer, aschblonder Dauerwelle, ihn aufforderte, die Entdeckung des toten Mr. Dupree zu beschreiben. Er gab Auskunft und nannte Datum und Uhrzeit seines Besuchstermins.

»Sie hatten nicht die Vermutung, daß so eine Möglichkeit – Mr. Duprees Selbsttötung – äh … möglich war?«

»Es war ein absoluter Routinebesuch, jedenfalls was mich betraf.«

»Könnte er unter Depressionen gelitten haben?«

»Das weiß ich nicht. Ich nehme es an. Es war ein schwerer Brandschaden, seine Fabrik war völlig zerstört. Unter diesen Umständen würde jeder zu Depressionen neigen.«

Sie blätterte in ihren Notizen. »Sie sind Schadensregulierer, wie ich sehe. In welcher Weise waren Sie mit dem Verstorbenen befaßt?«

»Unsere Aufgabe ist es, die Rechtmäßigkeit einer Schadensforderung festzustellen. Wir werden von der Versicherungsgesellschaft mit der Prüfung beauftragt, ob die Forderung angemessen ist.«

»Und in diesem Fall erschien sie angemessen?«

»Soviel ich weiß«, sagte Lorimer ausweichend. »Es gab einige Zahlenangaben, die überprüft werden mußten – der genaue Wert einer Bestellung aus den USA. Unsere Untersuchung war praktisch abgeschlossen.«

Nach ihm trat Rappaport in den Zeugenstand und verlas die wesentlichen Fakten: Mr. Duprees Alter, Datum und Uhrzeit des Anrufs von Lorimer, Zeitpunkt und Ursache des Todes, die Beglaubigung des Totenscheins, das Fehlen von Hinweisen auf eine Straftat. Seine Stimme war kräftig, die Freude an seinem Auftritt offenkundig, und das in einem solchen Maß, daß er ständig ein selbstzufriedenes Lächeln zu unterdrücken schien.

Durch das Fenster zu seiner Rechten sah Lorimer ein Viereck blauen Himmels, das soeben von bedenklich grauen Wolken erobert wurde. Seine Gedanken schweiften ab, und ihm fiel ein, daß er die Bank erstmals in seinem Leben um einen Überziehungskredit bitten mußte. Ein schlechtes Zeichen, ein böses Omen in der Tat. Zum Teufel mit Hogg. Lorimer bekam nicht mit, daß Rappaport aus dem Zeugenstand abtrat, auch das Gespräch des Protokollführers mit der Richterin nahm er nur mit halbem Ohr wahr. Aber er hätte schwören können, daß der Protokollführer beim Aufruf des nächsten Zeugen einen

Namen nannte, der fast so klang wie »Mrs. Malinverno«. Das zeigte nur, wie sehr sie seine Gedanken beherrschte …

Er sah sich um und erblickte eine magere, bleiche Frau mit fliehendem Kinn und scharfer Nase. Sie trug ein schwarzes Kostüm, trat nervös in den Zeugenstand und nahm mit umständlichem Rockglätten und Ärmelzupfen ihren Platz gegenüber der Richterin ein. Am Revers trug sie eine Bernsteinbrosche, die sie ständig berührte, als wäre sie ein Talisman. Die Frau vermied es demonstrativ, ihn, Lorimer, anzublicken, wie er bemerkte, selbst ihre Schulter war von ihm weggekehrt; offensichtlich sträubte sie sich mit einigem körperlichen Aufwand dagegen, mit ihm konfrontiert zu werden. Das Familienmitglied, vermutete er und schaute zu Rappaport hinüber. Der grinste, hob den Daumen und formte mit den Lippen ein stummes »gut gemacht«.

Die Richterin sprach jetzt: »Mrs. Mary Vernon, Sie sind die Schwester des verstorbenen Mr. Dupree?«

»Das ist richtig.«

Daher das Schwarz, dachte Lorimer. Dupree war ledig gewesen, hatte Rappaport ihm erzählt, »verheiratet mit seiner Arbeit«, wie man so sagte. Das muß ein furchtbarer Schlag gewesen sein, dachte Lorimer mitfühlend, ein Selbstmord in der Familie – und so viele offene Fragen.

»Ich war verreist, auf einem Mittelmeerurlaub«, sagte Mrs. Vernon, geborene Dupree, und ihre Stimme zitterte leicht. »In der Woche vor seinem Tod habe ich zweimal mit meinem Bruder telefoniert.«

»Wie würden Sie seine Verfassung beschreiben?«

»Sehr besorgt und bedrückt. Deshalb bin ich direkt vom Flughafen zu ihm gefahren. Er war sehr erregt über das Verhalten der Versicherung – die Verzögerungen, die Fragen, die Weigerung zu zahlen.«

»Seine Versicherung war Fortress Sure?«

»Er hat immer wieder über den Schadensregulierer gesprochen, den sie ihm geschickt hatten.«

»Mr. Black?«

Endlich richtete sich ihr Blick auf ihn – ein Blick übermenschlicher Verachtung. Um Gottes willen, sie denkt, daß ich es war, der …

»Er muß es gewesen sein«, sagte sie. »Mein Bruder Osmond hat nie den Namen genannt, er hat immer nur vom Schadensregulierer gesprochen.«

»Mr. Black hat ausgesagt, daß seine Verabredung mit Ihrem Bruder ein reiner Routinebesuch war.«

»Warum war mein Bruder dann so erregt? Er hatte einen Horror vor dem Besuch des Schadensregulierers. Einen Horror!« Sie steigerte ihre Stimme. »Sogar bei meinem letzten Anruf sagte er immerzu: ›Der Schadensregulierer kommt, der Schadensregulierer kommt.‹« Jetzt zeigte sie mit dem Finger auf ihn. »Diese Menschen haben ihn gequält und terrorisiert, einen gemütskranken alten Mann, dessen ganze Existenz vernichtet war.« Sie sprang auf. »Ich bin überzeugt, daß der Mann, der dort sitzt, Mr. Lorimer Black, meinen Bruder in den Tod getrieben hat.«

An diesem Punkt schrie der Protokollführer: »Zur Ordnung! Zur Ordnung!« Die Richterin pochte mit dem Hammer aufs Pult, und Mrs. Vernon brach in Tränen aus. Lorimer dachte: Das war Hogg. Womit hatte Hogg diesen Mr. Dupree in Angst und Schrecken versetzt? Manche Leute waren nicht dazu geschaffen, einen Hogg auszuhalten. Er war einfach zuviel für sie, zu feindselig, zu übermächtig, dieser Hogg … Die Verhandlung wurde für zehn Minuten ausgesetzt, Mrs. Vernon wurde hinausgeführt, dann bestätigte die Richterin erwartungsgemäß den Tod durch Selbstmord.

»Bitte schön«, sagte Rappaport und überreichte ihm den Zettel, auf dem Mrs. Vernons Adresse und Telefonnummer vermerkt war. Lorimer hatte das Bedürfnis, sich telefonisch oder brieflich bei ihr zu erklären, seinen Namen zu verteidigen, seinen Ruf von diesem entsetzlichen Makel zu befreien oder – besser noch und weitaus wirkungsvoller – Hogg auf irgendeinem Weg zu veranlassen, ihr die Wahrheit zu sagen. Rappaport hatte ihm davon abgeraten, einen solchen Kontakt zu suchen, ihm aber bereitwillig die Adresse überreicht.

»Offensichtlich von der Trauer übermannt«, befand Rappaport selbstgewiß. »Sie wollen das nicht hören, Mr. Black. Ich würde es gar nicht erst erwägen. Es ist immer dasselbe. Die wildesten Vorwürfe werden erhoben. Die Leute sind völlig aus dem Gleis. Trotzdem merkwürdig attraktiv, die Frau.« Sie standen am Kaffeeautomaten in der Vorhalle und tranken die heiße Flüssigkeit, die er lieferte.

»Nein, sie brauchen einen Schuldigen«, philosophierte Rappaport weiter, »einen, der sich dafür anbietet, gewöhnlich wegen ihrer eigenen Schuldgefühle, und meistens sind wir es, die Polizisten, die sie mit ihren wilden Anschuldigungen überziehen. Ich hatte diesmal nur das Glück, daß Sie ins Spiel kamen.« Er kicherte.

»Glück?« sagte Lorimer erbittert. »Sie hat mich praktisch des Mordes bezichtigt.«

»Sie müssen sich eine dickere Haut zulegen, Mr. Black.«

»Mein berufliches Ansehen steht auf dem Spiel, wenn das hochkommt.«

»Sie legen Wert auf Ihr Ansehen, Mr. Black? Machen Sie sich da mal keine Sorgen. War jedenfalls nett, Sie wiederzutreffen. Tschüs.«

Mit wiegendem Schritt wie ein Westernheld durchquerte Rappaport die Ansammlung der Raufbolde, Kleinganoven und verkniffenen Prozessierer. Vielleicht ist er doch nicht so beschränkt, dachte Lorimer gequält. Ihn ärgerte Rappaports arrogante, wegwerfende Art, seine Wurstigkeit, und er bemerkte, daß sich in diesem Moment sein Haß auf alle menschlichen Wesen dieses Planeten erstreckte. Aber ich bin unschuldig, wollte er diesen verdrucksten Gestalten zurufen. Ich bin nicht wie ihr. Hogg hat mich mal wieder reingeritten.

100. GEORGE HOGGS VERSICHERUNGSPHILOSOPHIE. Hogg sprach häufig über seine Theorie, er war verliebt in sie. »Für die Urmenschen im Dschungel«, sagte er gern, »für unsere wilden Vorfahren, war das ganze Leben eine Lotterie. Alles, was sie taten, war extrem riskant. Ihr Leben war im wahrsten Sinne des Wortes ein einziges Glücksspiel. Aber die Zeiten haben sich geändert, die Zivilisation ist eingekehrt, die Gesellschaft hat sich entwickelt, und während sich die Gesellschaft entwickelt und die Zivilisation voranschreitet, wird das Element des Zufalls und des Risikos in wachsendem Maß aus dem menschlichen Umfeld verbannt.« An diesem Punkt pflegte er zu unterbrechen, in die Runde zu schauen und zu fragen: »Ist hier jemand so blöd, das zu glauben? ... Nein, meine Freunde, so ist das Leben nicht. Das Leben läuft nicht glatt auf den Schienen, die wir ausgelegt haben. Tief drinnen im stillen Kämmerlein wissen wir alle ganz genau, daß unsere wilden Vorfahren recht hatten. Soviel wir auch unter Kontrolle zu haben glauben, sosehr wir uns auch gegen jede Eventualität absichern, alle Risiken einkalkulieren, das Leben hält trotzdem immer neue Überraschungen bereit, oder, wie die Bibel sagt, ›alle Erwartungen werden gestört‹. Und das ist es, was wir, die Schadensregulierer, verkörpern. Das ist unser Handwerk, unser Metier, unsere Berufung. Wir haben nur einen einzigen Existenzgrund – alle Erwartungen zu stören.«

Das Buch der Verklärung

Lorimers Stimmung war noch immer düster und gestört, als er nach Chalk Farm fuhr und sein Auto in der Nähe von Flavias Haus parkte. Er spürte den heftigen Drang, sie wiederzusehen, und sei es aus dem Verborgenen; die ganze Dupree-Angelegenheit hatte ihn an den ersten Tag erinnert, an jene magische, traumhafte Vision im Rückfenster des Taxis. Der Anblick der leibhaftigen Flavia würde ihn seiner seelischen Gesundheit vergewissern, ihm die Zuversicht geben, daß nicht alles aus dem Lot war in seiner ins Wanken geratenen Existenz.

Dreißig Meter von ihrer Haustür entfernt richtete er sich mit klopfendem Herzen aufs Warten ein. Zu beiden Seiten der lindengesäumten Straße reihten sich die blätternden, bröckelnden Stuckfassaden der herrschaftlichen Stadtvillen mit riesigen Bogenfenstern, Veranden und geländergezierten Freitreppen, die aber nun in Wohnungen, Apartments oder Maisonettes unterteilt waren, wie man an den dichtbesetzten Klingelleisten neben den Haustüren erkennen konnte.

Der frische blaue Himmel des Morgens hatte sich mit Wolken bezogen, und nun, während er sich, sein Selbstmitleid auskostend, mit verschränkten Armen in den Sitz drückte, klatschten die ersten Tropfen auf die Frontscheibe. Es war zuviel auf einmal: Torquil, der Rintoul-Überfall, Hoggs Verdächtigung und jetzt auch noch diese höllische Beschuldigung durch Mrs. Vernon. Selbst wenn die Richterin diesen Vorwurf zurückgewiesen hatte, glaubte Lorimer sich an einen beunruhigenden Ausdruck des Zweifels in ihrer Miene zu erinnern. Und Flavia, was war mit ihr? Nur ein zufälliger Flirt und ein Kuß? Aber dieser Kuß vor dem Restaurant war etwas anderes gewesen, er deutete auf einen tiefgreifenden Wandel.

Anderthalb Stunden später sah er sie, sie kam von der U-Bahn und ging mit aufgespanntem Regenschirm die Straße bergauf, sie trug einen schokoladenbraunen Kunstpelz, und in der Hand hatte sie eine Einkaufstüte aus Plastik. Er ließ sie vorbeigehen, dann stieg er aus und rief ihren Namen.

»Flavia.«

Sie drehte sich überrascht um. »Lorimer, was machst du hier?«

»Ich mußte dich einfach sehen. Ich hatte die furchtbarsten ...«

»Du mußt hier weg, du mußt hier weg«, rief sie ängstlich und warf einen Blick über die Schulter zur Tür. »Er ist zu Hause.«

»Wer?«

»Gilbert natürlich. Wenn er dich sieht, wird er zum Berserker.«

»Warum? Im Café hat er sich doch ganz manierlich benommen.«

Flavia stellte sich hinter eine Linde, so daß man sie aus dem Haus nicht sehen konnte. Ihre Augen flehten um Verzeihung.

»Weil ich ihm was erzählt habe, was ich bei nüchterner Überlegung lieber nicht hätte tun sollen.«

»Nämlich was?«

»Daß wir eine Affäre haben.«

»Nicht zu fassen.«

»Er hat auf dem Papierfetzen deine Nummer gefunden. Er hat angerufen und deinen Anrufbeantworter gehört. Er ist so wahnsinnig eifersüchtig.«

»Warum hast du's ihm dann erzählt, um Gottes willen?«

»Weil ich ihm weh tun wollte. Er war fies zu mir und grausam, da ist es mir irgendwie rausgerutscht.«

Sie verstummte, ihr Gesicht war verdüstert, als würden ihr erst jetzt die Konsequenzen dieser dreisten Lüge aufgehen.

»Ich nehme an, das war ein bißchen leichtsinnig.« Dann lächelte sie ihn strahlend an. »Glaubst du, ich könnte das gesagt haben, weil ich wirklich eine Affäre mit dir haben will, Lorimer?«

Er schluckte. Sein Atem ging schneller. Er ballte die Fäuste und öffnete sie wieder. Was sollte man auf so etwas erwidern? »Flavia – ich liebe dich.« Er wußte nicht, was ihn zu diesen schicksalhaften Worten getrieben hatte, was ihn veranlaßt hatte, diese zeitlose Erklärung abzugeben – wahrscheinlich die Übermüdung oder der Regen, der ihn allmählich durchnäßte.

»Nein. Nein, du mußt gehen«, sagte sie, ihre Stimme war plötzlich nervös, fast feindselig. »Halt dich lieber von mir fern.«

»Warum hast du mich geküßt?«

»Ich war betrunken. Der Grappa war schuld.«

»Das war nicht der Kuß einer Betrunkenen.«

»Vergiß ihn lieber, Lorimer Black. Und halt dich fern von mir. Ich meine, wenn Gilbert dich sieht, dann …«

»Scheiß auf Gilbert. Du bist es, um die es mir geht.«

»Hau ab!« zischte sie, verließ die Deckung des Baumes und lief quer über die Straße auf ihr Haus zu, ohne sich umzusehen.

Lorimer stieg fluchend in den Wagen und fuhr los. Wut, Enttäuschung, Lust, Bitterkeit und Ohnmacht kämpften in ihm um Vorrang, bis eine neue, düstere Empfindung alles andere überschattete. Er war der Verzweiflung nahe. Flavia Malinverno war in sein Leben getreten und hatte es verändert – sie durfte ihm nicht verlorengehen.

»Kommt überhaupt nicht in Frage«, sagte Hogg mit einer Sachlichkeit, die keinen Widerspruch duldete. »Was denken Sie denn, wer ich bin? Ihre Mutter? Lösen Sie Ihre Probleme gefälligst selbst!«

»Sie glaubt, ich wäre *Sie*. Sie denkt, ich hätte den Dupree-Schaden reguliert. Sie müssen ihr nur sagen, daß ich nichts damit zu tun hatte.«

»Können Sie voll vergessen, Lorimer. Nachträglich fassen wir eine Regulierung nicht mehr an. Niemals. Der Klient ist dann tabu für uns. Sie wissen das genau. Das kann alles gefährden, unsere Arbeit ist sehr heikel. Nun, was gibt's Neues bei Gale-Harlequin?«

Lorimer blinzelte, er schüttelte den Kopf, ihm fehlten die Worte.

»Spucken Sie's aus, Jungchen.«

»Einiges tut sich. Ich melde mich wieder.«

Er schaltete das Telefon ab und gab Gas, nachdem er die Ampeln des Fulham Broadway hinter sich gebracht hatte. Es mußte eine Möglichkeit geben, Hogg so weit zu kriegen, daß er Mrs. Vernon alles erklärte. Doch egal, welche Strategie dafür in Frage kam, im Moment ertrug er es nicht, daran zu denken. Er hatte keine einzige vernünftige Idee, und das ließ die Verzweiflung wieder in ihm aufsteigen.

Slobodan stand rauchend vor dem Büro auf dem Gehsteig, er schnappte frische Luft und trat von einem Absatz auf den anderen, als Lorimer einparkte. »Weißte, ich könnt heulen über einen Wagen in diesem Zustand. Noch eine Woche, und er rostet dir unterm Hintern weg. Sieh dir das an!«

Tatsächlich breiteten sich auf der verschmorten Karosse des Toyota die ersten Rostblüten aus.

»Ist Torquil zurück?«

»Junge, der schreibt vielleicht Stunden! Ich schätze, der kassiert zweieinhalb Riesen diese Woche. Der ist regelrecht schokkiert, daß er so viel Knete macht. Das Problem bei Torquil ist, er hat nie gewußt, was man als einfacher Arbeiter so verdienen kann. Er dachte, wir sind alle arm und elend, schlagen uns gerade mal so durch und lauern auf Almosen.«

Das ist ungefähr die tiefgründigste Feststellung, die ich je von Slobodan gehört habe, dachte Lorimer. Er stimmte ihm zu, und beide gingen hinein, wo sie Torquil in einer lärmenden Debatte mit den anderen Fahrern fanden, die sich mit ihren Teepötten und Zigaretten auf den beiden Sofas ausgebreitet hatten.

»Wenn du die A3 und die M25 nimmst, bist du erledigt. Zweieinhalb Stunden bis Gatwick.«

»Trevor zwei-neun hat gestern vierzig Minuten für die Wandsworth High Street gebraucht.«

»Ist ja tödlich.«

»Der reinste Alptraum.«

»Okay, aber wenn du über Battersea bis Southfield …« schlug Torquil vor.

»Trevor eins-fünf fährt sogar hintenrum nach Gatwick, nämlich über Reigate.«

»… Nein, hör zu, du mußt über New Malden, aber Chessington mußt du auslassen und direkt nach …« Torquil drehte sich um und erblickte Lorimer. »Oh, hallo. Lobby hat schon gesagt, daß du kommst. Wollen wir einen Happen essen gehen?«

Phil Beazley steckte den Kopf aus der Kommandozentrale und winkte Lorimer herüber. »Wir haben es gemacht«, flüsterte er.

»Was gemacht?«

»Gestern nacht. Ich mit ein paar Kumpels. Wir haben die Karre kräftig verarztet.«

Lorimer erbebte vor Schreck über das, was er da angerichtet hatte. Noch nie hatte er Gewalt gegen irgend jemand oder irgend etwas in Gang gesetzt, und jetzt spürte er so etwas wie den Verlust seiner Unschuld. Aber Rintoul hätte ihn umbringen können. Das durfte er nicht vergessen.

»Hier ist ein Geschenk für dich«, sagte Beazley, griff in die Tasche und drückte Lorimer etwas in die Hand. »Ein kleines Andenken.«

Lorimer öffnete die Hand und erblickte einen dreizackigen Stern in kreisrunder Umrandung.

»Ich hab ihn vom Kühler abgebrochen, bevor wir mit den Vorschlaghämmern und dem Niethammer rangegangen sind.«

Lorimer schluckte. »Rintoul fährt einen BMW, hab ich dir gesagt.«

»Nein, Mercedes hast du gesagt. Eindeutig. Weiß ich genau. Ein BMW war sowieso nicht zu sehen.«

Lorimer nickte langsam, um die Nachricht zu verdauen. »Na, macht nichts, Phil. Gute Arbeit. Ich denke, damit wäre das Darlehen erledigt.«

»Bist 'n feiner Kerl, Milo. Lobby wird sich freuen.«

»Bei dir alles in Ordnung?« fragte Torquil, als sie auf dem Weg zum Filmer Café waren. »Siehst ein bißchen daneben aus. Geschlaucht. Kannst du immer noch nicht schlafen?«

»Der Schlaf ist mein kleinstes Problem.«

Im Filmer (Klassisches britisches Café Nr. 11) war es voll und stickig warm, das Kondenswasser perlte und troff von allen Scheiben, Dampf und Gerüche stiegen von den Töpfen und Pfannen auf, die auf dem Herd klappernd vor sich hin kochten, ein nebelartiger Zigarettenmief ergänzte den schmuddlig-verqualmten Gesamteindruck des Lokals. Es wurde von einem Pärchen aus Gibraltar betrieben, was den reichlichen Einsatz der britischen Nationalfarben erklärte. Die Flaggenbänder hingen in den Fenstern und drapierten das Porträt von Winston Churchill an der Wand, kleine Union Jacks flatterten auf jeder Tischmitte zwischen Gewürzen und Soßenflaschen, die Bedienung trug glänzende PVC-Schürzen in den britischen Nationalfarben. Torquil zog sein Jackett aus und hängte es über die Stuhllehne. Er trug Pullover und Kordhose, keine Krawatte, und bedurfte einer Rasur. Torquil bestellte Schinken, Wurst, Eier, Bohnen und Fritten, dazu noch Weißbrot in Scheiben. Lorimer bat um ein Glas Milch – er schien neuerdings den Appetit verloren zu haben.

»Wie erklärst du dir das?« fragte Lorimer und schob ihm eine Einladung hin, die er am Morgen in der Post gefunden hatte.

»Lady Sherriffmuir«, las Torquil, »›Hausabend für Toby und Amabel‹. Bist du sicher, daß das für dich bestimmt ist?«

»Da steht doch mein Name drauf, Torquil.«

»Dann wird meine Einladung ja wohl an diese verfluchte Binnie gegangen sein. Mist, verdammter. Warum lädt er dich ein? Hattest du mit ihm zu tun?«

»Nur das eine Mal.«

»Mußt ja einen starken Eindruck hinterlassen haben. Alle Achtung.«

»Ich kapier auch nicht, was das soll.«

»In Kensington hat er ein nettes …« Torquil zog die Stirn kraus, als würde ihm der Begriff »Haus« einen gewissen Kummer bereiten. Er zog einen Schmollmund, schüttete Salz auf die Tischplatte und tupfte mit dem Finger darin herum.

»Hast du was auf dem Herzen?« fragte Lorimer.

Torquil leckte sich den Salzfinger ab. »Ich hoffe, du nimmst es nicht krumm, Lorimer, aber ich will bei Lobby einziehen.«

»Absolut einverstanden. Damit hab ich kein Problem. Und wann?«

»Für mich ist es leichter, nachts zu arbeiten, verstehst du? Es ist einfach praktischer. Ich möchte dir nicht das Gefühl geben, daß …«

»Wunderbare Idee!«

»Ich meine, wenn du willst, daß ich bleibe, würde ich nicht mal im Traum ans Umziehen denken. Der Gedanke wäre mir ...«

»Nein. So ist es viel sinnvoller.«

»Das ist nett von dir.« Torquil strahlte und war sichtlich erleichtert. »Hast du eine Vorstellung, wieviel Kohle ich diese Woche mache? Noch ein paar Fahrten zum Flughafen und ein paar gute Nachtjobs, und ich könnte gut und gern zwei Riesen einsacken. Phil Beazley will mir noch ein paar Pillen zum Wachbleiben besorgen.«

Voll des Staunens schwärmte er von seinem großen Glück, und das alles habe er Lorimer zu verdanken. Binnie würde ihr Geld kriegen, sagte er, und wenn er seine laufenden Kosten abzog, würde er ohne weiteres an die tausend Pfund in der Woche für sich behalten, und das bar auf die Hand.

»Offensichtlich zahlt man hier kaum Steuern«, sagte er. »Du deklarierst etwa ein Zehntel von dem, was du verdienst, und ziehst dann noch alle Unkosten ab – Tanken, Versicherung. Und ich hab sowieso keine Zeit, Geld auszugeben. War noch nie so flüssig. Noch nie in meinem Leben hatte ich so viel Bares in der Tasche.«

Lorimer vermutete, daß Torquil und Slobodan glänzend miteinander auskamen: Beide rauchten zuviel, beide tranken im Exzeß, aßen dasselbe Zeug, hörten dieselbe Hitparadenmusik, teilten dieselbe trotzige Frauenverachtung, lasen keine Bücher, waren kulturell und politisch unbeleckt, gelinde rassistisch und wählten beide aus Gewohnheit konservativ. Wäre nicht der unterschiedliche Akzent gewesen und der himmelweite soziale Rangunterschied, hätten sie aus demselben Holz geschnitzt sein können.

Torquil schob den geleerten Teller weg, stopfte die zusammengeklappte Brotscheibe, mit der er das letzte Fett vom Teller gewischt hatte, in den Mund und griff nach den Zigaretten. »Weißt du was«, sagte er nachdenklich kauend, »wenn ich sechs

Monate lang hart dranbleibe mit meinem Minitaxi, kann ich den Rest des Jahres blaumachen. Ich muß nie wieder eine Versicherung verkaufen.«

»Da du das Thema anschneidest«, sagte Lorimer, »kannst du dich noch mal in diesen Deal mit dem Fedora Palace zurückversetzen?«

Torquil zuckte zusammen. »Weißt du, das Problem war, daß ich nie jemanden um Rat gefragt hab. Ich hatte gerade so ein bißchen verdruckstes Genörgel von Simon gehört, daß ich mich nicht genug ins Zeug lege, fehlende Initiative und all das. Als dann also dieser – wie hieß er gleich – Gale plötzlich mit dem Angebot rüberkam, diese riesige Prämie zu zahlen, um die Dinge zu beschleunigen, hab ich einfach zugegriffen.«

»Du und Gale, ihr habt das zusammen eingefädelt.«

»Ich nannte eine Zahl, und er nannte eine höhere. Ich meine, das ist doch einfache Geschäftslogik. Man nimmt doch nicht weniger, wenn man mehr kriegen kann.« Er zog unwillig die Stirn kraus. »Mein Gott, es war schließlich nur ein Hotel. Mörtel und Ziegel, neuester Standard. Was sollte da schiefgehen?«

»Warum hatte Gale es so eilig?«

»Was weiß ich? Er wollte es schnell hinter sich bringen. Kam mir vernünftig vor. Ich dachte mir, ich hätte allen einen Gefallen getan und dem Fort eine stattliche Einnahme verschafft. Niemand hat damals was gesagt, kein Wort der Warnung. Jeder hat da seinen Stempel druntergesetzt.« Er schaute auf die Uhr. »Mit dem Job hab ich abgeschlossen, das kann ich dir sagen. Jetzt muß ich aber los. Ich hab gleich ’ne Tour nach Bexley mit Warten und Rückfahrt.«

Er hatte vom Tennis geträumt, seinem einzigen Sport. Er schaute beim Aufschlag an sich herab wie aus einer speziell montierten Videokamera, er sah den pelzigen gelben Ball in die Höhe fliegen. Dann hörte er – mit aller Deutlichkeit – das Zischen und den scharfen Aufprall auf den Schlägersaiten, und der Ball schoß mit brutaler Härte und einem teuflischen Drall über das Netz – einer seiner seltenen und unspielbaren Zweitaufschläge, die nicht schnell, aber flach in bananenkrummer Flugbahn aufs Feld niedergingen (roter Lehm) und in einem anderen Winkel abprallten, mit größerer Geschwindigkeit als zuvor, als ob irgendein eingebauter Sprungfedermechanismus dem Ball diesen allen physikalischen Gesetzen zuwiderlaufenden Extraschwung verlieh. Sein Partner in diesem Traumspiel war nicht Alan, sein gewohnter Gegner, sondern Shane Ashgable – mit dem er noch nie gespielt hatte, weil Shane sich als Tennisgenie betrachtete. Aber diesen Aufschlägen, die sich heimtückisch übers Netz mogelten, war Shane schlicht nicht gewachsen. Sein Timing und sein Stellungsspiel waren hoffnungslos, ja lächerlich falsch.

Lorimer rieb sich die Augen und trug den Traum pflichtgemäß ins Buch ein. War es ein Klartraum? Eher ein Grenzfall – sicher waren seine Aufschläge surreal zielgenau und stimmig gewesen, aber er konnte sich nicht erinnern, die krumme Flugbahn und den Querschlägereffekt wirklich angestrebt zu haben. Und es entsprach auch nicht ganz der Wahrheit, daß Tennis seine einzige Sportart war. Er mochte auch Leichtathletik – genauer gesagt, er sah gern Leichtathletik im Fernsehen. Aber im Speerwerfen war er als Schüler gut gewesen. Er hatte bessere Weiten erreicht als manche von den stärkeren, stämmigeren Jungen. Wie beim Golfschlag kam es auch beim Speerwurf eher auf Timing und richtige Haltung an als auf die rohe Kraft. Ähnlich dem schmächtigen Golfspieler, der den Ball ohne Mühe fünfzig Meter weiter treibt als sein athletischer Gegner, wußte auch der Speerwerfer, daß es nicht die Hormone und die gefletschten Zähne waren, die ihm zum Erfolg verhalfen. War der Wurf korrekt, sah man das am Verhalten des Speers, wenn man beinahe bebend vor Lust verfolgte, wie sich – in einer komplexen Gleichung, einer geheimnisvollen Kombination aus Drehmoment, Kraftentbindung und Schubwinkel – alle Kraft des Arms und der Schulter exakt auf die zwei Meter lange zugespitzte Aluminiumstange übertragen hatte.

Der Tennistraum, das wußte er, war immer ein Vorbote des Sommers. Der würde zwar noch Monate auf sich warten lassen, aber vielleicht war er ein gutes Omen, dieser Tennistraum, ein Knacks im Permafrost. Der erste Tennistraum des Jahres war für ihn wie die erste Schwalbe oder der erste Kuckuck, ein Zeichen, daß irgendwo die Säfte stiegen. Möglicherweise hing das damit zusammen, daß er das Tennisspiel in Schottland gelernt und am besten beherrscht hatte, als er das College besuchte. Dort lag die Quelle seiner jahreszeitlichen Assoziationen: die gemixten Doppel seiner Ligaspiele gegen die anderen Tennisclubs an den langen Sommerabenden – Fochabers, Forres, Elgin und Rothes –, gegen Rechtsanwälte und ihre eleganten Frauen mit den zarten Handgelenken, gegen junge Bauern und ihre strammen Freundinnen; das Ingwerbier auf den Clubveranden, wenn sich die schottische Dämmerung ganz allmählich gegen die nordische Sonne durchsetzte, die einfach nicht hinter dem Horizont versinken wollte; die Schweißflecken auf den bestickten Trikots der Zahnarzthelferinnen; die dunklen, feuchten Zottelhaare der Hotelrezeptionisten; der Hauch von Lehmstaub auf den glänzenden, rasierten Waden der skrupellosen Schulmädchen, Staub, der später in der Dusche abgespült wurde und sich am Boden sammelte wie rotes Gold in der Waschpfanne. Tennis bedeutete Sommer, Geselligkeit, Schweiß und Sex und die Erinnerung an den einen oder anderen perfekten Ball – Gewicht auf dem rechten Bein, den Schläger bereit, in die Rückhand gebeugt, Kopf nach unten, das Durchziehen mit steifem Arm, das Plazieren des Balls in der richtigen Ecke, der höfliche Applaus, die ungläubigen »Treffer«-Schreie. Mehr als diese Tennisplatz-Offenbarungen brauchte man eigentlich nicht, das war alles, wonach einen verlangte.

Er spürte seine Blase, machte Licht, zog die Kontakte aus den Steckern und griff nach dem Bademantel. Auf dem Rückweg von der grellbeleuchteten Toilette sah er eine Gestalt vor den blinkenden Lämpchen des Kontrollpults sitzen.

»He, Alan«, sagte er und ging hinüber, erfreut, ihn zu sehen. »Du machst wohl Nachtschicht?«

»Manchmal schaue ich rein, wenn alles schläft, um nach meinen Versuchskaninchen zu sehen. Da hast du mal wieder einen Traum gehabt.« Er zeigte auf eine Zackenlinie des Computerausdrucks.

»Ich habe Tennis gespielt.«

»Gegen Miss Wie-war-der-Name? Zuleika Dobson, oder? Einen Kaffee?«

»Flavia Malinverno. Hochamüsant. Ja, bitte.«

Alan goß ihm aus der Thermoskanne Kaffee in einen Pappbecher. Er trug eine schwarze Lederhose und ein seidiges Hawaiihemd, Goldkettchen glitzerten an seinem Hals.

»Du hattest wohl eine flotte Nacht?«

»Ich hätte bis in den Morgen tanzen können, Darling. Das war ja eine Perle von Klartraum, den du letztes Mal hattest.«

»Mit Miss Flavia Malinverno in der Hauptrolle«, sagte Lorimer in einer bitteren Anwandlung von Sehnsucht. Dann plötzlich und ohne besonderen Grund erzählte er Alan von Flavia, von den Begegnungen, dem Kuß, der angeblichen »Affäre«, von Gilberts rasender Eifersucht und Flavias überraschendem Rückzieher.

»Verheirate Frauen, Lorimer. Das müßte dir doch eigentlich klar sein.«

»Sie ist nicht glücklich mit ihm, das weiß ich. Er ist ein Hochstapler und überaus eitel, kann ich dir sagen. Da war etwas zwischen Flavia und mir, etwas Echtes, trotz ihrer Doppelzüngigkeit. Aber sie streitet es ab. Tut mir leid, ich langweile dich.«

Alan verbarg sein Gähnen hinter der vorgehaltenen Hand. »Es ist sehr früh am Morgen.«

Lorimer war zumute, als würde er nie wieder Schlaf finden. »Was soll ich tun, Alan? Du bist mein bester Freund. Du müßtest eigentlich solche Probleme für mich lösen.«

Alan tätschelte ihm das Knie. »Wie man so schön sagt: Wer nicht wagt, der nicht gewinnt.«

212. DER FERNSEHAPPARAT. In deinem Kopf dröhnte der betäubende Lärm des Fernsehapparats, begleitet von ununterbrochenem Brüllen, Johlen, Pfeifen. Das ganze College schien sich im Gemeinschaftsraum versammelt zu haben, um – was zu sehen? Ein Fußballspiel? Miss World? Den Grand Prix d'Eurovision? Ein Formel-1-Rennen? Du hörtest das Klatschen deiner nackten Sohlen auf dem Linoleum, als du näher herangingst, du hörtest, wie sich der Lärm steigerte, und die weißen Lichtpfeile der phosphoreszierenden Neonröhren an der Decke bohrten sich in dein Gehirn wie verlängerte Akupunkturnadeln. Joyce war verängstigt und weinte, dir war schlecht, schlecht vor Zorn und Wut, und du wußtest nur das eine: Dieser Fernsehapparat mußte zum Schweigen gebracht werden. Du stocktest an der Tür, und deine rechte Hand griff nach dem Türknauf, drehte ihn und stieß die Tür auf, und auf einmal marschiertest du in den Gemeinschaftsraum und brülltest: Ruhe; du marschiertest in die Mitte des vollbesetzten Raums, und hundert Augenpaare richteten sich auf dich.

Das Buch der Verklärung

15. Kapitel

»Hallo? Milo? Milo? Hallo, Milo?«

»Hallo, Mum. Ich höre dich.« Sie rief ihn auf dem Handy an, es war die einzige Telefonnummer, die die Familie von ihm besaß. Ihm war, als würde ihm langsam die Luft aus der Lunge gesogen – es konnte sich nur um schlechte Nachrichten handeln. Er fuhr auf dem Embankment in Richtung Westen, den Fluß zur Linken, der Morgen war windig, grau und stark bewölkt, nur unmerklich milder.

»Ist alles in Ordnung, Mom?«

»Ja. Alles in Ordnung.«

»Gut.«

»Hat dich Lobby angerufen?«

»Nein.«

»Oh ... bißchen traurige Nachrichten.«

Also hatte es mit Lobby zu tun, das war weniger beunruhigend. »Was ist denn passiert?«

»Dein Dad ist in der Nacht entschlafen.«

»O Gott. Mein Gott.« Er bremste den Wagen.

»Ja. Sehr still, sehr friedlich. Es ist eine Gnade, Milo.«

»Ja, Mum. Geht's dir gut?«

»Oh, mir geht's gut. Allen hier. Ich meine, den Mädchen.«

»Soll ... äh, soll ich vorbeikommen?«

»Ist sinnlos. Er ist nicht mehr da. Sie haben ihn mitgenommen.«

Er spürte, daß sich sein Gesicht zusammenzog. »Ich rufe später zurück, Mom. Ich bin mitten im Verkehr.«

»Tut mir leid, daß ich gestört hab, Darling. Mach's gut.«

Lorimer bremste weiter ab, ließ den Wagen über die Bordsteinkante auf den Gehweg hinaufholpern und schaltete das Warnsignal ein. Er trat an die Steinbalustrade, lehnte sich hinüber und blickte auf den breiten, braunen Fluß. Es war Flut, aber offenbar ging sie schon zurück, und das Wasser floß nun mit kräftiger Strömung nach Osten in Richtung See. Er wartete auf Tränen, aber sie kamen nicht. Das war es also, dachte er: Bogdan Bloçj, ruhe in Frieden. Er starrte auf die Themse und versuchte an irgend etwas Bedeutendes zu denken, eine Gedichtzeile, aber alles, was ihm einfiel, waren technische Daten über das Chelsea Embankment (erbaut 1871–1874, Baukosten eine Viertel Million Pfund, entworfen von einem Mann namens Bazalguette), die ihm noch aus einem vor Jahren gelesenen Buch im Kopf waren. Armer Dad, dachte er, armer Kerl – er hatte überhaupt nichts vom Leben in den letzten zehn Jahren. Vielleicht war es eine Gnade, eine Gnade für die fünf Frauen, die ihn in all den Jahren gepflegt hatten, gefüttert, angekleidet, gesäubert, im Haus umherbewegt wie eine Topfpflanze. Aber es ist doch tröstend, dachte Lorimer, daß ich neulich bei ihm gesessen und ihm die Hand gehalten habe, ich mit ihm allein, daß ich seine trockene, saubere Hand umschlossen und diesen leichten Druck der Erwiderung gespürt habe. Der Gedanke tat ihm wohl.

Eine Holzkiste stieß gegen einen Pfeiler der Albert Bridge, dann wurde sie von der Strömung erfaßt und rasch davongetragen. Lorimer folgte ihr mit den Augen und befrachtete sie mit feierlichem Symbolismus: Das sind wir, dachte er, Treibgut im Strom, das seiner letzten Bestimmung zueilt. Hier aufgehalten, dort beschleunigt, eine Weile im Strudel gefangen, dann über ein Wehr geworfen, treiben wir steuerlos dahin, bis wir ins gemächliche Fahrwasser der Mündung gelangen und aufs offene Meer zustreben, das grenzenlos und ohne Ende ist.

Die Holzkiste stieß gegen ein Pier, wurde weitergetrieben und scharrte an der Ufermauer unter ihm entlang. Er las die Schrift, die seitlich in die Kiste gebrannt war: »Château Cheval Blanc 1982«. So was ist nur in Chelsea möglich, dachte er. Offenbar gab es Treibgut dieser und jener Sorte.

280. LYSERGSÄUREDIÄTHYLAMID. Einmal habe ich Alan gefragt, ob mein Leichtschlafproblem, mein überfrachteter und unausgeglichener REM-Schlaf der Ausdruck einer Neurose sein könnte, einer tiefen, unerkannten seelischen Krise, oder auch eines bevorstehenden seelischen Zusammenbruchs.

»Nicht in deinem Fall, glaube ich.« Alan zog die Stirn in Falten. »Nein, ich denke, wir müssen woanders suchen. Es ist wahr, daß Depressive weniger schlafen, aber dann erleben sie auch weniger REM-Schlaf, und das gilt oft als Hinweis dafür, daß der REM-Schlaf auf eine geheimnisvolle Weise für unser Wohlbefinden unabdingbar ist. Es ist, als würden wir die Träume brauchen, *und zwar in einem zutiefst physiologischen Sinn.« Er zögerte. »Es wurde bisher nur ein Wirkstoff entdeckt, der den REM-Schlaf zu fördern scheint, und das ist das Lysergsäurediäthylamid, besser bekannt als LSD. Hast du jemals LSD genommen?«*

»Nur einmal.«

»Und wie war es?«

»Es hat mein Leben verändert.«

Das Buch der Verklärung

Flavia Malinverno zufolge war der Film, in dem sie mitwirkte – *Malign Fiesta* –, die »sehr freie Bearbeitung« eines Romans von Percy Wyndham Lewis, eines Autors, mit dem Lorimer nicht vertraut war. Als er einen Parkplatz in der Nähe des verwaisten Krankenhauses fand, in dem die Dreharbeiten hauptsächlich stattfanden, und den rapide rostenden Toyota ordnungsgemäß parkte, erwog Lorimer, sich diesen Titel für seine Autobiographie anzueignen, falls er jemals eine schreiben sollte – er schien den Geist der vergangenen Wochen zu erfassen. Vorbei an einer bunten Folge von Lastwagen, abgeschabten Bussen, Caravans und Leuten in Anoraks, die in Grüppchen beisammenstanden, plauderten und aus Plastikbechern tranken – übliche Anzeichen dafür, daß in der Umgebung ein Film gedreht wurde –, schlenderte er auf das Krankenhaus zu. Das tatenlose

Warten, die Lethargie, die Atmosphäre der allgemeinen Trägheit, all das erinnerte ihn an einen Zirkus nach der letzten Vorstellung, der noch nicht weiß, wo das nächstes Gastspiel stattfinden wird, oder auch an einen Pulk relativ gutsituierter Flüchtlinge, die seit Tagen an einer Straßensperre festgehalten werden, während Behörden und Militärs darüber streiten, ob die buntscheckige Bande über die Grenze gelassen werden darf.

Ein zitternder junger Mann, mit Pullover und Baseballkappe nur ungenügend gegen das kühle Wetter gerüstet, trat mit Funksprechgerät und tropfender Nase auf Lorimer zu und fragte, ob er ihm behilflich sein könne. Lorimer hatte einmal einen Schaden bei einer Filmfirma reguliert und in Erfüllung seiner Aufgabe mehrere Drehorte besucht, daher kannte er das Zauberwort, das einem alle Türen öffnete.

»Schauspielergewerkschaft«, sagte er.

»Die Schauspieler sind im Hauptgebäude«, erwiderte der junge Mann, zog kräftig die Nase hoch und schluckte. »Immer den Schildern nach.«

Er folgte den Windungen der armdicken schwarzen Kabel in die halbkreisförmige Auffahrt, unter das pompöse Säulenportal und hinein durch den Haupteingang. Das Foyer war grell von riesigen Bogenlampen erleuchtet, die sich auf eine ausladende Mitteltreppe richteten. Die Treppe, die sich in breitem Schwung erhob und an der Stirnwand teilte, war mit Blumen garniert wie für ein Bankett oder eine Hochzeit. Zu Dutzenden standen Leute herum und schauten einer Frau zu, die an den Blumen hantierte, und einem Mann mit Handstaubsauger, der jedes Krümelchen und jeden Fussel vom Teppich entfernte. Von irgendwoher hörte man eifriges Hämmern. Lorimer war der einzige, der einen Anzug trug, und stach deutlich gegen all das Leder und Wildleder, gegen Wetter- und Freizeitkleidung ab.

Eine energische junge Frau mit Kopfhörern und einem Styroporbecher trat auf ihn zu. »Kann ich helfen?«

»Schauspielergewerkschaft«, sagte er.

»Schauspieler dort lang«, sagte sie und wies in eine stuckverzierte Flurmündung.

Lorimer machte sich gehorsam auf den Weg, vorbei an einem zehn Meter langen Tisch auf Böcken mit Krügen und Tellern, Schüsseln und Körben voller kalorienreicher Kost. Der Tisch war umlagert von mampfenden, schluckenden, schlürfenden und wartenden Leuten. Er hörte einen Mann brüllen: »He, Jim, kill doch diese Blondine!«, aber niemand horchte auf.

Flavia hatte ihm erzählt, der Film sei eine romantische Komödie, und der nächste Raum, so vermutete er, enthielt den Set, der sie betraf und in dem sie ihre unsterbliche Zeile über Timothys Ausflucht an den Mann bringen würde. Dort prangte ein Eßtisch mit sechzehn Stühlen, der für ein ausgiebiges Mahl eingedeckt war, sofern man das aus dem feudalen Tafelsilber schließen konnte. Hier waren wieder andere Leute dabei, Kristallglas zu polieren und die Blumendekoration in der Tischmitte zu ordnen und zurechtzuzupfen. Dahinter sah man einen langen Raum mit hoher Decke, früher sicher eine Krankenstation. Der Raum war durch eine Reihe von glühlampengesäumten Schminktischen und Kleiderständern unterteilt. Hier wurden Schauspieler – Männer und Frauen in der Abendgarderobe der zwanziger Jahre – frisiert und nachgeschminkt, Schmuck wurde angelegt und der richtige Sitz mit den Vorlagen auf Polaroidfotos verglichen.

Diesmal sprach ihn eine Frau an, die ein Schwämmchen in der Hand hielt; ihr zurückgekämmtes Haar war wild und von blauschwarzer Farbe. Da er nun bei den Schauspielern angelangt war, kehrte er zur Wahrheit zurück. »Ich bin von der Versicherung«, erklärte er.

»Oh, Sie wollen, äh, Fred Gladden. Wenn Sie kurz warten wollen, ich schicke jemanden auf die Suche.«

»Danke.« Lorimer wußte aus Erfahrung, daß diese Suche lange, vielleicht sogar Stunden dauern konnte, wenn sie überhaupt zu einem Ergebnis führte. Also ging er beiseite und lehnte sich an eine Wand, für eine Weile in Sicherheit. Die Zeit verging, während er unauffällig dort herumstand und mit verschränkten Armen das Kommen und Gehen verfolgte, das ihm genauso sinnvoll vorkam wie das hastige Gewusel einer Ameisenkolonie. Dann fiel ihm wie aus heiterem Himmel ein, daß sein Vater erst vor wenigen Stunden gestorben war und daß er nun schon eine ganze Weile nicht an ihn gedacht, sogar ihn und seinen Tod völlig vergessen hatte, und das erfüllte ihn mit quälender Trauer. Es war schmerzlich, sich klarzumachen, wie leicht es war, nicht an Bogdan Bloçj zu denken und daran, daß man nie wieder seine Hand halten würde.

Sein Blick verschwamm, und all die hellen Lichter zerflossen zu wolkigen Strahlenkränzen. Er atmete tief durch, dehnte den Brustkorb und fragte sich, was er hier zu suchen hatte, warum er sich unter einem Vorwand, verloren an sein törichtes und aussichtsloses Unterfangen, an diesem Drehort herumtrieb. Vor kaum ein paar Stunden war sein Vater gestorben, sollte er da nicht etwas Respektvolles, Bedachtsames tun, eine angemessene Trauer empfinden? Aber wie sollte das aussehen? Seinem Vater wäre es egal gewesen, dem alten Bogdan Bloçj hätte es vielleicht sogar gefallen, daß er unpassenderweise seinen erotischen Eskapaden nachging und um seine Geliebte kämpfte. Er unternahm eine neue Anstrengung, sich wie ein guter Sohn zu verhalten, und versuchte, sich den Menschen hinter dem Wesen vorzustellen, das er »Dad« genannt hatte. Sein Gedächtnis präsentierte ihm zuerst den Mann im braunen Overall, der, das Klemmbrett in der Hand, die Brille auf der Nasenspitze, zwischen den Regalen mit sauber verpackten Kartons stand. Dann kam nichts mehr. Der Mann, den er am besten kannte, war der lächelnde, stumme Invalide, die adrette Gestalt in Blazer und Flanellhose mit dem gepflegten weißen Bart und mit den blinzelnden Augen, die alles und nichts zu sehen schienen. Mein Gott, jetzt muß ich endlich Tritt fassen, beschwor er sich. Er hatte sein Leben noch vor sich, und es ging steil bergab. Wenn er nicht bald die Notbremse zog …

Flavia Malinverno betrat den Raum vom anderen Ende her. Sie hatte ein Buch in der Hand und setzte sich auf eine Holzbank.

Er schlich sich näher, umkreiste sie und trat von der Seite an sie heran, unbehelligt und unbefragt, möglicherweise hielt man ihn in seinem klassischen Anzug für einen Komparsen. Flavia trug eine schwarze Perücke, einen Bubikopf mit langem Pony, der fast ihre falschen und widernatürlich langen Wimpern berührte. Sie las *Malign Fiesta* von Wyndham Lewis – gutes Mädchen, dachte er, eine professionelle, fleißige Schauspielerin. Sein Herz weitete sich und zog sich zusammen, angetrieben von diesem ohnmächtigen, erniedrigenden Verlangen nach ihr. Aber wer in der ganzen Geschichte der Menschheit, dachte er, war jemals fähig, etwas dagegen zu unternehmen? Er schlüpfte verstohlen neben sie auf die Bank – ohne daß sie aufblickte – und rutschte zentimeterweise näher. Wer war jemals fähig, über die Macht des reinen Gefühls zu triumphieren?

»Taugt es was?«

»Na ja, hat einen Scheißdreck mit dem Film zu tun, das kann man wohl sagen ...«

Jetzt schaute sie auf und erkannte ihn. Sofort verfestigte sich ihre Kinnpartie. Ihr Gesicht war unter dicker weißer Schminke verborgen, die Lippen waren vom prallsten Kirschrot, und mitten auf der linken Wange prangte ein Schönheitsfleck. Sie trug ein Kleid aus bräunlichgrauem Seidenkrepp, lange Perlenketten baumelten ihr bis in den Schoß.

»Flavia ...«

»Lorimer, ich habe dir gesagt, du sollst dich von mir fernhalten.«

»Nein. Du mußt mich anhören.«

»Ich rufe den Wachdienst. Im Ernst.«

»Mein Vater ist heute morgen gestorben.«

Sie setzte sich langsam wieder hin. Bei der Erwähnung seines Vaters waren ihm die Tränen in die Augen geschossen, und er sah, daß sie ihm diesmal, vielleicht zum erstenmal, glaubte.

»Hör mal, das tut mir leid. Aber das hat nichts zu tun mit ...«

»Du hast die Sache ins Rollen gebracht. Wenn du Gilbert nichts erzählt hättest, wäre es nicht so weit gekommen, so schnell. Du hast das alles provoziert.«

Sie griff in ein perlenbesticktes Täschchen, holte ihre Zigaretten heraus, steckte sich eine an und stieß heftig den Rauch aus. »Okay, ich hätte das nicht tun sollen. Ich bedaure es. Es tut mir leid, wenn es so aussieht, als hätte ich dich benutzt. Jetzt mußt du gehen.«

»Nein. Ich will dich wiedersehen.«

In einer spöttischen Geste der Fassungslosigkeit ließ sie die Kinnlade fallen. Sie schüttelte den Kopf, als wollte sie eine lästige Brummfliege vertreiben. »Verdammt noch mal, ich bin verheiratet.«

»Aber du bist nicht glücklich. Das weiß ich genau.«

»Belehr mich nicht über den Zustand meiner Ehe, mein Guter.«

»Hallo, sind Sie von der Bond Company?« Lorimer blickte auf und sah einen jungen Mann mit schütterem blondem Haar, in Lederjacke und Jeans, der ihm die Hand entgegenstreckte. »Ich bin Fred Gladden, der Koproduzent.«

»Ich glaube, er ist dort lang«, sagte Lorimer. »Ich bin von der Schauspielergewerkschaft.« Er zeigte auf Flavia. »Irgendein Durcheinander mit ihren Beiträgen.«

»Oh, verstehe. Tut mir leid«, entschuldigte sich Gladden überflüssigerweise. »Die haben mir nur gesagt, ein Mann im Anzug. Dort lang?«

»Ja«, bestätigte Lorimer. »Er hat eine Aktentasche.«

Fred Gladden lief davon auf der Suche nach einem Mann mit Anzug und Aktentasche.

»Schau dich doch an, wie du lügst«, sagte Flavia und unterdrückte ihr Lächeln. »Das ist unglaublich. Du lügst ja wie gedruckt!«

»Ich bin nur verzweifelt«, sagte Lorimer. »Und was die Doppelzüngigkeit betrifft, könnte ich bei dir in die Lehre gehen.«

Die energische junge Frau mit den Kopfhörern schrie: »Die vierundvierzigste. Dinnerparty. Probe.«

Flavia erhob sich. »Ich bin dran. Hör zu, ich kann dich nicht mehr treffen, das ist zu schwierig. Da sind Sachen, die ich dir nicht erzählt habe ... Goodbye.«

»Welche Sachen hast du mir nicht erzählt?«

Lorimer folgte ihr. Ihr Kleid hatte eine tiefe Taille mit Fransen, und die Fransen schaukelten im Schwung ihrer Hüften hin und her. Er wurde von Begierde gepackt, so heftig, daß ihm der Speichel im Mund zusammenfloß.

»Flavia, wir müssen ...«

»Bitte geh, Lorimer.«

»Ich rufe dich an.«

»Nein. Es ist vorbei. Es ist zu schwierig, zu gefährlich.«

Sie hatten den Drehort erreicht, an dem ein rotgesichtiger älterer Mann in ein Handy sprach und gleichzeitig den Schauspielern die Plätze an der Tafel zuwies.

»Flavia Malinverno«, sagte er, »du sitzt da drüben, Darling. Und sag diesem faulen Hund, er soll seinen Arsch herbewegen, er soll hier schließlich Regie führen.«

Flavia drehte sich zu Lorimer um, der noch immer hinter ihr stand. »Charlie«, sagte sie zu dem Rotgesichtigen, »ich fürchte, dieser Typ hier belästigt mich.«

Der rotgesichtige Charlie baute sich vor Lorimer auf und schaltete sein Handy ab. Lorimer folgte Flavia mit den Augen und sah sie an der Tafel Platz nehmen.

»Ist was, Kumpel?« Die Stimme klang bedrohlich, nach einem Mann, der gewohnt war, daß seine Befehle befolgt wurden.

»Wie bitte? Ich bin von der Bond Company und suche Fred Gladden.«

Lorimer erhielt Auskunft, wo Fred Gladden eventuell zu finden sei, und wurde aufgefordert, sich zu entfernen. Er drehte sich noch einmal um und sah Flavia mit dem Schauspieler, der neben ihr saß, lachen und plaudern; der Anblick versetzte ihm einen wollüstigen Stich der Eifersucht. Er hatte ein wenig erreicht, aber nicht genug, ein jämmerliches Ergebnis, verglichen mit dem, wovon er geträumt hatte.

Er trat aus dem elektrisch beheizten und unwirklich hellen Krankenhaus in den stumpfen, perlgrauen Dämmer des Vormittags von Chiswick hinaus, der unter dem tiefen Wolkenhimmel ohne jeden Schatten war, und er spürte die Depression, die sich wieder auf ihn legte, als hätten sich seine Taschen mit Steinen gefüllt. In ihm staute sich eine unsinnige Wut auf Hogg, und mit einem gewissen Schock wurde ihm klar, daß Flavia nur mit ihm gesprochen hatte, weil er den Tod seines Vaters erwähnt hatte. Ein letzter Dienst, den Bogdan Bloçj seinem Sohn erwiesen hatte, aus dem Jenseits heraus. Es war ernüchternd und beschämend: Lorimer hatte die Todesnachricht unbedacht ausgeplaudert, aber es war doch etwas, was der Frau, die er liebte, gesagt werden mußte, oder? Er vertraute darauf, daß der Schatten von Bogdan Bloçj, wo immer er sich versteckt haben mochte, ihn nicht tadeln würde.

»Danke, Dad«, sagte er laut und zog, wie er beim Aufschauen bemerkte, einige Blicke auf sich. »Ich bin dir was schuldig.« Etwas beschwingter wanderte er zurück zu seinem gegrillten Toyota und grübelte darüber nach, was Flavia mit »zu schwierig, zu gefährlich« gemeint hatte. Schwierigkeiten konnte man überwinden, und was die Gefahr betraf, so war sie eine Konstante seines Lebens.

132. BRAUNE SCHUHE. Ich erinnere mich an den Tag, an dem ich glaubte, Ivan überführt zu haben. Er trug einen flauschigen rotzgrünen Tweedanzug und dazu derbe schwarze Halbschuhe. Ich zeigte darauf und sagte: »Ivan, eine Todsünde – schwarze Schuhe zum Tweed.«

»Oh, da liegst du völlig falsch, Lorimer, das ist durchaus akzeptabel. Trotzdem freue ich mich, daß du es bemerkt hast. Es ist das Zeichen einer tieferen Malaise, die mich schon seit Jahren belastet.«

»Und was ist das für eine?«

»Es war schwierig, aber ich habe mich dazu durchgerungen, daß der braune Schuh verworfen werden muß. Wildleder ja. Stiefel gerade noch. Aber der braune Schuh, so meine ich, ist grundsätzlich unter aller Kritik. Er hat etwas an sich, was rettungslos petit bourgeois *ist, vom Wesen her provinziell und abgeschmackt. Meine habe ich letzte Woche alle weggeworfen, vierzehn Paar, und manche hatte ich schon seit Jahrzehnten. Alle in den Mülleimer. Ich kann dir gar nicht sagen, wie mich das erleichtert hat, diese innere Last loszuwerden.«*

»Alle braunen Schuhe?«

»Ja. Kein Gentleman dürfte jemals einen braunen Schuh tragen. Der braune Schuh ist erledigt. Der braune Schuh, Lorimer, muß verschwinden.«

Das Buch der Verklärung

Lorimer schrieb einen Scheck über dreitausend Pfund aus und überreichte ihn Ivan Algomir mit einem Ausdruck des Bedauerns.

»Bitte berechne mir Zinsen für die offene Summe, Ivan. Den Rest bezahle ich, sobald ich kann – in der Chefetage hakt es irgendwie.«

Ivan faltete den Scheck und steckte ihn ein wenig widerstrebend in die Tasche. »Würde mich freuen, alter Junge. Obwohl das hier schon hilfreich ist. Wie hungrige Wölfe sind die vom Finanzamt. Aber wenn man ihnen von Zeit zu Zeit einen Fetzen hinwirft, ist man vielleicht für ein Weilchen gerettet.«

Wieder eine gräßliche Peinlichkeit, die auf Hoggs Konto geht, dachte Lorimer. Erst zerstört er mein Liebesleben, dann gefährdet er meine Freundschaften. »Mir ist das fürchterlich unangenehm, Ivan. Und wenn ich den Helm zurückgebe?«

»Mein Gott, Lorimer. Das ist doch nur Geld. Ich finde sicher einen Ausweg. Aber gut siehst du aus, das muß ich sagen.«

Lorimer erzählte ihm, wohin er ging: zu Lady Sherriffmuirs

»Hausabend«. »In Kensington«, ergänzte er. »Sieh mal, ich hab die Manschetten ändern lassen.«

Lorimer schob den Anzugärmel hoch und entblößte die Manschette seines Hemds, die nur einen, aber einen wirklich knöpfbaren Knopf trug. Ivan hatte ihm erklärt, daß er zwei-, drei- oder vierknöpfige Manschetten als prätentiös und *arriviste* empfinde. Eine Manschette sei eine Manschette und dazu da, daß man die Ärmel hochkrempeln könne, aber nicht zur Zierde.

»Das Hemd ist erstklassig«, sagte Ivan. Lorimer hatte auch seine Hemden nach Ivans Angaben schneidern lassen, und der Kragen war absichtlich leicht verschnitten, so daß die eine Spitze ein wenig ungebärdig und liederlich über das Revers ragte, aber wie Ivan ihm erläutert hatte, war das ein Defekt, der nur bei handgeschneiderten Hemden auftrat. Und was war der Sinn handgeschneiderter Hemden, wenn sie nicht als solche erkannt wurden? »Nur Leute, die handgeschneiderte Hemden tragen, werden den Fehler bemerken«, versicherte Ivan, »aber das sind ja auch die einzigen, die ihn bemerken sollen.«

Lorimer hob das Hosenbein, um seine mitternachtsblauen Socken vorzuführen.

»Die Schuhe gehen gerade mal so«, sagte Ivan. »Gott sei Dank hast du keine Troddeln dran, aber ich weiß nicht, ob ich diese amerikanischen Slipper gutheißen soll. Sehr *nouveau.* Nach wie vor.«

»Ich glaube, für diese City-Gesellschaft sind sie genau das richtige.«

»Gerade so. Mein Gott, was ist das für ein Schlips?«

»Meine Schulfarben, Balcairn.« Es war eine Krawatte, die er eigens von seinem Schneider hatte anfertigen lassen. Marineblau mit schmalen malvenfarbigen Streifen und einem undefinierbaren Wappen.

»Nimm den sofort ab. Ich leihe dir einen anderen. Schulkrawatten sind für Schuljungen und Schulmeister. Kein erwachsener Mensch darf sich mit einer Schulkrawatte blicken lassen, weder tot noch lebendig. Das gleiche gilt für Regiments- und Clubkrawatten. Grausig schlechter Geschmack.«

Ivan kam mit einer lindgrünen Seidenkrawatte zurück, die ein Muster aus winzigen blauen Spinnen trug. »Ein bißchen was Witziges. Schließlich wird es ja ein ›Hausabend‹.« Ivan musterte ihn von oben bis unten in einer fürsorglichen, fast besitzergreifenden Art – der alte Ritter, der seinen Knappen ins Turnier schickt, auf daß er seinen Rang in der High-Society erstreite. »Sehr gut, Lorimer. Selbst ich finde kaum etwas auszusetzen.«

16. Kapitel

Lorimer verband mit einem Hausabend die Vorstellung von einem halben Dutzend Chardonnay-Flaschen im Kühlschrank, vielleicht kamen noch eine Bowle dazu, Erdnüsse und Chips, ein paar Oliven, Baguettescheiben und ein halber Brie. In dem Moment aber, als ein bärenhäutiger Landsknecht das Tor zum Grundstück der Sherriffmuirs aufstieß, wußte Lorimer, daß er und Lady Fiona offenbar nicht die gleiche Sprache sprachen. Zu beiden Seiten des Plattenwegs, der zum Säulenportal führte, tat sich etwas: Direkt links neben ihm saß ein Fakir auf einem Nagelbrett, und dem Fakir gegenüber war eine schwärzliche Akrobatentruppe dabei, Pyramiden zu bauen und Dreifachsaltos zu vollführen. Hinter ihnen blies ein Feuerschlucker seinen Benzinatem in den Nachthimmel, ein Schlangenbeschwörer bedudelte mit seiner Flöte eine schwankende Kobra, ein Kosak zog einen aufrecht tapsenden kleinen Bären an der Kette herum, während ein anderer Kosak auf der Ziehharmonika spielte.

In der Halle entledigte ein Mädchentrupp mit Gesichtslarven und schwarzen Katzenkostümen die Gäste ihrer Mäntel und händigte ihnen numerierte Garderobenschildchen aus, um sie anschließend zu der Reihe der befrackten, lächelnden Servierkellner zu geleiten, die ihnen Tabletts mit Champagner, Bellinis, Mimosas, Mineralwasser darboten oder Zinnkrüge mit duftendem Punsch austeilten.

Lady Fiona Sherriffmuir, ihr Sohn Toby und ihre Tochter Amabel warteten hinter der Schar der Mundschenke an den Mahagoniflügeltüren und begrüßten ihre Gäste. Lorimer, das Champagnerglas in der Hand, bewegte sich auf dem glänzenden Schachbrettmarmor mit laut hallenden Schritten auf sie zu, besorgt, daß die Stahlkanten seiner Sohlen kleine Splitter aus den strahlend polierten Platten herausschlagen könnten.

»Ich bin Lorimer Black«, stellte er sich bei Lady Fiona vor, einer starkbusigen, statuenhaften Frau in einem Gewand aus petroleumblauer Changeant-Seide. Sie hatte ein winziges, aber perfektes Näschen mit stark ausgeprägten Nasenflügeln und die besten Zähne, die Lorimer jemals außerhalb eines Hollywoodfilms gesehen hatte. Ihr graublondes Haar war von der hohen, glatten Stirn zurückgekämmt und verströmte in zwei lockigen Wellen hinter den Ohren, um das Sternenglitzern ihrer Smaragd-Ohrklipps besser zur Geltung zu bringen.

»Wie geht's denn Angus, dem alten Schuft?« fragte sie, beugte sich vor und küßte Lorimer flüchtig auf beide Wangen. »Zu schade, daß er nicht kommt. Mein Gott, ich hab dich seit Mustique nicht mehr gesehen. Da mußt du dreizehn oder vierzehn gewesen sein.«

»Oh, Mustique«, sagte Lorimer. »Großartig.«

»Wahrscheinlich wirst du dich nicht an Toby oder Amabel erinnern, sie waren ja noch Babys.«

»Noch Babys, wahrscheinlich«, murmelte Lorimer.

Toby war ein schlaksiger, hängelippiger Achtzehnjähriger mit einer ziemlich üblen Akne. Amabel hatte den gejagten, verhärteten Blick einer Drogenabhängigen, sie stand im weißen Hosenanzug da, kaute die Lippen und nestelte an ihren Armreifen. Lorimer hätte sie, nach dem Ausdruck welterfahrener Bitterkeit in ihrem Gesicht zu urteilen, gute zehn Jahre älter als ihren Bruder geschätzt.

»Hallo«, sagte Toby, »schön, dich wiederzusehen.«

»Ja, hallo«, schloß sich Amabel an und küßte ihn wie ihre Mutter auf beide Wangen. »Wie geht's Lulu? Kommt sie auch?«

»Lulu? Großartig«, versicherte Lorimer und hörte erleichtert, daß ihm die nächsten Gäste auf dem Fuße folgten.

»Giovanni! Sylvana!« rief Lady Fiona hinter ihm.

»Richte Lulu aus, sie soll mich anrufen«, flüsterte ihm Amabel zu. »Ich hab was für sie.«

»Super«, erwiderte Lorimer, nickte eifrig und bewegte sich in den ersten von mehreren Empfangsräumen, zu denen ein Salon, eine Bibliothek und ein Ballsaal gehörten. Alle Räume führten in ein Zelt hinaus, das auf dem Rasen des rückwärtigen Gartens errichtet war. Dort wurden Speisen aller Art serviert, und für Gäste, die im Sitzen essen wollten, waren an die fünfzig runde Tische mit goldenen Stühlen bereitgestellt. – Was nicht hieß, daß in den anderen Räumen das Essen verpönt war, wurden die Gäste doch regelrecht belagert von Kellnern mit Miniaturkrabbensticks, Miniaturpizzas, Miniaturcheeseburgern. Es gab auch Wachteleier, Kiebitzeier und Möweneier, Cocktailwürstchen, vegetarische Cocktailwürstchen, Appetithappen aus Seezunge, Seeteufel und Schellfisch mit diversen Dips, Huhn in Sataysauce und zweifellos viele andere Leckerbissen, die Lorimer übersah und weder probierte noch zum Probieren vormerkte.

Die Räume waren bereits beträchtlich bevölkert, Lorimer überschlug bei einem Rundgang, daß sich mindestens dreihundert Gäste im Haus befinden mußten, die Bedienung nicht mitgerechnet. Im Salon schlugen Azteken mit roten Schärpen die Gitarren und bliesen in ihre Nasenflöten. In der Bibliothek wurde ein Varieté-Programm gezeigt, im Moment führte ein Zauberer Tricks mit einem Stück Wäscheleine und einer Schere vor, und im Ballsaal spielte ein Pianist launige Jazz-Evergreens auf einem Konzertflügel, der in der Mitte des erhöhten Tanzbodens stand.

Lorimer flanierte neugierig durch das Gedränge – Männer in dunklen Anzügen, Frauen in aufwendiger Toilette –, unbemerkt, unerkannt und unangesprochen. Als er ins Zelt gelangte, wo ein halbes Dutzend Gourmetköche hinter vorgewärmten Tellern stand und alles von *Penne arrabiata* bis zum *Lancashire-Hotpot* servierte, hatte er bereits drei Glas Champagner intus und dachte an einen ehrenhaften Abgang. Er wählte denselben Weg zurück – in der Bibliothek formte ein anderer Künstler erstaunliche Ballonskulpturen, unter Quietschgeräuschen entstanden innerhalb von knapp zehn Sekunden eine

Giraffe, ein Eiffelturm und ein Krake –, aber er stellte fest, daß die Sherriffmuirs noch den Posten hielten und daß noch immer neue Gäste eintrafen. Also trank er ein weiteres Glas Champagner und aß ein paar Minihamburger, um den Alkohol zu neutralisieren.

Er blickte auf ein Bild und überlegte, ob es sich um einen Canaletto oder einen Guardi handelte, als er eine fest zupackende Hand auf seiner linken Gesäßbacke spürte. Er drehte sich um und sah Potts, die mit einem Ausdruck falscher Unschuld dastand, eine Zigarette in der Hand.

»Dieser Arsch kam mir doch gleich bekannt vor«, sagte sie. »So ein leckeres Stück!«

»Hallo – oder vielmehr herzlichen Glückwunsch. Ist Oliver da?«

»Mann, spül dir bloß den Mund aus! Ich hab das nicht durchgezogen mit der Heirat. In der letzten Sekunde bin ich irgendwie ausgeflippt, Mummy war stocksauer, aber eheliche Wonnen als Mrs. Oliver Rollo, das ging bei mir nicht rein. Sorry, das war nichts für unsere Potts.«

»So ein Drama.«

»Kann man wohl sagen. Und das heißt, ich bin frei wie ein Vogel und zu allen Untaten bereit, Mr. Black.«

Sir Simon Sherriffmuir tauchte aus dem Nichts auf, legte die Arme um Potts und drückte sie heftig. »Wie geht's meiner kleinen Lieblingshexe?« sagte er. »Dein Kleid ist ja wohl ein bißchen unterm Strich, oder?«

Besagtes Kleid war nicht nur extrem kurz, es hatte auch ein transparentes Oberteil, das den Blick auf eine halbtransparente bestickte Brassière freigab.

»Alter Lustmolch«, sagte sie. »Kennst du Lorimer Black?«

»Aber klar kenn ich den. Einer meiner Superstars.« Sir Simon legte ihm mit priesterlicher Gebärde die Hand auf die Schulter, drückte kurz zu und sagte offenbar aufrichtig: »Ich freu mich so, daß Sie kommen konnten, Lorimer. Wo steckt denn Ihr Faulpelz von Vater?«

Sir Simon trug einen Seidenanzug, der allen Ernstes gleichzeitig hell- und dunkelgrau schimmerte, ein cremefarbenes Seidenhemd und eine braungesprenkelte Krawatte. Lorimer nahm sich vor, das Thema Seidenanzüge mit Ivan zu erörtern.

»Bin sehr erfreut, hier zu …«

»Habt ihr auch genug zu trinken, ihr zwei Turteltauben?« redete Sir Simon unbekümmert weiter. »Verpaßt nicht das Varieté, da gibt's amüsante Sachen zu sehen.« Er blies Potts einen Kuß zu und sagte, schon im Gehen, zu Lorimer: »Wir müssen noch miteinander reden, später.«

Miteinander reden? fragte sich Lorimer. War das der Grund für die Einladung?

»Ich geh mir mal die Nase pudern«, sagte Potts verschlagen. »Kommst du mit?«

»Danke, kein Bedarf«, erwiderte Lorimer.

»Dann lauf mir aber nicht weg«, sagte sie. »Bin gleich wieder da.«

Sie wand sich durch die Menge, und Lorimer machte sich sofort zum Zelt auf. Es wurde schon schwierig, sich dorthin durchzuschlagen, das Gedränge schien sich verdoppelt zu haben. Was hatte Sir Simon mit den »Turteltauben« gemeint? Hatte er gesehen, daß Potts ihm an den Hintern gegriffen hatte? Wenn er sich eine halbe Stunde im Zelt verstecken konnte, überlegte er, mußte ihm unbemerkt die Flucht gelingen.

Der Lärmpegel erreichte die Stufe »lästig«, und die Leute verständigten sich allmählich brüllend. In der Bibliothek hatte sich ein Halbkreis von etwa sechzig Zuschauern um einen Mann gebildet, der vier Teller auf den Rändern balancierte, einen über dem anderen, und im Begriff war, den fünften Teller hinzuzufügen.

Im Zelt fand er einen Tisch hinter einer rosenumrankten Säule und aß ein wenig kalten Lachs mit neuen Kartoffeln. Er war etwa zehn Minuten allein und erspähte in dieser Zeit drei Minister, eine Nachrichtenmoderatorin, einen geadelten Schauspieler, einen gealterten Rockstar und mehrere schrille milliardenschwere Spekulantentypen, bis ein brasilianisches Ehepaar mittleren Alters zu ihm trat, sich förmlich vorstellte und fragte, ob es den Tisch mit ihm teilen dürfe. Die Namen der Gastgeberin und des Gastgebers schienen den beiden nichts zu sagen, also erzählte Lorimer ihnen ein wenig über Sir Simon und Fortress Sure, um sich gesellig zu zeigen, dann entschuldigte er sich unter dem Vorwand, seinen Teller auffüllen zu wollen. Als er aufstand, machten sie jemandem hinter ihm aufgeregt Zeichen, und Lorimer erkannte die Gestalt, die seinem Tisch zustrebte: Francis Home trug eine weiße Smokingjacke, eine rote Halsbinde und eine wogende schwarze Hose.

»Mister Black«, rief er. »Ich bin Francisco Homé.«

Sie schüttelten sich die Hand, in Lorimers Kopf begann es zu arbeiten, aber ohne Ergebnis. Home sprach ein paar Worte Portugiesisch mit dem Ehepaar, dann raunte er Lorimer zu: »Übrigens, ich bin nicht mehr bei Gale-Harlequin.«

»Ich weiß«, log Lorimer, dann stellte er eine kühne Behauptung auf: »Ich höre, Sie sind jetzt bei Dirk van Meer.«

Home zog die Schultern hoch. »Auf Beraterbasis. Kennen Sie Dirk?«

»Nur seinen Sohn, Marius.«

Home schaute sich um. »Ist Dirk noch da? Simon sagte mir, er wollte kommen.«

»Ich hab ihn nicht gesehen.« Lorimer wies auf seinen leeren Teller. »Ich bin am Verhungern, weiß auch nicht, warum. Wir sehen uns noch.«

»Ich sage Dirk, daß wir uns getroffen haben.«

Allmächtiger Gott, was geht hier vor? dachte Lorimer und entledigte sich seines Tellers. Sir Simon Sherriffmuir, Francis Home und jetzt noch Dirk van Meer ... Er schob sich durch den Ballsaal und nahm Kurs auf den Ausgang. Wahrscheinlich konnte er sich jetzt unauffällig verdrücken.

In der Bibliothek jonglierte Gilbert »Noon« Malinverno. Genauer gesagt, er saß auf einem Einrad, das er mit ruckenden Vor- und Rückwärtsbewegungen balancierte, während er fünf gelbe Wurfkeulen in der Luft bewegte. Obwohl es ihm widerstrebte, mußte Lorimer sich eingestehen, daß er es mit einer beeindruckenden Leistung zu tun hatte, darin einer Meinung mit den vielen Zuschauern, die sich applaudierend und juchzend um ihn drängten, während die Keulen immer schneller und höher flogen. Lorimer bemerkte, daß er neben dem Tellerjongleur und dem Zauberer stand.

»Fünf Keulen im Kaskadenmuster«, sagte der Tellerjongleur zum Zauberer, »das hab ich außerhalb von Rußland noch nicht gesehen.«

»Und dann noch auf dem Einrad«, fügte der Zauberer verbittert hinzu. »So ein verflixter Hund.«

Lorimer arbeitete sich langsam zum Salon durch und schaute dabei zu Malinverno hinüber. Irgend etwas war mit Malinvernos Gesicht passiert. Er hatte ein Pflaster am Ohr, ein blaues Auge, und als Malinverno grimassierend nach oben schaute, um die Flugkurven der trudelnden gelben Keulen zu kontrollieren, bemerkte Lorimer, daß in seinem Mund eine schwarze Lücke klaffte, als würden ihm zwei obere Schneidezähne fehlen. Lorimer hatte fast den Eindruck, als hätte Malinverno einen kräftigen Hieb von der Seite ins Gesicht bekommen, einen Hieb mit einem harten, kantigen und wuchtigen Gegenstand – zum Beispiel einem defensiv in die Höhe geschleuderten Aktenkoffer.

»Teufel noch mal!« rief Lorimer verblüfft.

»Echt toll, was?« stimmte ihm sein Nebenmann zu.

Also war es Malinverno, nicht Rintoul, dachte Lorimer ungläubig verwirrt. Malinverno hatte ihm aufgelauert – in einem Anfall von Eifersuchtswahn. Was hatte sie ihm nur über diese »Affäre« erzählt, daß er sich zu solchen Exzessen verstieg? Das mußten ja wirklich wüste Ferkeleien der Extraklasse gewesen sein, die ihn dazu getrieben hatten, mitten in der Nacht loszubrausen und ihm im Lupus Crescent aufzulauern, die Keule in der Hand und Rachedurst im Herzen ... Donnerwetter, dachte Lorimer mit einem Kitzel der Erregung, diese Frau ist gefährlich.

Malinverno fing alle seine Keulen ein, sprang vom Einrad und nahm den von Gebrüll begleiteten Applaus mit einem steifen, schiefmäuligen Lächeln entgegen, was Lorimer mit einiger Schadenfreude registrierte. Es tut noch weh – sehr gut. Lorimer sah ein, daß er bei Rintoul etwas gutzumachen hatte.

Ein kraftvoller Griff umklammerte seinen Arm oberhalb des Ellenbogens und zog ihn ein wenig heftig von der Menge weg.

»Was zum Henker treiben Sie denn hier!« Hoggs barsche Stimme, angereichert mit einem Hauch Zimt und Nelken, schlug ihm heiß ans Ohr. Punsch. Er drehte sich um. Hoggs Gesicht war gerötet – vom Wein, wie Lorimer hoffte, doch er sah ziemlich wütend aus.

»Mr. Hogg. Sehr nett, Sie –«

»Ich hab Sie was gefragt!«

»Ich wurde eingeladen.«

»Erzählen Sie keinen Scheißdreck.«

»Ich glaube, Sir Simon hält mich für den Sohn eines alten Freunds.«

»Erzählen Sie keinen Mist, Mann. Für wie bescheuert halten Sie mich eigentlich?«

»Es ist aber wahr. Er glaubt, ich bin der jüngste Sohn eines Mannes, der Angus Black heißt.«

Für einen Moment glaubte er, Hogg würde wirklich zuschlagen. Hoggs Augen quollen vor, und Lorimer stellte fest, daß der Mann fürchterlich schwitzte; der Kragen, der seinen angeschwollenen Hals einschnürte, war dunkel durchnäßt.

»Ich sehe Sie Montag morgen in meinem Büro. Punkt neun«, knurrte Hogg. »Und ich will die Wahrheit hören, Sie falscher Hund!«

Er funkelte ihn noch einmal an, dann drehte er ab und marschierte, die Gäste mit seinen breiten Schultern aus dem Weg stoßend, geradewegs hinaus. Lorimer fühlte sich schwach, plötzlich erschöpft und von einer seltsamen Bangigkeit befallen, als wäre er in einem Kreis der Hölle erwacht und hätte begriffen, daß ihm die tieferen und schlimmeren Höllenkreise erst noch bevorstanden.

Er begegnete dem Blick von Gilbert Malinverno.

»He, Sie! Black! Warten Sie!«

Lorimer verschwand auf der Stelle, obwohl er einen kleinen Schlagabtausch mit Malinverno begrüßt hätte, gern noch ein paar mehr Zähne aus dieser überheblichen Fresse herausgeschlagen und gern auch das andere Auge noch blaugehauen hätte, aber er wußte, daß Lady Sherriffmuirs »Hausabend« nicht der geeignete Schauplatz für diese Abrechnung war. Er floh hastig aus dem Ballsaal die Stufen hinab zum Zelt, folgte einem Kellner in den abgesperrten Bereich hinter dem Buffet und griff sich eine Kiste mit leeren Weinflaschen.

»Ich bring die mal eben weg«, sagte er zu niemandem im besonderen und schleppte sie durch eine Zeltöffnung nach draußen.

Er stellte die Kiste neben ein paar Propangasflaschen ab und schlich sich, vorsichtige Blicke über die Schulter werfend, auf sträuchergesäumten Kieswegen zur hinteren Grundstücksmauer, in der es gewiß eine verschlossene und verriegelte Tür gab. Die Mauerkrone war von einer heimtückischen Stacheldrahtrolle zur Abschreckung von Eindringlingen gekrönt, und an einem Pfosten sah er eine schwenkbare Kamera.

Er fühlte sich wie ein Kriegsgefangener, der einen Fluchttunnel gegraben hat und sich innerhalb des Lagerzauns wiederfindet. Er blickte zu den hellerleuchteten Fenstern der bombastischen Villa hinüber. Dorthin konnte er nicht zurück – zu viele Leute waren hinter ihm her: Potts, Sir Simon, Home, Hogg und Malinverno in aufsteigender Rangfolge der Bedrohlichkeit und Bösartigkeit. »Malign Fiesta« ist nicht dabei, dachte er, und plötzlich trat ihm ungebeten ein Schreckensbild Flavias vor Augen, ein Bild, das ihn traf wie ein Tiefschlag und seine Männlichkeit kappte. Diese Frau ... Was hatte sie mit seinem Leben angestellt?

Er hörte Schritte, die sich auf dem Kiesweg näherten, es waren leichte Schritte, und er schloß daraus, daß es nicht Malinverno war, der ihn verfolgte. Vielleicht ein Kellner, der dem Diebstahl leerer Weinflaschen nachging? Lorimer steckte die Hände in die Taschen, pfiff harmlos vor sich hin und scharrte im Kies, als wäre es die normalste Sache der Welt, eine so glanzvolle Party zu verlassen und sich statt dessen an der Hinterpforte bei den Müllkübeln zu vergnügen.

»Hallo«, sagte Lorimer forsch, »wollte mal ein bißchen Luft schnappen …«

»Willst du raus?« fragte Amabel Sherriffmuir. »Ich hab den Schlüssel mit.«

»Ja, bitte«, erwiderte Lorimer. »Drinnen ist jemand, dem ich nicht begegnen will.«

»Geht mir genauso«, sagte sie. »Meine Mutter.«

»Aha.«

»Deshalb sitze ich im Kontrollraum und sehe fern. Ich hab dich gesehen.« Sie schloß die Tür auf. »Da kann einem ja echt das Kotzen kommen«, sagte sie mit Verachtung und wies auf das strahlend erleuchtete Herrenhaus, das Haus, in dem sie wohnte. »Dieses ganze Pack!«

»Ich bin dir sehr dankbar«, sagte Lorimer.

Sie überreichte ihm ein Pappröhrchen – eine Smarties-Rolle, wie er sah –, es fühlte sich schwer an und rasselte, als wäre es mit Schrot gefüllt. »Kannst du das Lulu geben?« fragte sie. »Es ist ein Geschenk. Und sag ihr, sie soll mich anrufen.«

Sie küßte ihn wieder auf beide Wangen, und Lorimer dachte sich, daß dies nicht der rechte Moment war, sie von ihrem Irrtum zu befreien und ihr zu erklären, daß er weder der Sohn von Angus Black noch der Bruder von Lulu war.

»Klar«, sagte er. »Nochmals vielen Dank.« Er schlüpfte hinaus auf die Hintergasse. Ein wenig Regen war gefallen, und die Pflastersteine glänzten. Er war nicht der Sohn von Angus Black, sondern der Sohn des gerade verstorbenen Bogdan Bloçj, und deshalb verstreute er den Inhalt des Smarties-Röhrchens diskret hinter sich, als er mit raschen Schritten aus der Gasse in die Kensington High Street einbog. Er lauschte dem Prasseln der Ecstasytabletten oder Crackbrocken oder LSD-Pillen, das sich anhörte wie ein verebbender Hagelschauer. Bogdan Bloçj wäre mit mir zufrieden gewesen, dachte er. Er fand ein Taxi am Standplatz und war noch vor Mitternacht zu Hause.

Lady Haigh spähte durch ihren Türspalt, als er durch den Hausflur ging. Sie trug einen alten flauschigen Morgenrock und eine Art Schlafmütze.

»Guten Abend, Lady Haigh«, sagte er, »eine kalte Nacht heute.«

Der Türspalt öffnete sich um weitere fünf Zentimeter.

»Lorimer, ich mache mir Gedanken wegen des Hundefutters. Jupiter bekommt von mir die beste Sorte, und er hat sich daran gewöhnt. Aber Ihnen gegenüber erscheint mir das sehr unfair.«

»Ich verstehe nicht ...«

»Daß Sie die Mehrkosten tragen müssen, nur weil ich ihn so verwöhnt habe.«

»Oh, machen Sie sich doch darüber keine Gedanken.«

»Ich hab es neulich mit einer billigeren Büchse versucht, aber er wollte nicht mal dran schnuppern.«

»Es wird sicher kein Problem damit geben.«

»Ich bin so froh, daß Ihr Freund weg ist. Ich glaube, er war äußerst unzivilisiert.«

»Er war eher ein Kollege als ein Freund. Er war in Schwierigkeiten geraten. Er hat seinen Job verloren, und seine Frau hat ihn rausgeworfen.«

»Eine vernünftige Frau. Er mochte Kaninchen, erinnere ich mich.«

»Wer? Torquil?«

»Jupiter. Ich hab ihm einmal Kaninchen gemacht, und er hat es gefressen. Die werden doch nicht teuer sein, oder? Die Kaninchen?«

»Ich glaube kaum.«

Sie strahlte ihn an, es war ein Strahlen der Erleichterung. »Sie haben eine Last von mir genommen. Gute Nacht, Lorimer.«

»Gute Nacht, Lady Haigh.«

Oben kochte sich Lorimer einen Becher Milchkaffee und verstärkte ihn mit einem Schuß Brandy. Er hatte zwei Nachrichten auf dem Anrufbeantworter. Die erste stammte von Dymphna, sie nannte Namen und Telefonnummer eines Wirtschaftsjournalisten, der ihn mit Freuden unterstützen wollte; die zweite war von Stella: »Hallo, Fremdling, ich hoffe, es ist alles in Butter und Sahne. Vergiß nicht, wir sehen uns am Sonntag, gegen zwölf. Einen dicken Kuß.«

Er hatte es vergessen. Ein lang und breit erörtertes Sonntagsmahl, und er hatte das ungute Gefühl, daß es mit Barbudas Halbjahreszeugnis oder einem ähnlichen Anlaß zu tun hatte. Die deutliche Zunahme des Barbuda-Anteils in seinen Verabredungen mit Stella war ihm bereits zu Bewußtsein gekommen, und er hegte den Verdacht, daß sie darauf aus war, die Liebhaber-Tochter-Beziehung zu verbessern. Daß beim Hören ihrer Stimme augenblicklich sein Wohlbefinden sank, legte ihm zudem eine andere Erkenntnis nahe: Es war Zeit, die Beziehung zu Stella Bull auf eine anständige und menschliche Weise zu beenden.

17. Kapitel

Dymphnas Journalistenfreund hieß Bram Wiles und behauptete, überglücklich zu sein, daß er Lorimer sein Wissen zur Verfügung stellen dürfe. Folglich hatte Lorimer sich mit ihm für den Mittag im Matisse verabredet, wo er, wie immer fünfzehn Minuten vor der Zeit, in einem der hinteren Abteile Platz genommen hatte und den *Guardian* las, als er an der Erschütterung der Bank merkte, daß sich jemand zu ihm an den Tisch setzte.

»So 'n verschissener Tag«, sagte Marlobe und stopfte seine Pfeife mit dem klobigen Daumen. »Ihr Wagen sieht ja übel aus.« Lorimer nickte. Es hatte in der Nacht wieder starken Frost gegeben, der scharfe Wind war erneut aufgefrischt, und unter der kombinierten Einwirkung von Regen und Kälte hatte sich der Rost auf dem Toyota vermehrt wie eine Bakterienkultur in der Petrischale, so daß die Karosse nun fast durchgängig orange gefärbt war.

Marlobe entzündete die Pfeife mit feuchtem Schmatzen und Paffen und hüllte seine Umgebung in eine blaugraue Wolke. Er sog den beizenden Pfeifenrauch tief in die Lunge ein, ganz so, als würde er eine Zigarette rauchen. »Ihr Narzissenzüchter aus Kent kann bei diesem Wetter die Klappe dichtmachen.«

»Ich fürchte, ich erwarte jemanden«, sagte Lorimer.

»Was hat das mit mir zu tun?«

»Ich hab hier eine Art Verabredung. An dem Platz, wo Sie sitzen.«

Die trübsinnige rumänische Kellnerin schob ihm den Cappuccino über den Tisch, darauf bedacht, daß der Schaum über den Rand schwappte und in die Untertasse floß. »Was wollen Sie?« fragte sie Marlobe.

Marlobe bleckte ihr die Zähne entgegen. »Sorry, Darling, ich bleibe nicht lange.« Er wandte sich wieder an Lorimer. »Während jedoch ... während der Holländer sich ins Fäustchen lacht.«

»Wirklich?«

»Staatssubventionen. Drei Gulden pro Blume. Der Holländer und der Mann aus Kent haben nicht die gleichen Karten in der Welt der Narzisse.«

Das war offenkundig Unsinn, aber Lorimer hatte keine Lust, mit Marlobe zu streiten, also sagte er vage: »Das Wetter soll besser werden.«

Marlobe stieß einen quiekenden Schrei aus, als er das hörte, und schlug hart mit der flachen Hand auf den Tisch.

»Das haben sie 1940 in Dünkirchen auch gesagt. Und wie weit sind sie damit gekommen? Meinen Sie etwa, von Rundstedt stand im Turm seines *Panzerkampfwagens* und hoffte, daß sich das Wetter bessert? Hä?«

»Ich weiß nicht, wovon Sie reden.«

»Genau das ist das Problem mit diesem Land. Immer alles von der guten Seite sehen. Immer von der beschissenen guten Seite. Eine Krankheit ist das! Deshalb ist diese Nation am Arsch. In der Gosse kriecht sie und wühlt nach Abfällen.«

Ein kindlich wirkender junger Mann näherte sich und sprach Marlobe an: »Sind Sie Lorimer Black? Ich bin Bram Wiles.«

»Nein, ich bin Lorimer Black«, sagte Lorimer hastig. Er hatte die spanische Anstandsdame gebeten, Gäste, die nach ihm fragten, zu seinem Tisch zu schicken.

Marlobe stand zögernd auf und funkelte Bram Wiles mit unverhohlener Feindseligkeit an.

»Ist ja schon gut, Mann. Nur keine Eile. Wir haben noch den ganzen Scheißtag vor uns.«

Wiles zuckte zusammen und wich zurück. Er hatte einen langen blonden Pony, der ihm glatt über die Stirn hing und den Rahmen seiner runden schwarzen Brille berührte. Er sah aus wie ein Vierzehnjähriger.

Marlobe zwängte sich mit provozierender Langsamkeit aus der Sitzbank und blockierte weiter den Zugang, indem er seine Pfeife neu ansteckte und, die Streichholzschachtel auf den Pfeifenkopf gepreßt, heftig schmauchte und paffte; dann zog er in einer wirbelnden Rauchwolke davon wie der Hexenmeister eines Märchenfilms und zeigte Lorimer kurz den erhobenen Daumen. »War nett, mit dir zu reden. Tschüs, Kumpel.«

Wiles setzte sich hustend und wedelte mit den Händen.

»So ein Original aus dem Viertel«, erklärte Lorimer, und es gelang ihm, die Aufmerksamkeit der trübsinnigen Rumänin zu erringen und einen weiteren Kaffee zu bestellen. Bram Wiles hatte einen kleinen Spitzbart, aber sein Barthaar war so fein und so hellblond, daß der Bart erst aus einem Abstand von einem halben Meter zu sehen war. Lorimer fragte sich häufig, was Männer dazu trieb, sich einen Pony wachsen zu lassen. Was hofften sie damit zu erreichen, wenn sie den Kamm nach vorn über den Kopf zogen und die Haare flach über die Stirn kämmten? Glaubten sie etwa, das sähe gut aus? Glaubten sie, das machte sie attraktiver und ansprechender?

Wiles mochte aussehen wie ein Viertkläßler, aber sein Verstand war überraschend scharf und wach. Lorimer legte ihm einfach die Tatsachen auf den Tisch, und Wiles stellte die richtigen Fragen. Lorimer behielt seine eigenen Vermutungen und Verdächtigungen für sich und erzählte die Geschichte des Fedora Palace so, wie sie sich zugetragen hatte. Zwischendurch zog Wiles sein Notizbuch und schrieb die wichtigen Namen auf.

»Daraus werde ich vorerst nicht schlau, muß ich gestehen«, meinte Wiles. »Ich werde ein bißchen telefonieren, ein paar Fakten nachprüfen. Vielleicht stolpern wir über einen Hinweis.« Er steckte den Stift ein. »Wenn die Sache heiß wird, darf ich doch drüber schreiben, oder? Das wird dann meine Story, und ich bringe sie, wo ich will.«

»Im Prinzip ja.« Lorimer bremste vorsichtig den Eifer des

freischaffenden Reporters. »Sehen wir erst, was dabei herauskommt. Mein Job könnte auf dem Spiel stehen.«

»Keine Sorge«, sagte Wiles fröhlich. »Ich würde Sie da nicht hineinziehen. Ich schütze immer meine Quellen.« Er schaute auf seine Notizen. »Was ist mit diesem Rintoul?«

»Ich vermute, daß er von Gale-Harlequin verklagt wurde. Bei dem würde ich an Ihrer Stelle aufpassen. Er ist ein bißchen gerissen, der Knabe.«

»Okay, verstanden.« Er schaute auf und lächelte. »Und wie war's auf Teneriffa?«

»Wie bitte?«

»Dymphna sagte mir, daß Sie ein paar Tage mit ihr dort waren.«

»Ach wirklich? Oh. Nun ja, es war … nett.«

»Sie Glücklicher«, sagte Wiles wehmütig. »Ich hatte immer eine Schwäche für Dymphna.«

Vielleicht hättest du bessere Chancen, wenn du deinen Haarschnitt ändern würdest, dachte Lorimer und schämte sich auch gleich für seinen Mangel an Nachsicht. Schließlich tat Wiles ihm einen Gefallen, und das nur wegen seiner unerwiderten Liebe zu Dymphna.

»Wir sind so etwas wie gute Freunde, wissen Sie«, sagte Lorimer, um sich dem Liebesglück des Reporters nicht in den Weg zu stellen. »Nichts Ernstes.«

»Das sagen sie alle.« Wiles zog die Schultern hoch, und seine Augen hinter der runden Brille blickten traurig. »Ich melde mich bei Ihnen. Danke für den Kaffee.«

77. DER ERSTE SCHADENSREGULIERER DER WELT. Die allererste Lebensversicherungspolice wurde am 18. Juni 1853 in England geschrieben. Ein Mann namens William Gibbons versicherte sein Leben mit einer Summe von 383 Pfund, 6 Shilling und 8 Pence für die Dauer eines Jahres. Er zahlte eine Prämie von 8 Prozent, und sechzehn Versicherer besiegelten den Vertrag. Gibbons starb am

20. Mai des Folgejahrs, etwa vier Wochen vor Ablauf der Versicherung, und seine Hinterbliebenen reichten fristgemäß ihre Schadensforderung ein. Was geschah?

Die Versicherer weigerten sich zu zahlen. Sie begründeten dies damit, daß ein Jahr – streng definiert – aus zwölfmal vier Wochen oder achtundzwanzig Tagen bestehe, und wenn man diese Berechnung zugrunde legte, hatte William Gibbons tatsächlich länger gelebt, als das Jahr – streng definiert – bemessen war, und somit die Versicherungsfrist überlebt.

»Was ich gern wüßte«, pflegte Hogg zu sagen, »ist der Name des Mannes, der auf diese Definition eines Jahres verfiel. Wer war dieser raffinierte Bursche, der beschloß, sich durch diese Rechnung aus der Affäre zu ziehen? Denn der Mann, wie immer er hieß, war mit seiner Definition, daß ein Jahr aus zwölfmal achtundzwanzig Tagen bestehe, der erste Schadensregulierer der Welt. Diese Person muß existiert haben«, beharrte Hogg, »und diese Person ist der Schutzheilige unseres Berufsstandes. Mit Sicherheit enttäuschte er die Erwartungen der Familie Gibbons, als sie ihre Forderung von 383 Pfund, 6 Shilling und 8 Pence geltend machen wollte.«

Das Buch der Verklärung

Lorimer bog in den Lupus Crescent ein, legte sich schräg in den Wind – eine flinke, schüttelnde Brise, wie man das in Inverness nannte – und zog den Mantel fest um sich. Marlobe hatte recht, es war ein Scheißtag mit dicht dahinjagenden Wolken in allen Schattierungen zwischen Leuchtendweiß und Schiefergrau. Was war nur mit dem Wetter los? Wo blieb der verdammte Frühling? Der Wind, oder vielmehr der Ziegelstaub und Straßendreck, den der Wind vor sich hertrieb, brannte ihm in den Augen, und er drehte den Kopf zur Seite – wo er David Watts' Rolls-Lamborghini, oder was immer es war, lautlos neben sich herfahren sah wie eine Limousine, die einen Mafiaboß beim Spaziergang verfolgt. Er blieb stehen, und das Auto blieb stehen.

Terry lächelte mild, als er über die Straße auf ihn zukam. »Hallo, Mr. Black. Ist ja mal wieder ein Tag, was? David möchte Sie sprechen, wenn's recht ist.«

Lorimer schlüpfte in das kalbsledeme Interieur. Jedes Detail, jedes Dekor roch nach Geld. Er ließ sich ins Polster sinken, und Terry kutschierte ihn von Pimlico über die Themse zum Südteil der Stadt. Was hatte das nun zu bedeuten? Immerhin war heute Samstag. Sie überquerten die Vauxhall Bridge, bogen ins Albert Embankment ab, und von dort aus ging es durch die Stamford und die Southwark Street, dann durch die Tooley Street, vorbei an der Tower Bridge zur Linken.

Der Wagen hielt ein paar hundert Meter jenseits der Tower Bridge vor einem umgebauten Speicherhaus. Geschmackvolle Goldlettern an den schwärzlichen Backsteinen klärten ihn darüber auf, daß sie sich am Kendrick Quay befanden. Die umliegenden Straßen waren menschenleer, aber seltsamerweise voller geparkter Autos. Es gab viele Verkehrsschilder und -leiteinrichtungen, hübsch angelegte Grüninseln mit Lorbeersträuchern und neuseeländischem Flachs, umzäunte Bäumchen ohne Blätter, neue gußeiserne Poller auf frisch gepflasterten Wegen – und an jedem Mauervorsprung, hoch oben außer Reichweite, eine Überwachungskamera.

Terry tippte einen Zahlenkode in ein edelstahlgefaßtes Schaltfeld ein, und Glastüren wichen geräuschlos. In einem Lift, der nach Kleber und Glaserkitt roch, fuhren sie in den fünften Stock. Beim Aussteigen erblickte Lorimer ein gedrucktes Schild mit einem Pfeil, auf dem »Sheer Achimota« stand, und eine vage zemblanistische Vorahnung ergriff von ihm Besitz.

Die Sheer-Achimota-Büroräume waren leer bis auf noch unausgepackte Computerkartons und einen Ebenholzschreibtisch mit einem flachen Telefon. Durch die Vollglaswand sah man stromabwärts auf die aufgewühlte Themse, der Himmel war noch immer von wildwogenden Helldunkel-Kontrasten beherrscht, und in der Mitte des Panoramas ragte die Tower Bridge auf, ein irritierend vertrauter Anblick, dachte Lorimer, und irritierend aufdringlich. Wer in diesem Büro auch nur für kurze Zeit arbeitete, mußte die Brücke hassen – ein Klischee, das man Tag für Tag vor der Nase hatte.

Watts stand in der Ecke, strampelnd und wippend, Ohrhörer eingestöpselt, die Augen fest geschlossen. Terry hustete ein paarmal, um sich bemerkbar zu machen, und ließ die beiden allein. Watts fummelte eine Weile an seiner Disko-Kompaktanlage, bis es ihm gelang, sie abzuschalten. Er nahm den linken Ohrhörer heraus und ließ ihn auf der Brust baumeln. Lorimer bemerkte, daß sein Bartflicken verschwunden war.

Watts begrüßte ihn enthusiastisch. »He, wie findest du das, Mann?«

»Sehr panoramaartig.«

»Nein, ich meine ›Sheer Achimota‹. So heißt meine Managementfirma, das Plattenlabel, die neue Band und wahrscheinlich auch das nächste Album.«

»Klingt eingängig.«

Watts kam quer durch den Raum auf ihn zu. »Das ist so was von irre, Mann! Ich hab Terry zu dem Laden in Camden geschickt, von dem du erzählt hast, und er kam mit sechs Tragetaschen voller CDs zurück. Ich höre jetzt ununterbrochen afrikanische Musik ... seit achtundsiebzig Stunden. Und das wird dich umhauen: Weißt du was?«

»Fahren Sie nach Afrika?«

»Er ist weg.«

»Wer?«

»Luzifer.« Er klopfte sich auf die linke Schulter, dann auf die linke Wange. »Der alte Satan hat sich verpißt.« Watts stand jetzt direkt vor ihm, und Lorimer sah, daß seine Augen leuchteten. Er fragte sich, ob er etwas genommen hatte oder ob es einfach die Begeisterung des frisch Exorzierten war.

»Vielen Dank, Lorimer.«

»Nein, das ist nicht meine ...«

»... ohne dich hätte ich niemals *Sheer Achimota* gehört. Und niemals hätte ich diesen Juju-Zauber für mich in Gang gesetzt.

Der starke afrikanische Juju hat Luzifer die Hölle heiß gemacht. Dir hab ich zu verdanken, daß *Sheer Achimota* das für mich getan hat.«

Lorimer hielt Ausschau nach einem Fluchtweg. »Oder was immer es war, Mr. Watts.«

»Nenn mich doch einfach David. Ich will, daß du herkommst und für mich arbeitest. Du sollst Sheer Achimota übernehmen. Als Hauptgeschäftsführer oder etwas in der Art.«

»Ich hab schon einen Job – äh –, David. Aber trotzdem vielen Dank.«

»Kündige. Ich zahle dir, was du willst. Hundert Riesen im Jahr.«

»Sehr nett, aber ...« Aber ich hab mein eigenes Leben.

»Diese Bande von Fortress Sure wird natürlich verklagt. Aber das geht nicht gegen dich. Ich hab meinen Leuten gesagt, sie sollen Lorimer Black nichts am Zeug flicken.«

»Ich habe Zahlung empfohlen.«

»Scheiß auf das Geld. Es ist der Nervenkrieg, der mich fertigmacht. Ich war total im Eimer vor Streß mit diesem Teufel auf der Schulter und alldem. Irgendwer muß mich ja dafür entschädigen.«

Lorimer hielt es für das Beste, ihm eine einfache Erklärung zu liefern. »Ich kann ja wohl kaum meinen Job aufgeben und für dich arbeiten, wenn du die Firma verklagst, die ich in diesem Fall vertreten habe.«

»Und warum nicht?«

»Na ja ... sittenwidrig?«

»He, Lorimer, wo ist dein Heimatplanet? Wir müssen ja nichts überstürzen, denk drüber nach. Ich fänd's cool, würde ab und zu mal reinschauen, bißchen quatschen.« Er steckte den Ohrhörer wieder ein. »Kannst du Terry reinschicken? Nach Hause findest du sicher allein. Ich freu mich auf unsere Zusammenarbeit, wie man so schön sagt.«

Da kannst du lange warten, dachte Lorimer, als er auf der Suche nach einem Taxi durch die ausgestorbenen Straßen trabte.

Und nebenbei fragte er sich, ob »Sheer Achimota« auch seine Dämonen vertreiben und irgendeinen machtvollen afrikanischen Juju-Zauber für ihn in Gang setzen würde.

397. DE NERVAL UND DAS TABLETT. Ohne Zweifel war die Liebe de Nervals zu Jenny Colon krankhaft und überzogen. Jenny Colon war Schauspielerin, und Gérard de Nerval ging jeden Abend ins Theater, um sie zu sehen. Sie war verheiratet gewesen, ausgerechnet in Gretna Green, mit einem Schauspieler namens Lafont. Nach dieser Ehe hatte sie eine ausgedehnte Affäre mit einem holländischen Bankier namens Hoppe und daneben weitere mit vielen anderen Männern, bis de Nerval in ihr Leben trat. Jenny Colon wurde als »type rond et lunaire« *beschrieben.* Lunaire*? Mein Wörterbuch bietet dafür lediglich »mondartig« an und den Namen einer Blume: Mondkraut. Mondartig. Ich sehe darin einen klaren Hinweis auf einen gewissen Wahnsinn. Genug jedenfalls, um einen Mann zum Wahnsinn zu treiben.*

De Nerval und Jenny Colon begannen eine Liebesbeziehung, aber sie war nicht von Dauer. Meiner Biographie zufolge endete sie damit, daß Nerval sich eines Tages überraschend auf sie stürzte, um sie zu küssen, ihre mondartigen Lippen. Jenny stieß ihn erschrocken von sich, und Gérard, der im Taumeln nach Halt suchte, machte eine ungeschickte Handbewegung und zerbrach dabei versehentlich ein Tablett, das ihr gehörte und sehr wertvoll war. Die Beziehung erholte sich nicht mehr nach diesem albernen Vorfall mit dem Tablett. Ein paar Wochen später verließ ihn Jenny und heiratete den Flötisten. Aber eine zerbrochenes Tablett als Anlaß, bei dem sich alles entschied? Wer weiß, welche tieferen Gründe im Spiel waren, aber ich werde den Eindruck nicht los, daß Nerval etwas mehr hätte tun können, um eine Versöhnung herbeizuführen. Mir scheint, daß Gérard de Nerval sich nicht genug Mühe gegeben hat – kein Liebespaar darf sich von einem Tablett, und sei es noch so kostbar, auseinanderbringen lassen.

Das Buch der Verklärung

Den Nachmittag verbrachte Lorimer mit den profanen Dingen des modernen Lebens: Überweisungen schreiben, Saubermachen, Lebensmittel einkaufen, zum Waschsalon und zur Reinigung gehen, Geld aus dem Bankautomaten holen, ein Sandwich essen – banale Beschäftigungen, die ihn merkwürdigerweise mit tiefer Befriedigung erfüllten, aber erst dann, wenn sie erledigt waren. Er rief seine Mutter an und erfuhr, daß sein Vater am Montag nachmittag im Krematorium Putney Vale eingeäschert werden sollte. Seine Mutter fügte hinzu, daß er nicht kommen müsse, wenn er zuviel zu tun habe, und er war verletzt und beinahe beleidigt wegen dieser überflüssigen Nachsicht. Er sagte ihr, daß er dasein werde.

Es wurde früh dunkel, und der Wind rüttelte wütend an den Fenstern des vorderen Zimmers. Er entkorkte einen kalifornischen Cabernet, schob einen meditativen Monteverdi in den CD-Player und wechselte danach zu Bola Folarin und Accra 57. Bola war bekannt für seinen exzessiven Einsatz von Trommlern: die für westliche Gruppen üblichen Kombinationen ergänzte er durch den trockenen Baß der Buschtrommeln des westafrikanischen Binnenlands und durch das Stakkato helltönender Tomtoms. Irgend etwas in diesen atavistischen Rhythmen verband sich mit der Wirkung des Weins, versetzte Lorimer in Unruhe und löste einen Zustand, einen Anfall schmerzlichen, reinen Verlangens aus – war das der Zauber von »Sheer Achimota«? –, und ohne lange zu zögern, warf er Schal und Mantel über, verkorkte die Weinflasche, schob sie in die Manteltasche und stürmte hinaus in die wilde Nacht, um seinen rostbeflorten Toyota zu suchen.

In Chalk Farm kam ihm der Wind sogar noch heftiger vor, was vermutlich auf die höhere Lage zurückzuführen war, und die Lindenäste über seinem geparkten Wagen knarrten und ruckten in den orkanartigen Böen. Er schluckte Cabernet und starrte auf das große Erkerfenster, hinter dem sich die Malinverno-Wohnung befand. Eine orientalisch gemusterte Blende verdeckte das untere Drittel des Fensters, aber Kopf und Schultern stehender Personen konnte man von draußen erkennen. Er sah Gilbert Malinverno auf und ab laufen – eine halbe Stunde hatte Lorimer ihn bereits beim Jongleurtraining beobachtet (hatte er etwa sein Musical aufgegeben?), händeweise hatte Malinverno bunte Bälle in die Höhe geworfen und mühelos ihre Flugmuster und -kurven variiert. Er hatte wirklich Talent, wie Lorimer widerstrebend zugeben mußte. Dann hatte Malinverno das Training unterbrochen, und aus den gezielten Blicken Malinvernos schloß er, daß jemand ins Zimmer gekommen war. Seit zehn Minuten schon lief er nun wild gestikulierend auf und ab; erst hielt Lorimer das für eine spezielle Jongleurübung, dann, nach ein paar wütend fuchtelnden Gesten, kam er zu dem Schluß, daß Malinverno jemanden anbrüllte, und bei diesem Jemand handelte es sich ohne Zweifel um Flavia.

Lorimer hätte am liebsten seine Weinflasche durchs Fenster geworfen, sich den Grobian vorgeknöpft und ihm sämtliche Knochen gebrochen. Er schluckte weiter seinen Wein und fragte sich, wie lange er vernünftigerweise hier draußen in seinem Auto warten sollte, als die Haustür aufging, Flavia die Stufen hinabeilte und mit schnellen Schritten die Straße bergab lief. Keine Sekunde später war Lorimer aus dem Auto und folgte ihr.

Sie bog um eine Ecke, und ehe er sie eingeholt hatte, betrat sie eine kleine Ladenpassage und dann den hellerleuchteten, rund um die Uhr geöffneten Supermarkt Emporio Mondiale. Lorimer folgte ihr nach einem kurzen Moment des Zögerns, aber sie war nirgends zu sehen. Blinzelnd im grellen Licht, suchte er ein paar der labyrinthartigen Gänge ab – wankende Türme aus Monatsbinden und Toilettenpapier, Küchenrollen, Wegwerfwindeln und Hundekuchen. Dann sah er sie über eine Kühltruhe gebeugt in den Tiefen des Eiskremsortiments wühlen. Außer Atem wich er zurück und sammelte sich, doch als er seinen Vorstoß machte, war sie verschwunden.

Er hielt direkt auf die Kasse zu, wo eine einsame Äthiopierin geduldig einen Berg aus braunen Münzen zählte, den eine alte Dame aus ihrer höhlenreichen Handtasche zutage förderte – keine Flavia zu sehen. Wo zum Teufel war sie hin? Vielleicht zum Eingang zurück? Er machte kehrt und lief denselben Weg in entgegengesetzter Richtung. Da sah er sie in einem Seitengang verschwinden, der zu den Zeitungen führte, und entschied, daß ein seitliches Anschleichen die Methode der Wahl darstellte, also duckte er sich hinter Brotlaibe und Müslikartons und nahm Kurs auf das Gewürzkarussell und den Glasschrank mit den abscheulichen Salaten.

Als er am Ende des Ganges um die Ecke kam, sprühte sie ihm eine Ladung Luftverbesserer entgegen. *Pfffft.* Er bekam die Dunstwolke aus süßlichem Veilchenduft mitten ins Gesicht und mußte mehrmals niesen.

»Ich hab's nicht gern, wenn man mich verfolgt«, sagte sie und stellte die Spraydose weg. Sie hatte eine Sonnenbrille auf der Nase und trug eine sperrige alte Lederjacke mit Kapuze und vielen Reißverschlüssen. Er war überzeugt, daß ihre Augen hinter den undurchsichtigen grünen Gläsern rotgeweint waren.

»Was hat er dir getan?« stieß Lorimer hervor. »Wenn er dich geschlagen hat, dann ...«

»Wenn du's wissen willst: Er hat über dich geredet oder vielmehr gebrüllt, eine halbe Stunde lang. Deshalb mußte ich raus. Er behauptet, er hätte dich auf irgendeiner Schickeria-Party gesehen.«

»Du weißt doch, daß er mich überfallen hat. Er hat versucht, mir eine Keule über den Schädel zu hauen.« All seine Empörung kam wieder in ihm hoch. »Nachdem du ihm über unsere sogenannte Affäre erzählt hast.«

»Wovon redest du?«

»Dein Mann hat versucht, mir eine Keule über den Schädel zu hauen.«

»Gilbert?«

»Was hast du ihm denn nur über uns erzählt?«

»Er war mordswütend, und ich hatte Angst und war sauer auf ihn – also hab ich mir alle möglichen Sachen ausgedacht und ihm gesagt, daß es schon über ein Jahr geht. Vielleicht hat ihm das den Rest gegeben. Er ist aus dem Haus geschossen wie ein Berserker. Hast du ihm die Zähne ausgeschlagen? Er sagte, er wäre überfallen worden.«

»Es war Notwehr. Er wollte mich mit einer von seinen verdammten Jongleurkeulen niederschlagen.«

»In dir hat sich eine Menge Wut aufgestaut, was, Lorimer?« Sie nahm eine andere Spraydose vom Regal und hüllte ihn in eine Wolke aus Fichtennadelduft ein.

»Laß das sein, verflucht noch mal!«

»Wir können uns nicht sehen.« Sie blickte nervös über die Schulter. »Wer weiß, was passieren würde, wenn er jetzt in den Laden käme.«

»Schlägt er dich?«

»Er ist unglaublich stark und trainiert. Manchmal nimmt er mich so in den Griff und schüttelt mich, dreht mir die Arme um.«

»Dieses Tier!« Lorimer spürte einen reinen Zorn in sich, wie ihn etwa Kreuzfahrer beim Anblick eines geschändeten Heiligtums empfinden mußten, dachte er. Er grub in den Taschen, holte sein Schlüsselbund heraus, nahm zwei Schlüssel ab und hielt sie ihr hin.

»Nimm bitte die Schlüssel. Wenn du einen sicheren Ort brauchst, wo er dich nicht findet, kannst du dorthin gehen.«

Sie nahm die Schlüssel nicht. »Was für ein Ort?«

»Ein Haus, das ich gekauft habe. So ziemlich leer. In Silvertown, eine Anlage, die Albion Village heißt, Nummer 3. Dort kannst du hin, wenn er wieder gewalttätig wird.«

»Silvertown? Albion Village? Was soll denn das sein? Das klingt ja wie ein Kinderbuch.«

»Eine Art Siedlung in der Nähe des Albert Dock, beim City Airport.«

»Eins dieser modernen Bauvorhaben? Diese kleinen Schachteln?«

»Na ja … So ähnlich.«

»Warum kaufst du dir denn ein kleines Papphaus mitten in der Einöde, wenn du eine perfekte Wohnung in Pimlico hast? Ist mir schleierhaft.«

Er seufzte und spürte plötzlich den Drang, es ihr zu erklären, besonders da sie nun die Hand ausstreckte und ihm die Schlüssel abnahm.

»Es hat was mit mir zu tun. Es gibt mir das Gefühl – ich weiß nicht – der Sicherheit. Ich fühle mich sicherer wahrscheinlich. Das ist meine Versicherung. Es gibt immer einen Ort, wohin ich gehen und neu anfangen kann.«

»Klingt eher nach einem Ort, um sich zu verstecken. Wovor versteckst du dich, Lorimer Black?«

»Ich heiße nicht Lorimer Black. Ich meine, doch, ich heiße so, aber ich hab den Namen geändert, ich wurde nicht als Lorimer Black geboren.« Er wußte, er würde es ihr sagen. »Mein richtiger Name ist Milomre Bloçj. Ich bin hier geboren, aber eigentlich bin ich Transnistrier. Ich stamme aus einer Familie transnistrischer Zigeuner.«

»Und ich komme vom Planeten Zogj in einer fernen Galaxie«, sagte sie.

»Es ist aber wahr.«

»Hör endlich auf mit diesem Scheiß!«

»ES IST ABER WAHR.«

Ein paar Kunden blickten herüber. Ein schlaksiger Pakistani mit einem Plastiknamensschild kam, um nach dem Rechten zu sehen. Er wies auf die Regale. »Das ist hier alles zu kaufen, wissen Sie?«

»Wir überlegen noch, besten Dank«, sagte Flavia mit einem gewinnenden Lächeln.

»Milomre?« intonierte sie sorgfältig.

»Ja.«

»Transnistrien?«

»Transnistrien. Das gibt es wirklich, oder das gab es mal. An der Westküste des Schwarzen Meers. Meine Familie nennt mich Milo.«

»Milo ... Das finde ich besser. Wie aufregend. Warum erzählst du mir das, Milo?«

»Ich weiß nicht. Es war immer ein Geheimnis. Ich hab es noch niemandem verraten. Vermutlich möchte ich, daß du's weißt.«

»Denkst du, damit kannst du mich gewinnen? Da irrst du dich aber.«

»Nimm bitte für eine Sekunde deine Sonnenbrille ab.«

»Nein.« Sie griff nach einer Spraydose mit Wäschestärke, und Lorimer ging auf Distanz.

Sie kaufte Spaghetti, ein Glas Sauce und eine Flasche Valpolicella. Lorimer ging mit ihr zur Straße. Ein paar schwere Regentropfen klatschten auf den Gehsteig.

»Du wirst ihm doch nichts zum Abendbrot kochen?« fragte Lorimer entrüstet. »Nach allem, was er dir angetan hat? Das ist ja erbärmlich.«

»Nein, er geht weg, Gott sei Dank, und ich kriege Besuch.«

»Männlich oder weiblich?«

»Das geht dich nichts an. Männlich ... und schwul.«

»Lädst du mich auch ein?«

»Bist du verrückt? Und wenn Gilbert zurückkommt, sage ich: ›Ach, Gilbert, Lorimer ist auf einen Happen zu uns reingeschneit.‹ Du spinnst total.«

Sie hatten sein Auto erreicht, das jetzt aussah, als wäre es von einem bösen Ausschlag befallen, übersät von dunklen Flecken, wo die Regentropfen auf den orangefarbenen Rost aufgeschlagen waren. In der feuchten Luft schien der Toyota einen unangenehmen Metallgeruch auszuströmen – als wären sie in einer Schmiede.

»Mein Gott, guck dir dein Auto an«, sagte Flavia. »Das sieht ja noch schlimmer aus.«

»Es ist fast über Nacht gerostet.«

»Die waren ziemlich böse auf dich, oder?«

»Es hat mit einem Auftrag zu tun, den ich …« Er brach ab, weil ihm plötzlich eine Idee kam. »Sie haben mir die Schuld für ihre Probleme gegeben.«

»Während du einen Schaden reguliert hast?«

»Ja, während ich einen Schaden reguliert hab.«

»Ich bin nicht sicher, ob du dem Leben eines Schadensregulierers gewachsen bist, Lorimer. Das ist ja sehr gefährlich.«

»Extrem gefährlich«, bestätigte er und fühlte sich plötzlich sehr müde. »Darf ich dich nächste Woche sehen, Flavia?«

»Ich glaube, das ist keine gute Idee.«

»Du weißt … Es muß dir klar sein, daß ich wahnsinnig in dich verliebt bin. Ein Nein ist für mich keine Antwort.«

»Mach, was du willst.« Sie zuckte die Schultern und trat ein paar Schritte zurück. »Gute Nacht, Milo, oder wie auch immer du heißt.«

»Nutz das Haus«, rief er ihr nach. »Jederzeit. Es ist fertig eingerichtet. Albion Village Nummer 3.«

Sie wandte sich um und ging über die Straße zu ihrem Haus. Ihm war zum Weinen zumute. Etwas Wichtiges war passiert – er hatte heute nacht jemanden in die Existenz von Milomre Bloçj eingeweiht. Und sie hatte seine Schlüssel genommen.

Er ging zum Schlafen ins Institut und hoffte, klar und lustvoll von Flavia zu träumen, hoffte, daß sie im Traum nackt wäre und er sie in die Arme nehmen könnte. Statt dessen träumte er von seinem Vater, der krank im Bett lag. Sie hielten sich bei der Hand, die Finger ineinandergeflochten wie bei Lorimers letztem Besuch, nur daß Bogdan Bloçj sich diesmal auf die Ellenbogen erhob und ihn mehrmals auf die Wange küßte. Lorimer spürte deutlich die zarten weißen Barthaare des Vaters an seinem Kinn. Dann sprach er zu ihm und sagte: »Du hast es gut gemacht, Milo.«

Lorimer wachte auf, erschöpft und irritiert, und schrieb den Traum mit zitternder Hand ins Buch. Es war ein Klartraum, weil darin etwas geschehen war, was er sich immer gewünscht, aber nie erhalten hatte, und für die Dauer des Traums kam ihm dieses Erleben real vor.

Später, als er sich anzog und für das Sonntagslunch mit Stella und Barbuda fertig machte, erkannte er darin einen Grund dafür, daß Träume in unserem Leben so wichtig sind: Etwas Gutes war in der Nacht geschehen, während er im Schlaf lag – er hatte eine Verbundenheit mit dem Vater erlebt und zum Ausdruck gebracht, die er zu Lebzeiten dieses Mannes nie erfahren hatte. Er war dankbar für dieses Geschenk seines REM-Schlafs. Das war sicher der Trost, den Träume gewähren konnten.

Barbuda schaute ihre Mutter bettelnd an und sagte: »Darf ich bitte aufstehen, Mummy?«

»Ja, meinetwegen«, sagte Stella, und Barbuda verzog sich flink. Stella goß den restlichen Rioja in Lorimers leeres Glas. Sie hat ihr Haar heller getönt, dachte Lorimer, das macht den Unterschied. Sie sah gesünder aus und war ganz in Weiß gekleidet, weiße Jeans und ein weißer Baumwollpullover mit einem aufgenähten Satinvogel auf der Brust, dazu ein Hauch Solariumsbräune, wenn er sich nicht irrte.

Barbuda war aus dem Zimmer verschwunden, ohne sich noch einmal umzudrehen – ein weiteres Anzeichen, daß sie zu ihrer altvertrauten säuerlichen Feindseligkeit zurückgekehrt war. Der Namenswechsel zu Angelica war schließlich am Veto der Mutter gescheitert, und der Augenblick der Solidarität zwischen der Tochter und dem Liebhaber der Mutter schien vergessen. Soweit sich Lorimer erinnerte, hatte sie während der drei Gänge des Sonntagsmahls – Räucherlachs, Brathähnchen mit allem Drum und Dran und eine gekaufte Zitronenschaumtorte – kein einziges Wort an ihn gerichtet.

Stella goß sich Kaffee nach und griff nach seiner Hand: »Wir müssen ernsthaft miteinander reden, Lorimer.«

»Ich weiß«, erwiderte er und sagte sich, daß es nichts brachte, die Dinge noch weiter hinauszuzögern. Er mochte Stella, und in gewisser Weise war diese respektvolle, auf beiderseitigen Vorteil gerichtete Beziehung genau das richtige für ihn. Aber die Aufrechterhaltung dieser Beziehung setzte eine Welt ohne Flavia Malinverno voraus, und daher mußte er sie auf möglichst anständige und schmerzlose Weise zu Ende bringen.

»Ich hab die Firma verkauft«, sagte Stella.

»Mein Gott.«

»Und eine Fischfarm gekauft.«

»Eine Fischfarm!«

»Bei Guildford. Wir ziehen um.«

»Eine Fischfarm bei Guildford«, wiederholte er stumpfsinnig, als wollte er sich eine neue Redensart einprägen.

»Es ist ein gutgehendes Unternehmen, garantierte Gewinne. Vorwiegend Lachs und Forelle und ein großer Anteil Garnelen und Shrimps.«

»Aber Stella, eine Fischfarm? Du?«

»Warum soll das schlechter sein als eine Gerüstfirma?«

»Das ist ein Argument. Außerdem wohnst du näher an Barbudas Schule.«

»Genau.« Stella strich mit dem Daumen über seine Finger. »Lorimer«, begann sie behutsam, »ich möchte, daß du mit mir kommst und mein Partner wirst – im Leben und im Geschäft. Ich will keine Heirat, aber ich möchte gern mein Leben mit dir teilen. Ich weiß, daß du einen guten Job hast, und deshalb sollten wir die Sache richtig angehen, als gemeinsames Unternehmen. Fischfarm Bull und Black.«

Lorimer beugte sich zu ihr und küßte sie in der Hoffnung, daß sein Lächeln die innere Verzweiflung überspielte.

»Sag noch nichts«, meinte Stella, »hör einfach zu.« Sie nannte die Zahlen, die Umsätze und Erträge, die Gehälter, die sie sich selbst zahlen konnten, die Aussichten auf eine entscheidende Geschäftserweiterung, wenn es ihnen gelang, gewisse Märkte zu öffnen.

»Sag nicht ja oder nein oder vielleicht«, fuhr Stella fort.

»Nimm dir ein paar Tage Zeit und laß es in dir arbeiten – mit allem, was daraus folgt.« Sie nahm ihren Kopf zwischen die Hände und gab ihm einen ernstlichen Kuß, ihre geschmeidige Zunge bewegte sich in seinem Mund wie … ein Fisch, stellte Lorimer entmutigt fest.

»Ich bin ganz aufgeregt, Lorimer, richtig aufgekratzt. Aus der Stadt raus, aufs Land …«

»Weiß Barbuda schon von diesen Plänen?« fragte Lorimer und akzeptierte dankbar das Angebot eines feierlichen Dessert-Brandys.

»Noch nicht. Sie weiß, daß ich die Gerüstfirma verkauft habe. Und sie freut sich, weil ihr diese Gerüstgeschichte immer peinlich war.«

Widerwärtiger kleiner Snob, dachte Lorimer und sagte: »Die Fischfarm wird da wohl besser bei ihr ankommen«, ohne es wirklich zu glauben.

Stella umarmte ihn heftig, als er ging. Es war erst vier, aber die Straßenlampen leuchteten schon hell in der einsetzenden Dämmerung. Lorimer war bedrückt, doch er fühlte sich außerstande, jetzt den Stöpsel aus dem Bassin ihrer Fischträume zu ziehen. Er küßte sie zum Abschied.

Nachdenklich stand er neben dem Auto auf dem Gehsteig und blickte hinüber zu den klippenbleichen Fassaden der ausgedehnten Neubausiedlung, die ein paar Straßen weiter begann, übersät mit Satellitenschüsseln, nasse Wäsche schlaff auf den Balkonen – eins der großen Ghettos, die sich südlich des Flusses im weiten Bogen nach Osten zogen, durch Walworth, Peckham, Rotherhithe und Southwark, kleine Slum-Staaten für die Armen und Entrechteten dieser Stadt, voller Elend und Anarchie, wo ein Leben nach der Art von Hoggs wilden Vorfahren geführt wurde, primitiv und abstoßend, wo alle Unternehmungen extrem riskant und das Leben ein einziges Glücksspiel war, ein Kreislauf aus Zufall und Verhängnis.

Ist das am Ende alles, was sich unter dem Firnis von Ordnung, Recht, Staatsmacht und zivilen Umgangsformen verbirgt, fragte er sich, machen wir uns nicht nur etwas vor? Die wilden Vorfahren wußten … Hör auf damit, sagte er sich – er war auch so schon deprimiert genug – und bückte sich, um den Wagen aufzuschließen. Eine weiche Stimme rief seinen Namen, er blickte sich um und sah Barbuda in ein paar Metern Entfernung stehen, als wäre sie durch einen unsichtbaren *cordon sanitaire* von ihm getrennt.

»Hallo, Barbuda«, rief er, und die zwei Worte waren hoffnungslos überfrachtet von der Freundlichkeit, freudigen Überraschung und treuherzigen Kumpanei, die er mit aller Gewalt hineinzwängte.

»Ich habe zugehört«, sagte sie tonlos. »Sie hat von einer Fischfarm gesprochen, bei Guildford. Was hat sie vor?«

»Ich glaube, das sollte dir deine Mutter selbst erzählen.«

»Sie hat eine Fischfarm gekauft, stimmt's?«

»Ja.« Es hat keinen Zweck zu lügen, dachte er und sah, daß sich Barbudas Unterlippe verdickte und vorschob.

»Eine Fischfarm.« Sie legte ihren ganzen Abscheu, ihren ganzen Ekel in das Wort, es klang nach Vivisektionlabor, nach Ausbeuterhöhle, nach Kinderpuff.

»Das klingt doch ganz lustig«, sagte er und legte ein gezwungenes Kichern in die Stimme. »Könnte spannend werden.«

Sie blickte himmelwärts, und Lorimer sah im Schein der Straßenlampen ihre Tränenspuren glänzen. »Was soll ich denn meinen Freunden sagen? Was sollen meine Freunde denken?«

Das schien keine rhetorische Frage zu sein, daher antwortete Lorimer: »Wenn sie schlecht von dir denken, nur weil deine Mutter eine Fischfarm besitzt, dann sind sie keine wirklichen Freunde.«

»Eine Fischfarm. Meine Mutter eine Fischfarmerin.«

»An einer Fischfarm ist nichts auszusetzen. Sie kann sogar sehr erfolgreich sein.«

»Ich will nicht die Tochter von einer Mutter sein, die eine Fischfarm hat«, sagte Barbuda verzweifelt und weinerlich. »Das kann nicht sein. Das mach ich nicht mit.«

Lorimer kannte dieses Gefühl, er konnte ihr das Widerstreben gegen eine aufgezwungene Identität nachfühlen, obwohl er es nicht über sich brachte, Mitleid mit diesem Gör zu empfinden. »Hör mal, deine Freunde wissen, daß sie eine Gerüstfirma hat, und sicher werden sie …«

»Das wissen sie eben nicht. Sie wissen gar nichts von ihr. Aber wenn sie nach Guildford zieht, dann kriegen sie's raus.«

»Solche Dinge kommen uns zunächst wichtig vor, aber nach einer Weile …«

»Das ist alles deine Schuld.« Barbuda wischte sich die Tränen weg.

»Wie meinst du das?«

»Sie hat es deinetwegen gemacht. Wenn du nicht wärst, hätte sie die Fischfarm niemals gekauft.«

»Ich glaube, doch. Wie auch immer, Barbuda oder Angelica, wenn du möchtest, hör zu …«

»Es ist alles deine Schuld«, wiederholte sie mit leiser, kalter Stimme. »Ich bring dich um. Eines Tages bring ich dich um.«

Sie drehte sich um und rannte mit leichten, flinken Schritten zurück ins Haus.

Na, dann stell dich schon mal in die Schlange, dachte Lorimer nicht ohne Bitterkeit und atmete tief durch. Langsam hatte er es satt, den Sündenbock für die Kümmernisse anderer Leute zu spielen, langsam war er am Ende seiner Kräfte. Wenn nicht endlich ein wenig Ruhe in sein Leben einkehrte, konnte er wohl zusammenpacken.

Vor dem ShoppaSava standen vier Feuerwehrautos, als Lorimer vorbeifuhr, und eine Schar von Neugierigen hatte sich gesammelt. Ein paar Rauch- oder Dampfwolken stiegen vom rückwärtigen Teil des Gebäudes auf. Lorimer stellte den Toyota ab und lief zurück, um zu sehen, was passiert war. Über die Köpfe der Zuschauer warf er einen Blick auf die rauchgeschwärzten Glastüren. Feuerwehrleute mit Atemausrüstungen wie Tiefseetaucher liefen entspannt umher und tranken Mineralwasser aus

Zweiliterflaschen; Lorimer schloß daraus, daß das Schlimmste vorbei war. Ein Polizist erzählte ihm, das Feuer habe »fürchterlich gewütet« und so ziemlich alles vernichtet. Lorimer wanderte noch ein wenig umher, dann ging er zum Auto zurück, bemerkte aber schon nach ein paar Schritten, daß jemand vor ihm lief, der ihm vage bekannt vorkam – ein Mann in verblichenen Jeans und einer teuer aussehenden ockerfarbenen Wildlederjacke. Lorimer drückte sich in einen Ladeneingang und schaute der Gestalt nach. War es nun so weit gekommen, daß er sich wie ein Geheimagent verhalten mußte? War das der Preis? Ein Leben in permanenter Wachsamkeit? War es für immer vorbei, das sorglose Schlendern durch das eigene *quartier* der eigenen Stadt, mußte er von jetzt ab immer vorsichtig auf der Hut bleiben wie ein …?

Er sah den Mann in einen strahlend neuen BMW einsteigen – Kenneth Rintoul. Ohne Zweifel hatte er hier vor seinem Haus herumgeschnüffelt, um ihm eins auszuwischen, wenn der Moment günstig war. Nur ein kleiner, schmerzhafter Sonntagnachmittagshieb, genau das richtige für so einen Tag. Lorimer wartete, bis Rintoul abgefahren war, dann trat er mit betont forschen Schritten auf seinen Rosteimer zu. Das Handy klingelte, als er die Tür aufschloß. Es war Slobodan.

»Hallo, Milo, du hast nicht irgendwas von Torkie gehört, oder?«

»Nein. Warum?«

»Tja. Samstag ist er nach Hause gegangen, um irgendwas mit 'nem Anwalt zu klären, aber er ist nicht zurückgekommen. Ich hatte das Abendessen schon fertig, und er hat viele Aufträge verpaßt. Ich hab mich gefragt, ob er bei dir ist.«

»Nein, nichts von ihm gesehen. Hast du's bei ihm zu Hause versucht?«

»Da ist nur der Anrufbeantworter dran. Du weißt nicht zufällig, ob er Montag früh auftaucht, oder?«

»Ich bin nicht Torquils Aufpasser, Slobodan.«

»Schon gut, schon gut. Ich dachte nur, du gehörst vielleicht zu den Eingeweihten, das ist alles. Wir sehen uns dann morgen um drei.«

Lorimer hatte es vergessen. »Ach ja, richtig.«

»Das ist ein Jammer um unseren alten Dad, nicht wahr? Trotzdem, er hatte einen guten …«

Lorimer unterbrach ihn, bevor er zu seiner Predigt ansetzen konnte. »Wir sehen uns morgen.«

»Tschüs, Milo.«

Als er ins Haus trat und durch den Korridor zur Treppe ging, hörte er Jupiter kurz und dumpf hinter Lady Haighs Tür anschlagen. Eigentlich war Jupiter ein sehr stiller Hund, und Lorimer beschloß, diese Ausnahme als einen freundlich gemeinten Hundegruß zu deuten.

18. Kapitel

Der Montag begann nicht sonderlich vielversprechend, wie Lorimer befand; jemand hatte in der Nacht sein Auto gestohlen. In der Morgendämmerung stand er vor dem leeren Fleck, wo er es geparkt hatte, und fragte sich, wie idiotisch ein Dieb sein mußte, um eine solche Rostlaube zu entwenden, deren Ende so offensichtlich bevorstand. Was soll's, zur Hölle damit, sagte er sich, schließlich ist das Auto versichert – und marschierte durch die graue Düsternis in Richtung Victoria Station, um die U-Bahn zu nehmen.

Er saß in einem überheizten Abteil mit anderen Fahrgästen zusammengequetscht, versuchte seinen Widerwillen zu bezwingen und außerdem den Warnton einer undefinierbaren Besorgnis zu überhören, der in ihm bohrte wie ein Tinnitus. Und überdies vermißte er sein Auto schon jetzt, würde er es doch für die Beerdigung brauchen, für die lange Fahrt quer durch die Stadt bis Putney. Es ist doch nur ein Auto, sagte er sich, ein Transportmittel, und ein ziemlich unheilträchtiges dazu. Es gab schließlich noch andere Methoden, um seine Person von A nach B zu befördern. Nach allen Maßstäben weltlicher Ungerechtigkeit kam er immer noch glimpflich davon.

Das U-Bahn-Netz sorgte dafür, daß er zügig unter den Straßen der Stadt hinweg zu seinem Bestimmungsort gelangte und bereits fünfzehn Minuten vor dem Termin bei Hogg eintraf. Er wollte gerade die Treppe hinauf, als er Torquil von oben herunterkommen sah, mit Anzug und Krawatte und einem Bündel Akten unter dem Arm. Torquil bedeutete ihm verschwörerisch, noch einmal auf die Straße zu gehen, und schloß sich ihm an. Sie liefen ein paar Schritte, während Torquil achtlos nach jedem belegten Taxi winkte, das vorbeifuhr, als müßte es auf der Stelle seinen zahlenden Fahrgast ausspucken, um seiner imperialen Geste Folge zu leisten.

»Am Wochenende ist was Unglaubliches passiert«, erzählte Torquil. »Da sitze ich doch am Samstagabend und feilsche mit Binnie darum, die Kinder in eine billigere Schule zu schicken, als Simon anruft.«

»Sherriffmuir?«

»Ja. Und er bietet mir auf der Stelle einen Job an. Als Direktor für besondere Aufgaben bei Fortress Sure. Mein altes Gehalt, Sekretärin, Dienstwagen – einen besseren sogar –, als wäre nichts gewesen. TAXI!«

»Besondere Aufgaben? Was soll das heißen?«

»Weiß ich nicht so genau. Simon sagte was wie: unsere nächsten Schritte andenken, Parameter entwickeln für unseren Kurs, etwas in der Art. Mein Gott, schließlich ist es ein Job. Mit Pension, Zusatzrente und allem Drum und Dran. TAXI! Ich wußte doch, daß Simon mir Gerechtigkeit widerfahren läßt. War nur eine Frage der Zeit.«

»Na dann, gratuliere.«

»Danke. Ah, ich hab eins.« Ein schwarzes Taxi hatte auf der anderen Straßenseite gehalten und wartete auf eine Gelegenheit zum Wenden.

»Und noch was«, sagte er ein wenig selbstgefällig, »Binnie hat mir vergeben.«

»Warum?«

»Na ja, du weißt schon. Die Kinder, nehme ich an. Jedenfalls ist sie ein nobles Geschöpf. Und ich hab versprochen, brav zu bleiben.«

»Was wird mit Irina?«

Torquil wirkte für einen Augenblick verdutzt. »Oh, ich hab ihr gesagt, daß es nicht geht – für eine Weile. Sie hat es ganz gut verkraftet. Ich glaube, wir können die Sache sowieso einschlafen lassen. Es gibt ja jede Menge Fische im Teich.« Torquil öffnete die Taxitür. »Wir müssen irgendwann mal essen gehen.«

»Ich sage Lobby Bescheid, daß du nicht mehr kommst.«

»Lobby? O Gott, ja. Machst du das bitte für mich? Ich hab ihn in der Aufregung ganz vergessen. Sag ihm, ich kriege hier weniger Geld, das wird ihn zum Lachen bringen. Aber es ist doch wahr. Mein Beileid übrigens für deinen Vater.«

Lorimer schloß die Tür mit einem herzhaften Knall und sah Torquil in der Tasche nach seinen Zigaretten wühlen, während er dem Fahrer das Ziel nannte. Lorimer machte sich nicht die Mühe, ihm nachzuwinken, und Torquil machte sich nicht die Mühe, ihm noch einen Blick zuzuwerfen.

Lorimer sprang die Kiefernholztreppe hinauf und nahm Kurs auf Rajivs Schalter, um ihm den Autodiebstahl zu melden, aber Rajiv schnitt ihm das Wort ab, tippte sich an die Nase und wies nach oben. »Mr. Hogg hat schon dreimal gefragt, ob du gekommen bist.«

Also ging Lorimer sofort hoch. Da Janice nicht zu sehen war, klopfte er an Hoggs Tür.

»Wer ist da?«

»Lorimer, Mr. Hogg.«

Hogg warf eine zusammengerollte Zeitung nach ihm, als er eintrat. Die Zeitung prallte von seiner Brust ab und klatschte auf den Teppich. Es war die *Financial Times.* Lorimers Blick wurde sofort von der zweiten Schlagzeile eingefangen. »Immobiliengigant schluckt Gale-Harlequin. Racine Investments zahlt 380 Millionen«. Er überflog den Artikel: »Aktien zum Stückpreis von 435p aufgekauft ... Gewaltige Gewinnmitnahme bei Investoren.« Es folgte eine Liste von Investoren: zwei Fondsverwalter, ein berühmter amerikanischer Immobilienspekulant und Arbitrageur und eine Reihe von Namen, die Lorimer nicht kannte. Hogg stand, die Hände in die Hüften gestemmt, breitbeinig da wie ein Kapitän auf dem schaukelnden Achterdeck und schaute Lorimer beim Lesen zu.

»Wieviel haben Sie kassiert?« fragte Hogg leise und mit giftiger Stimme. »Aktienoptionen oder Bargeld?«

»Ich weiß nicht, wovon Sie reden.«

»Sie müssen denken, ich bin eine blutjunge, naive Novizin aus dem hinterletzten Bergkloster hundert Meilen von der nächsten ...« Seinem Vergleich ging die Luft aus. »Daß ich nicht lache, Sie Abzocker.«

»Mr. Hogg ...«

»Jetzt weiß ich, warum die Regulierung so glatt lief. Keiner wollte das Boot zum Schaukeln bringen, wo diese Sache schon angeschoben war.«

Lorimer mußte einräumen, daß an dieser Vermutung etwas dran war. »Ich habe eine normale Regulierung vorgenommen, schlicht und einfach.«

»Und Sie sind gefeuert, schlicht und einfach.«

Lorimer stutzte. »Aus welchem Grund?«

»Nicht vertrauenswürdig.«

»Und wieso nicht?«

»Wo soll ich da anfangen? Sie stehen im Verdacht, jedes ekelhafte, schmierige, korrupte Ding gedreht zu haben, das man nur drehen kann, Freundchen, und ich kann es mir nicht leisten, einen, der unter diesem Verdacht steht, auch nur eine Sekunde in meinem Team zu dulden. Also packen Sie verdammt noch mal Ihre Plünnen, Wertester. Sie sind entlassen, auf der Stelle.« Und tatsächlich lächelte er. »Autoschlüssel!« Er hielt die breite Hand auf.

Lorimer gab ihm die Schlüssel. »Übrigens, das Auto ist mir heute morgen gestohlen worden.«

»Nein. Wir haben es abgeholt. Die Lackierung wird Ihnen in Rechnung gestellt. Janice!«

Janice lugte nervös durch die Tür.

»Bringen Sie Mr. Black zu seinem Büro, lassen Sie ihn seine persönlichen Sachen einpacken und schließen Sie die Tür ab. Er darf auf keinen Fall auch nur eine Sekunde aus den Augen gelassen werden oder telefonieren.« Er schob Lorimer die Hand hin. »Auf Wiedersehen, Lorimer. Es hat Spaß gemacht.«

Wenigstens konnte sich Lorimer zugute halten, wie er sich später tröstete, daß er Hoggs Hand nicht geschüttelt hatte. Er hatte nur gesagt: »Sie machen einen gewaltigen Fehler. Das werden Sie noch bedauern.« Er versuchte, das Beben aus seiner Stimme fernzuhalten, und machte auf dem Absatz kehrt. Seine Rückenmuskeln krampften sich zusammen, doch es gelang ihm ein leidlicher Abgang.

201. EIN ALTER WITZ. Hogg hat mir diesen Witz mehr als einmal erzählt, es ist einer seiner Lieblingswitze. Ein Mann geht in eine Sandwich-Bar und sagt: »Ich möchte gern ein Putensandwich.« Der Typ hinter der Theke sagt: »Wir haben keine Pute.« – »Okay«, sagt der Mann, »dann nehme ich Huhn.« Der Typ hinter der Theke darauf: »Hören Sie mal, wenn wir Huhn hätten, hätten Sie auch Ihr Putensandwich kriegen können.«

Seit Hogg mir den Witz erzählt hat, beunruhigt er mich in übertriebener Weise, als würde er eine tiefe Erkenntnis über die Wahrnehmung, über die Wahrheit, über die Welt und unseren Umgang mit ihr enthalten. Irgend etwas an diesem alten Witz verstört mich. Was Hogg betraf, er brachte kaum die Worte heraus vor Lachen.

Das Buch der Verklärung

Lorimer stellte den Karton mit seinen persönlichen Sachen auf dem Korridortisch ab und legte die Hand auf die Wölbung des griechischen Helms. Das Metall war kühl und angenehm rauh unter seiner heißen Handfläche. Gib mir Kraft, dachte er. Er überprüfte seine Gefühle, kam aber zu keinem konkreten Resultat: eine vage Empörung, eine vage Angst vor der Zukunft und seltsamerweise eine vage Erleichterung.

Auf dem Anrufbeantworter hörte er eine Nachricht von Bram Wiles mit der Bitte um Rückruf.

»Haben Sie die Zeitungen von heute gelesen?« fragte Wiles ohne Einleitung.

»Ja. Was halten Sie davon?«

»Ein Teilhaber von Gale-Harlequin ist eine Firma mit dem Namen Ray Von TL – mit einem Anteil von über fünfzehn Prozent. Ihren Sitz hat sie in Panama. Wenn wir rauskriegen, wer sich dahinter verbirgt, lassen sich vielleicht einige Fragen beantworten.«

Lorimer stellte ein paar wilde Vermutungen an: Francis Home? Dirk van Meer? Er wäre nicht überrascht gewesen. Fünfzehn Prozent von Gale-Harlequin waren seit heute morgen plötzlich nette 48 Millionen wert. Ein hübsches Stück vom Kuchen, wenn man es besaß. Aber wie wirkte sich diese massive Absahnerei auf so unbedeutende Figuren wie Torquil Helvoir-Jayne und Lorimer Black aus?

»Haben Sie gewußt, daß Gale-Harlequin erst vor vierzehn Monaten an die Börse gegangen ist?« fragte Wiles.

»Nein, das wußte ich nicht. Könnte das etwas mit dieser Geschichte zu tun haben?«

»Würde ich doch annehmen. Sie nicht? In irgendeiner Phase.«

Wiles spekulierte über mögliche Komplotte und Absichten, ohne zu einem Ergebnis zu gelangen. Lorimer bat ihn, weiterzugraben, zu sehen, ob sich mehr über diese Firma Ray Von TL herausbekommen ließ. Das schien im Moment die einzige Spur zu sein. Und selbst dann, so gab Wiles zu bedenken, konnte alles völlig legal gelaufen sein, es gab viele Offshore-Investoren in britischen Unternehmen.

Nach dem Gespräch dachte Lorimer eine Weile angestrengt nach, und das mit ständig zunehmender Unruhe. Eine von Hoggs Maximen hatte sich in seinem Hinterkopf festgesetzt und ließ nicht locker: »Wir werfen mit der Maus nach der Speckseite.« Zum erstenmal glaubte er der Redensart einen perversen Sinn abzugewinnen, und er übersetzte sie nach dem Muster klassischer Hogg-Sprüche: In schwierigen Zeiten ist der Narr nützlicher als der Weise.

Er fand eine schwarze Krawatte im Winkel einer Schublade und band sie um – fraglos paßte sie zu seiner Stimmung. Vom Standpunkt befestigter Normalität – fester Job, feste Aussichten, feste Freundin – war er nun ins Ungewisse und ins Chaos abgetrieben: kein Job, kein Auto, keine Freundin, mittellos, vaterlos, schlaflos, liebelos ... Nicht gerade die idealen Lebensumstände, zumal er nun auch noch ins Krematorium zu einer Einäscherung fahren mußte.

Er ging den Lupus Crescent hinunter und fragte sich, ob seine Bankkarte noch funktionierte, als er von Marlobe herübergewinkt wurde. Er hatte ein reichhaltiges Angebot von Lilien hereinbekommen, und selbst in der stumpfen, kalten Winterluft war ihr Geruch von einer fast übelkeiterregenden Aufdringlichkeit, empfand Lorimer, so daß er in der Nase kribbelte und im Hals würgte. Lilien, die faulen – wie ging der Vers gleich? Lilien, Narzissen, Tulpen und die unvermeidlichen Nelken. Er kaufte einen Strauß blaß malvenfarbener Tulpen für den Sarg seines Vaters.

»Sie wollen wohl zu einer Beerdigung?« kombinierte Marlobe gutgelaunt und zeigte auf Lorimers Krawatte.

»Ja. Zur Beisetzung meines Vaters.«

»Ach wirklich? Mein Beileid. Verbrennung oder Beerdigung?«

»Eine Einäscherung.«

»Das will ich auch für mich. Verschmoren. Und dann die Asche verstreuen lassen.«

»Über den Nelkenfeldern der Zuidersee?«

»Wie bitte?«

»Nichts.«

»Apropos Feuer ...« Marlobe schob sein bleich-rötliches Gesicht nahe an Lorimer heran. »Haben Sie gesehen, was da bei ShoppaSava passiert ist? Total ausgebrannt. Vielleicht wird es sogar abgerissen.«

»Ein Jammer. Es war ein guter Supermarkt.« Feuer nimmt einen wichtigen Platz in meinem Leben ein, dachte Lorimer plötzlich. Wer war der Gott des Feuers? Prometheus? Zur Zeit schien er von einem übelwollenden Prometheus verfolgt zu werden, der ihm in allen proteischen Gestalten seine Macht bewies.

»Es ist ein böser, verfluchter Wind«, sagte Marlobe mit Grabesstimme wie ein volkstümlicher Prophet, dann grinste er und zeigte seine makellosen Zähne. »Nun hat sich's mit dem Blumenverkauf, was? Haha! Na was?«

Im Weggehen dachte Lorimer über den Brand nach: Nein, nicht mal Marlobe war so gewissenlos, einen ganzen Supermarkt abzubrennen. Wirklich nicht? Er stieß einen laut hörbaren Seufzer aus und beschloß darauf, daß ihn nach den Ereignissen der letzten Wochen nichts mehr überraschen konnte. Alle seine Erwartungen waren gründlich getäuscht worden, in Zukunft würde er in seinem Kopf immer ein wenig Raum für die abseitigsten Möglichkeiten lassen. Er schob seine Karte in den Bankautomaten, und zu seiner Freude streckte sich ihm eine Zunge aus appetitlich frischen Scheinen entgegen.

396. PROMETHEUS UND PANDORA. Prometheus, der Titan und Weltenschöpfer, auch als der »große Betrüger« und Kulturbringer bekannt. Brachte das Feuer auf die Erde und zu den Menschen. Raubte das Feuer von Zeus. Prometheus, der Feuerdieb, der Feuerbringer.

Um diese Wohltat aufzuwiegen, schuf Zeus die Pandora, stattete sie mit sagenhafter Schönheit und instinktiver List aus und sandte sie mit einer Büchse auf die Erde, in der alle Arten des Leidens und des Übels enthalten waren. Pandora lüftete den Deckel der Büchse, und diese Plagen entwichen, um die Menschheit für immer zu quälen und zu bestrafen. Prometheus bringt also den Segen des Feuers, und Zeus schickt Pandora mit ihrer unheilbringenden Büchse. Gegenwärtig gibt es in meinem Leben zuviel Prometheus und Pandora. Aber ich lasse mich vom Ende der Sage trösten. Auch die Hoffnung befand sich in der Büchse, und Pandora schloß den Deckel, bevor die Hoffnung entweichen konnte. Aber die Hoffnung schlummert irgendwo, sie muß sich aus der Büchse herausgestohlen haben. Prometheus und Pandora, das sind Götter nach meiner Art.

Der Buch der Verklärung

War man einmal durch die Tore eingetreten und dem Straßenverkehr entflohen, ähnelte Putney Vale, wie Lorimer feststellen konnte, keinem anderen Krematorium. Er war davon ausgegangen, daß irgendwann in den sechziger Jahren eine Architektenfirma den Exklusivvertrag für die Gestaltung aller dieser Anlagen erhalten hatte. Hier gab es aber keine geräumigen, gepflegten Grünflächen, keine sinnig plazierten Nadelhölzer und Lärchen, Sträucher und Blumenbeete, keine flachen Backsteinbauten, keine gesichtslosen Warteräume mit Arrangements aus verstaubten Kunstblumen.

Statt dessen war Putney Vale ein gigantischer, schäbiger, überbelegter, mit Baumgruppen durchsetzter Friedhof; er begann hinter einem Supermarkt, und eine finstere Allee aus zottigen Eiben führte zu einer neugotischen Miniaturkirche, in der man irgendwie die Verbrennungsanlage des Krematoriums untergebracht hatte. Bei all ihren Eigenheiten schienen diese Orte immer dieselbe Stimmung zu erzeugen – Reue, Kummer, Furcht, das ganze Register seelenzehrender *mementi mori* –, nur daß sie in Putney Vale grell verstärkt war: Die bedrückend düsteren dunkelgrünen Eibentunnel der überbordenden Nekropole schienen das Tageslicht aufzusaugen wie schwarze Löcher (Totenbäume. Warum hatten sie diese unglückseligen Gewächse gepflanzt? Warum nichts Hübscheres?) – und alles fügte sich zu dieser Atmosphäre der städtisch verwalteten Melancholie, der standardisierten, streng nach Zeitplan geregelten Trauerfeiern.

Aber wie um ihn eines Besseren zu belehren, schien seine Familie in vergnügter und ausgelassener Stimmung zu sein. Als er aus dem Taxi stieg und sich der Kapelle näherte, hörte er schon ein brüllendes Gelächter, das sich über das Gesumm angeregter Unterhaltung erhob. Die Fahrer von B. & B. hatten sich grüppchenweise auf dem Rasen vor der Kapelle versammelt, rauchten ihre Zigarette, die sie pietätvoll in der hohlen Hand hinter dem Rücken verbargen, und wahrten gebührenden Abstand zum engeren Kreis der Familie Bloçj. Er sah Trevor eins-fünf, Mohammed, Dave, Winston, Trevor zwei-neun und ein paar andere, die er nicht kannte. Sie begrüßten ihn überschwenglich. »Milo! He, Milo! Du siehst aber gut aus, Milo!«

Seine Familie hatte sich vor dem Spitzbogenportal versammelt und wartete auf ihren Termin: Die Großmutter und die Mutter, Slobodan, Monika, Komelia, Drava und Klein Mercedes – alle sahen schicker aus als sonst und trugen neue Sachen, die Lorimer noch nie an ihnen gesehen hatte; auffälliges Make-up und gepflegte Frisuren stachen ihm ins Auge. Slobodan trug eine orangefarbene Krawatte, sein Pferdeschwänzchen war zu einem nüchternen Knoten geschnürt, und Mercy kam Lorimer entgegengerannt, um ihm ihre neuen Schuhe mit den vielen glänzenden Silberschnallen zu zeigen.

Slobodan umarmte ihn – in seiner neuen Rolle als Familienoberhaupt, wie Lorimer mutmaßte –, tätschelte ihm den Rücken und klopfte ihn wiederholt auf die Schulter.

»Phil hält die Stellung«, sagte Slobodan, »nur für den Notfall. Dad hätte nicht gewollt, daß wir den Laden ganz dichtmachen.«

»Nein, sicher nicht.«

»Alles in Ordnung, Milo?« fragte Monika. »Siehst ein bißchen müde aus.«

»Das bin ich auch. Und ich finde Orte wie diesen unglaublich deprimierend.«

»Hört euch den an!« rief Monika gereizt, als hätte er mit seinem Erscheinen die allgemeine Stimmung verdorben. Er drehte sich um und küßte die anderen Schwestern, die Mutter, die Großmutter.

»Er fehlt mir so, Milo«, versicherte die Mutter lebhaft und mit glänzenden Augen. »Auch wo er kein Wort gesagt hat zehn Jahre. Er fehlt mir so im Haus.«

»Wir haben Sprichwort in Transnistria«, warf die Großmutter ein. »›Ein Katz kann haben neun Leben, ein Mann kann machen neun Fehler.‹ Bogdan ich glaube hat kein Fehler gemacht, nicht ein Fehler.«

Was für ein entsetzliches Sprichwort, dachte Lorimer und begann die großen Fehler seines Lebens zusammenzuzählen. Neun? Warum nur neun? Was kommt danach? Der Tod, wie bei der Katze? Und wie definiert man die Irrtümer, die Mißverständnisse, die Ausrutscher und Versehen, die mehr oder weniger als Fehler zu werten sind? Er grübelte noch immer über dieses beunruhigende Beispiel transnistrischer Folklore nach, als ein Mann im schwarzen Anzug verkündete, daß es soweit sei, und sie traten in die Kapelle ein.

Hier erst bemerkte Lorimer, daß er seine Tulpen im Taxi vergessen hatte, und der Gedanke bedrückte ihn über die Maßen. Er hatte sich nicht auf die Beisetzung seines Vaters konzentriert, er hatte über sich selbst und seine stetig zunehmenden Probleme nachgedacht. Vielleicht war das Fehler Nummer neun? Reiß dich zusammen, ermahnte er sich streng – das waren ja schon irrationale, panikartige Überlegungen!

Ein junger Pfarrer, der offenkundig nicht das geringste über Bogdan Bloçj wußte, zelebrierte die Totenfeier und gab ein paar müde Platitüden von sich. Alle senkten die Köpfe, als sich die Vorhänge langsam schlossen und den Sarg ins Dunkel hüllten – alle außer Lorimer, der den Blick bis zum Schluß auf das bleiche Eichenholzsechseck richtete. Der Organist begann eine hastige Fuge, und Lorimer spitzte die Ohren, um das Sausen der Maschinerie zu hören, das Schwirren der Treibriemen, das Klappen der Türen, das Fauchen der Flammen.

Wie eine Schafherde trottete die Trauergemeinde in die Kälte des wolkenverhangenen Nachmittags hinaus, wo man sich sogleich die rituelle Zigarette anzündete. Jetzt erst schien die Karnevalsstimmung ein wenig verflogen zu sein, man sprach mit gedämpfter Stimme und besah die cellophanumhüllten Trauerbuketts mit wissenschaftlicher Gründlichkeit, als könnten sie seltene, exotische Hybridformen und neuentdeckte Orchideensorten enthalten.

Zu Lorimers tiefer Bestürzung begann sein Handy in der Brusttasche zu krächzen wie ein hungriger Jungvogel. Alle Blicke richteten sich beeindruckt auf ihn, als wollten sie sagen: Seht nur, selbst hier muß sich Milo für Anrufe bereithalten – wie ein Chirurg, der auf das Eintreffen eines lebensrettenden Spenderorgans wartet. Er würgte das Handy aus der Brusttasche und ging ein wenig auf Abstand, um den Anruf entgegenzunehmen, den staunenden Kommentar von Trevor eins-fünf im Ohr: »Seht mal, der hat nie Pause. Einfach unglaublich.«

»Hallo?«

»Black?« Es war Hogg.

»Ja?«

»Bewegen Sie Ihren Arsch zur Ecke Pall Mall und St. James's Street, heute abend sechs Uhr. Gute Nachrichten.«

»Was soll das jetzt?«

»Seien Sie dort.«

Hogg legte auf, und Lorimer dachte: Höchst verwirrend, Verwicklungen über Verwicklungen. Hogg setzte schlicht voraus, daß er kommen würde, daß er, Lorimer, weiter nach seiner Pfeife tanzte. Einen Moment lang erwog er einen Akt der Aufsässigkeit – und entschied sich dagegen. Es war schwer, sich Hogg zu widersetzen, und Hogg wußte, daß er kommen würde, hatte es schlicht im Blut. Sie hatten zuviel gemeinsam durchlebt, als daß er sich jetzt weigern konnte, und es war noch zu früh dafür. Hogg hatte ihn nicht einfach hinkommandiert, er hatte von »guten Nachrichten« gesprochen, das war sein Lockmittel, seine Einladung, und für einen Hogg war es schon die sanfteste Form des Entgegenkommens, die man sich denken konnte. Natürlich mußte das, was George Hogg für eine »gute Nachricht« hielt, von anderen nicht genauso empfunden werden. Lorimer seufzte. Er spürte wieder die Ohnmacht und Unwissenheit des Zuschauers, der das Rennen nur bruchstückhaft von weitem sieht, ohne zu wissen, wer gewinnt und wer verliert, er spürte das rauhe Kräftespiel von Gewalten, die er weder durchschaute noch billigte, die ihn aber beutelten und sein Schicksal bestimmten.

Die Tür des Hauses Lupus Crescent 11 stand zu Lorimers Überraschung offen, und im Korridor fand er einen schlaksigen, mit geröteten Augen vor sich hin schniefenden Rastafarian vor, in dem er gleich darauf Nigel erkannte, Lady Haighs Mulch- und Kompostlieferanten.

Er wollte gerade fragen, was passiert war, als die Wohnungstür von Lady Haigh aufging und zwei Träger erschienen, die eine flache Rollbahre mit einem gummierten Plastiksack mit Reißverschluß um die Ecke manövrierten. Mit professionellen Trauermienen schoben sie ihre Last durch die Haustür nach draußen.

»Mein Gott«, sagte Lorimer. »Lady Haigh.«

»Sie hat nicht auf die Klingel reagiert«, sagte Nigel. »Da bin ich durch das Haus von Bekannten nach hinten und über den Zaun gesprungen, ich sah sie in der Küche auf dem Fußboden liegen. Dann bin ich mit Gewalt rein, eine Telefonnummer lag neben dem Telefon, und ich hab diesen Gentleman angerufen.« Seine Stimme war ruhig, aber in seinen Augen glitzerten Tränen, und er schniefte erneut.

Lorimer drehte sich um und erblickte einen gehetzt wirkenden Mittfünfziger mit Halbglatze, der gerade aus der Wohnungstür trat. Ein schütterer Haarschopf ragte steil in die Höhe, und einzelne Härchen wehten im Luftzug, wenn er sich bewegte. Als er merkte, daß Lorimer seine Haare betrachtete, hörte er auf, sich die Hände am Taschentuch abzuwischen, und strich sich über die Platte.

Lorimer stellte sich vor. »Was für ein furchtbarer Schock«,

sagte er mit voller Aufrichtigkeit. »Ich wohne oben. Ich komme gerade von der Beerdigung meines Vaters. Ich kann es nicht glauben.«

Der gehetzte Mann schien nicht willens, noch weitere deprimierende Mitteilungen von Lorimer zu empfangen, und blickte nervös auf die Uhr. »Ich bin Godfrey Durrell«, sagte er, »Cecilias Neffe.«

Cecilia? Das war eine Neuigkeit. Und der Neffe auch. Er empfand Trauer, daß Lady Haigh gestorben war, aber er erinnerte sich auch, daß sie schon lange auf diese Erlösung gewartet hatte. Ein Quentchen Schuldgefühl mischte sich in seinen Schock und seine Trauer: Wann hatte er sie das letzte Mal gesehen oder an ihr Wohlergehen gedacht? War es das Gespräch über die Ernährung des Hundes gewesen, das nun schon wie lange zurücklag? Stunden, Tage oder Wochen? Sein Leben schien sich nicht um die vorgegebenen Zeitmaße zu scheren, Stunden dauerten Tage, Tage schrumpften zu Minuten. Plötzlich fiel ihm Jupiters untypisches und ungewohntes Bellen ein, das er – großer Gott! – am Samstag gehört hatte, und er fragte sich, ob es sich um Jupiters Versuch gehandelt hatte, einem durchdringenden Klagegeheul über der Leiche seiner Herrin wenigstens nahezukommen …

»Ich bin froh, daß Sie jetzt hier sind«, sagte Durrell. »Ich muß zurück.«

»Nämlich wohin?« glaubte sich Lorimer berechtigt zu fragen.

»Ich bin Radiologe im Demarco-Westminster-Krankenhaus. Ich hab das Wartezimmer voller Patienten.« Er ging in die Wohnung und kam gleich zurück, gebückt, die Hand auf dem massigen Hundenacken.

»Ich denke, er gehört jetzt Ihnen«, sagte er. »Überall in der Wohnung kleben Zettel, daß der Hund an Sie übergeben werden soll im Falle des … und so weiter.«

»Ja. Ich habe versprochen, daß …«

Durrell schloß die Tür ab. »Ich komme wieder, sobald ich kann«, sagte er, öffnete die Brieftasche und überreichte Lorimer seine Karte. Er schüttelte Nigel die Hand, dankte ihm, glättete noch einmal mit nervöser Geste sein Haar und verschwand.

Jupiter nahm gemächlich neben Lorimer Platz und ließ durstig die Zunge hängen. Wahrscheinlich braucht er was zu saufen nach all den Stunden des Wartens, dachte Lorimer.

»Ich hab mir schon Sorgen um den Hund gemacht«, sagte Nigel. »Bin richtig froh, daß du ihn nimmst.«

»Ein netter alter Hund«, sagte Lorimer, bückte sich und tätschelte ihn mit Besitzergebärde. »Die arme Lady Haigh.«

»Sie war 'ne wunderbare Lady, die Cecilia«, sagte Nigel mit Rührung.

»Hast du Cecilia zu ihr gesagt?« fragte Lorimer, der an seine Zurückhaltung dachte und eine diffuse Eifersuchtsregung spürte, daß Nigel auf so vertrautem Fuß mit ihr gestanden hatte.

»Klar. Ich hab ihr oft das Lied vorgesungen, weißt du: ›*Cecilia, you're breaking my heart, you're shaking my confidence daily.*‹« Nigels heiserer Bariton brachte die Melodie angenehm zum Tragen. »Sie hat dann immer gelacht.«

»Sie war eine tolle alte Dame.«

»Aber sie hatte das Leben satt. Sie wollte sterben, Mann.«

»Wollen wir das nicht alle?«

Nigel lachte und hob die Hand. Impulsiv setzte Lorimer seine Hand in Schulterhöhe dagegen, und ihre Daumen hakten sich ineinander – wie zwei römische Krieger, die an der Grenze einer fernen Provinz voneinander Abschied nehmen.

»Das greift einem ans Gemüt, Mann«, sagte Nigel kopfschüttelnd. »Du willst jemanden besuchen und findest eine Leiche.«

»Ich weiß genau, was du meinst«, bestätigte Lorimer.

»Na komm, Jupiter«, sagte er, als Nigel davongeschlendert war, und stieg die Treppe hinauf. Der alte Hund folgte gehorsam. Lorimer stellte ihm eine Schüssel mit Wasser hin, über die sich der Hund schlabbernd und platschend hermachte. Dicke Tropfen spritzten auf den Teppich, also holte Lorimer eine Zeitung und schob sie unter den Napf. Das Leben mit Jupiter, Lektion eins. Wahrscheinlich brauchte er Futter, Auslauf, Gassi … Lorimer sah auf die Uhr: zehn nach fünf. Nein, er mußte wohl diese Verabredung einhalten, wenn er Hoggs Zorn nicht weiter schüren wollte. Zwei Todesfälle in zwei Tagen, das waren neue und unbekannte Belastungen und Beschwernisse. Das Leben nahm ihn hart ran und täuschte alle seine Erwartungen.

213. DER FERNSEHAPPARAT. Du kannst dich immer noch nicht erinnern, was für eine Sendung sie sahen, du hast nur das hirnlose Geschnatter des Apparats gehört, sogar noch lauter, als du nackt mitten in den Gemeinschaftsraum hineinmarschiertest und das Gebrüll verebbte. Dann begannen die Pfiffe und das Gewieher, das Kreischen und Prusten, mit den Fingern zeigten sie auf deine Blöße. Und du selbst hast auch gebrüllt, gepackt vom Zorn, von deiner kochenden, grenzenlosen Wut, hast brüllend Ruhe gefordert, Rücksichtnahme auf die Belange anderer und auf ihre vernünftigen Bedürfnisse.

Also hast du den Fernsehapparat scheinbar mühelos von seinem hohen Sockel genommen und über den Kopf gehoben, dann zu Boden geschmettert, dich den hundert Augenpaaren zugewandt und etwas – was? – geschrien. Im Raum war es still, alles wurde rot, grün, gelb, blau und wieder rot, sie fielen über dich her, ein paar ungezielte Hiebe trafen dich, als du um dich schlugst, um dich zu schützen, aber bald lagst du am Boden, irgendeine Jacke war um deinen Schoß gewickelt, der Gestank von verbranntem Staub und verschmortem Kunststoff aus dem zertrümmerten Apparat stach dir in die Nase, und dann war da ein Wort, das sich einen Weg durch deine vielfarbig gepeinigte Hirnrinde bahnte: »Polizei, Polizei, Polizei.«

Du hast das Richtige getan, das einzig Mögliche. Es war richtig, wegzugehen, das College zu verlassen, Joyce McKimmie zu verlassen (wo stecken sie jetzt, die scheue Joyce und ihr kleiner Zane?), es war richtig, nie wieder zu dem Haus in Croy zurückzukehren, obwohl du in deiner mörderischen Wut das Verlangen spürtest, Sinbad Fingle-

ton noch ein einziges Mal wiederzusehen und ihm einen beträchtlichen Schaden zuzufügen.

Keinem sollte zugemutet werden, mit dieser Art von Scham und Demütigung zu leben, mit dieser unerträglichen Art von Berühmtheit, und erst recht nicht dir. Du hast das Richtige getan, als du nach Süden gingst und deinen Vater batest, dir einen sicheren und völlig anspruchslosen Job zu beschaffen. Du hast das Richtige getan, die Schande und die Demütigung zusammen mit dem Namen Milomre Blocj zurückzulassen und als Lorimer Black von vorn anzufangen.

Das Buch der Verklärung

19. Kapitel

Lorimer stand bibbernd an der Ecke Pall Mall und St. James's Street und schaute seinen Atemwolken zu, die fast bewegungslos vor ihm im trübgelben Licht der Straßenlampen standen, als hätten sie keine Lust, zu verfliegen, als warteten sie darauf, in seine warmen Lungen zurückgeatmet zu werden. Alle Anzeichen deuteten auf eine weitere Frostnacht hin, aber wenigstens mußte er sich keine Sorgen mehr um die Auswirkungen das Frosts auf seine Toyota-Karosse machen. Kleine Freuden, dankbar empfangen. Er blies in die hohlen Hände und stampfte mit den Füßen. Es war zehn nach sechs. Fünf Minuten würde er noch warten, dann …

Auf der anderen Straßenseite hielt ein großer Wagen, und ein Mann in dunkelblauem Mantel stieg aus und verschwand im Treppenaufgang eines Gebäudes.

»Mr. Black?«

Lorimer drehte sich um und stand vor einem winzigen korpulenten Mann, der ihn gewinnend anlächelte. Er wirkte kopflastig, schien vor allem aus Brust und Bauch zu bestehen und erweckte den Eindruck, als würde er gleich vornüberkippen, immer am Rande der Balance. Er hatte dickes, sandfarbenes Haar, das er zu einer säuberlichen Rock-'n'-Roll-Tolle frisiert hatte. Er mußte über Sechzig sein, wie sein abgelebtes und verwittertes Gesicht trotz der Apfelbäckchen und der molligen Kinnpartie verriet. Der grüne Lodenmantel und der braune Schlapphut, den er zur Begrüßung gelüftet hatte, wirkten merkwürdig fehl am Platze, als wären sie nur ausgeborgt.

»Man friert sich ja glatt den Arsch ab«, rief der kleine Mann fröhlich. Er setzte den Hut wieder auf und streckte Lorimer die Hand entgegen. »Dirk van Meer.«

»Oh, guten Tag«, sagte Lorimer höchst überrascht. Seltsamerweise klang der Akzent eher irisch als südafrikanisch.

»Ich wollte persönlich mit Ihnen sprechen, um die Bedeutung dessen, was ich zu sagen habe, zu unterstreichen. Ich wollte keinen Zwischenträger, verstehen Sie?«

»Oh.«

»Meine Partner haben schon mit Mr. Wiles gesprochen, und er hat sich äußerst kooperativ gezeigt.«

»Ich kann nur wiederholen, was ich ständig sage: Ich verstehe einfach nicht, was hier läuft.«

»Aber Sie sind doch ein intelligenter Bursche, der zwei und zwei zusammenzählen kann. Ich wollte mit Ihnen sprechen, bevor Sie herausbekommen, daß die Summe vier beträgt.«

»Hören Sie, Mr. Wiles konnte mir nichts dazu mitteilen.«

»Das Problem ist, Mr. Black, daß Sie mehr wissen, als Sie glauben. Schieres Pech.«

Sheer Achimota, dachte Lorimer, der machtvolle Juju-Zauber.

»Es ist alles schrecklich einfach«, fuhr van Meer mit liebenswürdiger Stimme fort. »Was ich von Ihnen verlange, ist nichts weiter als Ihr Schweigen und Ihr Versprechen, auch in Zukunft zu schweigen.«

»Sie haben mein Versprechen«, erwiderte Lorimer auf der Stelle. »Ohne jede Einschränkung.«

Lorimer hätte ihm alles versprochen, was er wollte. Daß Stimme und Auftreten dieses fröhlich lächelnden Gnoms nicht die geringste Drohung enthielten, ließ auf eine erschreckende und ehrfurchtgebietende Machtfülle schließen.

»Gut«, sagte van Meer, nahm ihn beim Arm und wies in die St. James's Street. Er zeigte auf ein Gebäude. »Kennen Sie diesen Club dort? Ja dort. Gehen Sie hinein und fragen Sie nach Sir Simon Sherriffmuir. Er hat interessante Neuigkeiten für Sie.« Er gab Lorimer einen sanften Schlag an die Schulter. »Ich bin ja so froh, daß wir uns verstehen. Also: Schlößchen vorm Mund!« Er drückte theatralisch den Finger auf die Lippen und entfernte sich mit einer letzten Bemerkung, ohne auch nur den Hauch einer Drohung in seine Stimme zu legen: »Ich nehme Sie bei Ihrem uneingeschränkten Versprechen, Mr. Black. Seien Sie dessen gewiß.«

Diesen Satz fand Lorimer abscheulicher und schreckenerregender als ein aufgeklapptes Rasiermesser, das ihm jemand an die Gurgel hielt. Van Meer gab einen kurzatmigen Gluckser von sich, winkte ihm zu und bog in den Pall Mall ein.

Der uniformierte Portier nahm Lorimers Mantel und wies ihn mit eleganter Geste zur Bar.

»Dort werden Sie Sir Simon finden, Sir.«

Lorimer schaute sich um. Es war früh am Abend und noch still. Durch eine Tür blickte er in einen großen Raum mit sesselumstandenen polierten Tischen und großflächigen Routineporträts aus dem 19. Jahrhundert. Auf dem Weg zur Bar sah er billardgrün bespannte Hinweistafeln und Personal, das eifrig und lautlos hin und her huschte. Die Atmosphäre erinnerte ihn eher an eine dienstliche Einrichtung als an einen Club – so jedenfalls stellte er sich die Offiziersmesse eines Ehrenregiments in Friedenszeiten vor oder die Tagungsräume einer ehrwürdigen philanthropischen Gesellschaft. Ihn befiel das deutliche und entmutigende Gefühl, hier fehl am Platz zu sein.

Sir Simon stand an der Bar, Hogg neben ihm, in düsteres Grau gekleidet, das Haar mit Pomade nach hinten gekämmt. Ein geschniegelter Hogg, wie er ihn noch nicht kannte, in gewisser Weise noch bedrohlicher, der ihn nun ohne ein Lächeln begrüßte, obwohl Sir Simon die Freundlichkeit selbst war, Lorimer nach seinen Getränkewünschen befragte, ihm einen besonderen Scotch empfahl (nicht ohne seinen Vorschlag mit einer knappen, wohlpointierten Anekdote zu untermauern) und ihn dann zu einem Ecktisch steuerte, wo sich die drei in zernarbten Ledersesseln niederließen. Hogg entzündete eine seiner filterlosen Zigaretten, Sir Simon bot von seinen kleinen schwarzen Zigarillos an (und wurde mit höflicher Ablehnung beschieden). Die Tabakröllchen glommen auf, der Rauch beherrschte bald die Atmosphäre, man tauschte sich über die Unbilden der Witterung und das deprimierende Ausbleiben aller Anzeichen eines nahenden Frühlings aus. Lorimer stimmte dem Gesagten gehorsam zu und wartete.

»Sie haben mit Dirk van Meer gesprochen«, stellte Sir Simon endlich fest. »Es war sein ausdrücklicher Wunsch, Sie zu treffen.«

»Der Grund dafür ist mir unerklärlich.«

»Haben Sie denn verstanden, worum er – und wir – Sie bitten wollen?«

»Diskretion?«

»Genau. Absolute Diskretion.«

Lorimer konnte sich einen Seitenblick auf Hogg nicht verkneifen, der mit gekreuzten Beinen im Sessel lehnte und gelassen an seiner Zigarette zog.

Sir Simon bemerkte Lorimers Blick. »George ist völlig auf dem laufenden. Es gibt da keine offenen Fragen. Das ist doch völlig klar, oder, George?«

»Klar wie Kloßbrühe«, sagte Hogg.

Sir Simon lächelte. »Wir möchten, daß Sie zur GGH zurückkehren, Lorimer. Aber nicht jetzt, vielleicht in einem Jahr etwa.«

»Darf ich fragen, warum?«

»Weil Sie in Ungnade sind«, fuhr Hogg ungeduldig dazwischen. »Sie mußten gehen.«

»Ja, Sie hätten niemals zu Boomslang gehen dürfen«, sagte Sherriffmuir tadelnd, aber nicht ohne Mitgefühl. »Damit haben Sie sich unmöglich gemacht, besonders im Hinblick auf Dirk.«

Lorimer war verblüfft. »Hören Sie, ich habe nur versucht …«

»Kommen Sie uns nicht auf die Tour, Black.« Hogg fand allmählich zu seiner alten Aggressivität zurück. »Sie haben nach Schmutz gewühlt. Um Ihre eigene Haut zu retten.«

»Ich habe nur nach Erklärungen gesucht, entsprechend Ihrem Auftrag.«

»Das ist ja ein hanebüchener Blödsinn!«

»Sagen wir es so«, fuhr Sir Simon dazwischen, »wir müssen klar deutlich machen, daß wir unsere Konsequenzen ziehen. Für alle Fälle. Es ist da zu *ernstlichen* Unregelmäßigkeiten gekommen.«

»Nicht von meiner Seite«, sagte Lorimer mit Nachdruck. »Ich habe nur meine Arbeit gemacht.«

»Wenn ich diese Ausrede schon höre, geht mir das Messer in der Tasche auf«, zischte Hogg.

»Wir wissen, daß Sie dieser Überzeugung sind«, sagte Sir Simon besänftigend, »aber das ist den … anderen, den Außenstehenden auf keine Weise zu vermitteln. Und deshalb ist es besser, Sie gehen zu lassen.«

Und was soll aus mir werden? fragte sich Lorimer sarkastisch. Ein kleiner Krauter, ein mieser Schieber, ein durchgedrehter Börsenmakler? Wohl eher ein gestrandeter Schadensregulierer. Daß es nicht mit rechten Dingen zuging, war offensichtlich, es stank zum Himmel – zusammen mit dem blauen Qualm aus Sir Simons übelriechendem Stumpen. Allerdings ist es hier zu ernstlichen Unregelmäßigkeiten gekommen, dachte Lorimer, zu besonders gerissenen und besonders profitablen Schurkereien, deren Ruchbarwerden diese mächtigen Männer nun in einen Zustand ruhiger Entschlossenheit versetzte. Er fragte sich, ob er jemals herausbekommen würde, was wirklich hinter der Fedora-Palace-Affäre steckte und welche Summen die Beteiligten kassiert hatten, doch er zweifelte sehr daran.

»Dann muß ich also als Sündenbock herhalten?«

»So grob würde ich das nicht formulieren.«

»Man könnte auch sagen, ich bin Ihre Versicherung.«

»Das ist ein unpassender Vergleich.«

»Und was ist mit Torquil?« beharrte Lorimer. »Er hat doch die Sache in erster Linie verpfuscht.«

»Torquil ist Sir Simons Patensohn«, sagte Hogg, als würde sich dadurch jede weitere Frage erübrigen.

»Für Torquil ist es das beste, wenn er zu Fortress Sure zurückgeht, wo ich ihn im Auge behalten kann«, sagte Sir Simon und hob den Finger, um beim Barkeeper eine neue Runde zu bestellen. »Es tut mir ja leid, daß es Sie trifft, Lorimer, aber es ist besser so, aufs ganze gesehen.« Die Drinks wurden nachgefüllt, und Sir Simon hob das Glas, um den rauchigen Bernsteinton seines Whiskys vor dem Hintergrund des gedämpften Lampenlichts zu begutachten.

Besser für wen? dachte Lorimer.

Sir Simon schnupperte an seinem Glas, dann nippte er – offensichtlich war er milde gestimmt. »In unserer Sphäre bleibt der Dreck nicht hängen«, sagte er nachdenklich, fast im Ton freudiger Überraschung. »Das ist einer der großen Vorzüge dieses Ortes hier. Kommen Sie in einem Jahr wieder, und Sie werden feststellen, daß alle ein kurzes Gedächtnis haben.«

Dreck bleibt nicht hängen? Plötzlich war er derjenige, an dem der Dreck klebte. Er wurde gefeuert und mit einem vagen Versprechen abgespeist, das ihm die bittere Pille versüßen sollte.

»Nur eine Sache möchte ich von Ihnen als Gegenleistung für meine … Diskretion«, sagte Lorimer und merkte schon, daß Hogg wütend ruckte.

»Sie haben hier nicht das Recht, irgendwelche …«

»Nur einen Anruf«, sagte Lorimer, zog einen Zettel aus der Tasche und schrieb die Angaben auf eine Papierserviette. »Ich möchte, daß Mr. Hogg diese Frau anruft, Mrs. Mary Vernon, und ihr persönlich versichert oder auf ihrem Anrufbeantworter hinterläßt, daß ich mit der Regulierung des Dupree-Schadens nichts zu tun hatte.«

»Sehen Sie da einen Sinn, George?« Sir Simon blickte Hogg fragend an.

Hogg nahm die Serviette von Lorimer entgegen. »Das ist so leicht wie Hühnerzählen«, sagte er, erhob sich, zog sich die Hose über den Bauch und marschierte davon.

Sir Simon Sherriffmuir lächelte Lorimer zu. »Wissen Sie was? Ich höre förmlich, wie es in Ihrem Kopf arbeitet, mein Guter. Das ist nicht von Vorteil. Kultivieren Sie doch eine gewisse Gelassenheit, einen gewissen *ennui*. Wenn sich ein scharfer Verstand wie der Ihre so grobschlächtig exponiert, dann führt das zu Irritationen in unserer Sphäre. Stellen Sie Ihr Licht unter einen ganzen Berg von Scheffeln, und Sie werden damit viel besser fahren. Das ist mein Rat.«

»Sie haben gut reden.«

»Aber natürlich hab ich das. Hören Sie auf zu grübeln, Lorimer, kümmern Sie sich nicht um die großen Zusammenhänge, versuchen Sie nicht, Erklärungen zu finden. Das war es, was George so beunruhigt hat. Weshalb er so ... zornig geworden ist. Jetzt hat er es verstanden, und jetzt ist er sogar noch reicher. Ein glücklicher Mann. Wenn ich Ihnen raten darf: Fahren Sie weg, machen Sie mal richtig Ferien. Laufen Sie Ski. Gehen Sie nach Australien, es soll dort herrlich sein, nach allem, was man so hört. Amüsieren Sie sich. Und in einem Jahr kommen Sie zurück und melden sich bei uns.« Sherriffmuir erhob sich bedächtig, das Treffen war vorbei. Lorimer gestattete sich einen anerkennenden Blick auf die exakte Taillierung des Jacketts, dessen Schnitt auf waghalsige Weise die Standardlänge überschritt.

»Es wird alles gut, Lorimer, es wird alles gut.«

Lorimer nahm Sir Simons leicht gespreizte Hand, spürte die latente Macht, die Festigkeit und das großzügig Zupackende seines Griffs, das felsenfeste Selbstvertrauen. Natürlich war das alles gelogen, aber doch schön. Eine Luxuslüge, das Werk eines meisterhaften Könners.

»Bis nächstes Jahr, Lorimer. Große Dinge erwarten uns.«

Im Korridor begegnete er Hogg, der zurückkam. Sie wichen einander aus.

»Ich hab es auf Band gesprochen«, sagte Hogg. »Alles erledigt.«

»Vielen Dank.«

Hogg kratzte sich die Wange. »Das wär's dann wohl, Lorimer.«

»Das wär's dann wohl, Mr. Hogg.«

»Was wollen Sie, Lorimer? Worauf sind Sie aus?«

»Nichts. Ich habe bekommen, was ich wollte.«

»Warum gucken Sie mich dann so an?«

»Wie denn?«

»Ich möchte Sie was fragen. Haben Sie irgendwem erzählt, daß ich eine amouröse Beziehung zu Felicia Pickersgill unterhalte?«

»Nein. Ist es denn so?«

»Ich dreh Stricke aus Ihren Gedärmen, wenn Sie mich belügen.«

»Ich lüge nicht.«

»Warum haben Sie das gemacht?«

»Was denn?«

»Wühlen, wühlen, wühlen. Wenn die Kraniche nach Süden fliegen, ruht der Gärtner auf dem Spaten aus.«

»Das könnte auch meine Großmutter gesagt haben.«

»Sie haben so etwas Feminines an sich. Hat Ihnen das schon mal einer gesagt? Sie sind ein hübscher junger Mann, Lorimer.«

»Et in arcadia ego.«

»Sie könnten es weit bringen. In jedem Beruf.«

»Ich hab das Angebot, bei einer Fischfarm einzusteigen.«

»Fischzucht? Das ist ja mal 'ne faszinierende Sache.«

»Forelle und Lachs.«

»Heilbutt und Goldbrasse.«

»Kabeljau und Seezunge.«

»Der Heringskönig. Ein herrlicher Fisch.«

»Wenn ich dort anfange, lad ich Sie ein. Die Farm ist in Guildford.«

»Ich fürchte, nach Surrey bringen mich keine zehn Pferde. Sussex dagegen, das ist eine annehmbare Grafschaft.«

»Dann werd ich mal gehen, Mr. Hogg.«

Hoggs Gesicht versteinerte, seine Nasenflügel bebten, und

dann, nach einer Weile, streckte er die Hand aus. Lorimer nahm die Hand – Hogg hatte einen eisernen Griff, und Lorimer spürte seine Knöchel knacken.

»Schicken Sie mir eine Weihnachtskarte. Ich schicke Ihnen auch eine. Das ist dann unser Signal.«

»Ganz bestimmt, Mr. Hogg.«

Hogg wandte sich ab und drehte sich ruckartig noch einmal um. »Der Wandel liegt in der Natur der Dinge, Lorimer.«

»Die Täuschung der Erwartungen, Mr. Hogg.«

»Bist ein guter Junge.«

»Na, dann tschüs.«

»Ich halte Ihnen den Stuhl warm«, sagte Hogg mit Bedacht. »Aber spielen Sie nicht verrückt. Alles klar?«

Er stakste in seinem schwankenden Seemannsgang davon, ein Steward verharrte höflich, um ihn passieren zu lassen. Lorimer sah, daß Hogg sich in der Bar großspurig setzte und einen Zigarillo von Sherriffmuir nahm.

Am Fuß der Treppe zum Club wartete Kenneth Rintoul auf ihn. Rintoul, im dünnen schwarzen Ledermantel und mit wollener Kappe, wurde vom diffusen Licht der Portallampen angestrahlt.

»Mr. Black!«

Lorimer hob zur Abwehr die Fäuste und hoffte, damit so bedrohlich zu wirken, als hätte er seine Jugend in Jiu-Jitsu-Vereinen verbracht.

»Hüten Sie sich, Rintoul. Ich hab hier Freunde.«

»Ich weiß. Ein Mr. Hogg hat mir gesagt, daß ich hier auf Sie warten soll.«

Lorimer blickte über die Schulter in der Erwartung, daß Hogg und Sherriffmuir oben ihre Nasen an den Scheiben plattdrückten – oder irgendein versteckter *paparazzo* diese Begegnung als Beweis festhielt. Beweise waren ihre Versicherung.

Lorimer ging eilig die Straße hinunter in Richtung St. James's Palace, aber Rintoul blieb ohne Anstrengung neben ihm.

»Ich möchte mich entschuldigen, Mr. Black. Ich will Ihnen danken.«

»Ach, wirklich?«

»Die Klage wurde zurückgezogen. Mr. Hogg sagte, das hätte ich Ihnen zu verdanken.«

»Nicht der Rede wert.« Lorimer war in dringliche Überlegungen vertieft.

»Und ich will mich persönlich entschuldigen für meine, äh, Bemerkungen und Handlungen. Die Anrufe und so weiter. Ich war aus dem Gleis.«

»Kein Problem.«

»Ich kann Ihnen gar nicht sagen, was das für mich bedeutet.« Rintoul hatte Lorimers Hand ergriffen und schüttelte sie energisch. Lorimer zog sie höflich zurück, überzeugt, daß diese Dankbarkeitsbezeugung auf Film festgehalten wurde. »Was das für mich und Deano bedeutet.«

»Darf ich Ihnen ein paar Fragen stellen?«

»Schießen Sie los, Mr. Black.«

»Ich frage nur aus Neugier, um ein paar lose Enden zusammenzukriegen«, erklärte Lorimer. »Sind bei Ihnen in Büronähe irgendwelche Autos beschädigt worden?«

»Ist ja komisch, daß Sie darauf kommen«, sagte Rintoul. »Sie haben doch den Teppichgroßhandel unter unserem Büro gesehen. Dem Besitzer wurde gerade vor ein paar Tagen der Mercedes zertrümmert. Totalschaden. Das passiert überall, Mr. Black. Jugendgangs, Junkies, Ökopiraten. Die geben den Autos die Schuld für ihre Probleme.«

»Aber Sie waren es, der mein Auto in Brand gesteckt hat.«

»Ich muß zugeben, es war Deano. Er war völlig außer sich, kaum noch zu bändigen.«

»Und noch etwas: Haben Sie BASTA mit Buchstaben aus Sand auf meine Motorhaube geschrieben? BASTA.«

»BASTA ... Das war ich nicht, ich schwöre es. Was soll das für einen Sinn haben, etwas mit Sand zu schreiben? Wenn Sie verstehen, was ich meine.«

»Scheint mir plausibel.«

Dann muß das eben ein Geheimnis bleiben, dachte Lorimer. Schließlich konnte nicht alles im Leben eine Erklärung finden. Hogg hätte das sicher auf seine Weise bestätigt – mit seiner Neigung, alle Erwartungen zu täuschen. Rintoul verabschiedete sich mit herzlichen Worten und bog in den Pall Mall ein, genau wie Dirk van Meer vor ihm – beschwingten Schrittes und munter erhobenen Hauptes. Lorimer sah ihn kurz stocken, dann den Widerschein eines Streichholzes an seiner Kappe. Für Kenneth Rintoul war die Welt wieder in Ordnung.

Lorimer kam am Clarence House vorbei und wollte ebenfalls auf die breite Allee des Mall, um ein Taxi anzuhalten, aber dann beschloß er, zu Fuß nach Hause zu gehen und alles gründlich zu überdenken, durch die Straßen der Stadt zu schlendern und, den guten Rat von Sir Simon nicht achtend, herauszufinden, was eigentlich passiert war und warum sein Leben Stück für Stück auseinanderbrach. Unter den unbelaubten Platanen wandte er sich nach rechts, seine Schritte knirschten im Kies, und er lief auf die breite, festgefügte, flutlichtbestrahlte Fassade des Palastes zu. Die Flagge war gehißt – sie waren also heute abend zu Hause, sehr gut. Er wußte gern Bescheid, wann sie kamen und gingen, ihn beruhigte der Gedanke, sie in dem großen, stabilen Schloß zu wissen – als Mitbürger in gewisser Hinsicht. Der Gedanke hatte etwas ungemein Tröstliches für ihn.

Als Lorimer in den Lupus Crescent einbog, sah er ein kleines Grüppchen um Marlobes Blumenkarren versammelt. Er prüfte, ob sein Kragen so weit hochgeschlagen war, wie es nur ging, zog den Kopf zwischen die Schultern und wechselte die Straßenseite.

»Heda!« Marlobe winkte ihn mit herrischer Geste herüber. Lorimer gehorchte lustlos. »Ich hab zuwenig genommen für die Tulpen«, sagte Marlobe. »Sie schulden mir noch zwei Pfund.«

Na wunderbar, schönen Tag noch, dachte Lorimer und grub

in den Taschen nach Kleingeld. Schließlich reichte er Marlobe eine Zehnpfundnote, wartete ab, während der seine Kassette herausholte und aufschloß, und musterte beiläufig die Gestalten, die sich unter den Batterielämpchen der Markise zusammengefunden hatten. Da waren ein junger Mann und eine junge Frau, die er nicht kannte, und Marlobes ewiger Kumpel, der Mann mit der Nuschelstimme. Zu seiner geringen Überraschung – nichts würde ihn jemals noch im großen Stil überraschen – starrten sie auf die Seiten eines Pornomagazins: grillhühnchenartig Gespreiztes in allen Fleischtönen bedeckte die Doppelseite. Angeregt schienen sie über eines der Models zu diskutieren, und Marlobe, Lorimers Wechselgeld in der Hand, schob sich dazwischen und tippte mit dem Finger auf ein Foto.

»Das bist du«, sagte er zu der jungen Frau. »Ist doch ganz klar. Guck doch hin!«

Das Mädchen – war sie achtzehn, zwanzig oder fünfundvierzig? – schlug ihm an den Arm. »Hör auf damit, du Ferkel«, sagte sie.

»Knete reicht wohl nicht, was?« schleimte Marlobe. »Mußt wohl als Aktmodell gehen, was? Stimmt's? Hab ich recht?«

Lorimer erkannte sie jetzt: Sie arbeitete im nahe gelegenen Postamt, hatte ein schmales, lebhaftes Gesicht, das durch einen zu kleinen Mund beeinträchtigt wurde.

»Du bist es«, bohrte Marlobe weiter, »sieht man doch genau. Du hast 'n Schwarzjob.«

»Is ja 'n unheimlicher Busch«, meinte der Nuschler.

»Du bist furchtbar«, rief sie kichernd und gab Marlobe noch einen schwachen Klaps auf den Unterarm. »Komm, Malcolm«, sagte sie zu ihrem Beau. »Ist der nicht furchtbar?« Sie gingen lachend und unter weiteren Zurufen davon.

»Is ja 'n unheimlicher Busch is das«, wiederholte der Nuschler.

»Zeig her«, sagte Marlobe und vertiefte sich in die Glanzfotos. »Genau. Das ist sie. Oder ihre Zwillingsschwester. Wenn nicht, kannste Affenarsch zu mir sagen. Sie hat hier 'ne Art Leberfleck auf'm Schenkel, siehste?«

»Sie hat's jedenfalls nicht abgestritten«, meinte der Nuschler kennerhaft. »Hat sich ganz schön verraten, was?«

Marlobe hielt Lorimer endlich das Wechselgeld hin, ohne den Blick von den Bildern zu nehmen. »Ich hätte ihr sagen müssen, sie soll den Schlüpfer runterlassen, damit ich ihren Leberfleck sehen kann.«

»Wenn sie da 'n Leberfleck hat«, kombinierte der Nuschler.

»Kann ich bitte mein Geld haben?«

»Ich hätte fragen sollen, ob sie 'n Leberfleck hat.«

»Guck dir mal die Spalte von der da an.«

»Mann, ist das 'ne gräßliche Fotze!«

»Sie sind widerlich«, sagte Lorimer.

»Hä? Was?«

»Sie sind widerlich. Es ist beschämend. Ich schäme mich bei dem Gedanken, daß wir beide menschliche Wesen sind.«

»Ist doch nur 'n kleiner Spaß, Kumpel«, sagte Marlobe und zeigte sein aggressives Grinsen. »Wie man eben so quatscht. Hauen Sie doch ab, wenn's Ihnen nicht paßt. Hat keiner verlangt, daß Sie hier rumschnüffeln.«

»Genau«, sagte der Nuschler, »war doch nur Spaß.«

»Sie sind ein Schwein. So vor einer Frau zu reden. So was zu sagen.«

»Sie hat sich nicht beklagt.«

»Genau. Hau doch ab, du schwuler Wichser.«

Später konnte sich Lorimer nicht mehr erklären, was ihn dazu gebracht hatte, er wußte nicht einmal, wie er es geschafft hatte, aber geladen von den Zorneskräften, die die Prüfungen und Demütigungen dieses Tages in ihm aufgehäuft hatten, packte er die Unterkante des Blumenkarrens und ruckte ihn hoch. Ob es daran lag, daß die hinteren Flügel noch aufgeklappt waren und die Konstruktion kopflastig machten, oder ob es einfach gutes Timing war, auf das auch die Gewichtheber angewiesen sind, wenn sie zum entscheidenden Stoß ansetzen, konnte Lorimer später weder beurteilen noch abschätzen, doch geschah es, daß der ganze Karren mit einem dumpfen, erfreulich schweren Krachen umkippte und die Blechkübel und Eimer sich mit lautem Platschen auf die Straße entleerten.

Marlobe und der Nuschler schauten geschockt und verängstigt zu.

»Auweia«, sagte der Nuschler.

Marlobe wirkte plötzlich entmannt angesichts dieser Kraftdarbietung, sein Selbstbewußtsein war geschwunden. Er machte einen halben Schritt auf Lorimer zu, dann wich er zurück. Lorimer bemerkte, daß er selbst die Fäuste erhoben hatte, das Gesicht zur Grimasse erstarrt, voller Haß.

»Das war nun nicht nötig«, sagte Marlobe kleinlaut. »Überhaupt nicht nötig. Verdammte Scheiße. So ein Hund.« Er bückte sich und fing an, die verstreuten Blumen aufzulesen. »Guck dir bloß die Blumen an.«

»Nächstes Mal, wenn Sie sie sehen, entschuldigen Sie sich bei ihr«, sagte Lorimer.

»Wir kriegen dich, du Wichser. Wir machen dich fertig, Wichser«, brüllte der Nuschler beherzt hinterher, als Lorimer seinen Weg fortsetzte. Er spürte noch immer frische Adrenalinstöße in seine Glieder schießen und war nicht sicher, ob sie der Nachhall seines Zornes oder nur die Spätwirkung seiner erstaunlichen Kraftanstrengung waren. Er schloß die Haustür auf, durchquerte den dunklen Flur (und mußte plötzlich an Lady Haigh denken) und stapfte die Treppe hoch, während Düsterkeit und Reue, Selbstmitleid und Bedrückung in seinem Inneren um die Vorherrschaft kämpften.

Er stand im Korridor, versuchte sich zu beruhigen, seinen hastigen Atem unter Kontrolle zu bringen, und legte die Hand auf die Wölbung des griechischen Helms, der wie ein Talisman auf ihn wirkte.

Ein ungewohntes Kratzgeräusch auf dem Teppich ließ ihn aufhorchen, und er sah Jupiter, der die Wohnzimmertür mit der Nase aufstieß.

»Hallo, mein Guter«, rief er voll Freude, und plötzlich verstand er, warum Menschen sich Hunde hielten. Er hockte sich hin, kraulte Jupiters Nacken, trommelte ihm gegen die Rippen und spielte mit seinen Schlappohren. »Das war ein ekelhafter, miserabler, beschissener, deprimierender, beschissener, miserabler, ekelhafter Tag«, sagte er und begriff nun auch, warum Menschen mit ihren Hunden redeten, als könnten die alles verstehen. Er brauchte ein wenig Trost, Beruhigung, das Gefühl der Geborgenheit, eines sicheren Orts.

Er richtete sich auf, schloß die Augen, öffnete sie wieder, sah seinen Helm, nahm ihn in die Hände und setzte ihn auf.

Er paßte genau, vielmehr paßte er ihm zu genau, er schmiegte sich an, als wäre er für seinen Kopf gemacht, und im selben Moment, als er ihn überstülpte, über den Hinterkopf und den Buckel des Hinterhauptbeins rutschen ließ, spürte er, wie der Helm wohlig, mit einem fast hörbaren Klicken in seine Schädelform einrastete, und Lorimer wußte, er wußte es sofort, daß er den Helm nicht mehr abnehmen konnte.

Natürlich versuchte er es, aber die perfekte Innenwölbung des Helmnackens, die in den kurzen Steg des Nackenschutzes überging – eine verlängerte, umgedrehte, oft von ihm bewunderte S-Kurve –, verhinderte, daß es ihm gelang. Es schien so, als wäre der Helm exakt für seine Schädelform angefertigt worden. (Vielleicht, fiel ihm plötzlich ein, war es das, was er unbewußt gespürt hatte, als er ihn das erste Mal sah? Vielleicht war es dieses Wiedererkennen, das ihn dazu getrieben hatte, den Helm zu kaufen?) Genau dieselbe Schädelform, nur daß sein Kopf rundum ein wenig kleiner war. Der Nasenbügel verlief parallel zum Nasenrücken, berührte ihn aber nicht und endete, wie es ideal war, genau einen Zentimeter unter seiner Nasenspitze. Die ovalen Augenlöcher folgten genau den Umrissen seiner Augenhöhlen, die Helmbacken vollzogen exakt denselben Vorwärtsschwung wie sein Unterkiefer.

Er studierte den Anblick im Wohnzimmerspiegel, und was

er sah, gefiel ihm ausnehmend gut. Er sah überwältigend aus, genau wie ein Krieger, ein griechischer Krieger; seine Augen glänzten hinter den starren Blechkonturen des Helms, der Mund saß fest zwischen den grünspanbedeckten Helmbacken. Anzug, Hemd und Krawatte störten zwar das Bild, aber vom Hals aufwärts konnte er ohne weiteres als eine kleinere antike Gottheit durchgehen.

Eine kleinere antike Gottheit mit einem größeren Problem, sagte er sich, während er Jupiters Wasserschüssel auffüllte und ihm in Ermangelung geeigneteren Futters milchgetränkte Brotwürfel hinstellte, die Jupiter zum Glück mit zungenschnalzendem Appetit verzehrte.

Lorimer verbrachte weitere zehn Minuten mit dem Versuch, den Helm von seinem Kopf zu entfernen, aber vergeblich. Was tun? Was tun? Er wanderte in der Wohnung umher – Jupiter spreizte sich dösend, stellte in undelikater Weise Penis und Hoden zur Schau und fühlte sich auf dem Sofa ganz zu Hause – und erfreute sich am Anblick seiner behelmten Gestalt, wenn er, auf und ab schreitend, am Spiegel über dem Kamin vorbeikam, ein Blechkopf mit verschatteten ovalen Augen, ausdruckslos und streng.

398. DIE PANZERPROBE. Der Gepanzerte mußte sich auf seine Rüstung verlassen können, also wurde seine Ausrüstung »erprobt«, um sicherzustellen, daß sie der Wucht eines frontalen Lanzenstoßes oder eines abgeschossenen Pfeils, später auch den Kugeln der Pistole, der Arkebuse, der Hakenbüchse und der Muskete standhalten würde. Der Brustpanzer des Duc de Guise im Musée d'Artillerie ist überaus dick, und man findet drei Geschoßmarken darauf, aber keins der Geschosse hat den Panzer durchschlagen.

Paradoxerweise war es ausgerechnet dieser Umstand – daß die Rüstung auch den Feuerwaffen standhielt (und nicht, daß die Feuerwaffen die Rüstung obsolet gemacht hätten) –, der dazu führte, daß die Panzerung abgeschafft wurde. Im 17. Jahrhundert stellte

Sir John Ludlow fest: »Wo es Gründe gab, die Gewalt der Pistolen und Musketen zu fürchten, machten sie ihre Panzer dicker denn zuvor und haben es nun so weit getrieben, daß sie ihre Leiber anstatt mit der Rüstung mit Ambossen wappnen. Die Rüstung, die sie nun tragen, ist so beschwerlich, daß ihr Gewicht die Schultern eines Gentlemans von fünfunddreißig Jahren erlahmen läßt.«

Der Gepanzerte hatte bewiesen, daß sein Gewand aus gehärtetem Stahl auch den stärksten Feuerwaffen standhalten konnte, aber er mußte dabei die Entdeckung machen, daß mit dem Gewicht des Metalls, das seinen Leib umpanzerte, die Rüstung immer hinderlicher und schließlich untragbar wurde.

Das Buch der Verklärung

»He, Slobodan, hier ist Milo. Ich hab da ein kleines Problem.«

»Sprich dich nur aus, Milo.«

»Hättest du Lust, Hundebesitzer zu werden?«

Eine halbe Stunde später war Slobodan bei Lorimer und schaute sich bewundernd in seiner Wohnung um.

»Ist ja nett bei dir, Milo. Richtig schick, was?« Er pochte mit den Knöcheln an den Helm. »Der rührt sich wohl nicht von der Stelle?«

»Nein. Das hier ist Jupiter.«

Slobodan kniete sich vor das Sofa und kraulte Jupiter gründlich durch, tätschelte und begutachtete ihn. »Bist ein guter alter Bursche, was, mein Junge? Willst du mit zu Lobby kommen, alter Junge?« Jupiter fügte sich klaglos Slobodans Behandlung.

»Warum hast du diesen Helm aufgesetzt, du Spinner?« fragte Slobodan.

»Mir war eben so.«

»Ist doch gar nicht deine Art, Milo, so was Albernes.«

»Ich brauch nur einen Moment, um ein paar Sachen wegzuräumen«, sagte er. Beim Warten auf den Bruder hatte ein vager Plan in ihm Gestalt angenommen. Er suchte wichtige Papiere und seinen Paß heraus, warf ein paar Kleidungsstücke, ein paar CDs und das *Buch der Verklärung* in die Reisetasche und war schon fertig.

»Wohin, Brüderchen?«

»Zur Notaufnahme. Ins Kensington and Chelsea Hospital.«

Es war ein denkwürdiger Moment, als er das Haus Lupus Crescent Nummer 11 verließ und mit Slobodan und Jupiter die Straße hinabging. Die Welt, die er sah, war auf die Umrisse der Augenlöcher begrenzt, er nahm die Schwärze hinter der Metallkante wahr, die sein Blickfeld bestimmte, doch das Gewicht des Helms spürte er nicht mehr, als wäre die getriebene Bronze mit seinem Schädel verschmolzen, Mann und Helm, Mannhelm, Helmmann. Helmet-Man, der Comic-Held, eine kleinere Gottheit, Umstürzer der Blumenkarren, Geißel der Übelredner und Ungalanten, Erzwinger von Abbitten bei verunglimpften Damen. Es freute ihn zu sehen, daß es Marlobe und dem Nuschler offenbar nicht gelungen war, den umgestürzten Blumenkarren aufzurichten, daß er noch immer auf der Seite lag, inmitten eines Wusts aus Blüten, Grünzeug und einer Pfütze aus Blumenwasser. Der behelmte Krieger passierte seine gefällte Beute und erklomm den polierten Siegeswagen.

»Läuft er gut?« fragte Lorimer, während der Cortina an Tempo gewann.

»Wie ein Traum. Sind für die Ewigkeit gebaut, diese Wagen. Das reinste Wunder.«

Slobodan begleitete Lorimer zur Anmeldung, wo er kommentarlos registriert wurde. Man schickte ihn weiter zum Wartezimmer, in dem eine Mutter mit ihrem greinenden Kind saß, daneben eine wimmernde junge Frau, die ihr schlaffes Handgelenk umklammert hielt wie einen toten Fisch. Lorimer erklärte Slobodan, es sei unnötig, weiter zu warten, und dankte ihm aufrichtig.

»Er wird es gut bei uns haben, Milo, keine Sorge.«

»Ich weiß.«

»Komisch. Ich wollte immer einen Hund haben. Danke, mein Guter.«

»Er wird euch keinen Ärger machen.«

»Mercy kann mit ihm spazierengehen.«

Mercy und Jupiter, dachte Lorimer, das wird nett.

Slobodan ging, Lorimer saß da und wartete. Ein Rettungswagen mit Blaulicht und jaulenden Sirenen traf ein, ein verhüllter Leib auf einer Rollbahre wurde hereingeschoben und durch die doppelte Schwingtür manövriert. Das greinende Kind kam dran, dann die wimmernde junge Frau, und schließlich war er an der Reihe.

Die Behandlungskabine war grell beleuchtet, und vor Lorimer stand eine winzige Ärztin mit einer rutschenden Brille im dunklen Gesicht und einem glänzendschwarzen Haarturm, der in losen Locken auf dem Kopf festgesteckt war. Auf dem Namensschild stand »Dr. Rathmanatathan«.

»Sind Sie aus Ceylon?« fragte Lorimer, während sie noch etwas aufschrieb.

»Aus Doncaster«, sagte sie mit einem flachen nordenglischen Akzent. »Und heutzutage sagt man Sri Lanka dazu, nicht Ceylon.«

»Früher hieß es Serendip, wissen Sie?«

Sie schaute ihn unbewegt an. »Was ist also passiert?«

»Ich hab ihn aufgesetzt. Ich weiß nicht, warum. Es ist ein sehr kostbares Stück, fast dreitausend Jahre alt.«

»Gehört er Ihnen?«

»Ja. Ich fühlte mich irgendwie … deprimiert, und da hab ich ihn aufgesetzt. Aber offenbar geht er nicht mehr ab.«

»Komisch, der kleine Junge eben hatte einen Teelöffel verschluckt. Ich fragte ihn, warum, und er sagte genau das gleiche: Er war so traurig, also hat er einen Teelöffel verschluckt.« Sie stand auf und trat zu ihm. »In den Mund gesteckt, und weg war er.«

Im Stehen war sie kaum größer als Lorimer im Sitzen. Sie

zog ein wenig am Helm und sah, wie gut er paßte. Sie lugte in seine Augenlöcher.

»Ich fürchte, wir müssen ihn aufschneiden. Ist er sehr wertvoll?«

»Ja. Aber das macht nichts.«

Er fühlte sich seltsam sorglos – sorgenlos im Wortsinn. Niemals, unter keinen Umständen, hätte er diesen Helm aufgesetzt, aber die Ereignisse des Tages hatten ihn dazu gezwungen, und merkwürdigerweise glaubte er das Privileg erworben zu haben, den Helm ein oder zwei Stunden lang zu tragen. Beim Herumgehen in der Wohnung, beim Warten auf Slobodan war sein Verstand seltsam klar und ruhig gewesen – wahrscheinlich weil er das Helmproblem ohnehin nicht lösen konnte –, aber eher spielerisch überlegte er nun, ob es vielleicht etwas mit dem Helm selbst zu tun hatte, mit seinem ehrwürdigen Alter und dem Gedanken an den antiken Krieger, für den er einst geschmiedet worden war, irgendeine Form der Übertragung …

Er brach den Gedanken ab. Das klang schon fast nach David Watts. Sheer Achimota. Von allen guten Geistern verlassen.

Der Stationspfleger, der mit einer kräftigen Schere hereingekommen war, meinte, das Blech schneide sich wie zähes Leder. Er schnitt den Helm senkrecht bis zum Hinterhauptsknochen auf, erst dann ließ er sich mit ein wenig Kraftanstrengung lösen.

»Sie können ihn ja wieder zusammenlöten«, sagte Doktor Rathmanatathan wohlmeinend und überreichte Lorimer den Helm.

Die Welt war plötzlich viel geräumiger, weniger verschattet, und sein Kopf fühlte sich anders an, leichter, als ob er ein wenig auf dem Hals umherschwankte. Lorimer berührte sein Haar, es war feucht, durchnäßt von Schweiß.

»Vielleicht werd ich das tun«, sagte Lorimer und legte den Helm in die Reisetasche. »Oder ich lasse ihn so, zur Erinnerung an diesen Abend. Als Andenken.«

Der Pfleger und die Ärztin blickten ihn seltsam an, als wären sie soeben darauf gekommen, daß er verrückt sein könnte.

»Er ist mir immer noch wertvoll«, sagte Lorimer.

Er dankte beiden, schüttelte ihnen die Hand und ließ sich bei der Anmeldung ein Taxi rufen. Es gab noch viel zu tun an diesem Abend. Er nannte dem Fahrer die Adresse des Instituts für Klarträume.

20. Kapitel

»Ich glaube, ich bin deinem Problem auf den Grund gekommen«, sagte Alan. »Es ist faszinierend, hochkomplex – und doch, auf die besondere Blacksche Art, äußerst ambivalent.« Alan begann in seinem Labor auf und ab zu laufen und über die metaphysischen Wurzeln von Lorimers Schlafstörung zu dozieren. »Der Schlaf ist in gewisser Weise die Vorbereitung der Natur auf den Tod – eine Vorbereitung, die wir jede Nacht erleben. Das ist der eigentliche *petit mort* – nicht der Orgasmus. Eine Vorbereitung auf den Tod und doch notwendig zum Leben. Und aus diesem Grund ...«

»Hast du hier eine Frankiermaschine?«

»Nein, aber jede Menge Briefmarken.«

»Sprich weiter.«

»Und aus diesem Grund sind deine Klarträume so interessant, verstehst du? In einem nicht-freudschen, nicht-psychoanalytischen Sinn. Klarträume sind der Ausdruck des Bemühens, das im Schlaf enthaltene Element des Todes zu negieren. Für dich sind sie ein Ort, wo du deine Traumwirklichkeit kontrollieren und alles Störende übertünchen kannst. Die mit den meisten Klarträumen sind auch die schlechtesten Schläfer – Leichtschläfer wie du oder Schlaflose. Es ist der Tiefschlaf, der NREM-Schlaf, den du unbewußt fürchtest.«

»Ich muß nur auf ›Print‹ drücken, stimmt's?«

»Ja. Daher ist für dich, Lorimer, in einem profunden Sinn, die Angst vor dem Tiefschlaf gleichbedeutend mit der Todesangst. Aber im Klartraum schaffst du dir eine Welt, in der du die Oberhand behältst, die du kontrollierst – das Gegenteil der Realwelt, der Wachwelt. Der Klartraum ist in gewisser Hinsicht die Vision eines Ideallebens. Ich glaube, ihr Leichtschläfer – und das könnte etwas sein, was euch und auch dir persönlich in die Wiege gelegt wurde – habt deshalb besonders viel REM-Schlaf, weil ihr die Klarträume *wollt*, mehr als alles andere. Ihr wollt in diese Idealwelt eintreten, in der alles beherrschbar ist. Das ist der Schlüssel zu deinem Problem. Befrei dich von diesem Wunsch, und dein Tiefschlaf kommt zurück. Das kann ich dir versichern.«

»Du bist sehr zuversichtlich, Alan.«

»Ich hab ja hier schließlich nicht nur rumgespielt.«

»Ich würde alle meine Klarträume für einen guten Nachtschlaf eintauschen.«

»Ja, das sagst du so, aber unbewußt entscheidest du dich für das Gegenteil. Deine Klarträume gaukeln dir eine unwirkliche Idealwelt vor. Es liegt in deiner Kraft, das zu ändern, aber der Verlockung der Klarträume kannst du schwerlich widerstehen.«

Ich kann schwerlich der Verlockung widerstehen, das alles als ausgemachten Blödsinn zu bezeichnen, dachte Lorimer, aber Alan war mit Leidenschaft von seiner Sicht überzeugt, und Lorimer wollte keinen Streit.

»Jemand hat dieses Problem einmal als ›Verdauungsstörung der Seele‹ beschrieben«, sagte Lorimer.

»Das ist nicht wissenschaftlich«, erwiderte Alan. »Tut mir leid.«

»Aber Alan, wie soll mir das alles helfen?«

»Ich habe noch nicht alle Daten, die ich brauche. Wenn ich die beisammen habe, ausgewertet und analysiert, dann kann ich's dir sagen.«

»Und dann kann ich besser schlafen?«

»Wissen ist Macht, Lorimer. Es liegt bei dir.« Er lief davon, um Kaffee zu machen, und Lorimer sah sich das Geschriebene an. Alan hat recht, dachte er, Wissen ist Macht – in gewisser Weise –, und begrenztes Wissen verlieh begrenzte Macht, wohl wahr, aber es lag trotzdem bei ihm, ob er sie ausübte oder nicht.

An einem der Institutscomputer hatte Lorimer eine kurze Darstellung und Interpretation der Fedora-Palace-Affäre niedergeschrieben, wie er sie jetzt vor seinem geistigen Auge sah, und er glaubte, daß die drei Seiten, die dabei herausgekommen waren, das Wesentliche knapp und bündig erfaßten.

Soweit er beurteilen konnte, hatte es eine Startphase gegeben – ein simples Komplott, das Hotel zu hoch zu versichern. Und da kam Torquil als ahnungsloser Trottel ins Spiel – als Narr, der mit seinem närrischen Treiben nützlicher war als der weise Mann. Das war – den Angaben von Bram Wiles zufolge – noch vor dem Börsenstart von Gale-Harlequin passiert, und welche Absicht dahintersteckte, war nicht ganz klar, aber ohne Zweifel machte es einen guten Eindruck – ein riesiges, neues, sündhaft teures Luxushotel –, und zumindest kurzfristig konnte man dahinter ein Unternehmen mit gesunder Kapitalkraft vermuten. Später, so nahm Lorimer an, wäre das Hotel seinem wahren Wert entsprechend neu versichert worden. Natürlich nur, wenn überhaupt jemals die Absicht bestanden hatte, das Hotel fertigzustellen. Das ergab einen Sinn: Überversicherung war kein Verbrechen, aber in der Absicht, die Gale-Harlequin-Aktien attraktiver erscheinen zu lassen, steckte möglicherweise ein betrügerisches Element. Den Kern aller Machenschaften bildete der Börsengang von Gale-Harlequin und die nachfolgende Übernahme. Die Firma mußte nur für ein Jahr echt aussehen – so lange, wie es dauerte, ein Luxushotel fast fertigzustellen. Dennoch geriet dieser raffinierte und relativ einfache Plan durch einen Vorfall ins Schlingern, den niemand voraussehen oder verhindern konnte. Alle Erwartungen wurden ernstlich getäuscht, als ein kleiner Subunternehmer, die Firma Edmund-Rintoul, in einem Obergeschoß einen Brand legte, um der drohenden Vertragsstrafe zu entgehen. Der kleine Brandherd breitete sich aus, verwandelte sich in einen Großbrand mit beträchtlichen Zerstörungen. Bei der Versicherung mußte eine Schadensforderung eingereicht werden, und so kam die Regelwidrigkeit des Versicherungsvertrags zwischen Gale-Harlequin und Fortress Sure zufällig an den Tag.

Der normale Ablauf der Schadensschätzung und der Schadensregulierung setzte automatisch ein. Eine Entschädigungssumme wurde angeboten und auf der Stelle akzeptiert, damit der Vorgang so schnell wie möglich vom Tisch war, denn im Hintergrund wartete schon ein großes Übernahmeangebot mit Barauskauf der Aktien, vorgebracht von einer Firma namens Racine Investments. Und wer waren die Nutznießer dieser Übernahme? Die Aktionäre von Gale-Harlequin natürlich – ganz normale Investoren, wie Bram Wiles herausgefunden hatte, mit Ausnahme der geheimnisvollen Firma Ray Von TL.

Lorimer hätte gutes Geld darauf verwetten mögen, daß zu den Hintermännern von Ray Von TL Francis Home und Dirk van Meer zählten und sehr wahrscheinlich auch Sir Simon Sherriffmuir.

Darüber hinaus kaufte Dirk van Meers Immobilienfirma Boomslang das feuergeschädigte, teilzerstörte Hotel zu einem, wie Lorimer vermutete, sehr günstigen Preis.

Dirk van Meer, so vermutete Lorimer weiter, hatte wahrscheinlich auch eine Beteiligung an Racine Investments. Mit anderen Worten, und um den Knoten ein wenig zu entwirren: Ein Teil seines Imperiums hatte einfach einen kleineren Teil aufgekauft, so daß scheinbar größere Beträge geflossen waren, die den Schlüsselfiguren dieser Transaktion Gelegenheit boten, beträchtliche Profite abzuzweigen.

Als er in groben Zügen überschaute, wie es gelaufen war und wer was gekauft hatte, mußte er die bekannten Tatsachen nur noch durch ein paar Rückschlüsse ergänzen, um ungefähr ein Gesamtbild der Fedora-Palace-Affäre zu erlangen. Sicher gab es weitere Verästelungen, die er niemals aufdecken würde, aber das Grundmuster seiner Konstruktion warf bereits ein aufschlußreiches, wenn auch trübes Licht auf die rätselhaften Vorfälle, in die er am Rande verwickelt worden war.

Vor allem aber konnte er nicht beschwören, daß irgend etwas an der Sache illegal war. Nur die Tatsache, daß er aus der GGH geflogen war, daß man ihn mit Rintoul konfrontiert hatte und daß er ganz offensichtlich als Sündenbock hatte herhalten müssen, machte ihn fast sicher, daß es Geheimnisse gab, die einige wichtige Leute für sich behalten wollten. Alles folgte klassischen Mustern – vor allem die Einsetzung eines Narren (Torquil) –, im Vertrauen darauf, daß der Narr seiner Natur gehorchen würde. Torquil war dazu ausersehen, die Versicherung des Fedora Palace zu verpfuschen, und nach ein paar diskreten Schubsern und Hinweisen von Sir Simon tat er getreulich das Erwartete.

Leider aber trat auch eine andere klassische Regel in Kraft: Wenn man hundert mögliche Pannen in seine Berechnungen einkalkuliert, scheitert man an der hundertundersten. Niemand hatte mit dem kleinkarierten Betrugsmanöver einer winzigen Baufirma gerechnet. Aber die Beteiligten reagierten schnell und erfinderisch und besaßen genügend Macht und Einfluß, um den Schaden einzugrenzen: Ein Sündenbock wurde aufgebaut (Lorimer), George Hogg wurde gekauft und in seine Rolle eingesetzt. Noch einen Fresser mehr an den Trog zu lassen war kein zu hoher Preis. Gale, Home, van Meer und Sir Simon hatten alle mindestens zehn Millionen abgesahnt, wie Lorimer grob überschlug, wahrscheinlich noch mehr. Gott allein wußte, welchen Gewinn Dirk van Meer aus der ganzen Aktion zog.

Lorimer druckte zehn Kopien von seinem »Bericht über gewisse Mißbräuche im Zusammenhang mit der Versicherung des Fedora Palace Hotel« und steckte sie in die Umschläge, die er bereits an das Betrugsdezernat und die Wirtschaftsredaktionen der seriösen Tageszeitungen adressiert hatte. Alan steuerte wie versprochen einen Bogen Briefmarken bei, und Lorimer begann mit dem Lecken und Kleben.

»Wirfst du die für mich ein?« fragte er. »Gleich morgen früh?«

»Bist du sicher, daß du das Richtige tust?«

»Nein.«

»Dann ist es in Ordnung. Klar werf ich sie ein.«

Lorimer hatte Alan nur verraten, daß er einen mutmaßlichen Betrugsfall aufdecken wolle, und zur weiteren Erklärung fügte er hinzu: »Alle verlassen sich darauf, daß ich den Mund halte. Aber ich kann es nicht leiden, wenn man sich meiner allzu sicher ist.«

»Sie werden dich aus dem Paradies vertreiben.«

»Das Paradies ist auch nicht mehr, was es mal war. Außerdem hab ich, was ich wollte.«

Alan nahm ihm den Stapel Umschläge ab und legte ihn in den Ausgangskorb. »Es tut mir ja leid um die alte Lady H.«, sagte er. »Aber ich glaube, sie hat mir immer ein bißchen mißtraut.«

»Niemals. Wie kommst du darauf?«

»Weil ...« Alan drehte die erhobene Hand hin und her. »Einmal Kolonialist, immer Kolonialist.«

»Weil du schwarz bist? Lächerlich!«

»Es war da immer ein gewisser Vorbehalt.«

»Unsinn. Sie hat dich gemocht. Sie war stolz, einen Doktor im Haus zu haben.« Lorimer stand auf. »Wo kriege ich um diese Nachtzeit ein Minitaxi her?«

399. IRRATIONALITÄT. Ich habe nichts gegen Widersprüche, Paradoxe, Unerklärliches und Mehrdeutiges. Warum sollte ich mich gegen etwas auflehnen, was so unabänderlich und in unser Wesen eingefügt ist wie die Verdauungsorgane in unseren Körper? Natürlich können wir rational und vernünftig sein, aber oft genug überwiegt das Gegenteil, und wir sind irrational und unvernünftig. Ich bin durch den Umstand charakterisiert, daß ich Jill schön und Jane häßlich finde, daß ich blaue Dinge den grünen vorziehe, daß ich Tomatensaft mag, aber Tomatensauce verabscheue, daß mich Regenwetter manchmal traurig, manchmal glücklich macht. Ich kann diese Vorlieben nicht erklären, aber zusammen mit vielen anderen bestimmen sie genauso meine Eigenart wie meine vernünftigen und reflektierten Ansichten. Ich selbst bin in gleichem Maße »irrational« wie »rational«. Wenn das auf mich zutrifft, dann trifft es auch auf Flavia zu. Vielleicht sind wir alle gleichermaßen irrational und stolpern von einem Fehler zum anderen. Vielleicht ist es am Ende genau das, was uns von den hochkomplexen, machtvollen, unfehlbaren Maschinen unterscheidet, von den Robotern und Computern, die unser Leben beherrschen. Das ist es, was uns zu Menschen macht.

Das Buch der Verklärung

Erregt stellte Lorimer fest, daß im Parterre seines Hauses in Silvertown Licht brannte. Als er geräuschlos die Haustür aufgeschlossen hatte, roch er Gewürze, gekochte Tomaten, Zigarettenduft. Eine Vase mit Freesien stand in der Küche, im Spülbecken ein schmutziger Teller. Er stellte seine Tasche ab und schlich die Treppe hinauf, sein Herz raste, als wollte es mit ihm durchgehen. Er schob die Schlafzimmertür einen Spaltbreit auf und sah Flavia in seinem Bett schlafen. Sie war nackt, und eine Brust lag bloß, der kleine Nippel war kreisrund und dunkel pigmentiert.

Wieder im Parterre, schaltete er den Fernseher ein und polterte beim Teekochen in der Küche umher. Fünf Minuten später erschien Flavia im Bademantel, mit zerwühltem Haar, verschlafen. Ihr Haar hatte die Farbe von Rabenflügeln mit einem Schimmer aus Tintenblau und Flaschengrün, und der Kontrast ließ ihre Haut bleich und fast blutleer wirken, ihre natürliche Lippenfarbe daneben gespenstisch und rosenrot. Sie nahm einen Becher mit Tee von ihm an und saß eine Weile da, ohne viel zu sagen, bis ihre Lebensgeister zurückkehrten.

»Seit wann bist du hier?« fragte er.

»Seit heute nacht. Es ist nicht gerade wohnlich hier, oder?«

»Nein.«

»Und wie war dein Tag, Darling?«

»Schrecklich.«

»Ich reise morgen früh nach Wien«, sagte sie. »Ich hab einen Job.«

»Als was?«

»Eine Theatertournee des British Council. *Othello.*«

»Spielst du die Desdemona?«

»Natürlich.«

»Klingt gut. Shakespeare in Wien.«

»Besser als Streß zu Hause, das kann ich dir sagen.«

»Er hat dich doch nicht geschlagen, oder?«

»Nicht direkt. Er ist einfach nur ekelhaft. Unmöglich.« Sie machte eine finstere Miene, als wäre ihr die Idee eben erst gekommen: »Ich gehe nicht zurück.«

»Gut.«

Sie griff nach seiner Hand. »Aber ich will nicht mit dir schlafen heute nacht. Nicht heute nacht. Ich glaube, das wäre nicht klug.«

»Natürlich.« Lorimer nickte viele Male und hoffte, daß seine Enttäuschung verborgen blieb. »Ich gehe ins andere Zimmer.«

Sie stand auf und ging langsam zu ihm, legte ihm die Arme um den Kopf, verschränkte sie in seinem Nacken und drückte sein Gesicht an ihren Bauch. Er schloß die Augen und sog ihren warmen Bettgeruch ein, mit dem langen Atemzug eines Schlafenden.

»Milo«, sagte sie und gluckste leise. Er hörte den Widerhall ihres Lachens in ihrem Leib, die Vibration übertrug sich auf sein Gesicht. Sie beugte sich über ihn und küßte seine Stirn.

»Rufst du mich an, wenn du aus Wien zurück bist?«

»Vielleicht. Vielleicht bleibe ich auch eine Weile und lasse Gilbert schmoren.«

»Ich glaube, wir könnten sehr glücklich miteinander sein.«

Sie grub ihre Finger in sein Nackenhaar und bog seinen Kopf zurück, damit sie ihn besser betrachten konnte. Sie klappte ein paarmal mit den Zähnen und blickte ihm tief in die Augen. »Ich glaube … Ich glaube, du könntest recht haben. Es war Schicksal, daß wir uns gefunden haben, oder?«

»Zur Zeit bin ich mir nicht so sicher, was das Schicksal betrifft. Ich hätte dich gefunden, so oder so.«

»Aber vielleicht hätte ich dich nicht gemocht.«

»Hm. Das wäre ein Argument.«

»Aber du hast Glück, Milo. Ich mag dich.« Sie beugte sich herab und küßte ihn sanft, diesmal auf den Mund.

Lorimer wickelte eine neue Decke aus und breitete sie über die nackte Matratze des Reservebetts im der kleinen Dachkammer. Er zog sich aus und schlüpfte unter die kratzige Wolle. Er hörte Flavia im Flur, und einen kurzen Moment lang hatte er die Phantasie, daß sie an seine Tür klopfen würde, aber dann hörte er die Toilettenspülung.

Er schlief durch, ohne Unterbrechung und völlig traumlos. Um acht wachte er auf, ausgedörrt und durstig, zog sich die Hose an und stolperte die Treppe hinunter, wo er einen Zettel mit Flavias großer und bedenklich geneigter Handschrift fand.

Du kannst mit nach Wien kommen, wenn Du willst. Air Austria, Heathrow, Terminal 3, 11.45. Aber ich kann Dir nichts versprechen. Ich kann Dir nicht versprechen, daß irgend etwas von Dauer ist. Das mußt Du wissen – wenn Du dich entschließt, mitzukommen. F.

Was ist das nur mit ihr? dachte er lächelnd. Immer diese Prüfungen, diese Einschränkungen. Aber er wußte sofort, was er tun würde. Das schien ihm der mit Abstand beste Deal, den ihm das Leben je geboten hatte, und er nahm ihn augenblicklich an, ohne Wenn und Aber. Mit Flavia Malinverno in Wien – das war das Glück.

Beim Anziehen dachte er: Ich werde mit ihr zusammensein, aber sie wird sich nicht binden, sie kann mir nichts von Dauer versprechen. Aber das konnte er auch nicht. Keiner konnte das. Von welcher Dauer sind die Dinge? Wie viele Meilen kann ein Pony galoppieren? hätte seine Großmutter gefragt. Dieser wacklige Entwurf seiner Zukunft war genauso stabil wie alles andere auf der Welt. Da gab es nichts zu deuteln.

400. UMHÜLLUNGSSYSTEME. Die Panzerung des Mannes begann bei den Füßen, und, soweit möglich, mußte jedes nachfolgende Stück das darunterliegende überdecken. Die Panzerung des Mannes wurde daher nach folgender Ordnung vorgenommen: Fußpanzer oder Bärlatsch, Beinröhren, Kniebuckel, Diechlinge, Kettenpanzer, Halsberge, Brustharnisch und Rückenharnisch, Armbergen, Vorderpflüge, Panzerhandschuhe und zum Schluß der Helm.

Jedes Lebewesen ist von seiner Umgebung durch eine Panzerung oder eine Umhüllung getrennt, die seinen Körper begrenzt. Mir scheint, daß das Anlegen eines zusätzlichen Panzers eine einzigartige, aber auch leicht verständliche Besonderheit der menschlichen Spezies ist. Wir alle verlangen nach einem besonderen Schutz für unseren weichen und verletzlichen Körper. Aber steht der Mensch mit dem künstlichen Panzer wirklich einzig da? Welche anderen Lebewesen haben denselben Sinn für schützende Vorkehrungen entwickelt und suchen sich ebenfalls einen bergenden Panzer? Weichtiere, Austern, Krebse, Schnecken, Schildkröten, Igel, Gürteltiere, Stachelschweine, Nashörner lassen sich einen eignen Panzer wachsen. Nur der Einsiedlerkrebs sucht sich, soviel ich weiß, die leeren Hülsen von Muscheln und Schnecken oder andere hohle Gegenstände und benutzt sie als Unterschlupf und Panzerung. Homo sapiens *und* Eupagarus bernhardus *– vielleicht sind wir näher verwandt, als wir glauben. Der Einsiedlerkrebs findet seine Rüstung und behält sie an, aber da er wächst, muß er sie von Zeit zu Zeit abwerfen und über den welligen Sand des Meeresgrunds wandern, weich und verletzlich, bis er eine größere Umhüllung findet, die ihm wieder Schutz bietet.*

Das Buch der Verklärung

Lorimer rief ein großes Taxi, und während er wartete, nahm er den ruinierten griechischen Helm aus der Tasche und plazierte ihn auf dem Sims über dem gasbetriebenen Kamin. Von vorn sah er makellos aus, niemand sah den klaffenden Schlitz, der den Helmnacken zerteilte. Die Wohnung im Lupus Crescent würde er annoncieren, und Alan würde er aus Wien bitten, die Dinge in die Hand zu nehmen und Ivan auszuzahlen – damit wäre dann seine Helmsammlerkarriere beendet.

Er stieg ins Taxi und war merkwürdig heiter und gelassen, als er Albion Village verließ und sich ein letztes Mal auf die lange Fahrt durch die Stadt begab. Von Silvertown zum Silvertown Way, nach links an der Überführung Canning Town durch die Limehouse-Zufahrt, vorbei am Tower durch Tower Hill und Lower Thames Street bis zum Embankment, unter der Eisenbahnbrücke von Charing Cross hindurch und an der Northumberland Avenue vorbei, dann rechts in die Horseguards Avenue, nach links durch Whitehall, über den Parliament Square und vorbei an der Vauxhall-, Chelsea-, Albert- und Battersea-Brücken. Dann entfernte sich das Taxi vom unruhigen braunen Fluß und bog ab in die Finborough Road, kreuzte Fulham Road und Old Brompton Road und fuhr hinter Earls Court in die Talgarth Road ein, an die sich die Great West Road und die A4 anschloß, die in den Hochstraßenabschnitt der M4 überging, während sich die zerdehnte Stadt zu beiden Seiten ausweitete, und weiter westlich auf der Autobahn bis zur Abfahrt Nummer 4 zum Flughafen Heathrow und schließlich zum Terminal 3. Das war eine der längsten Touren, die er je gemacht hatte, vom äußersten Osten zum äußersten Westen, und er dachte an die vielen Fahrten seines Berufslebens, kreuz und quer durch die gigantische Stadt, Nord und Süd, in allen Himmelsrichtungen, Meilen um Meilen, Stunden um Stunden …

Wien ist kleiner und handlicher, dachte er, alles läßt sich zu Fuß erledigen. Hand in Hand würde er mit Flavia vom Stephansplatz zur Schönlaterngasse bummeln, in die Oper gehen, die Klimts und die Schieles betrachten, vielleicht würden sie auch eine Dampferfahrt auf der Donau machen und die gestutzten Bäume im Augarten besichtigen. Sie konnten bleiben oder woandershin aufbrechen, dachte er beglückt, Alles war möglich, wenn sie erst dort waren, alles.

Ihm fielen die anderen Reisen ein, die heute morgen begannen: seine zehn Briefe, die aus dem Briefkasten ins Sortieramt wanderten und dann ihre individuelle Reise zu den jeweiligen Adressaten fortsetzten. Und was würde dann passieren? Nichts? Ein Sturm im Wasserglas oder ein minderer Skandal? Irgendwelche Absprachen hinter den Kulissen, ein paar ernste Worte in prominente Ohren und dann der Mantel des Vergessens?

Er war sich nicht völlig sicher. Wenn er nichts tat, würde nichts geschehen, soviel wußte er. Wenn er nach einem Jahr zurückkehrte, wie sie ihm so warm empfohlen hatten, um seinen alten Job wiederzubekommen, würde auch nichts geschehen. Mienen des Bedauerns, Gesten der Ohnmacht. Die Zeiten haben sich geändert, Lorimer, die Dinge haben sich weiterentwickelt, so leid es uns tut, Umstrukturierung, neue Prioritäten, was damals war, ist heute vorbei ...

Sie hatten ihn abgeschnitten, und er trieb davon, genau wie sie es wollten, aber vorerst nicht so weit, daß der Finger der Beschuldigung nicht entrüstet auf ihn gerichtet werden konnte, wenn es nötig wurde. Aber je länger die Zeit und je kürzer die Gedächtnisse, um so glücklicher und entspannter konnten sie sich fühlen. Wie hatte Sir Simon so selbstgefällig, aber zutreffend konstatiert? »Dreck bleibt nicht kleben in unserer Sphäre.« Lorimer konnte, wenn es nach ihnen ging, sonstwohin reisen: Hauptsache, ihnen aus den Augen. Und ganz bestimmt aus dem Sinn.

Er wußte auch, daß jede Macht, die er über sie besaß, begrenzt war und von kurzer Dauer. Seine Macht erstreckte sich darauf, daß es ihm gelungen war, Hogg zum Anruf bei Mrs. Vernon zu zwingen, und daß seine »Bestrafung« nur in der fristlosen Entlassung bestand. Das bißchen Einfluß, das er besaß, würde sich sehr schnell aufzehren. Jetzt war also die Zeit, zuzuschlagen: Er hatte zwei und zwei zusammengezählt und war auf seine Weise auf vier gekommen, genau wie Dirk van Meer vermutet hatte. Aber sie glaubten, daß er ausgeschaltet war, abgespeist mit falschen Versprechungen, und sich aus ihrer Sphäre davonmachte, eingelullt von der trügerischen Aussicht, eines Tages in den erlauchten Club zurückkehren zu dürfen. Aber so naiv war er nicht und auch nicht so leicht zu erledigen – noch nicht. Jetzt würde sich zeigen, ob nicht doch ein wenig Dreck klebenblieb. Vielleicht konnte er immer noch alle Erwartungen täuschen.

Auf der M4 war sein Blick von einem neuen Werbeposter festgehalten worden, einer großen weißen Fläche mit zwei Wörtern in schwarzen, kindlichen Druckbuchstaben: »sheer achimota«. David Watts verlor keine Zeit, um der Welt die Ankunft von Sheer Achimota zu verkünden. Sheer Achimota war im Kommen, ohne Frage. Endlich schien Sheer Achimota auch auf Lorimer zu wirken, auf sein eigenes Leben.

Er kaufte bei Air Austria sein Ticket nach Wien und zeigte seinen Paß am Ausreiseschalter. Im wuselnden Einkaufszentrum, das sich Terminal 3 nannte, hielt er Ausschau nach Flavia, aber sie war nirgends zu sehen. Er wartete fünf Minuten vor der Damentoilette, aber Flavia tauchte nicht auf, und allmählich befiel ihn ein nervöses Zittern. Es wimmelte hier von Leuten, es waren Hunderte, und nur zu leicht konnte man sich verfehlen. Dann kam ihm der unwillkommene Gedanke: War das etwa auch einer ihrer verrückten Streiche? Konnte das sein? Einer ihrer unberechenbaren Rückzieher? Vielleicht die ganze Othello-in-Wien-Nummer nichts weiter als einer ihrer heimtückischen Denkzettel? Nein, bestimmt nicht! Doch nicht Flavia! Doch nicht jetzt. Er dachte an die letzte Nacht, und das zerstreute alle seine Zweifel. Voller Zuversicht schritt er auf den Informationsschalter zu.

»Könnten Sie bitte meine Freundin, Flavia Malinverno, ausrufen lassen? Sie muß hier irgendwo sein, und ich finde sie nicht. Flavia Malinverno.«

»Aber gern, Sir. Sie sind Mister …«

»Ich bin …« Er stockte und überlegte hastig. »Sagen Sie, hier ist Milo. Sagen Sie, Milo ist da.«

Er hörte seinen neuen – alten – Namen durch die Shops und Bars und Cafeterias und Burgerlokale hallen. Sie würde ihn hören, das wußte er, und sie würde kommen. Innerlich sah er sie sogar schon vor sich, wie sie aufschaute von ihrer Beschäftigung, wie sie lächelte und ihm entgegenlief, mit ihren langbeinigen Schritten und ihrer lässigen Grazie, wie sich das Licht im ruhelos flirrenden Glanz ihrer Haare verfing, wie ihr Lächeln sich weitete und ihre sehnsüchtigen Augen leuchteten, während sie durch die wogende, weichende Menge auf ihn zuschlenderte: Milo.